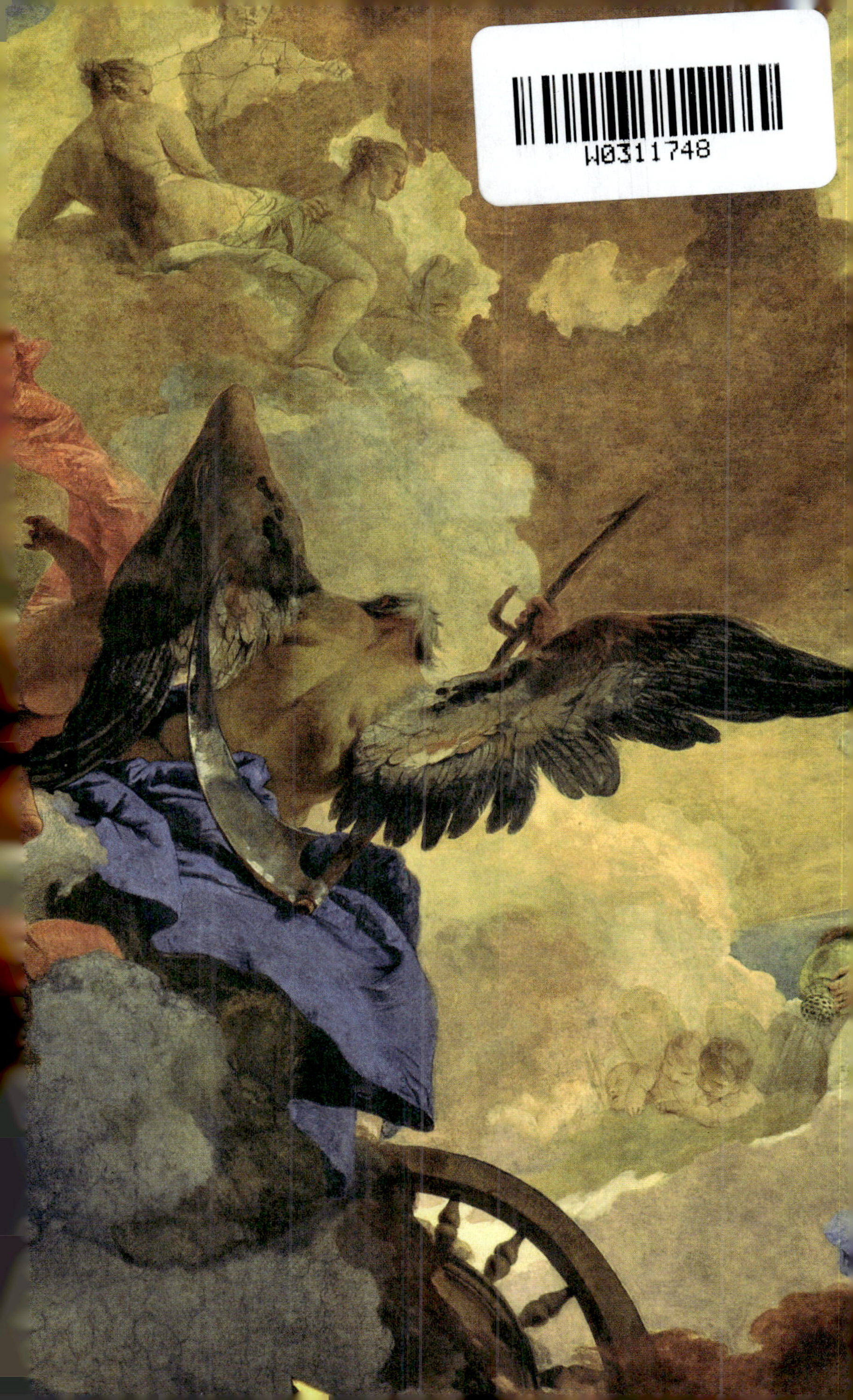

TIEPOLO BLAU

JAMES CAHILL

TIEPOLO BLAU

ROMAN

Aus dem Englischen
von Joachim Bartholomae

ALBINO

Die Originalausgabe erschien 2022 unter dem Titel
Tiepolo Blue bei Sceptre / Hodder & Stoughton, London.

1. Auflage

Salzgeber Buchverlage GmbH
info@albino-verlag.de

Aus dem Englischen von Joachim Bartholomae
Übersetzung der Verse Virgils auf Seite 361 von Friedrich Klinger.
Die Zitate Shakespeares und Miltons wurden für die deutsche
Übersetzung dem Sinnzusammenhang entsprechend leicht geändert.
Umschlaggestaltung: Robert Schulze
in Anlehnung an Sofia Hericson & Lydia Blagden (Hodder & Stoughton)
unter Verwendung einer Abbildung von Shutterstock.com
Vorsatzpapier: Giambattista Tiepolo, «Entführung der Venus durch Kronos»,
Detail aus dem Fresko *Der Lauf des Sonnenwagens* (1740),
Palazzo Clerici, Mailand
Satz: Robert Schulze
Printed in the Czech Republic

ISBN 978-3-86300-378-4

Für meine Eltern Frances und Joe,
und für Alexander Caplan

You say to the boy open your eyes
When he opens his eyes and sees the light
You make him cry out. Saying
O Blue come forth
O Blue arise
O Blue ascend
O Blue come in

Derek Jarman

TEIL I

1

Es ist Ende September, ein neues Trimester beginnt. Don Lamb hat den Nachmittag in der Bibliothek des Jesus College verbracht und Briefe aus dem achtzehnten Jahrhundert gelesen. Es hat geregnet – die Luft ist noch schwül –, aber als er zum Peterhouse zurückradelt, kommt die Sonne heraus und verblüfft die Welt. In ihrem Glanz wirken die Wege und Bäume von Christ's Pieces nackt. Die Häuser auf der anderen Seite des Parks leuchten wie Bronze.

Es ist einer dieser Momente, wenn Sommer und Herbst einander durchdringen, beide unsicher, wo ihr Territorium beginnt oder endet. Es geht eine Brise, sanft wie ein feiner Nebel, und die Bäume – noch dicht belaubt – zittern und rascheln. Don hört auf zu treten und blickt nach oben. Der Himmel reißt auf. Ein Hochgefühl überkommt ihn, gepaart mit Traurigkeit – aus unerfindlichen Gründen. Er weiß, was im neuen Trimester auf ihn zukommt, sein Leben ist kein Wechselbad aus Aufregungen oder Überraschungen, und doch – er kann das Gefühl nicht erklären.

Ein Geruch nach feuchter Natur liegt in der Luft – ein Aroma von Laub, Matsch und Fäulnis, unterlegt mit etwas Dumpfigem. Er fährt weiter – langsam, als wäre er kein vielbeschäftigter Mann –, durchquert die Schattenflecken auf dem Weg. Cambridge ist noch ruhig nach den langen Sommerferien, aber die Studenten kehren allmählich zurück. Zwei von ihnen versperren ihm plötzlich den Weg: Junge

Männer, in lebhaftes Gespräch vertieft, kommen ihm entgegen, die Gesichter überstrahlt von Heiterkeit. Von ihren Worten schnappt er nur rohe Klangfragmente auf. Mit einem Schwenk der Lenkstange gibt er ihnen den Weg frei.

Durch den Schlenker kollidiert Don mit einer steinernen Vogeltränke, stößt hart mit dem Knie dagegen. Er rutscht vom Sattel und fasst sich ans Bein; der Schmerz lässt nach, an dessen Stelle tritt stille Benommenheit. Regenwasser hat das Becken bis zum Rand gefüllt, und zwischen einer Schmutzschicht aus Blättern, Blüten und Insekten – toten wie lebendigen – spiegeln sich die Wolken am Himmel in der Oberfläche des kleinen Teichs. Ein Zigarettenstummel treibt in dem Konfetti herum. Der Rand seines Gesichts ist ebenfalls im Wasser zu sehen, ein Teil von Augenbraue und Wangenknochen und ein dunkles Auge.

Ein Schild am Ende des Parks markiert die Grenze von Christ's Pieces. Es ist ein merkwürdiger Name, als läge Gottes Sohn zerstückelt unter dem Universitätsgelände. Er schiebt das Rad um einen Haufen Hundekot herum, schwingt ein Bein über die Stange und fährt an der Bushaltestelle vorbei, hinein ins wohlgesinnte Herz von Cambridge.

Die Sonne verschwindet hinter Wolken, als er das Tor von Peterhouse durchquert. Von der Loge des Pedells sieht er etwas Merkwürdiges – einen Haufen Abfall auf dem Rasen des Old Court. Es sieht aus, als wäre ein Müllcontainer ausgekippt worden.

Scheinbar gleichgültig fragt er den Pedell, wann das beseitigt wird.

«Wohl kaum sehr bald, Professor Lamb.»

Das Lächeln des Pedells hält Don davon ab, weitere Fragen zu stellen. Im Gitterwerk der Postfächer aus Eichenholz, viele davon vollgestopft mit Umschlägen, Zeitungen, dicken Papierstapeln oder losen Blättern, ist sein eigenes Fach (*Professor D. Lamb*) leer.

Mit dem Abfallhaufen verhält es sich anders, als er dachte. In der Mitte des Rasens steht das Skelett eines Bettes – ein Eisengestell mit Sprungfederrahmen. Es ruht am einen Ende auf einem Berg leerer Schnapsflaschen, zerknickter Bierdosen und einem Durcheinander von Kleidungsstücken. Darunter steht ein Scheinwerfer auf dem Rasen, der sich mit langsamen, roboterhaften Bewegungen dreht. Ein schwarzes Kabel schlängelt sich über den Rasen und verschwindet am Rand des Hofes unter einer Tür.

Neben dem Fußweg steht ein Schild.

Angela Cannon
LOTTERBETT

Don dreht sich um und schaut fasziniert zurück. Immer wieder schickt die Lampe blendende Blitze durch die Sprungfedern im Innern des Betts, und spinnwebartige Schatten flackern über den Rasen.

Jemand – der Gedanke kommt ihm, während er dort steht – könnte ihn beobachten. Kollegen könnten aus den Fenstern schauen – genau diese Sekunde verfolgen, lauernd auf das Urteil des Kunsthistorikers. Sein Gesicht nimmt den Ausdruck kühler Verachtung an. Die Lampe ändert die Richtung und leuchtet durch den Flaschenhaufen, lässt die Glasoberflächen erstrahlen – grün, braun, das elektrische Blau eines ausgetrunkenen Liters Bombay Sapphire. Die Farben machen ihn blinzeln.

Auf dem Weg um die Rasenfläche herum zum Treppenhaus, das zu seinen Räumen emporführt, widersteht er der Versuchung, sich umzudrehen. Doch vom Fenster seines

Arbeitszimmers kann er einen weiteren Blick auf den sorgfältig arrangierten Müll dort unten auf dem Rasen werfen. Er sieht artifizieller aus als ein Haufen Abfall, durchdachter. Don zieht den Vorhang zu, und der dünne Stoff pulsiert in fremdartigem Licht. Er steckt sich eine Zigarette an und sieht sich um, als wolle er sich vergewissern, dass der Rest seiner Umgebung unverändert ist – genau wie immer.

Die Tautologie seines Namens hat ihm immer gefallen. Don, so nennen Studenten die Professoren. Und professoral, ernsthaft und würdevoll ist sein Leben verlaufen. Mit achtzehn kam er nach Cambridge, und im Laufe der Jahre hat sich sein Bewusstsein mit der Stadt verbunden, wie Efeu, das sich im Stein verwurzelt. In diesem Sommer ist er dreiundvierzig geworden, doch manchmal scheint diese Zeitspanne bedeutungslos zu sein. Seine Erinnerungen sind mit dem rankenden Blattwerk von Peterhouse verwachsen, mit den Gärten, den Wiesen und dem verstohlenen Fluss. Seine Gedanken spiegeln das unwandelbare Erscheinungsbild von Cambridge, sein Geist ist durchdrungen von den Ritualen des akademischen Lebens.

Seine Räume sind zwei der ältesten im College. Der größere, sein Arbeitszimmer, beherbergt seine Sammlung von Drucken und Zeichnungen, hauptsächlich von Meistern des Rokoko – eine bescheidene Sammlung, bescheiden präsentiert. In der Mitte des Raums steht ein Kork-Modell des Pantheon auf einer Eichenkonsole. Zwischen den Fenstern ruht auf zwei Messinghaken ein kleines Zierschwert. An den Wänden ringsum füllen Bücher die Regale. Auf seinem Schreibtisch steht in einem Rahmen das verblassende Schwarz-Weiß-Foto eines Windhunds.

In einer Ecke türmen sich Kartons, jeder voller Papiere und

akribisch mit Filzstift beschriftet – *Palazzo Sandi, Residenz Würzburg, Santa Maria del Rosario*: Abteilungen seines privaten Archivs. Seitdem er siebzehn ist, hat Don Reproduktionen der Fresken von Giambattista Tiepolo gesammelt – hunderte von Postkarten, Drucken und Buchseiten.

Tiepolo ist seine große Liebe. Zeit seines Lebens hat er sich darauf vorbereitet, ein Buch – *das* Buch – über dieses Genie aus dem Venedig des achtzehnten Jahrhunderts zu schreiben: den Letzten der Alten Meister, den Ersten der Modernen. Andere Historiker haben Tiepolo als Maler lieblicher, heiterer Szenen beschrieben, als Choreograf des Himmels. Nicht so Don. Mit jedem Bild, das er findet, gibt ihm der Geist des Malers ein weiteres Zeichen und verlangt von ihm die akademische Abhandlung, die nur Don schreiben kann. «Schluss mit lieblicher Heiterkeit», hört er Tiepolo sagen. «Zeig ihnen, wie *klassisch* ich bin.» Das Buch ist noch in seiner frühesten Phase, ein Sack voller wirbelnder Ideen. Es wird eine schwierige Arbeit – seine bislang komplexeste.

Der andere Raum, Dons Schlafzimmer, ist leer bis auf ein schmales Bett, ein Waschbecken und einen zerbrochenen Spiegel.

Er tauscht seine Lederschuhe gegen Pantoffeln und schaltet das Radio ein; es erklingt das Piepen des Zeitzeichens:

«Sechs Uhr, es folgen die Nachrichten. Ein Ende des Balkankriegs ist nicht in Sicht – die Belagerung Sarajevos dauert an. Premierminister John Major ist neuen Korruptionsvorwürfen gegen Mitglieder seiner Regierung ausgesetzt. Madonna, die Queen of Pop ...»

Er schaltet es aus. Die Nachrichten des Tages enthalten nichts von Interesse.

An seinen Fingern haftet der Geruch von altem Papier. Tiepolos Korrespondenz aus Mailand – die Briefsammlung, die er eben noch studiert hat – drängt sich wieder in sein Bewusstsein. Er nimmt die Papiere aus seiner Aktentasche, vertieft sich am Schreibtisch in seine Notizen.

Sein Leben begann erst, als er Venedig, das ihm bekannte Universum, verließ.

Mailand – die Alten nannten es Mediolanum – sah die Blüte von Tiepolos früher Reife. Es bedurfte einer klassischen Stadt, um ihn zu Höherem zu erheben.

Stunden vergehen, und er vergisst, zum Dinner nach unten zu gehen. Sein Geist ist unzugänglich für das ferne Geklapper und Stimmengewirr aus dem Speisesaal, das nur kurz vom Tischgebet unterbrochen wird. In ihm zischeln die kleinen Nöte und Plagen der 1730er.

Spät am Abend liest er sein Manuskript für die Fitzwilliam-Vorlesung. Sie ist ein kleiner Vorbote seines Buches über Tiepolo. Einzelne Passagen liest er laut. Einen Abschnitt, die Beschreibung der Allegorie *Die Macht der Beredsamkeit*, will er frei aus dem Gedächtnis vortragen. Er wird das Pult verlassen, auf dem seine Notizen liegen – als ob die Worte in einem Schwall von Inspiration über ihn gekommen wären. Vor dem Spiegel im Schlafzimmer, aus dem Hintergrund vom Licht des Arbeitszimmers beleuchtet, gelingt ihm der Vortrag perfekt, wobei er die Worte mit präzisen Handbewegungen abrundet – einem einzigen erhobenen Finger. Er spricht den Abschnitt wieder und wieder, und so vergeht die Hälfte der Nacht.

* * *

Zur Fitzwilliam-Vorlesung trägt Don seinen besten Anzug aus mitternachtsblauer Seide, mit weißem Hemd und einer blauen Seidenkrawatte.

Als er um sieben Uhr das College verlässt, ist er zu sehr damit beschäftigt, im Kopf seine Rede zu proben, um den Abfallhaufen auf dem Rasen wahrzunehmen, obwohl die Lampe den dunklen Hof in grelles Licht taucht. Heute Abend ist nichts anderes von Bedeutung als die Vorlesung. Er eilt die Trumpington Street hinunter und spürt, wie mit der bevorstehenden Aufgabe seine geistigen Kräfte wachsen. Als er am Fitzwilliam Museum eintrifft und aus der kalten Abendluft in die überfüllte Lobby tritt, bemerkt er, wie sich Köpfe nach ihm umdrehen – ein Moment der Ruhe tritt ein.

Er streift den Mantel ab und gibt ihn einer Angestellten. Das nervöse Lächeln des Mädchens macht ihm seine eigene fiebrige Erwartung bewusst. Ist es Nervosität? Er verwirft den Gedanken, lächelt zurück und ist im Begriff, die Treppe emporzusteigen. Doch genau in diesem Moment schließen sich Finger um sein Handgelenk. Er dreht sich um.

Es ist Val – Valentine Black –, der Leiter des Fachbereichs.

Ein vertrauter Geruch – Eau de Cologne gemischt mit Zigarettenrauch – folgt ihm. Val schiebt ihn in einen leeren Nebenraum.

«Kein Grund zur Sorge», murmelt Val, während sie den dunklen Raum durchqueren. «Du wächst mit der Aufgabe. Das tust du immer.»

«Ich bin nicht besorgt. Eine These ist eine These. Habe ich das nicht schon immer gesagt?»

Val bleibt stehen und lacht – ein entspanntes, elegantes, hinreißendes Lachen. Don schaut ihn an. Val ist in den Sechzigern, aber er könnte für zehn Jahre jünger durchgehen – ein großer, schlanker Mann mit dichtem schwarzen Haar, das er aus der sonnengebräunten Stirn nach hinten bürstet. Seine Zähne sind weiß und lückenlos, und sie verstärken – im Dämmerlicht des Raums – das erregte Leuchten seiner Augen.

Er trägt einen dunkelblauen Anzug, der Dons ähnelt, aber anstelle einer Krawatte schmiegt sich ein silbergraues Halstuch in seinen Hemdkragen.

«Völlig richtig, Don. Hast du das nicht von mir? Wie auch immer, du machst das bestimmt großartig. Sie werden dich für deinen Scharfsinn lieben – oder auch hassen. Hier lang – die Hintertreppe führt direkt zur Bühne.»

Die Bühne steht am Ende der beeindruckendsten Galerie des Museums; sie ist ein vorübergehend errichtetes Podium, verkleidet mit einer Schabracke aus weinrotem Leinen. In ihrer Mitte steht ein Pult isoliert im Licht eines Scheinwerfers. Dahinter verteilen sich vierhundert leere Stühle im Raum – zwei enorme Ufer aus grünem Plüsch zu beiden Seiten des Mittelgangs. Durch die geschlossenen Doppeltüren am entgegengesetzten Ende hört man ein Gewirr von Stimmen.

Val führt Don zu einem Stuhl im Hintergrund der Bühne, direkt unter Edward Lears Gemälde einer griechischen Ruine in blühender englischer Landschaft.

«Wir fangen um acht an», sagte er; vom Pult aus blickt er auf die leeren Stühle. «Zuerst stelle ich dich natürlich vor.»

«Hoffentlich nicht zu ausführlich.»

Val dreht sich um und zeigt ein konspiratives Lächeln. «Nur ein paar schlichte Worte, Don. Eigentlich muss man dich nicht vorstellen, aber du weißt ja, wie sowas läuft.»

Kurz nach acht Uhr, als vierhundert Eminenzen in ihren Sitzen warten, steigt Val aufs Podium, stellt sich ins Scheinwerferlicht und hebt die Hände. Gleich hinter ihm sitzt Don und beobachtet den Freund mit gefasstem Gesichtsausdruck.

«Der Redner heute Abend ist ein weltbekannter Gelehrter», beginnt Val und lässt den Blick lebhaft durch den

Raum wandern, die Lippen dicht am Mikrofon, das wie eine schwarze Mohnblume aus dem Pult emporwächst. «Eine gefeierte Autorität auf dem Gebiet des Rokoko, und», er dreht sich zu Don und senkt die Stimme, «ein lieber Freund.»

Vals kristallklare Aussprache ist so zackig und präzise, denkt Don, dass sie fast deutsch klingt, vielleicht liegt das daran, dass er so viele Sprachen spricht. Schweigen unterstreicht seine Worte wie ein Ritterschlag. Don senkt den Kopf.

«Das Publikum wird mir vergeben, wenn ich der Versuchung erliege, mich auf eine kurze – wie soll ich sagen? – eine Pilgerfahrt, genau, durch die Errungenschaften Professor Lambs zu begeben. Don selbst wird mir vielleicht nicht so bereitwillig vergeben.»

Höfliches Gelächter durchflutet den Raum, und Val kichert ins Mikrofon.

«Professor Lamb ist kein gewöhnlicher Kunsthistoriker. Er ist, lassen Sie es mich ganz klar zum Ausdruck bringen, die Verkörperung der Kunstgeschichte in Cambridge. Ich kann mich kaum an eine Zeit erinnern, zu der er keine strahlende Leuchte in unserem akademischen Pantheon gewesen ist. Und doch, lang, lang ist's her, war er mein Doktorand – der beste, den ich jemals hatte.» Wieder wirft Val einen Blick in Dons Richtung. «Er ist Ende der 1960er nach Cambridge gekommen – für manche eine Zeit des Aufruhrs, aber für Don ein Moment intellektuellen Erwachens, ein erstes Erblühen. Klassische Formen, nicht marxistische Credos, waren die Prinzipien, denen er folgte.»

Im Publikum ist Gemurmel zu hören – der leise, vertraute Klang akademischen Widerspruchs. Val holt tief Luft.

«Mit fünfundzwanzig wurde er Fellow am Peterhouse; mit dreißig war er Professor. Sein erstes Buch, *Klassische Anspielungen im venezianischen Seicento*, war bahnbrechend – die himmlische Vereinigung von klassischer Philologie und ästhetischem Scharfsinn.» Vals Versuch, das Mikrofon zurechtzurücken, verursacht lautes Donnergrollen. «Es folgte eine Reihe meisterhafter Veröffentlichungen, jede davon ein blendendes Opus. Die Villen von Andrea Palladio, die Ursprünge des norditalienischen Barock, die kleineren Werke von Nicolas Lancret – man könnte sagen, ein kurzer frankophiler Schlenker.» Vals Hände lassen unsichtbares Konfetti auf das Publikum regnen; seine Augen leuchten. «Viele von Ihnen werden sich an seine Rundfunkserie *Eine venezianische Odyssee* erinnern – wie er in einer Gondel durch Venedig glitt und mit knochentrockenem Humor über die Kirchen und *palazzi* sprach!»

Ein erneuter Ausbruch von Gelächter, stärker als der vorige.

«Wir haben es mit einem Menschen zu tun, für den Gelehrsamkeit eine Sucht und eine Pflicht bedeutet» – Val schlägt aufs Pult, das ins Wackeln gerät –, «aber eine Pflicht, die er liebt. Er hat der Kunstgeschichte in Cambridge eine neue, höhere Bedeutung verliehen – und höchstwahrscheinlich nicht nur dort.»

Der Applaus ist zunächst zögerlich, dann kraftvoll, inbrünstig, raumfüllend. Val hebt die Hand wie ein Dirigent, der eine Pause ankündigt.

«Meine Damen und Herren, begrüßen Sie Professor Donald Lamb.»

Mit einer ballettreifen Seitwärtsbewegung gibt Val die Bühne frei. Don erhebt sich unter einem neuen Ausbruch von Applaus und geht die wenigen Schritte zum Pult.

Vor ihm liegt sein Manuskript, übersät mit den Anmerkungen der letzten Nacht. Das Mikrofon wirft einen langgezogenen Schatten auf die Seite. Er hebt die Augen, lächelt in den See verdunkelter Gesichter, und konzentriert sich auf den Eröffnungssatz.

«Ich möchte zu Ihnen von der Grenzenlosigkeit der Himmel Tiepolos sprechen» – seine Stimme schwillt an –, «von ihrer *Tiefenschärfe*.»

Er nimmt die Fernbedienung des Projektors – einen schmalen Knebel aus schwarzem Bakelit – und lässt das erste Dia ratternd vor die Linse gleiten. Auf einer Leinwand diagonal hinter ihm erscheint die Abbildung von zwei Gottheiten – eine schöne Göttin und ein alter bärtiger Gott, die sich vor einem leuchtenden Himmel in den Armen halten.

Die Rede nimmt den geplanten Verlauf. In Phrasen, die wie musikalische Kompositionen ihre Motive entwickeln und wiederholen, erklärt er die Anordnung von Göttern und Menschen in Tiepolos Fresken – die komplexen räumlichen Hierarchien, die der scheinbar sorglosen Verteilung der Figuren zugrunde liegen. Er erklärt, wie fein differenziert diese Arrangements geplant wurden – ausgemessen und verzeichnet nach dem Goldenen Schnitt – und wie jede Wolke und jedes Stück Himmel ihren Platz gemäß klassischen Proportionen einnehmen …

Ab und zu mustert er die Menschen im Publikum und sieht, dass seine Kollegen vom Fachbereich alle in einer Reihe sitzen. Auch viele andere Gesichter sind ihm vertraut.

Zwanzig Minuten nach Beginn der Vorlesung, gerade, als er einen Exkurs über euklidische Geometrie beginnt, spürt er eine leichte Unruhe am Ende des Raums. Er blickt auf, spricht aus dem Gedächtnis weiter und sieht, dass eine Frau verspätet ankommt. Sie geht die letzte Sitzreihe entlang, vorbei an den sitzenden Menschen, hin zu einem freien Stuhl. In dem Teil des Saals ist das Licht heller, es scheint sie hervorheben zu wollen. Sie ist schwarz, ein wenig vertrauter Anblick in

Cambridge, und vermutlich Anfang vierzig. Sie trägt eine ärmellose Bluse von marmorierter Goldfarbe.

Dons Augen kehren immer wieder zu der Frau zurück, während er sein Publikum durch die ätherischen Weiten der Fresken geleitet. Reflexhaft sucht er nach ihr, wann immer er vom Pult aufblickt. Ihr Gesicht ist ernst und attraktiv. Erschrocken stellt er fest, dass sie ihn ihrerseits mit einem eigenartigen, fragenden Gesichtsausdruck ansieht – nicht ganz einem Lächeln, auch wenn sich ihre Lippen ein wenig kräuseln.

Er kommt zu einem kleinen Höhepunkt, indem er sein Publikum ironisch daran erinnert, dass die Menschen schon immer fliegen konnten, zumindest in der Kunst des Rokoko; als er den Blick hebt, begegnet er wieder diesem Gesichtsausdruck, das Amüsement darin ist nun stärker als zuvor. Sie beobachtet ihn konzentriert und intensiv. Gerade dort, wo seine Argumente am stärksten, seine Hypothesen am kühnsten sind, scheint sie – indem sie die Brauen zusammenzieht – nicht zuzustimmen, zu widersprechen.

Er lässt das Dia-Karussell sich klappernd weiterdrehen, getragen von einer Adrenalinwelle, und zwingt sich dazu, den Wurm des Zweifels zu ignorieren, der an ihm zu nagen begonnen hat. Das Bild eines glänzenden Himmels leuchtet hinter ihm auf – der Kosmos, gemalt über die ganze Ausdehnung einer Saaldecke, bevölkert von mythischen Figuren, die in einen Whirlpool aus goldenem Licht zurückweichen. *Die Macht der Beredsamkeit*. Der Moment ist gekommen.

Er macht einen Schritt weg vom Rednerpult und hebt entspannt die Hand.

«Dies wundervolle Szenario», hört er sich sagen, «schmückt den Palazzo Sandi in Venedig. Sie werden bemerken, dass Cupido mit verbundenen Augen über den Köpfen der dem

Schicksal geweihten Liebenden Orpheus und Eurydike schwebt.» Er lauscht der Kadenz seiner Stimme. Aus dem Innern seines Kopfes bewundert er ihren Klang, ihre Resonanz. Mit seiner nicht gestikulierenden Hand versucht er, die Jacketttasche zu finden.

Dann machen sich seine Augen selbstständig. Sie fliegen hinüber zu diesem Gesicht, das stummen Widerspruch zeigt, und sehen, dass dieser Widerspruch nun mit unverhohlener Belustigung gepaart ist. Sein Herz beginnt zu klopfen.

«Die Unantastbarkeit», verkündet er und breitet die Arme aus, bevor ihm klar wird, dass seine Stimme verstummt ist wie ein ausgeschaltetes Tonband. Welche Unantastbarkeit? Sein Geist ist von strahlend weißer Leere. Vor sich sieht er eine Armee erwartungsvoller Gesichter, von denen einige bemerken, dass diese Pause nicht beabsichtigt ist; eins von ihnen macht sich offen über ihn lustig.

«Die Unantastbarkeit ...», stößt er hervor, sich an die letzten Worte klammernd, an die er sich erinnert. Dann wiederholt er sie etwas leiser, wie zu sich selbst, die Stimme starr vor Schreck.

Sie wissen, dass er den Faden verloren hat. Panisch reibt er mit den Händen über sein Jackett, beugt sich leicht vor und spürt ein scharfes, heißes Prickeln auf der Stirn. Er presst die Handflächen aneinander, sie sind in Schweiß gebadet.

«Souffleur!», ruft eine Stimme im Publikum. Es ist Gene Caskill – natürlich. Don sieht die Zähne des Mannes umrahmt von seinem dichten Bart. Gedämpftes Lachen breitet sich unter den Kollegen seines Fachbereichs aus. Er ringt darum, die Selbstkontrolle wiederzufinden. Gezwungen würdevoll tritt er wieder ans Pult, fährt mit zitterndem Finger über seine Notizen und findet die Stelle. Die Sekunden sind lang und quälend.

«Ja, in der Tat, die Unantastbarkeit des oberen Luftraums», setzt er an und nimmt einen tiefen, belebenden Atemzug.

Im nächsten Moment hat er Tritt gefasst. Er spricht von den allegorischen Verknüpfungen zwischen mythischen Episoden, den Zonen des Himmels, den paradoxen Effekten des Sonnenlichts – wie es zugleich schärft und auflöst! Er hat den Faden wiedergefunden. Der Schweiß auf seinem Gesicht und der Brust kühlt ab. Er bleibt am Pult und seine Augen gehorchen ihm. Sie blicken nicht mehr ans Ende des Saals.

Es ist kurz vor neun, als Don seinen letzten Satz verkündet.

«Die glatte Oberfläche der Verzierungen kaschiert einen streng geordneten Himmel.»

Er tritt einen Schritt vom Pult zurück und erlaubt einem Lächeln, sich um seinen Mund auszubreiten. Ein abschließendes Lächeln, das ohne Worte die Botschaft verkündet: *Ende.*

Einige Sekunden herrscht Schweigen, bevor das Publikum dankbar zu applaudieren beginnt. Er erlaubt sich einen Blick durch den Raum und sieht, dass die Frau in der letzten Reihe gegangen ist – wo sie gesessen hat, ist eine grüne Lücke.

Ein Mitarbeiter schreitet mit einem überdimensionalen Blumenstrauß zum Pult. Die Blumen schwanken Don entgegen und entziehen den Überbringer seinem Blick – er sieht nur einen Regenschauer elfenbeinfarbener Blüten und grüner Blätter. Das Elend, das an ihm nagte, lässt nach. Er wird seinen Fehler später wieder bereuen – morgen, wochenlang. Aber jetzt beschützen ihn die Blüten vor dem Bedauern.

Als das Bouquet schaukelnd in seine Arme sinkt, umgeben von Zellophan, überfällt ihn der Geruch; er legt sich um ihn, ertränkt ihn. Das Klatschen des Applauses klingt wie Regen auf dem Dach.

Als er zum Peterhouse zurückgeht, kurz vor elf, denkt er an Vals überwältigendes Loblied. Nichts davon war gelogen, und doch, rückblickend kommt ihm das Lob übertrieben vor. Es war gewissermaßen eine Prophezeiung der niederschmetternden Peinlichkeit auf der Bühne.

Als er den Old Court durchquert, überholt ihn der Lichtkegel des Scheinwerfers unter dem Bettgestell, bestreicht das Geviert und holt ihn wieder ein, als er das Treppenhaus erreicht.

Am Schreibtisch erinnert er sich, wie seine Kollegen vom Fachbereich beim anschließenden Umtrunk mit fachkundigem Lob um ihn herumschlichen und wie Val schließlich wie aus dem Nichts auftauchte, mit weit ausgebreiteten Armen und sprühend vor Energie.

«Wunderbar, Don, einfach brillant! Der Himmel Venedigs – keine Leinwand, sondern eine Schwelle! Ein Triumph der Argumentation. Und nach dieser kleinen Pause hast du dich ganz hervorragend erholt.»

In diesem Moment, der sein Triumph hätte sein sollen – es beinahe gewesen wäre –, lösten diese Worte tiefe Verzweiflung aus.

Er geht hinüber zum Fenster und schiebt den Vorhang beiseite. Der Old Court liegt dunkel und verlassen da – das blendende Licht von *LOTTERBETT* ist erloschen. Wo er jetzt steht, an der Ecke des Fensters, ist der Haufen von Metall und Glas aus seinem Blickwinkel verbannt; von hier aus ist der Hof derselbe wie 1960 – und lange Zeit zuvor. Das Schachbrettmuster des Rasens wirkt im Mondlicht grau wie Puder, dunkel wie ein Mezzotinto. Des Nachts scheint die Zeit aus den Höfen und Durchgängen von Cambridge zu entschwinden. In diesem Moment wirkt der Old Court so alt wie das Universum.

Angesichts dieses statischen Szenarios wandelt sich seine Stimmung; die reuevollen Gedanken kommen zur Ruhe. Eine besonnene Stimme tritt an ihre Stelle: Der Vortrag war ein Erfolg, *ein Triumph*, genau wie Val gesagt hat. Weshalb noch an die Sekunden seines Aussetzers denken? Ihm kommt in den Sinn, dass römische Generäle auf ihren Siegesparaden von einem Sklaven begleitet wurden, der ihnen im Rausch ihres strahlenden Erfolgs zuflüsterte: *Bedenke, dass du sterblich bist. Memento mori.*

Er zieht sich in sein Schlafzimmer zurück, schreitet von Raum zu Raum mit dem kultivierten, gemessenen Gang des erfolgreichen Mannes. Als er zu Bett geht, wird ihm klar, wie müde er ist – so müde, dass Gedanken und Kummer verschwunden sind und einem allumfassenden Frieden Raum geben. Als er schläft, fühlt er sich emporgehoben. Sein schlichtes Eisenbett wird zur Plinthe.

* * *

Erfrischt wacht Don auf. Zu erfrischt. Es ist schon sieben Uhr.

Er eilt die Treppe hinunter ins Badezimmer und dreht den Wasserhahn auf. Die Rohre kreischen und Wasser schießt in die Wanne. Hinter der Milchglasscheibe schroffes Tageslicht – das Licht von Cambridge.

Später, bevor er sich anzieht, mustert er sich im Schlafzimmerspiegel. Sein Gesicht wirkt abgezehrt, älter als es ist. Die Haut ist blass und glanzlos, und sein dunkles Haar – wenigstens noch immer voll – ist von grauen Strähnen durchzogen. Er hat Ringe unter den Augen. Vereinzelte schwarze Haare verteilen sich unregelmäßig auf seiner Brust. Der Riss im Spiegel zieht sich diagonal von seinem linken Nippel zur rechten Schulter und lässt den oberen Teil seines Körpers wie eine farblose Büste erscheinen. Er macht einen Schritt zurück und bemerkt die Verletzung am Knie, einen leuchtend roten und bläulichen Halbmond an der Stelle, wo er gegen die Vogeltränke gestoßen ist. Sein Bauch ist flach, und eine Linie schütterer Haare führt vom Nabel zum Dickicht über dem Penis, der friedlich auf den herabhängenden Gewichten der Hoden ruht; anders als der Rest seines Körpers scheint er kaum gealtert zu sein.

Manchmal tritt der geschmeidige Körper seines jüngeren Selbst vor sein inneres Auge, während er sich nackt betrachtet, und er findet in dem gealterten Mann die verlorene Jugend wieder; dann erwacht das sanft hängende Pendel mit hinterlistigem Zucken.

Seine Morgenvorlesung behandelt Tintorettos Darstellung römischer Ruinen. Er denkt über das Thema nach, während er den Old Court durchquert. *LOTTERBETT* liegt scheußlich im Herbstlicht – das Durcheinander rostiger Sprungfedern, der Haufen aus Flaschen, Dosen und Kleidungsstücken, der programmierte Schwenk des Scheinwerfers.

Als die Glocke der Kapelle läutet, stapft Bruce Day durch das Tor zum College, seine Riesengestalt füllt das steinerne Portal aus. Bruce ist ein Gelehrter für mittelalterliche Geschichte, der im akademischen Alltag mehr und mehr in Lethargie versunken ist. Seit vierzig Jahren ist er in Peterhouse. Gerüchten zufolge war er einst attraktiv und voller Ideen – doch das Leben im College ist voller Mythen vergangener Größe.

In seinem Gefolge ist ein Junge unter zwanzig, ein Collegestudent, der wie ein aufgeregter Lakai mal von der einen, dann der anderen Seite Bruces Aufmerksamkeit zu erregen versucht, um ihm Fragen zum Frieden von Brétigny zu stellen. Bruce ignoriert ihn. Der Junge gibt auf und bleibt zurück; Bruce sieht Don und deutet mit dem Kopf auf das Arrangement auf dem Rasen.

«Zeitgenössische Kunst findet ihren Weg ins Peterhouse!», ruft er mit einem Grinsen, das vermutlich ironisch wirken soll. Seine Augen quellen aus ihren fleischigen Höhlen unter dem wilden Gestrüpp der Brauen hervor.

Don antwortet nicht. Er bewahrt einen Gesichtsausdruck kühler Würde und tritt hinaus auf die Trumpington Street.

Doch die Monstrosität auf dem Rasen geht ihm im Verlauf des Tages nicht aus dem Kopf.

Val wird wissen, was sie bedeutet, redet er sich ein. Val kann es bestimmt erklären.

Val ist die Galionsfigur einer Gruppe von Dozenten, die im College den Ton angeben und über ebenso viel Einfluss verfügen wie der Dekan. «Es fällt kein Sperling vom Himmel über Peterhouse», pflegt Val zu sagen, «von dem ich nichts weiß.» Seine Stimmungen, seine Launen, seine Wertschätzung der Tradition und Verachtung neuer Trends, seine ausgefeilten Manieren und gelegentliche Abwesenheit von Manieren – all das bringt den Charakter des Colleges zum Ausdruck. Er nennt sich selbst die Queen von Peterhouse.

«Was hat dieser Vandalismus, diese Verunstaltung des Rasens zu bedeuten?», will Don wissen, als er Val am späten Nachmittag in der Lounge des Lehrkörpers trifft. «Wie konnte das passieren?»

«Schuld ist der neue Dekan», sagt Val mit angedeuteter Resignation. «Der neue Dekan hat es in Auftrag gegeben.»

«Es ist ein Schandfleck.»

«Es ist zeitgenössische Kunst. Und es bleibt ein ganzes Jahr – vielleicht auch länger. Glaub mir, Don, es gefällt mir so wenig wie dir.»

«Es ist eine unerträgliche Beleidigung», braust Don auf. «Ein Affront gegen unseren Intellekt, unser Wissen – gegen *mein* Wissen.»

«Ein monumentales Gebilde», erwidert Val mit ätzendem Lächeln. Er nimmt Don am Arm und führt ihn zu einem Paar durchgesessener Lehnstühle.

«Warum wurdest du nicht einbezogen? Warum wurde ich nicht einbezogen? Ich meine, als Kunsthistoriker. Ich hätte beratend … wir hätten das verhindern …»

«Als Experte für zeitgenössische Kunst?» Val lacht. «Komm schon, Don. Der Dekan konnte sich denken, wie du reagieren würdest. Und er versteht etwas von neuer Kunst.»

«Ist es eine Art von Witz?»

«Ganz und gar nicht. Es ist von einer Künstlerin, die Andrea Soundso heißt. Oder Angela. Ach ja, *Angela Cannon.* Offensichtlich sehr angesagt. Sehr provokant. Ein Star vom Goldsmiths College, habe ich gehört.»

Schuld ist der neue Dekan. Don hört die Worte jeden Tag, ungeachtet der Tatsache, dass der Dekan und seine Frau Briony seit fünf Jahren am College sind. Frank Davis war davor Direktor des Fernsehsenders Channel 4. Seit siebenhundert Jahren ist er der erste Dekan von Peterhouse, der nicht aus dem Wissenschaftsbetrieb stammt – und diese Neuerung hat nicht funktioniert. Franks Berufung war ein Experiment der tonangebenden Dozenten, die nur vage Kenntnisse des Programms von Channel 4 hatten und hofften, diesen umgänglichen Mann nach ihren eigenen Vorstellungen zu formen. Aber Frank und Briony verfolgen ihre eigene Politik, und die ist nicht identisch mit der der Peterhouse-Elite.

Don steht am Rand dieser Elite und verlässt sich auf Val und sein Wissen um die Machtkämpfe im College. Für Politik interessiert er sich generell nicht besonders. Warum sollten ihm die Wahlen zum Europäischen Parlament wichtiger sein als Napoleons Invasion in Venedig? Politiker, so sagt er gern, sind vergängliche Wesen. Ideologie ist aus der Mode, Sowjet-Russland zerbröckelt, die alten Gegensätze verwandeln sich in Posen. Er spürt, wie sich seine Studenten von den harten Prinzipien vergangener Zeiten hin zu einer oberflächlicheren Rhetorik bewegen. Das zwanzigste Jahrhundert ist in seine dekadente Phase eingetreten und geht bald zu Ende. Was soll man dazu noch sagen?

Und was die Religion betrifft, so interessiert sie ihn nur insofern, als sie große Kunstwerke hervorgebracht hat.

Seine Aufmerksamkeit kehrt zu Val zurück, der weit zurückgelehnt in seinem Sessel mit der brennenden Zigarette zur Decke weist und sarkastisch über den gegenwärtigen Zustand der britischen Kunst doziert. Val spricht die Worte *Konzeptualismus* und *Abjektion* aus, als hielte er klebrige, unhygienische Objekte zwischen den Fingern. Seine Augen funkeln, als sie Dons wiedererwachte Aufmerksamkeit wahrnehmen. Er hält Don seine Zigarettenschachtel hin und wartet darauf, dass er sich bedient.

«Die Absicht zu schockieren ist stärker als jeder andere Impuls», fährt er fort. «Und was Fragen der Ikonografie, oder Form, oder selbst der Repräsentation angeht …»

Don lehnt sich zurück und lässt sich von der unaufhaltsamen Flut von Vals Worten mitreißen. Er spürt, wie sich ein Teil seiner Wut in Müdigkeit verwandelt. Val, denkt er, ist sein einziger Freund. Don ist es nie leichtgefallen, sich mit anderen Menschen anzufreunden und diese leichten, herzlichen Bande zu knüpfen (einen besonderen Tonfall, kleine anteilnehmende Blicke), die eine Freundschaft ausmachen – außer bei Val, der auf ihn zuging, bevor sich sein professioneller Schutzpanzer entwickelte.

«Theorie hat keinen Platz mehr im Lexikon», fährt Val fort. «Anstand ist out. Sich dumm zu stellen, *Arsch* zu rufen ist eine erfolgversprechende kritische Haltung geworden.»

Don spürt, wie sich seine Pupillen reflexhaft weiten. Er kann ein Lächeln nicht unterdrücken. Seit je findet er Vals Esprit faszinierend, seit je ist er auf einer tieferen Ebene dankbar für die Zuneigung, die Val ihm entgegenbringt. Val ist ein Mensch mit ruhelosem Verstand, alert und energiegeladen, manchmal gereizt und sarkastisch, aber unbeirrbar in seiner Loyalität Don gegenüber. Trotzdem sind sie verschieden. Val ist charmant und gesellig und kann Hemmungen auf Knopfdruck überwinden. In sexuellen Angelegenheiten ist er furchtlos. *Ich bin ganz einfach eine alte Tunte*, pflegt er zu sagen, wenn man ihn – wie diskret auch immer – nach seinem Privatleben fragt.

«Aber was spielt meine Meinung schon für eine Rolle?», sagt Val und seufzt; er beugt sich zu Don hinüber. «Die Ideen des neuen Dekans – seine Überzeugungen – werden diesen Ort zur Unkenntlichkeit verändern. Wart's nur ab.»

«Das können wir nicht zulassen», sagt Don mit einem verzweifelten Seufzen.

Val lächelt kläglich und zuckt die Schultern. Don wird sich wieder einmal bewusst, dass sein Freund die merkwürdige Gabe besitzt, unbeteiligt zu bleiben. Vielleicht hat Val nicht das Bedürfnis zu kämpfen. Er ist zwanzig Jahre älter als Don und sein Ruf ist seit langem in Stein gemeißelt. Sein erstes Buch, *Die neoklassische Pose*, wurde 1960 veröffentlicht. Knapp, aber brillant – es war schon ein Klassiker, als Don sein Student wurde: eine kraftvolle Verteidigung der klassischen Ästhetik, ausgedrückt in reduzierter, stakkatohafter Prosa. Blender, Revisionisten und Kritiker gab es genug, die Vals Prinzipien infrage stellten und seine ruhigen Gewissheiten zurückwiesen. Und doch haben diese Gewissheiten überdauert wie Denkmäler.

«Und weißt du, was noch?», sagt Val. «Der Dekan hat einen *poet in residence* berufen. Nein, eine *poetess.*» Er schaut aus dem Fenster auf den Fellows' Garden, auf das rostrote Laub und den gemähten Rasen – leer bis auf ein herumflitzendes Eichhörnchen.

Dons Gedanken sind zu *LOTTERBETT* zurückgekehrt – unglücklich, unfreiwillig. Zu den Sprungfedern, den Flaschen, dem paranoiden Lichtkegel.

«Sie heißt Erica Jay», fährt Val fort. «Der Dekan hat mir eine Ausgabe ihrer gesammelten Gedichte geschickt. Nie von ihr gehört. Aber was weiß ich schon?» Er spricht leicht dahin, doch auch voll Bitterkeit. «Ich bin nur ein altes Fossil, das *zufällig* mit Auden befreundet war.»

2

Das Herbsttrimester nimmt seinen Lauf. *LOTTERBETT* bleibt. Wenn die tiefstehende Sonne auf das Bettgestell scheint, glitzern die Kratzer in seinem ramponierten Rahmen wie silberne Haare. Am Abend dehnt sich das Objekt über seine physischen Grenzen hinweg aus. Der Scheinwerfer, der unter den Sprungfedern unablässig hin und her schwenkt, wirft über Rasen und Gebäude Schatten wie Maschendraht. Die meisten der Wissenschaftler in Peterhouse sind ratlos, viele offen feindselig. Das Gerücht kursiert, die Skulptur sei gar nicht die Idee des Dekans gewesen, sondern die seiner Frau. Briony Davis ist selbst bildende Künstlerin, sie modelliert Büsten. Ihr Porträt von Harold Pinter, ein abgemagertes Abbild im Stil von Giacometti, steht im Foyer des National Theatre. Manche behaupten, sie selbst habe *LOTTERBETT* geschaffen, Angela Cannon sei ein Pseudonym.

Einer der Dozenten, ein Kirchenhistoriker, behauptet, Angela – oder die Frau des Dekans – habe den Auftrag erhalten, ein neues Ehrenmal für Whitehall zu entwerfen. Angeblich soll es sich um einen ausgebrannten Schiffscontainer handeln, der längsseits auf einem Haufen Gummireifen steht.

Dons Feindseligkeit sitzt tiefer. Während die Wochen verstreichen, nimmt sie eine Intensität an, die es ihm unmöglich macht, über *LOTTERBETT* zu sprechen oder es nur anzusehen. Wenn er den Old Court durchquert, fixiert er den Blick auf die Uhr oder den Bogengang der Kapelle. Aber dem rotierenden Scheinwerfer gelingt es dennoch, in sein Blickfeld einzudringen. Wie der Straßenmusiker, der ihn vor einiger Zeit in Venedig in der Hoffnung auf ein paar Lira schrammelnd und krächzend zu umgarnen versuchte, lässt er sich einfach nicht ignorieren.

Bestürzt hört er, wie sich junge Studenten vor der Skulptur mit leiser Stimme in bewundernden Lobeshymnen ergehen. Das ist verzeihlich; sie sind jung und naiv und begierig auf radikale Ausdrucksformen, wie hässlich sie auch sein mögen. Aber einer der Bewunderer ist der Kaplan des Colleges, ein Mann in den Sechzigern.

«Je länger ich es betrachte», sagt er zu Don, «desto stärker erinnert es mich an konstruktivistische Kunst. So kantig und verdreht.»

Sie passieren gleichzeitig das Tor zum College. *LOTTERBETT* leuchtet ihnen entgegen.

«Wenn Sie es sagen», erwidert Don.

«Und an die Plastiken von Mariam Schwarz – derselbe brutale Ernst.» Der Kaplan keucht ein wenig, weil er versucht, mit Don Schritt zu halten. Er ist ein kleiner, untersetzter Mann mit wolkigen weißen Haaren und einem Gesicht, das so glatt ist wie das einer jungen Frau. «Oder an Barbara Hepworth. Das Bettgestell erinnert an ihr Drahtnetz in einer Bronzeskulptur.»

Don fragt sich, wo der Kaplan wohl so zu reden gelernt hat. Er lächelt betrübt und blickt starr zum Eingang seines Treppenhauses; die halbe Strecke ist geschafft.

«Ich bin ihr einmal begegnet, der Hepworth», fährt der ältere Mann fort. «Unten in St. Ives im Sommer '67. Ich erinnere mich an das Datum, weil Joe Orton gerade ermordet worden war.»

Don geht schneller.

«Was für ein Schock, das vergess ich nie. Von seinem Freund mit einem Klauenhammer totgeprügelt. Der Meister war eifersüchtig auf den Schützling …»

Don nimmt alle Kraft zusammen, überholt ihn und hastet die Treppe hinauf zu seinen Räumen.

Als er hereinkommt, scheint ihm sein Arbeitszimmer irgendwie verändert. Er betrachtet es unbeteiligt, als wäre er ein Fremder in seinem eigenen Leben. Der Raum ist sauber und beschaulich und fast schon bedrückend ordentlich: hunderte von Büchern systematisch entlang der Wände aufgereiht, zwei identische Sofas mit verblichenem roten Leinenbezug, zwischen denen das Pantheon aus Kork aufragt; und das kleine Zierschwert, überzogen von einem leichten Staubfilm.

Überall auf seinem Schreibtisch liegen Reproduktionen von Tiepolos Fresken, Drucke in verschiedenen Formaten. Manche sind so klein wie Postkarten, andere von der Größe einer Tabloid-Zeitung. Sie zeigen die Deckengemälde europäischer Kirchen und Paläste. Jedes Fresko erzeugt die Illusion, als öffne sich das Dach und enthülle einen Himmel voller Gestalten – Ansammlungen von Körpern, die emporfliegen oder abstürzen und eine luftige Allegorie darstellen: eine ruhmreiche Nation, die Kontinente der Welt, einen triumphierenden Gott.

Dies sind die Gegenstände von Dons Forschung – der Fokus seines ungeschriebenen Buchs. Hunderte von Stunden hat er sich über diese Bilder gebeugt, oft bis spät in die Nacht, und sich mit seinem Blick in sie hineingebohrt. Er hat Lineale und Winkelmesser angelegt und seine Messungen mit den architektonischen Daten verglichen, die am Rand der Bilder vermerkt sind – die Stufen, Säulen und Friese, die die Grenze zwischen der realen Architektur und der Szene des Freskos mit seiner Illusion des gemalten Himmels bilden. Mit feinen, am

Lineal gezogenen Linien hat er jede Szene in geometrische Segmente zerlegt.

Auf seinem Schreibtisch liegt außerdem ein Notizbuch, prall gefüllt mit winziger Schrift. Er hat zu jedem Bild die Richtung und Art des Lichtes notiert (*westlicher Schimmer, morgendliches Strahlen, dämmrige Schatten*). Er hat die Anordnung von Wolken und Luft analysiert und die Tiefenschärfe mit fanatischer Präzision bewertet. Lange Spalten mit Messungen geben die wahrscheinlichen Entfernungen zwischen den Objekten an – von den scharfen Spitzen an Neptuns Dreizack zur Spitze von Pegasus' Flügel und zu den über ihnen zart angedeuteten Vögeln …

Langsam und gewissenhaft deutet Don das Himmelreich in Tiepolos Fresken als ein Kompendium klassischer Regeln. Mit zunehmender Erregung verfolgt er, wie die Götter im Himmel in sein differenzierendes Netz fallen. Er hat beschlossen, dass sein Buch, wenn es veröffentlicht wird, *Die Himmel Tiepolos* heißen soll.

Wie er so in der Türöffnung steht und im Geiste die Einrichtung des Zimmers auflistet, kommen ihm die Reproduktionen auf seinem Schreibtisch einen Moment lang wie ein Raster blauer Tafeln vor – Würfel aus reinem, milchigem Licht. Doch als er den Raum durchquert, nehmen die Bilder wieder ihr normales Aussehen an. Die Komplexität kehrt zurück. Das Gefühl von Entfremdung – das Aufflackern eines *jamais-vu* – geht vorüber.

* * *

Mariam Schwarz. Der Name hatte sich in seinen Gedanken verfangen. Don durchsucht das Bibliotheksregal. Schultze, Schuyff, Schwarzkogler, Schwitters … Nichts über Schwarz.

Er ist in die kunstgeschichtliche Bibliothek gekommen, um einige Nachweise für seinen Aufsatz über Vitruv zu überprüfen, aber der Name der Bildhauerin, die der Kaplan erwähnt hatte – vermutlich die Inspiration hinter Angela Cannons *LOTTERBETT* –, hat sich wieder in seinen Kopf geschlichen und ihn veranlasst, in die Abteilung für moderne Bildhauerei hinüberzuschlendern.

«Haben Sie», fragt er die Bibliothekarin – eine gepflegte, kluge New Yorkerin namens Judy Cummings –, «irgendetwas über Mariam Schwarz? Offenbar eine Bildhauerin. Bei den Monografien habe ich nichts gefunden.»

«Ja, schon», sagt Judy, der Name sagt ihr sofort etwas. «Nachkriegszeit, *objets trouvés*, ich schau mal nach.» Sie durchstöbert einige kleine Schubladen voller Karteikarten und summt dabei vor sich hin. Dann zieht sie eine Karte heraus und hält sie hoch in die Luft, um sie über den Rand ihrer Brille hinweg zu lesen. Sie führt Don in einen anderen Teil der Bibliothek, eine unbeleuchtete Ecke, wo Ausstellungskataloge aufbewahrt werden.

Judy gleitet mit dem Finger über die Buchrücken. «Da haben wir's.» Sie zieht ein schlankes Hardcover aus dem Regal. Auf dem Leineneinband sind die Worte *Bildhauerinnen unserer Zeit* zu lesen. «Darin werden Sie etwas über sie finden.»

Don durchblättert das Buch, während Judy sich einem Wagen voller großformatiger Bücher zuwendet und ihn resolut davonschiebt. Es ist der Katalog einer Ausstellung in der South London Art Gallery von 1952 – ein Überblickswerk zu Bildhauerinnen in Europa und Amerika. Die Seiten sind verblasst und stockfleckig.

Der Eintrag zu Mariam Schwarz trägt die Überschrift: «Eine Pionierin der *objets trouvés*.» Die Worte sind in fetter, schmuckloser Typografie gedruckt. Daneben ist ein körniges

Schwarz-Weiß-Foto abgebildet. Es zeigt einen Metallrahmen – vielleicht ein Klettergerüst für Kinder oder einen Wäscheständer – als Silhouette vor einem weißen Himmel. Das Gerüst ist schwarz, verdreht und vollgestopft mit Gegenständen. Es sieht aus wie ein Überbleibsel nach einem zerstörerischen Sturm. Kleidung hängt verloren von den Stangen und ein hölzerner Stuhl ist durch das Gestänge gerammt worden. Dann ist da noch ein Bügelbrett – oder ein Kanu, das ist schwer zu sagen – und etwas, das wie der Ast eines Baumes aussieht, voller stacheliger Zweige.

Der Text ist eine kurze Biografie.

Mariam S. Schwarz kam 1941 nach London, eine Emigrantin aus Berlin. 1949 bereiste sie die Vereinigten Staaten, wo sie Marcel Duchamp und den abstrakten Bildhauer David Smith kennenlernte. Ihre Plastiken zeigen seitdem geschweißtes Metall und objets trouvés *in abstoßenden Kompositionen, die Zeugnis von den Traumata unseres Jahrhunderts ablegen. Mrs Schwarz ist mit einem bedeutenden Dozenten vom Warburg Institute in London verheiratet, wo sie vor kurzem als Beitrag zum* Festival of Britain *ein Relief aus gehämmertem Aluminium enthüllte.*

Don klappt das Buch zu. Ihn fasziniert der Gedanke, dass so etwas bereits Gegenstand der Kunstgeschichte ist. Allerdings nicht seiner Kunstgeschichte. Er registriert zustimmend, dass die Kreation auf dem Foto den Titel *Zerstört* trug.

Die Kunst Tiepolos und der anderen großen Venezianer wird länger Bestand haben als ihre, wer auch immer sie war. Der Geist der klassischen Kunst ist zeitlos, und Tiepolo war der letzte wahrhaft klassische Künstler, das letzte Glied einer goldenen Kette. Wenn das seine Kollegen nur begreifen würden. Doch in seinem Fachbereich sind viele Anhänger der Philosophie der 1970er – sie haben den Apfel vom Baum der Kulturtheorie gegessen.

Für Don besteht die Rolle des Kunsthistorikers darin, Schönheit in ihre Bestandteile zu destillieren. Es ist lange her, dass er über Fragen der Gesellschaft, Politik oder Psychologie nachgedacht hat – modische Irrelevanzen. Er schreibt stattdessen über grundlegende Dinge: Form, Proportion, Licht, Ausgewogenheit.

Mit leichtem, ausgewogenem Schritt kehrt er zu den vertrauten Regalen zurück, um seine Nachweise zu prüfen.

* * *

Jeden Abend um sieben Uhr nehmen die Dozenten des Lehrkörpers in weitgehend gleichbleibender Anordnung ihre Plätze um einen langen Tisch an der Stirnseite des Speisesaals ein. Erhoben auf einem Podest sitzen sie unter Porträts von Männern, denen sie in Haltung und Ausdruck gleichen. Manchmal mischen sich Gäste in ihre Reihen – Durchreisende in ihrer sonst immergleichen Welt. Die Studenten sitzen an drei Tischreihen, die sich über die ganze Länge des Raums erstrecken – ein lärmendes Gegengewicht zu den alten und weisen Gesichtern am High Table.

Don kommt zu spät für Drinks vor dem Essen. Die Kollegen gehen schon vom Combination Room hinüber in den Speisesaal, und als sie ihre Plätze einnehmen, findet er sich an der Seite von Ferdinand Fernandez wieder. Ferdinand ist der jüngste Dozent in Peterhouse – nicht mal siebenundzwanzig, aus einer adeligen Familie in Argentinien, mit glänzenden schwarzen Koteletten und messerscharfen Augen, die zu dicht beieinanderliegen.

Während sie als Vorspeise eine Zwiebelsuppe zu sich nehmen, erzählt Ferdinand Don von seinen Forschungen über eine antike Statue Pompeius des Großen.

«Die Gelehrten liegen falsch», erklärt er zwischen zwei Löffeln. «Die Statue als *Porträt* anzusehen ist ein Missverständnis.»

«Ganz richtig», sagt Don. Heimlich lässt er den Blick um den Tisch kreisen. Der Stuhl rechts von ihm ist leer. Auf der anderen Seite von Ferdinand sitzt Val, der gerade mit eucharistischem Ernst einen Löffel Suppe zum Mund führt, und hinter Val eine Frau, die er nicht kennt. Sie ist schwarz. Er kann einen Teil ihres Gesichts im Profil sehen. Dessen Konturen sind Ausdruck einer Schönheit, die die Jugend überlebt hat, ihr entwachsen ist. Neben ihr, am Kopfende des Tisches, sitzt der Dekan Frank Davis, sich grüblerisch seiner Unbeliebtheit bewusst. Seine Frau Briony kommt nie zum High Table.

«Ein Koloss», sagt Ferdinand, «aber so voller Zweideutigkeiten! Pompeius, Julius Caesar – keiner weiß genau, was er darstellen soll. Der Kopf gehört nicht einmal zum Körper. Denken Sie nur an die Diskrepanzen der Marmorverarbeitung – das Haar auf dem Kopf nach einer ganz anderen Technik als das Haar unten …»

Don hat lauwarme Zwiebelstreifen im Mund, er ist im Moment nicht in der Lage, sie hinunterzuschlucken. Wo hat er die Frau schon gesehen? Er hebt die Serviette an die Lippen und entlässt die Zwiebel unbemerkt in deren Falten. Während er vorgibt, Ferdinand zuzuhören, beugt er sich vor und lässt seine Aufmerksamkeit den Tisch entlangwandern.

Val spricht mit ihr, er erzählt eine Geschichte. Er unterstreicht das Gesagte mit den Händen und rundet die Anekdote mit einem einschmeichelnden Lachen ab. Don sieht, wie sie amüsiert, wenn auch etwas ungläubig, die Lippen öffnet.

Und dann fällt es ihm wieder ein. Sie ist die Frau, die zu spät zur Fitzwilliam-Vorlesung kam und ihn mit genau diesem

Gesichtsausdruck betrachtet hat, subtiler als ein Grinsen – und niederschmetternder.

«Und die Rezeptionsgeschichte», beharrt Ferdinand. «So verrätselt durch Widersprüche! Der nackte Mann versus imperiale Pose, der sterbliche Körper neben den Statussymbolen, der große Globus in der linken Hand und …»

Don beugt sich noch weiter über den Tisch. Die Frau sagt etwas über *Oral Poetry* – Erinnerungen, die von Ort zu Ort übermittelt werden, wie die Kette von Signalfeuern um Mykene, die die Nachricht vom Sieg über Troja weitertrugen. Ihre Intonation, jetzt, wo er darüber nachdenkt, ist tief und lyrisch – so spricht eine Dichterin.

Er legt seinen Löffel in die Schüssel. Natürlich – sie ist die neue *poet in residence*, von der Val gesprochen hat, Erica Jay. Die Erinnerung an die Fitzwilliam-Vorlesung versetzt ihm einen Stich, und er beschließt, dass die würdevollste Option ist, niemals mit ihr zu reden.

Ihr Gespräch mit Val hat von Mykene zu Peterhouse gewechselt.

«Hier sind nicht viele andere *people of colour*», sagt sie und lässt den Blick um den Tisch wandern. «Bin ich die einzige?»

Don kann Vals Antwort nicht verstehen – nur den beschwörenden Tonfall und das samtige Lachen, dass ihn schnell umschmiegt.

Sie scheint nicht zufrieden zu sein.

«Wohnen Sie alle hier im College?», hört er sie sagen. «All ihr Männer zusammen?» Das süffisante Lächeln ist wieder da.

«Eine Intelligenzia unverheirateter Dozenten …» beginnt Val, bevor seine Stimme wieder zum seidigen Gemurmel wird.

Don blickt in die Tiefe des Speisesaals und stellt sich einen Moment lang vor, er sähe den Raum mit den Augen eines

Besuchers. Ein mittelalterlicher Saal, ausgestattet mit Möbeln und einer Wandvertäfelung aus dem 19. Jahrhundert, durchtränkt von Geschichte, Tradition und Kerzenlicht. Ihn irritieren die eindringlichen Fragen Erica Jays und die amüsierte Geringschätzung, die in ihnen mitschwingt. Geringschätzung ihrer Lebensweise – seiner Lebensweise. Mehr noch irritiert ihn der Gedanke, sie könnte recht haben und sie wären wirklich lächerlich, er und Val und Ferdinand und die anderen.

«Und von wo stammen Sie, Miss Jay?», erkundigt sich Val. «Ich meine, ursprünglich.»

«Aus Brixton.»

«Oh, na dann sind wir ja zwei Äpfel vom selben Baum. Ja, vom selben Baum!»

Doch, Val kann auch lächerlich sein.

«Die Statue ist so komplex wie jede kubistische Abstraktion», fährt Ferdinand fort. «Die Ikonografie entzieht sich einem einheitlichen System. Stattdessen: *radikale* Mehrdeutigkeit. Sie zeigt zugleich Mensch und Gott …»

Don wendet sich um und sieht ihm ins Gesicht. «Und was ist mit dem hässlichen Baumstumpf hinter dem Bein der Statue? Was trägt der zur Mehrdeutigkeit bei?»

Ferdinand sieht ihn ernst und verwundert an. «Er ist eine Stütze, Lamb. Das ist alles. Ein Mittel, um dem Marmor Halt zu geben.»

Mit dem zweiten Gang wechselt die Konversation ihre Richtung. Ferdinand wendet sich nach links zu Val und hält einen Vortrag über Hadrians Villa in Tivoli. Don lehnt sich zurück, und sein Blick gleitet über die Objekte auf dem Tisch – eine Kristallkaraffe mit Wasser, ein dreiarmiger Kerzenleuchter aus modelliertem Silber. Erleichtert darüber, in Ruhe gelassen zu werden, kehren seine Gedanken zu seinem unvollendeten Aufsatz über Vitruv zurück. Er ist nahezu fertig, doch Don kann sich nicht entscheiden, welche Schlussfolgerungen er ziehen soll. Worauf genau will er eigentlich hinaus?

Ihm wird bewusst, dass der Platz rechts von ihm nun besetzt ist. Er dreht sich ein wenig. Eine Frau blickt ihn mit entspanntem, selbstbewusstem Lächeln an. Sein eigenes Lächeln erstirbt sofort. Es ist Erica Jay. Sie hat ihren Platz zwischen Val und dem Dekan verlassen; vielleicht hat einer der beiden vorgeschlagen, sie solle sich zu ihm setzen.

Unwillkürlich nickt er ihr zu, als wollte er ein stillschweigendes Übereinkommen bestätigen.

«Entschuldigung, aber ich weiß nicht, wer Sie sind», sagt er schließlich. Eine Lüge, und nicht das, was er wirklich sagen wollte.

Sie denkt über seine Worte nach. «Nennen Sie mich Erica.»

Er nimmt einen Schluck Wein. «Professor Don Lamb.»

«Ja, sicher, natürlich. Ich habe Sie neulich Abend gehört.»

Voller Unbehagen fragt er sich, ob sie ein Zimmer neben seinem bewohnt. Hat er im Schlaf geredet? Dann begreift er – die Vorlesung, und er durchlebt noch einmal den Moment, als seine Eloquenz zerbröselte. In aller Eile sucht er nach einer Formulierung, um auf den Abend anzuspielen und irgendwie pfiffig ihre Anwesenheit dort zu würdigen. Doch was immer er zu diesem Thema sagen könnte, würde ihn lächerlich dastehen lassen. Stattdessen fragt er in seinem höflichsten Tonfall, was sie in Cambridge tut.

«Im Moment recherchiere ich für ein neues Gedicht. Eine poetische Erzählung.»

«Sie recherchieren? Welche Bibliotheken werden Sie nutzen?»

Etwas an ihrem ruhigen Blick ist unerträglich. Er wendet

die Augen ab und sortiert die Speisen auf seinem Teller – Schweinefleisch, Kartoffeln, *haricots verts.*

«Es geht mir vor allem darum, ein Gefühl für den Ort zu bekommen», erwidert sie nach einer Pause. «Wussten Sie, dass es 1970 im Hotel gleich neben diesem College Krawalle gab? Davon handelt mein Gedicht.»

Die Garden-House-Krawalle. Er erinnert sich gut daran. Ein Protest gegen die Militärdiktatur in Griechenland vor einem Hotel, in dem zufällig ein Dinner zu Ehren des Landes stattfand. Er artete schnell in Chaos aus. Sozialistische Studenten stellten in einem Raum in Peterhouse einen Lautsprecher auf, direkt über der Mauer zum Hotel. Einige drangen in den Saal ein und warfen Ziegelsteine. Er konnte die ganze Nacht wegen der dröhnenden Musik griechischer Dissidenten und des fernen Geräuschs splitternder Fensterscheiben nicht schlafen; in unmittelbarer Nähe wurde gegen seine Schlafzimmertür getrommelt.

«Ich kann mich dunkel erinnern. Ich glaube, damals war ich noch Student.»

Sie erzählt ihm die Geschichte, jede Phase der Miniatur-Schlacht. Während sie spricht, bemerkt Don, dass einigen der Kollegen der Gesprächsstoff ausgegangen ist. Sie trinken in verdrossenem Schweigen. Bruce Days Stimme ist vom entfernten Ende des Tisches gerade noch zu hören. Er hat seine Hand auf die eines jungen Freundes gelegt. Don hört die Worte «ritterliches Bündnis» – offenbar eine Perle der mittelalterlichen Geschichte.

«Acht Studenten wurden verurteilt», sagt Erica. «Sie gingen ins Gefängnis. Mein Gedicht erzählt die Geschichte mit ihren Stimmen, wie ein Chor; ihren Bericht von dieser Nacht, ihre Hoffnungen auf die Weltrevolution, ihr *Was wäre, wenn.*»

«Die Weltrevolution – hätten Sie gewollt, dass es darauf

hinausläuft?» Die Frage ist scherzhaft gemeint, aber sie klingt spröde und gereizt.

Sie denkt einen Moment nach. Ihre Augen sind groß, unbeirrt. «Es geht nicht darum, was ich mir gewünscht hätte. Ich war nicht dabei. Es geht eher darum, Zeugnis abzulegen. Das ist die Aufgabe der Poesie – die Aufgabe der *Kunst*. Sie bewahrt, was wirklich war – legt es bloß.»

«Kunst», echot er, während er gedankenlos mit dem Finger einen Kreis auf die Tischdecke zeichnet, «beschwört andere Wirklichkeiten herauf. Sie beschreibt Welten, die unserer eigenen nur teilweise ähneln. Sie übersetzt das Leben durch das Brennglas der Allegorie in höhere Formen – verleiht ihm *Würde*. Ich glaube, Kunst ist eine Abfolge von Bekräftigungen. Ja, Bekräftigungen dessen, was gut und wahr ist.»

Sein Finger hat die Kreisbewegung eingestellt. Er lehnt sich zurück. Seine Worte haben einen unerwarteten Schub an Gefühlen freigesetzt – Stolz durchflutet ihn. Vor seinem inneren Auge erstrahlt die Allegorie *Die Macht der Beredsamkeit*.

«Bekräftigungen», sagt sie. «Das gefällt mir. Was ich aber noch nicht verstanden habe, ist ihr – wie haben Sie gesagt? – allegorisches Brennglas. Klingt irgendwie wie eine Nebelwand.» Ihr lächelnder Unglaube ist zurückgekehrt. «Ich denke so über die Kunst: Sie bekräftigt – gewiss –, aber sie verweigert auch die Bekräftigung. Sie greift das auf, was in der Welt geschieht, und wiederholt es, verwendet es auf *ihre* Art und wirft es dann zurück. Und sie bringt uns dazu, zu hinterfragen, was wir wissen und was wir *glauben*. Zum Teufel mit der Würde, Kunst destabilisiert. Ich meine, was *ist* denn überhaupt gut und wahr?»

Er starrt sie an, überzeugt, dass sie Unsinn redet, und ist doch verwirrt und um eine Antwort verlegen.

«Ich erwarte darauf keine Antwort», sagt sie. «Ich will nur

sagen, Kunst ist dasselbe wie Leben – und das Leben ist gefährlich und unsicher.» Plötzlich ist ihr Lächeln einfacher, nicht mehr herausfordernd wie zuvor. «Erzählen Sie mir von sich.»

Das Schweigen zieht sich immer fester um ihn zusammen. «Da ist herzlich wenig zu sagen. Ich kam 1968 hierher und ging nicht wieder weg.»

«Haben Sie je daran gedacht, fortzugehen, hinaus in die Welt?»

Die Frage ist beiläufig und offenherzig. Und doch bewirkt sie das vertraute Gefühl von Ärger.

«Wissenschaft ist genauso Teil der Welt wie Politik», erwidert er, «oder die Kunst, oder Gedichteschreiben.» Er macht eine lange Pause, bevor er weiterspricht. «Ich nehme an, Sie meinen die Welt öffentlicher Wirksamkeit. Sie erinnern sich wahrscheinlich nicht an meine Rundfunkserie *Eine venezianische Odyssee*. Eine konzise Geschichte der Kunst und Architektur dieser Stadt. Die Rezensionen in der Presse», er legt die Fingerspitzen aneinander, «waren nicht unfreundlich.»

Ericas Gesichtsausdruck ist eine Mischung aus höchster Aufmerksamkeit und Distanz, als ob in ihrem Kopf zweierlei Meinungen im Tandem arbeiten würden.

«Ich würde sagen, wir sind nur so welthaltig – jeder von uns –, wie wir selbst zulassen.» Sie hat ihn ignoriert, ist auf eine abstrakte Ebene gewechselt, und doch sind ihre Worte wie sprudelnder Schaum auf einer tiefen See voller Bedeutung.

Für den kurzen Rest ihrer Unterhaltung ist er abgelenkt, weil er sich fragt, welches Bild die Öffentlichkeit wohl von ihm haben mag. Er versucht sich vorzustellen, wie sein Nachruf in der *Times* lauten wird. *Professor Donald Lamb,*

Kunsthistoriker, ein unerschrockener Verteidiger der klassischen Tradition. Er wird mehrere Spalten füllen, so viel ist sicher.

Als der Pudding serviert wird, entschuldigt sich Erica. Sie will auf ihr Zimmer, um zu schreiben. Das Dinner liegt in den letzten Zügen, und er bleibt allein zurück. Ferdinand Fernandez ist wieder in die Bibliothek gegangen, auch der Dekan ist entflohen. Der Speisesaal ist fast leer. Nur eine Handvoll Professoren sitzt noch am High Table, sie nippen am Portwein und unterbrechen das Schweigen gelegentlich durch gemurmelte Worte. Sie beenden den Abend, wie sie jeden Abend beenden. Er fühlt sich einsam.

Val kommt und setzt sich neben ihn.

«Ich finde ihre Gedichte ziemlich schlecht», sagt er im Flüsterton.

«Gedichte? Wessen Gedichte?»

«Wen soll ich schon meinen? Erica Jay! Unser *poet in residence*. Die große *artiste*. Hast du nicht gesehen, wie ich ihr den Hof machen musste, vor den Augen des Dekans? Solche unverschämten Fragen!»

«Ich habe ihr Werk nicht gelesen», sagt Don, irgendwie unwillig, seine eigenen Vorbehalte zu verheimlichen. «Ich hätte es ganz bestimmt tun sollen, aber du weißt ja, wie beschäftigt ich war – mein Aufsatz über Vitruv.»

«Du musst nur eine Seite lesen», zischelt Val, «um zu erkennen, dass es schrecklich ist. Kein Rhythmus, keine Lyrik, keine Struktur! Es ist nichts als Prosa in kurzen Zeilen. Und so *bieder*. Race und Empire – jawohl, Empire, aber nicht wie Auden das gemacht hat.»

«Und wie war das? Wie hat Auden das gemacht?»

Val scheint ihn nicht gehört zu haben. Er betrachtet sich selbst in der konvexen Wölbung seines Löffels. Er findet oft einen Grund zu erwähnen, dass er W. H. Auden gekannt hat.

Sie verkehrten in ähnlichen Kreisen. Val ist stolz auf seine literarischen Verbindungen, und er kann gute – und auch schlechte – Dichtung erkennen, wenn er sie sieht.

«Die Gedichte sind *schlecht.*» Er schlägt mit dem Löffel auf den Tisch. «Politisch korrekt. Ich glaube, so nennt man das. Politisch korrekt.»

«Politisch korrekt. Ha. Ja, das ist sehr gut. Von wem stammt der Begriff?»

«Ach, ich weiß nicht, er macht die Runde.» Vals Seufzer klingt fast wie ein Jammern. «Warum ist sie *hier*? Warum?»

«Der neue Dekan ist schuld», murmelt Don.

Als er in sein Arbeitszimmer zurückkehrt, stellt er sich ans Fenster, im richtigen Winkel, um *LOTTERBETT* nicht zu sehen, und schaut hinab auf die Kieswege, Mauern und dunklen Fensterscheiben gegenüber. Er fokussiert neu und mustert sich selbst im dunklen Spiegel des Fensters. Die Linien, die von seinen Augenwinkeln ausgehen, treten furchtbar hervor. Doch wenn er sich nur ein klein wenig dreht, ist er ein neunzehnjähriger Junge.

Er denkt zurück an das Cambridge seiner Jugend. Ein ziemlich schwuler Ort, besonders Peterhouse. Aber das Thema wurde sehr diskret und unschuldig behandelt. Erotische Impulse wurden in die Sicherheit und Stilisierung eines Theaterstücks von Noël Coward transformiert, ein hübsches Cambridge-Drama mit gestreiften Blazern und pastellfarbenen Hosen. Sex wurde in der Sprachlosigkeit der Nacht begraben – und ging an Don vorbei. Romantische Möglichkeiten waren wie Klangfetzen einer entfernten Party, die an einem heißen Tag zu seinem Bibliothekstisch herüberdrangen.

Mit einer Ausnahme. Anders Andersson, ein Student in Peterhouse, der am selben Treppenaufgang wohnte wie Don.

Sie gingen unzählige Male ohne ein Wort aneinander vorbei. Bis zu diesem Abend. Don ging hoch in sein Zimmer, einen Stapel Bücher unter dem Arm, und Anders lief nach draußen. Der junge Mann, betrunken und wie in Trance, sah Don in die Augen und lächelte. Er wollte etwas sagen, stolperte und fiel Don direkt in die Arme, ganz sanft und hilflos, und küsste ihn auf die Lippen. Die Bücher fielen zu Boden. Dann löste er sich aus der Umarmung, lachte – Don erinnert sich noch an den süßen alkoholischen Geruch seines Atems – und verschwand in der Nacht.

Liebe ergriff Don. Der Kuss hatte eine Sekunde gedauert, vielleicht zwei, aber das Ereignis setzte in seinem Herz und Verstand einen Dynamo in Gang, Gefühle überfluteten ihn, die er nicht kontrollieren konnte. Er wich Anders tagelang aus, weil er nicht wusste, wie er ihm entgegentreten sollte, doch seine Gedanken drehten sich unablässig um ihn. Wohin er auch ging, er stellte sich vor, dass sie beide zusammen wären und ganz offen miteinander sprachen, elektrifiziert durch die Nähe des andern.

Als sie sich schließlich wiedersahen, schaute Anders mit einem schwachen, unbeteiligten Lächeln durch ihn hindurch.

Don schrieb einen Brief, in dem er seine Liebe gestand. Einen langen Brief voll feurigen Ernstes – er brauchte fast die ganze Nacht, ihn zu schreiben. Beim Morgengrauen brachte er den Brief zur Loge des Pedells und legte ihn in Anders' Fach. Er verbrachte einen Tag, zwei Tage halb wahnsinnig vor Erwartung, zugleich voller Furcht, Anders zu sehen und sich erklären zu müssen. Dann kam die Antwort. Ein Brief in seinem Fach, *sein eigener Brief*. Er war geöffnet worden, gelesen – und zurückgegeben.

Er erinnert sich, wie er dastand, die Blätter in der Hand. Er suchte nach einer hingekritzelten Bemerkung, einem

Fingerabdruck, irgendeinem Zeichen von Reaktion. Doch alles, was er sah, war seine eigene flüssige Handschrift, die sich in ihrer Gewandtheit über ihn lustig zu machen schien.

Danach sah er Anders nur noch einmal. Es war mehrere Wochen später, er passierte an einem schwülen Frühlingsnachmittag die Magdalenenbrücke. Männer schlenderten am Ufer des Flusses durchs Gras, manche von ihnen in Badehosen. Direkt am Wasser kniete ein junger Mann, dessen Hemd aus der Hose hing; er hatte die Ärmel aufgekrempelt. Sein blondes Haar fiel nach vorn und verdeckte sein Gesicht. Er gab einem anderen Mann Zeichen, der hüfttief im Wasser stand, und zog wegen der plötzlichen Brise fröstelnd die Schultern zusammen. Dann setzte sich die kniende Gestalt hin und Don sah, dass es Anders war, der sich mit kryptischem Lächeln mit seinem Freund unterhielt. Er erinnert sich, dass die Äste über dem Fluss gestutzt waren und zwei Schwäne vorbeiglitten, tiefe Wellen hinter sich herziehend; er stand da auf der Brücke, hielt sich am Eisengeländer fest und schaute hinab.

Nicht lange danach ging Anders fort zu einem Auslandsjahr, das niemals endete. Don behielt den Brief, brachte es aber nie übers Herz, ihn noch einmal zu lesen. Er nahm ein Buch – einen roten Band mit Goldschrift – und steckte ihn zwischen die Seiten, dann stellte er es wieder ins Regal. Recht bald wurde der Dynamo langsamer und blieb schließlich ganz stehen – er kam nie wieder in Gang. Und das Buch verschwand, er weiß nicht mehr, wie. Vielleicht hat er es weggeworfen.

Gelegentlich fragt er sich, wohin Anders gegangen ist und was aus ihm wurde. Aber seine Fantasie bleibt leer. Der Junge, der ihm in die Arme fiel, existierte nur für einen kurzen Moment.

Er dreht sich ein wenig und *LOTTERBETT* gerät ihm wieder in den Blick. Ohne die Beleuchtung sieht es aus wie ein ausgebranntes Wrack. Er schließt die Vorhänge und versiegelt sich im dämmrigen Goldschimmer des Zimmers.

Er blieb unverheiratet. Mit diesen Worten wird der Nachruf der *Times* enden, wie Nachrufe für Menschen wie ihn es für gewöhnlich tun. Er denkt, ich bin ein Einzelwesen. Wie Erica Jay festgestellt hat, ist Peterhouse eine Junggesellenkolonie – keine Frauen, ein klösterlicher Ort. Und was die Liebe betrifft, so ging das Noël-Coward-Stück schon vor langer Zeit zu Ende, oder wird anderswo gespielt, an einem unbekannten Ort.

* * *

Peterhouse verändert sich. Don allein spürt es. *LOTTERBETT* sendet sein grelles Licht in die hintersten Winkel, es durchdringt selbst die Grashalme. Es ist, als wäre ein alter Freund durch einen Hochstapler in makelloser Verkleidung ersetzt worden.

Als er eines späten Nachmittags den Old Court durchquert, sieht er neben dem Rasen den Kaplan mit einer Gruppe junger Leute. Sie sind zu jung, um Studenten zu sein. Es müssen Oberstufenschüler sein, die Cambridge an einem Tag der offenen Tür besuchen.

«Meint ihr nicht», sagt der Kaplan, «dass es den Charakter von Naum Gabos Konstruktionen aus den 1920ern aufweist? Genauso krass, genauso linear.»

Don geht vorbei. Die Schattenlinien, die der rotierende Scheinwerfer erzeugt, verfolgen ihn auf seinem Weg durch den Hof – er spürt sie wie Peitschenhiebe auf dem Rücken.

«Dort geht Don Lamb», hört er den Kaplan rufen. «Der große Kunsthistoriker von Peterhouse.»

Im Schutz seines Arbeitszimmers angekommen, spürt er, wie heftig er atmet. Er stützt sich auf eine Sofalehne. Sein Herz ist verkrampft. Der Raum um ihn herum, sein alter, vertrauter Raum strahlt eine Verlogenheit aus, die er nicht benennen kann. Die Tapete, ein Blumenkarneval von William Morris, erscheint ihm für einen Augenblick trüb und bedrückend; im nächsten Moment wirkt sie wie eine Luftspiegelung, durch die er hindurchgehen kann.

Der letzte, siegreiche Satz seiner Fitzwilliam-Vorlesung, die nun schon einige Wochen zurückliegt, kommt ihm in den Sinn wie der Refrain eines bekannten Musikstücks.

Die glatte Oberfläche der Verzierungen kaschiert einen streng geordneten Himmel!

Wie den Refrain eines Kinderlieds hört er den Satz wieder und wieder – sonor, beharrlich und durch die ständige Wiederholung völlig nichtssagend. Er folgt einem perversen Impuls, tritt ans Fenster und blickt hinab auf *LOTTERBETT*. Der Scheinwerfer schwenkt herauf in seine Richtung.

Ein streng geordneter Himmel!

In seinem Schrank steht eine Flasche Brandy. Er gießt etwas davon in ein angestaubtes Glas und geht damit zum Sofa. Als er wieder am Fenster vorbeikommt, sieht er den Kaplan und seine jungen Schüler unten auf dem Weg. Sie alle lachen.

Er setzt sich auf das Sofa und genießt das Brennen des Alkohols in der Kehle. Ein Bild drängt sich vor sein geistiges Auge: Er selbst als Zwanzigjähriger am Tag des Examens zwischen seinen Eltern vor der strahlenden Fassade des Senate House. Die reale Fotografie existiert in einer seiner Schachteln oder Schubladen. Auf dem Schwarz-Weiß-Schnappschuss sieht Don jünger aus, als er war, nur ein grimmig blickender Junge mit einer Schriftrolle in der Hand, und seine Eltern wirken älter – schon weißhaarig und gebrechlich, herausgelockt aus ihrem behüteten Leben in Dorset.

Er erinnert sich, dass sein Vater an diesem Tag um die richtigen Worte verlegen war und deshalb auf die Rolle deutete. Er fragte Don, ob er sie unterschreiben solle, als eine Art von Beglaubigung durch einen Zeugen. Doch dann musste Antony Lamb feststellen, dass die vermeintliche Schriftrolle nur ein Plastikrohr war – ein Behälter für das Foto. Don erinnert sich, wie sein Vater lachte, um seine Verlegenheit zu verbergen.

Val war ebenfalls dort gewesen, um eine kleine, aber wesentliche Rolle in der Zeremonie zu spielen. Er sonnte sich im Glanz der diesjährigen Studentenausbeute – und dem eines bestimmten Studenten im Besonderen. Als Don mit seinen Eltern auf dem Rasen des Senate House stand, glitt Val in seinem schwarzen Talar vorbei und schüttelte ihnen die Hände – plauderte mit Paula und verhandelte (in gewichtigem, männlichem Ton) mit Antony. In wenigen Minuten gewann er das Vertrauen und die Zuneigung der Lambs.

Das Foto wurde von einem bestellten Fotografen mit Kapuzenshirt aufgenommen – dessen ist sich Don sicher, aber irgendwie, wenn er heute daran denkt, hat er die merkwürdige, irrige Vorstellung, Val hätte das Foto gemacht. Er hat Val vor Augen, wie er ihn und seine Eltern anstrahlt und mit einem Druck auf den Gummiball den Auslöser betätigt. Aber so ist es nicht gewesen. Val muss neben dem Fotografen gestanden und Familie Lamb aus einem diskreten, aber sehr geringen Abstand beobachtet haben.

Er sackt auf dem Sofa ein wenig in sich zusammen. So hat alles angefangen – und mit dreiundvierzig ist er noch jung, zumindest für wissenschaftliche Verhältnisse. Wie merkwürdig, dass sein Geist nun zu diesem Ursprungsmoment zurückkehrt. Immer wieder taucht er in einen Dämmerzustand ab und wieder auf; er fragt sich, ob die Dinge einfacher waren damals, als die Zukunft noch reines Potenzial war.

Als er erwacht, ist es fast schon Zeit für das Dinner.

Es ist nach zehn Uhr, als Don auf dem Rückweg vom Speisesaal den Old Court durchquert; er will noch eine Stunde schreiben, bevor er schlafen geht. Der Scheinwerfer von *LOTTERBETT* surrt noch. Sie schalten ihn anscheinend nicht mehr aus.

Doch aus irgendeinem Grund – vielleicht ist es die ihn umschmeichelnde Nachtluft – macht er kehrt und geht durch das College-Tor. Draußen auf der Straße schlendern Studenten herum. Ein Stück entfernt probt ein Chor.

Er blickt zur anderen Straßenseite und sieht, dass das Tor zur Wohnung des Dekans offen steht. Das Queen-Anne-Gebäude ist ihm so vertraut, dass er es kaum noch zur Kenntnis nimmt. Er überquert die Straße, um es genauer zu betrachten, und ihm geht durch den Kopf – nicht zum ersten Mal –, dass er selbst eines Tages dort wohnen könnte. Der neue Dekan wird nicht für immer bleiben, und der Lehrkörper wird niemals wieder eine externe Berufung riskieren. Val ist als dienstältester Professor der offensichtlichste Kandidat. Aber Don wäre eine sicherere Option – nicht so politisch, nicht so theatralisch. Es ist nicht unmöglich.

Er durchquert den dunklen Vorgarten und schleicht an der Fassade des Hauses entlang. Ein Fenster im Erdgeschoss steht offen. Die zugezogenen Vorhänge leuchten rot, und von drinnen sind Stimmen zu hören. Der Dekan gibt ein privates Abendessen. Er erkennt die tiefe, ernste Stimme von Frank Davis und die seiner Frau.

Ein plötzliches Lachen hinter den Vorhängen lässt sein

Herz schneller schlagen. Vals Lachen – ein einzigartiges, silbriges Geräusch. Val isst heimlich beim Dekan, fraternisiert mit dem Feind. Don versucht zu verstehen, worüber sie reden. Der Tonfall ist fröhlich. Verschwörerisch.

Hinter ihm ein Knirschen auf dem Kiesweg. Er dreht sich um und sieht Bruce Day, angesehener Professor der Geschichte, der ihn aus wenigen Schritten Entfernung beobachtet.

«Etwas Nachtluft schnuppern, Lamb?»

«Ganz genau», antwortet er.

Aber Bruces graue Augen stellen noch eine andere Frage.

Don senkt den Kopf und geht fort. Im Gehen hört er einen weiteren Ausbruch von Gelächter im Haus und darauf Vals Stimme – dieses Mal gut zu verstehen:

«Oh, er wird es machen! Das macht er ganz bestimmt!»

Don denkt über die Worte nach. Sie bedeuten etwas, aber er weiß nicht, was.

Valentine Black hat eine verborgene Seite. Halb verborgen. Über seine frühen Jahre, seine Kontakte zu Künstlern und Dichtern, kursieren Geschichten. Er wurde von Patrick Procktor nackt gemalt, obwohl niemand behaupten kann, er habe das Bild gesehen. Man weiß, dass er in London eine andere Art von Leben führt. Irgendwann in ferner Vergangenheit kam er an Geld – er besitzt ein Haus in Dulwich, in das er sich während der Ferien zurückzieht. Er hat Don öfter eingeladen, dort zu übernachten, aber Don verstand diese Einladungen als symbolische Gesten, die man dankend ablehnt.

«Eines Tages nimmst du das Angebot an», sagt Val dann mit geduldigem Lächeln. «Mein Haus ist dein Haus, wann immer du dich entschließt, es zu wollen.»

Ist es möglich, fragt sich Don nun, dass Val und der verhasste Dekan Freunde sind? Er verscheucht den Gedanken.

Wahrscheinlich ist dies nur der neueste Plan – das neueste Komplott – in einer unablässigen Abfolge von Plänen und Komplotten, die allesamt das Ziel verfolgen, Peterhouse so zu erhalten, wie es immer war. Verschwörungen gehören nun einmal zu diesem Ort, so unverrückbar wie die Mauern oder der Walnussbaum im Fellows' Garden, hunderte von Jahren alt, neuerdings abgestützt von einem Holzgerüst – einer Art Beinschiene für Bäume.

Zurück in seinem Arbeitszimmer, setzt er sich an seinen Schreibtisch und unterzieht Tiepolos Himmel siebenundfünfzig neuen Messungen. Die Uhr der Kapelle hat schon zwei geschlagen, als er endlich auf dem Sofa liegt, aber ihm ist noch nicht nach Schlafen. Sein Blick folgt der fleckigen Stuckkante, die die Decke von den Wänden abgrenzt. Während er dort liegt, hüpfen krakelige Lichtstrahlen durch den Raum, und er erkennt die Silhouette einer Sprungfeder.

3

Anfang November erhält Don einen Brief von Radio 4 der BBC. Es ist die Einladung, einen Beitrag zum wöchentlichen Kulturprogramm *Perspektivwechsel* zu leisten. Das Thema wird, wie der Produzent schreibt, Angela Cannons provokative und kraftvolle Installation im Peterhouse College sein.

Er steht am Fenster seines Arbeitszimmers, als er den Brief liest, dessen Gegenstand direkt vor Augen.

Unsere Zuhörer wüssten gern, was Sie zu diesem bahnbrechenden Kunstwerk zu sagen haben, nicht nur als Lehrer am Peterhouse College, sondern auch als Kunsthistoriker von Bedeutung.

Die Erinnerung an seine Rundfunkserie *Eine venezianische Odyssee* scheint bei der BBC noch nicht verblasst zu sein. Jemand hat ihn als abweichende Meinung empfohlen – oder als die Stimme der Vernunft. Eine oder zwei Minuten lang nickt er langsam dem gerahmten Foto auf seinem Schreibtisch zu, in der Hoffnung, in den Spatzenaugen des Hundes Orientierung zu finden.

Iris, der Windhund der Familie, wurde auf Veranlassung seiner Eltern eingeschläfert, nachdem er nach Cambridge gegangen war. Es war ein Akt der Bequemlichkeit, nicht der Gnade. Die Lambs waren zu erschöpft, die Hündin weiterhin auszuführen; sie war zu einer Last geworden. Don erfuhr davon, als er nach Hause kam und ihre Asche auf dem Kaminsims sah. Er beerdigte sie selbst, unter einer Kiefer in

Sandbanks, und schaufelte ihr Grab mit heiserem Keuchen. Es war die härteste körperliche Arbeit seines Lebens, dieses tiefe Loch auszuheben und die schwere kleine Urne hineinzuwerfen.

Er faltet den Brief zusammen und legt ihn in eine Schublade.

Doch die Worte begleiten ihn den ganzen Tag. Wie kleine Sporen piksen sie ihn tief im Innern. *Provokativ. Kraftvoll. Bahnbrechend.*

Am Abend sitzt er mit Val am High Table. Vals private Einladung beim Dekan geht ihm nicht aus dem Sinn, aber er weiß nicht, wie er das Thema ansprechen soll. Zuzugeben, dass er davon weiß, würde verraten, dass er spioniert hat.

Stattdessen erzählt er Val von der Einladung, die er von der BBC erhalten hat.

«Natürlich gehe ich da nicht hin», sagt er, nachdem er den Brief aus dem Gedächtnis zitiert hat.

Val hat nickend zugehört und über die hochfahrenden Worte gekichert, doch bei der letzten Bemerkung hebt er die Augenbrauen.

«Warum nicht?» Er hat ein Leuchten in den Augen, beinah belustigt.

«Warum nicht?» Don stößt ein hartes Lachen aus. «Was für eine Frage, und ausgerechnet von dir. Ich muss einen Aufsatz fertigstellen, ein Buch schreiben. Die Vorstellung, dass ich Zeit und Energie vergeuden soll, um über dieses teuflische Machwerk zu reden …»

«Nur eine Fahrt nach London und eine Stunde beim Sender.»

Don starrt Val an. «Wir sind mitten im Herbsttrimester. Ich halte fünf Stunden die Woche Vorlesung, ganz zu schweigen von den Seminaren, den Korrekturen und Gremiensitzungen. So geht das rund um die Uhr – ich schlafe kaum.»

«Vergiss das alles, Don. Denk lieber an die öffentliche Wirkung. *Perspektivwechsel* bietet dir eine landesweite Plattform. Der ganze Fachbereich wird dich beneiden.» Val senkt leicht die Stimme. «Und darüber hinaus – hältst du es nicht für deine Pflicht?»

Eine *Pflicht*. Überraschung und Ärger verscheuchen die Sätze, die sich bilden wollen.

«Wenn *LOTTERBETT* so starke Gefühle bei dir auslöst», fährt Val fort, «solltest du das dann nicht erklären? Solltest du nicht verteidigen, was gut und wahr ist in der Kunst?» Das Leuchten wird stärker.

«Ich denke darüber nach.»

«Du machst das bestimmt großartig. Ein Fanal der Klarheit.»

«Ich habe doch gesagt, dass ich drüber nachdenke. Und es ist äußerst unwahrscheinlich.» Dons Worte sind defensiv, fast wütend. Ein großes, nicht zu benennendes Unbehagen erfasst ihn.

Val summt vor sich hin. «Dieser Wein ist bemerkenswert. Willst du noch?»

«Ich habe eine Regel: wochentags nie mehr als zwei Gläser.»

«Ach was. Dieser Wein ist es wert.» Val nimmt die Flasche und füllt Dons Glas. «Beaujolais Supérieur 1989.» Er betont den Jahrgang, als spräche er eine magische Formel.

Während sie trinken, lenkt Val das Gespräch auf eins seiner Lieblingsthemen, die nichts mit Cambridge zu tun haben – die Vorgänge in der Brockwell Collection.

«Da ist was los, das muss ich dir erzählen.»

Das Brockwell ist ein kleines Museum in Südlondon, dem Val als Vorsitzender des Verwaltungsrats angehört. Don ist seit Jahren nicht mehr dort gewesen, weiß aber, dass es eine außergewöhnliche Sammlung kleiner Gemälde von Tiepolo beherbergt.

«Erinnerst du dich an Maurice Forster?», fährt Val fort. «Leider hat ihn die Demenz dahingerafft.»

«Tut mir leid zu hören», erwidert Don, während Platten mit Lamm und Polenta aufgetragen werden. «Ein großer Mann, in seiner Glanzzeit.»

«Ja, ja, es ist furchtbar. Forster war seit der deutschen Bombardierung Direktor des Brockwell.» Val seufzt. «Es ließ sich nicht mehr vertuschen, als er angetroffen wurde, während er mit einer der Marmorbüsten ein tiefschürfendes Gespräch führte.» Vals Zähne funkeln. Sie sind lang und gut gepflegt. «Genauer gesagt war es Roubiliacs Porträt von Alexander Pope.»

«O ja, eine gute Arbeit.»

«Darum geht's doch nicht, Don. Der Mann hat mit einer Statue geredet. Über die Finanzen des Museums und Gott weiß was noch. Er hat komplett den Verstand verloren.»

Don senkt würdevoll den Kopf.

«Stoff für eine Komödie», fährt Val fort, während er die Fettkante seines Lammkoteletts abschneidet, «wenn es nur nicht so traurig wäre. Glücklicherweise haben wir in der Londoner City ein Heim für ihn gefunden – eine geriatrische Einrichtung der Freimaurer. Aber es stellt den Verwaltungsrat vor ein Problem – der freie Direktorensessel.»

«Thaddeus Knight ist der richtige Mann», sagt Don. Er ist in Gedanken noch bei Maurice Forster, der in seiner Demenz vertrauliche Gespräche mit Pope führt. Wer hat den Vorfall beobachtet – wer hat ihn ausgeplaudert?

«Knight? Er ist in Forsters Alter, ziemlich nah dran. Zu alt.»

Don denkt nach. «Warum nicht Chris Courtney? Ich habe

gehört, sie finden ihn zu – nun, zu englisch, zu angelsächsisch im Louvre.»

«Der Mann ist seit seiner frühen Jugend die reinste Blamage. Angelsächsisch? Das ist das kleinste seiner Verbrechen.» Val lutscht ein Stückchen Polentabrei von der Gabel und schluckt es hinunter. «Nein, wir suchen ein akademisches Schwergewicht für das Brockwell.» Er fixiert die Pupillen auf Don und beide versinken in Schweigen.

«Aber, Val, das ist doch lächerlich. Ich habe seit zehn Jahren keinen Fuß in das Gebäude gesetzt. Und ich bin Kunsthistoriker, kein professioneller Museumsmann.»

«Genau. Du wärst perfekt – genau der Wechsel, den das Brockwell braucht. Ein Mann mit Scharfsinn. Eine intellektuelle Wetterfahne.»

Don muss lachen. «Das ist unmöglich. Du hast selbst gesagt, dass die Forschung bei mir ein innerer Zwang und eine Verpflichtung ist. Sie ist mein Leben.»

«Vielleicht bist du innerlich so weit, dich von dieser Verpflichtung befreien zu lassen.»

Don kann nicht glauben, dass Val das ernst meint. Er wendet die Augen vom erwartungsvoll starrenden Blick des Freundes ab; sie landen auf dem Tattoo, das sich um den Unterarm der jungen Frau schlängelt, die – genau in diesem Moment – Wein in Vals Glas nachschenkt. Er versteht nicht, was das Bild darstellen soll, das sich über die zarte Unterseite des Arms zieht – eine Schlange, eine rankende Rebe, ein Schnörkel: Es entgleitet seinem geistigen Zugriff, wann immer er meint, es verstanden zu haben. Als er die Augen hebt, sieht er, dass das Mädchen seine Neugier bemerkt hat und ihn ebenfalls anschaut. Er zuckt überrascht zusammen, als er erkennt, dass er einen jungen Mann vor sich hat – blass und von femininer Schönheit, leicht mit einer Frau zu verwechseln.

Die Flasche rutscht ab und Wein läuft über Vals Handgelenk, auf seine weiße Manschette. Val schimpft und betupft den Fleck mit der Serviette. Der junge Mann zieht sich zurück, und erst später findet Don es eigenartig, dass er nicht reagiert oder sich entschuldigt hat, sondern ohne ein Wort davonging.

Don und Val reden mehr als eine Stunde über die Zukunft der klassischen Tradition und vergessen darüber alles andere.

Als Don nach dem Abendessen durch den Old Court zu seinem Treppenhaus geht und dabei das Arrangement auf dem Rasen sorgfältig ignoriert, steht er plötzlich Erica Jay gegenüber. Sie sind nur einen guten Meter voneinander entfernt, als er sie sieht. Ihre Augen treffen sich und sie lächelt. Ein festes Lächeln, das nichts verrät. Für einen Moment scheint sie etwas sagen zu wollen. Dann geht sie weiter.

Schweiß tritt ihm auf die Stirn. Dieses hingeworfene Lächeln gibt ihm das Gefühl, irgendwie seltsam zu sein – dumm und verbraucht. Es ist, als wäre sein Wissen – sein Vorrat an Qualifikationen – bloßgestellt, aus den sicheren Grenzen seiner Persönlichkeit extrahiert und wie ein unnützes und lächerliches Relikt auf dem Rasen liegen gelassen worden. Er krümmt sich im Griff dieser neuen Empfindung.

* * *

Wenige Tage später sitzen er und Val im Fellows' Garden, Seite an Seite auf einer Bank. Sie haben sich in ihre Mäntel gewickelt; es ist ein kalter, heller Novembermorgen.

«Ich hoffe, du hast über deinen Auftritt bei Radio 4 nachgedacht», sagt Val.

Don sieht zu, wie sein Atem in der Luft kondensiert. Er gibt keine Antwort.

«Und über die andere Sache.»

«Die Brockwell Collection?»

«Ja.»

Er hat darüber nachgedacht. Nicht sehr gründlich. Ein Karrierewechsel wäre einschneidend. Ausgefallen. Aber es schadet ja nichts, sich vorzustellen …

«Warum sollte ich mich so verändern? Ich kenne doch nichts anderes als die Uni.»

Val schaut ihn betrübt an. «Ich will dir helfen. Ich will nicht, dass du so wie *sie* endest.» Er deutet mit den Augen auf zwei alte Gelehrte, die vor ihnen den Weg entlanggehen. «Deine Dynamik wird schwinden, je länger du bleibst. Deine *Dynamis.*» Er gibt dem griechischen Wort die perfekte Betonung. «Verlier sie nicht; sie ist etwas Seltenes. Vielleicht habe ich sie selbst einmal besessen, aber …»

Don will ihn unterbrechen, aber Val verhindert es. «Ich komme damit klar. Sieh mich an, ich war mein ganzes Leben an dieser Universität.»

«Das ist nicht wahr. Du verschwindest immer wieder nach London.»

«Immer seltener. Ich bin geschrumpft, ich verschrumpele zu … zu …» Val versucht, das richtige Wort aus der kalten Luft zu angeln, doch dann lacht er plötzlich und zeigt seine Handrücken. «Wie eine Walnuss.»

Don schaut auf die fleckigen Rückseiten von Vals langen Fingern, einer davon verziert mit einem Siegelring, ein anderer mit einem ovalen Rubin. Dann hebt er den Blick.

In dem Moment streckt Val die Hand aus und legt sie auf Dons Schulter. Sein Gesicht ist ernst, als er sagt: «Ich liebe dich.»

Die Hand sinkt hinunter.

Die Bemerkung kommt so unerwartet, dass Don sich fragt, ob er sie sich eingebildet hat. Sein Verstand setzt aus, unfähig zur Reaktion, und er merkt, dass er seinen Freund stumm anstarrt. Vals Gesicht sieht in diesem Moment jünger aus als in den letzten Jahren, fast so wie zu der Zeit, als Don ihn kennenlernte.

Beide blicken sie in den Garten, der von blassen Schatten durchzogen ist. Ob durch Vals plötzliche Erklärung oder durch die Einwirkung des Gartens – den Anblick eines Rasenfleckens unter einem fernen Baum –, sein Geist reist in die Vergangenheit.

Er war 1968 an seinem ersten Morgen in Peterhouse hier herausgekommen, weil er unbedingt der Menge neuer Gesichter im Old Court entfliehen musste. Die Studienanfänger drängelten sich für das Immatrikulationsfoto auf dem Rasen. Fluguntaugliche Krähen in identischen schwarzen Talaren – Jungen, an deren grinsende Gesichter er sich sogar jetzt noch erinnert, lange, nachdem ihre Namen seinem Gedächtnis entfallen sind. Als er an jenem Tag zwischen ihnen herumging, wurde ihm mit ernüchterndem Schrecken bewusst, dass sie sich alle von der Schule kannten. Ihre Stimmen klangen gemächlich und befehlsgewohnt.

«Wer ist *er*?», fragte einer von ihnen und zeigte auf Don (der allein und schweigend dastand), ohne ihn anzusehen. Dons Verstand und sein Körper zuckten zurück. Er ging weg, durch den nächstgelegenen Torbogen und einen steinernen Fußweg entlang. Beim Gehen erkannte er sein eigenes Spiegelbild in den diamantenen Facetten eines bleiverglasten Fensters – und zum ersten Mal nahm er wahr, wie scharf umrissen und zart seine Züge waren, ernst bis zur Grenze der Traurigkeit, wie ein Junge aus Picassos Blauer Periode, nur adretter: Sein Haar war für das Foto gebürstet und gescheitelt. Er dachte, was verstehen die Krähen da hinten im Court wohl von Kunst?

Mit diesem Gedanken betrat er die heitere Leere des Fellows' Garden und schlenderte den Weg entlang, den Körper eingezwängt in Anzug, Talar und weiße Fliege.

Als er dort entlangging, kam ihm an einer Wegbiegung ein Mann entgegen – ein schlanker Mann im Anzug mit schwarzem Haar, vielleicht Mitte dreißig. Don blieb stehen. Der Mann blieb stehen. Ungefähr einen Meter voneinander entfernt sahen sie sich an, und der Mann begann zu lächeln, ein Lächeln, das Don merkwürdig vorkam – als wären sie längst gute Bekannte.

«Wo willst du hin?», fragte der Mann, mehr neugierig als vorwurfsvoll. «Verpasst du nicht das Foto?» Sein Akzent war ungewöhnlich – klares Englisch mit fremdländischer Schärfe.

Don betrachtete den Fremden. Sie waren gleich groß, wie er feststellte, und von gleicher Statur.

«Das Immatrikulationsfoto? Das ist um zwölf. Bis dahin ist noch Zeit.»

Das Lächeln des Mannes änderte sich – es wurde zurückhaltender. «Zeit wofür?»

«Zeit für Erkundungen.» Don hielt dem Blick mit aller Willenskraft stand.

«War die wimmelnde Menschenmenge nicht interessant genug?»

Bevor Don antworten konnte, hatte der Mann auf dem Absatz kehrtgemacht und sich ihm auf seiner heimlichen Flucht vor der Menschenmenge angeschlossen, wobei er ihn von der Seite musterte. Sie gingen schweigend, und ein oder zwei Mal berührten sich ihre Ärmel. Don stellte fest, dass der Mann tatsächlich ein Samtjackett trug – dunkelblauer Samt, der hier und da hell leuchtete – und als Kontrast eine dunkle Moleskin-Hose (die genau bis zum Knöchel ging) und Lederslipper. Ein akkurates, stilvolles Outfit – schicker als das, was Akademiker sonst tragen. Das Samtjackett passte zum Blau seiner Strickkrawatte.

«Nicht alle sind so wie die, weißt du», sagte der Mann plötzlich. «*Wir* sind nicht alle so, in diesem College. Privatschulabsolventen, meine ich. Oh, ich weiß, dass Peterhouse diesen Ruf hat. Aber es hat auch andere Seiten – du wirst schon sehen.»

Die Sonne war durch die Wolken gebrochen und überschwemmte den Garten mit gläserner Helligkeit. Unvermittelt bog der Mann vom Weg ab und schritt über den Rasen, als hätte er ein besonderes Ziel. Don folgte ihm mit ein paar Schritten Abstand.

«Bist du Student hier am College?», fragte Don und kam sich im selben Moment albern vor. Der Mann war zu alt für einen Studenten. Und doch, für einen Sekundenbruchteil war ihm der Gedanke vernünftig erschienen. Es musste an seiner schicken Kleidung liegen und den zurückgekämmten Haaren – und seiner entspannten Offenheit.

«Ich bin Dozent.» Der Mann fingerte an seinem Jackett herum. Er zog eine Zigarette hervor, die in holzkohlenfarbenes Papier gewickelt war, und steckte sie an. «Mach dir keine Sorgen wegen denen da», sagte er, blies Rauch aus der Nase und zeigte mit der Zigarette zum Old Court. «Die Aristokraten. Die jungen Herren. Sie zehren von ihrer eigenen Selbstgefälligkeit – das beobachte ich schon seit zehn Jahren. Irgendwann überfressen sie sich daran.»

«Ich heiße Don Lamb», sagte Don plötzlich aus einem unerklärlichen Bedürfnis heraus.

«Ja», sagte der Dozent. «Ja, ich weiß. Du bist Kunsthistoriker, stimmt's?» Mit einer gekonnten Bewegung schnippte er den Rest seiner Zigarette in hohem Bogen über den Rasen (wie dekadent, dachte Don, sie nach einem einzigen Zug wegzuwerfen). Sie prallte gegen die Kante einer steinernen Vogeltränke, ihrem beabsichtigten Zielort, und flog noch einmal hoch in die Luft. «Ich heiße Valentine. Oder Val.»

Sie hatten einen Sonnenfleck unter einem Baum erreicht, eingerahmt von dünnen Schattenfäden – der Sommer hatte diesen Ort noch nicht ganz verlassen. Val hockte sich hin, bis er sanft seine Hacken berührte, und winkte Don zu sich. Im helleren Licht war das Samtjackett von einem leuchtenden Mittelblau, das zwischen den steinernen Gebäuden und kahlen Bäumen wie ein Vorwurf wirkte.

«Du wirst es ab und zu mit mir zu tun kriegen. Ich halte Vorlesungen über neoklassische Plastik im achtzehnten Jahrhundert – äußere Ruhe und barockes Innenleben –, falls dich sowas interessiert.»

«Tut es. Oder ...», Don war selbst überrascht, dass er lachte, «es *könnte* es immerhin.»

Val grinste und nickte. «Das hoffe ich.»

Jetzt, mehr als ein Vierteljahrhundert später, schaut Val hinaus in den Garten. Er hat seit langem kein Wort gesagt.

Don überkommt für einen kurzen Moment das Gefühl – in einem nostalgischen Beben –, dass all seine Jahre, Stunden und Sekunden an diesem Ort in eine Singularität implodiert sind. Dann drängen sich Hintergrundgeräusche in seinen Kopf – die Stimme von Bruce Day, die aus einem offenen Fenster dröhnt, und die Rufe von Studenten im angrenzenden Hof.

Was meint Val mit *Ich liebe dich*?

Don versucht den Vorfall schnell zu rationalisieren. Sein Freund liebt die theatralische Ausschmückung. Es war ein

Gefühlsausbruch, ein Ausbruch von Zuneigung. Abgesehen davon kann *Liebe* so viele Bedeutungen haben: Sie beide beherrschen ihr Griechisch.

Schließlich sagt er: «Das musst du nicht sagen.»

Für eine Weile antwortet Val nicht. Dann wendet er sich Don zu und presst die Hände gegen die Kante der Bank. «Doch, das muss ich. Ich habe es noch nie gesagt, und bald bist du weg.»

Don schaut weg, sein Blick fokussiert den Kiesweg, und er denkt, *Das ist doch lächerlich.* Er durchsucht den Garten und die Gebäude nach irgendeinem Anlass, das Thema zu wechseln.

Doch im nächsten Moment kehrt Vals übliche, lebhafte Art zurück. «Deine *Dynamis* muss geschützt werden! Ein hervorragender Gelehrter, doch gewiss auch ein Mann der Tat. Ja, eine Museumskarriere winkt – noch nie bin ich mir einer Sache so sicher gewesen.»

Hunderte toter Blätter, verschrumpelt und eingerollt, wehen über den Rasen wie eine anrückende Streitmacht.

* * *

Anfangs war die neue Perspektive nicht größer als ein Nadelstich aus Licht. Es schien absurd: Don Lamb auf dem Chefsessel eines der kleineren, aber angesehensten Museen Londons. Aber der Nadelstich wird allmählich größer und größer – er weitet sich zu einem Bullauge, durch das die Brockwell Collection als pittoreske Ansicht aufscheint. Konnte er noch einmal von vorn anfangen – ein neues Leben beginnen? Sein Herz reagiert unbeschwert und fröhlich auf den Gedanken, als würde sich eine unerlaubte Begierde Bahn brechen.

Er fängt an, über das Leben nachzudenken, das außerhalb der Hochschulen gelebt wird. Cambridge ist seine Welt, aber nun drängt sich höchst beunruhigend eine Welt jenseits von Cambridge in seine Wahrnehmung. Außer Hörsälen und Hotels hat er selten den Fuß an fremde Orte gesetzt. Venedig ist nicht mehr als eine ausgeschmückte Erinnerung: Er verlässt sich auf Abbildungen der Gebäude und Kunstwerke, die ihn einst bezaubert haben. Und London ist so fremd wie alles andere.

Je mehr sich das Bullauge weitet, desto mehr steigert sich seine Abneigung gegen *LOTTERBETT* zur Besessenheit. Der Brief der BBC liegt noch immer in seiner Schublade. Noch immer unbeantwortet.

Val führt einen Überredungsfeldzug. Don kennt seinen Freund; er ist vertraut mit dessen Beharrungsvermögen, höflich, aber unbeirrbar. Wenn ihr Gespräch ins Stocken gerät, kommt Val mit wohlkalkulierter Beiläufigkeit auf die Brockwell Collection und ihren vakanten Direktorensessel zu sprechen.

* * *

«Einmal angenommen», sagt Val, «dass all diese Jahre in Cambridge nur ein Anfang waren. Das Vorspiel zu einer bedeutenderen Existenz.»

Es ist spät am Freitagabend, und sie sitzen miteinander im Combination Room.

«Dann wäre es das längste Karriere-Vorspiel der Weltgeschichte», erwidert Don.

«Cambridge würde sich als dein Kokon erweisen. Jahre der Routine und Zurückhaltung als Vorbereitung auf das *Leben*.» Dieses letzte Wort kommt heraus wie ein Schrei. Einige der anderen Professoren, die verstreut im Lampenlicht des Raums dahindösen, wenden sich in ihren Lehnstühlen nach ihnen um.

«Ich habe immer davon geträumt», fährt Val fort, «mich in ein Museum abzusetzen. Cambridge ist so stickig! Ein kleiner Marktflecken. Und dieser Tratsch, und der Snobismus ...» Er trinkt aus der funkelnden Sphäre seines Brandy-Glases. «Weißt du, der Verwaltungsrat des Brockwell hat mich einmal gebeten einzuspringen, als Direktor. Damals in den Sechzigern. Maurice Forster hatte Ärger mit der Polizei. Finstere Zeiten damals – ich langweile dich nicht mit Einzelheiten. Aber ich bin nicht gegangen, ich konnte das nicht. Ich war nicht mutig genug, das akademische Leben aufzugeben, Don, nicht einmal für kurze Zeit.» Er lächelt verzweifelt. Don fragt sich, ob er sich die Zähne bleichen lässt. «Jetzt bin ich natürlich zu alt. Ich werde in Peterhouse sterben. Mensch! Dieser Brandy ist wie ein läuterndes Feuer.»

Für eine Weile sitzen sie schweigend, dann spricht Val weiter, wie ein Boxer nach der Pause.

«Ich hab dir das schon mal gesagt, Don, und ich werde es wieder sagen. Das akademische Leben betrügt seine loyalsten Jünger. Eine Fäulnis setzt ein. Dein eigener Erfolg macht dir keine Freude mehr, und der Erfolg von anderen», er lacht bitter und kippt den Rest Brandy, «ist wie der Tod. Sieh nur.» Bruce Day und Ferdinand Fernandez sind hereingekommen, ins Gespräch vertieft. «Sie ziehen über Howard Crows Essay über den Niedergang der Klassik her, da kannst du sicher sein.»

Bruce Day schleicht sich an sie heran. «Black, Lamb», sagt er bedeutungsschwanger, «habt ihr Howard Crow in der *New York Review* gelesen? Pulitzer-Populismus. Eine Schande.»

Don lehnt sich im Sessel zurück und trinkt. Er schaltet die Sinne ab. Der Brandy reinigt die Kehle und macht den Kopf benommen. Er wirft einen Blick durch das Bullauge. Warum, so fragt er sich, hat er die Brockwell Collection seit so vielen Jahren nicht mehr besucht? Und warum ist er eigentlich so selten in London gewesen – oder in den Teilen Londons, die außerhalb der akademischen Enklaven liegen? Andere Teile. Er denkt über die anderen Teile seiner Persönlichkeit nach – ob es sie überhaupt gibt oder geben könnte.

«Er tut so, als wäre er Historiker», sagt Bruce, «dabei ist er nicht mehr als ein Erziehungssoziologe.»

«Wisst ihr, ich wurde eingeladen, einen Beitrag zu seiner Festschrift zu liefern», murmelt Val. «Natürlich habe ich abgelehnt.»

Don schaut die Männer an, die ihn umgeben. Sie sind im Orbit von Cambridge gefangen, genau wie er selbst. Er verspürt die alte Lust am Widerstand, aus sich herauszutreten und auszubrechen.

«Ach, übrigens», sagt Val plötzlich zu ihm, beugt sich vor und ergreift seinen Arm, «hast du über diese Einladung von Radio 4 nachgedacht? *Perspektivwechsel*?»

«Ja, ich werd's machen», hört Don sich sagen.

* * *

Er wappnet sich mit einem Blazer aus grauer Wolle und einer Peterhouse-Krawatte.

Im Dunkel des frühen Morgens radelt er zum Bahnhof und nimmt den Zug nach London. Die nebelbedeckten Felder vor den Fenstern werden von einer Andeutung der Dämmerung gestreift. Der schöne Anblick prallt von seiner Netzhaut ab.

Er nimmt ein Taxi von der Liverpool Street zum Broadcasting House, wo ihn eine Produktionsassistentin empfängt. Sie sieht so jung aus wie seine Studenten – jünger.

«Wir sind begeistert, dass Sie es einrichten konnten, Don», sagt sie und führt ihn durch das Bronze-Portal in eine Lobby mit Wänden aus marmoriertem Stein und rückwärtig beleuchteten Glasflächen.

Don folgt ihr durch eine Flucht von Korridoren, jeder trostloser als der vorherige. Sie kommen in ein Wartezimmer, dessen Ätzglasfenster ein mattes städtisches Licht hereinlassen.

«Bitte nehmen Sie Platz», sagt die Assistentin mit ermunterndem Lächeln. «Es dauert nicht lange.» Im selben Moment ist sie verschwunden.

Fünf Minuten lang geht er im Wartezimmer auf und ab und hört das Quietschen seiner Ledersohlen auf dem Linoleumfußboden. Durch einen Schlitz im Glas sieht er in einen Lichtschacht voller Abfall – zerbrochene Flaschen und Zigarettenstummel, die oberste Schicht einer jahrzehntelangen Ablagerung.

Die Produktionsassistentin kehrt mit zwei Fremden zurück – einer Frau mit rasiertem Kopf und einem jungen Mann mit Ringen in beiden Ohren.

«Okay», verkündet sie. «Wir gehen in zehn Minuten auf Sendung. Hier entlang, Leute.»

Don folgt dem Mädchen und ihren beiden Begleitern einen weiteren Korridor entlang. Sie reißt eine Tür auf und führt sie in ein kleines Kabuff. Fenster gibt es nicht, nur eine Glasscheibe, hinter der eine undeutlich zu erkennende Gestalt an einem schräg abfallenden Tisch voller Regler sitzt. Sie trägt Kopfhörer und bedient die Regler lebhaft und ohne zu zögern.

«Nehmen Sie Platz», sagt die Assistentin. «Robin ist unterwegs.»

Seit er in Cambridge den Zug bestiegen hat, hat Don an nichts anderes gedacht als an seine vorformulierten kritischen

Kommentare. Erst jetzt beginnt er nervös zu werden. Seit Jahren war er nicht mehr in einem Aufnahmestudio. Der Raum ist klaustrophobisch. Er kommt ihm vor wie das Zentrum einer feindlichen Welt. Und wer sind diese beiden anderen Gestalten, die an der Seite stehen und dümmlich quatschen? Er hatte erwartet, der einzige Gesprächspartner zu sein.

Er setzt sich vor ein Mikrofon und wartet. Die Produzentin bietet ihm Kaffee an; er lehnt ab. Schweigend und konzentriert betrachtet er das Marconi-Mikrofon – eingefasst in ein Schutzgitter und wie ein Pokal auf einen quadratischen Sockel montiert. Er muss irgendwie an den Zweiten Weltkrieg denken – rätselhafte Funksprüche, neue Waffengattungen.

Ein Mann kommt ins Studio gesaust. In Dons erregter Wahrnehmung wirkt er wie ein burlesker Pausenclown, zusammengebastelt aus gebräunter Haut, gebleichten Zähnen, gebügeltem Leinen und onduliertem Haar. Er begrüßt Don gehetzt, aber charmant, und stellt sich selbst als Robin Hands vor, Moderator von *Perspektivwechsel.* Er sagt: «Bitte stehen Sie nicht auf!», dreht sich um, küsst die kahlköpfige Frau auf beide Wangen – «Da bist du ja!» – und danach auch den Mann.

Don erinnert sich, Robin Hands schon einmal in Cambridge getroffen zu haben. Er steht auf, räuspert sich und versucht ihn daran zu erinnern.

«Ganz genau, Sie haben *recht*!», sagt der Moderator und nimmt einen Stapel Unterlagen von einem Assistenten entgegen. «Ich bin so froh, dass Sie heute bei uns sein können, Professor Lamb – oder darf ich Don sagen? Sie vertreten Peterhouse!»

Hat er die Krawatte bemerkt?

«Ich vertrete Vernunft, Wahrheit und Wissenschaft», sagt Don. Er versucht vergeblich, seine Worte unbeschwert klingen zu lassen. «Mein Urteil hebe ich mir für Ihre Zuhörer auf.» Seine Stimme klingt seltsam, als übte er bereits für die Livesendung.

Robin zeigt noch einmal sein knittriges Grinsen, dann setzt er sich hin und fordert seine Gäste handwedelnd auf, das ebenfalls zu tun. Er stülpt die Kopfhörer auf sein krauses Haar und verständigt sich im Radiojargon mit der Frau hinter der Scheibe. Eine Lampe an der Wand leuchtet rot.

Robin Hands steckt sich eine Zigarette an und liest von einem maschinengeschriebenen Blatt: «Hallo!» (Seine Stimme klingt plötzlich anders – voller im Klang, deklamatorisch.) «Ich darf heute drei Experten aus der Welt der bildenden Künste bei mir begrüßen. Celia Ellsworth ist die leitende Kunstkritikerin des *New Statesman*. Jason Long ist Künstler und Filmemacher und wurde in diesem Jahr mit einer faszinierenden Installation für den Turner-Preis nominiert, die …», er folgt dem Text mit dem kleinen Finger, «Individualität und Subkultur im Liverpool der 1970er Jahre erkundet. Und schließlich …», er wirft Don ein einschmeichelndes Lächeln zu, «Don Lamb, Professor für Kunstgeschichte am Peterhouse College in Cambridge und weltweit eine Autorität auf dem Gebiet venezianischer Malerei des achtzehnten Jahrhunderts. Wie viele mag es davon wohl geben?»

Dons Herz beginnt in seinem Brustkorb zu hämmern. Er hört, wie sein Stuhl knarrt, als er sich noch aufrechter zurechtsetzt.

«Peterhouse, dem ältesten College in Cambridge, wollen wir uns zuerst zuwenden. Ein neues Kunstwerk bringt Unruhe in die klösterliche Ruhe dieses Ortes. Es heißt *LOTTERBETT*, ist eine Schöpfung der britischen Künstlerin Angela Cannon, und es besteht komplett aus Abfall – oder, um genau zu sein, aus Kleidung, Flaschen und einem verrosteten Bettgestell.»

Die Worte des Moderators sind wie lange Seidenbänder, und der blaue Rauch seiner Zigarette kräuselt sich in Arabesken aufwärts. «Die Installation hat ihre dauerhafte Heimstatt im Old Court gefunden, einem der zauberhaftesten Innenhöfe Englands. Viele finden diese Neuerung aufregend, aber sie ist nicht – es ist nur fair, das zu sagen – nach jedermanns Geschmack.»

Robin Hands beugt sich über sein Mikrofon und lässt die Augen in die Runde leuchten wie ein Schiedsrichter. Don hat seine Antwort parat wie schussbereite Munition. Aber der Gastgeber wendet sich zuerst an Celia Ellsworth. Sie erklärt *LOTTERBETT* als den neuesten Ausdruck der Avantgarde, eine radikal feministische Positionierung in der Ausdrucksform des *objet trouvé*. Heimische Wegwerfobjekte, erklärt sie, wurden zu einer Meditation über Gender, Einsamkeit und psychische Erkrankungen arrangiert.

«Seit den 1960ern kann alles als Kunst gelten», sagt sie zum Abschluss eines Exkurses über plastische Readymades. «Alles und jedes. Das war revolutionär. Und ich nehme an», sie wirft erst Hands, dann Don einen Blick zu, «manche fühlen sich noch immer davon überfordert.»

Hands lächelt und streichelt seine Finger. Don sitzt aufrecht und ausdruckslos.

Dann ist der Künstler an der Reihe, Jason Long. Er behauptet gleich zu Beginn, Angela Cannon sei eine Demiurgin und verfüge über schamanische Kräfte. In rhapsodischen Sätzen, die sich wie Wimpel entrollen, spricht er von Gittern, Käfigen und Schmelztiegeln; der Ausdruck «das Gefängnis der Altlasten» entwickelt sich zu einem pulsierenden Refrain. Immer wieder unterbricht ihn Robin Hands mit einer Frage oder Bemerkung, die einen neuen hypereloquenten Wortschwall freisetzt. Schließlich verweist er auf den Einfluss –

den grundlegenden, osmotischen Einfluss – der Bildhauerin Mariam Schwarz.

«Schwarz, aber natürlich», sagt Robin Hands. «Ein deutlicher Einfluss.» Celia Ellsworth nickt energisch.

Mariam Schwarz – das ist der Name, den der Kaplan von Peterhouse genannt hat. Don überlegt, ob es sich hier um eine Verschwörung handelt, doch da ist sein Moment gekommen.

«Als Angehöriger von Peterhouse, wie war Ihre Reaktion auf *LOTTERBETT*, Don Lamb?» Robin Hands formt mit seinen Fingern ein Spitzdach.

Don hat so lange geschwiegen, dass seine Stimme eingetrocknet ist. Die Töne, die er hervorbringt, klingen dürr und wölfisch.

«Sie hatten recht, Robin, als Sie sagten, dass dieses *Ding* nicht nach jedermanns Geschmack ist», sagt er, bemüht, seine Stimmbänder wieder in Gang zu bringen. «Es ist nicht nach meinem Geschmack, muss ich gestehen, oder dem vieler anderer in Cambridge, die ihr Leben der Schönheit und Ästhetik geweiht haben.»

Robin kichert höflich und zieht an seiner Zigarette. Mit den Augen deutet er auf ein Glas Wasser, das unberührt neben Dons Mikrofon steht. Don ignoriert ihn.

«Sie sagen, es sei aus Abfall gemacht. Aber ein, ein – Misthaufen aus städtischem Unrat hat mehr Würde als dieses sogenannte *LOTTERBETT*. So etwas ein Kunstwerk zu nennen, ist lachhaft.»

«Misthaufen», wiederholt Celia Ellsworth spöttisch.

Don ist plötzlich kalt und er fühlt sich unwohl. Er gibt sich Mühe, die Worte wiederzufinden, die er sich zurechtgelegt hatte. Aber die Wut bricht sich Bahn und löscht die Erinnerung. Er springt in den Abgrund.

«Abfall zeugt immerhin von den einfachen Kreisläufen der Existenz, dem irdischen Alltag. Aber dieses Machwerk repräsentiert nichts anderes als seine eigene groteske Idiotie. Es ist ein dümmliches, überflüssiges Spektakel – jawohl, Spektakel, denn es buhlt um unsere Aufmerksamkeit, es oktroyiert sich unseren Sinnen wie ein besonders ungezogenes Kind. Um es deutlich zu sagen, ihm fehlt die simple Ehrlichkeit von Müll. Es ähnelt eher dem Gebrabbel eines Obdachlosen in der U-Bahn, der um Geld und Mitleid bettelt, oder dem ekelhaften Dreck, den er zurücklässt, wenn er als Provokation auf dem Bürgersteig seinen Darm entleert.»

«Ach, kommen Sie schon», sagt Celia Ellsworth und verdreht die Augen. «Es soll provozieren – das macht seine Schönheit aus, seine Power.»

«Haben Sie es sich wirklich angeschaut?», will Jason Long mit zusammengekniffenen Augen wissen. «Außer von der Höhe Ihres Elfenbeinturms?»

Mit Blick auf seine Notizen hebt Robin Hands einen Finger. «Was empfinden Sie bei seinem Anblick, Professor?», fragt er. «Vergessen Sie ihre Gedanken – was *fühlen* Sie, wenn Sie *LOTTERBETT* anschauen?»

Dons Lippen zittern. «Es ist bar jeder Anmut, Proportion, Handwerkskunst oder Technik – bar jeder Eigenschaft, die gegenständlichen Inhalt oder geistige Tiefe ausmacht.»

«Beantworten Sie die Frage!», ruft Jason Long mit vernichtendem Lächeln.

Robin Hands zermalmt seine Zigarette in einem Glasaschenbecher. «Liegt das Problem darin, dass es nicht gegenständlich ist?», fragt er nach. «Muss Kunst gegenständlich sein?»

«Das Problem besteht darin, dass es *verlogen* ist», sagt Don, fasziniert von seiner eigenen Wut. «Ein verlogenes Werk und ein Affront gegen die edle Gesinnung des Colleges. Eine zynische und geistlose Spitzfindigkeit.»

«Nun, ich glaube, sowas nennt man eine Meinungsverschiedenheit», sagt Robin Hands – sanft und gelassen – und gibt ein Handzeichen in Richtung Scheibe. «Und wenn wir Ihre Neugier geweckt haben, können Sie sich Angela Cannons *LOTTERBETT* im Peterhouse College anschauen.» Ohne Don einen weiteren Blick zu schenken, zieht er ein neues Blatt aus seinem Stapel. «Als Kylie Minogue und Jason Donovan sich das erste Mal begegneten, waren sie junge Schauspieler in einer Nachmittagssendung …»

Robin Hands ist wieder ganz der freundliche Moderator. Die junge Produzentin taucht aus dem Nichts auf und führt Don schweigend zurück ins Wartezimmer. Als er geht, stellt er fest, dass die anderen Gäste noch für das nächste Thema bleiben.

Draußen hat es angefangen zu regnen. Er muss eine Meile zu Fuß gehen, bis ein Taxi auftaucht. Nie zuvor war die Regent Street so grau.

* * *

Als er am frühen Nachmittag in Cambridge eintrifft, ist sein Rad vom Bahnhofsparkplatz verschwunden. Das Bügelschloss liegt in zwei Teilen auf dem Bürgersteig, durchgesägt. Taxis warten in Reih und Glied, ihre Motoren stoßen Auspuffgase aus, aber er beschließt, zu Fuß zum Peterhouse zu gehen.

Cambridge fühlt sich wie immer einige Grad kühler an als London. Er schließt die Knöpfe seines Crombie-Mantels und bückt sich gegen den Wind.

Am Ende der Lensfield Road will er gerade in die Trumpington Street einbiegen, als er in der Gosse sein Fahrrad entdeckt – oder was davon übrig ist. Die Reifen sind durchstochen; einer wurde abgerupft und liegt schlaff auf den Speichen. Beide Räder sind verbogen, und der große Korb, in dem Don für gewöhnlich seine Aktentasche transportiert, wurde heruntergerissen, als hätte ihn ein wildes Tier angefallen: Teile des Korbgeflechts hängen noch am Lenker.

Er steht neben dem Wrack und sieht sich um. Die Straßenkreuzung ist ruhig. Ein alter Volvo umrundet unbeholfen den Kreisverkehr. Von den Stufen des Royal Cambridge Hotel beobachtet ihn eine Frau, die eine Zigarette raucht. Sie hat einen roten Wuschelkopf und trägt einen Lederrock.

Er hebt das Rad auf und lehnt es an ein Geländer. Ein überwältigendes, elendes Gefühl überkommt ihn, ein tieferes Gefühl, als irgendeins der Vorkommnisse des Tages rechtfertigen könnte. Er lässt das Wrack stehen und geht hinüber zum Fen Causeway, dem breiten Straßenlauf durch die Auen am Fluss. Er überquert die Brücke über die Cam und wendet sich zum Coe Fen, verlässt den Weg und geht über die Wiese, durch ihr nasses, sumpfiges Gras. Der morgendliche Dunst hat sich noch nicht ganz verzogen; er verdickt sich nun zu Nebel. Der Wind beißt in seine Hände. Ein Radfahrer rast den Treidelpfad entlang – unaufhaltsam wie ein antiker Bote –, doch sonst ist der Ort verlassen. *Perspektivwechsel* geht ihm noch einmal durch den Kopf, und er denkt an alles, was er zu sagen vergaß.

Für einen Moment scheint es, als verliere die Erde zu seinen Füßen ihre feste Gestalt. Er schaut hinab. Sein Lederschuh ist in einem Kuhfladen versunken – ein großes Medaillon, das von einem der herumstreunenden Rinder Cambridges zurückgelassen wurde. Ein ordinärer ländlicher Geruch steigt aus der durchbrochenen Oberfläche auf. Sein Fuß versinkt tiefer im sumpfigen Boden und Feuchtigkeit umschließt seinen Knöchel.

Mit einem Ruck befreit er den Schuh und säubert ihn im Gras, während er über die Wiese zum Peterhouse geht.

* * *

Perspektivwechsel wird am nächsten Morgen gesendet. Don hat keine Lust, es anzuhören. Abgeschottet in seinem Arbeitszimmer, befasst er sich mit Tiepolos Kreideskizzen. Nur wenige Leute im College interessieren sich für diese Sendung. Bald wird das Ganze nicht mehr sein als eine Erinnerung. Als er auf dem Weg zu seiner Morgenvorlesung durch das Collegetor geht, bemerkt er eine Gruppe kichernder Studenten.

Erst als er mittags nach Peterhouse zurückkehrt, bemerkt er eine veränderte Stimmung. Die anderen Dozenten bilden Grüppchen, als er vorbeigeht. Manchmal dreht sich ein Kopf nach ihm um – ein schneller Blick fixiert Don – und der Spion wendet sich wieder dem verschworenen Pulk zu. Mehr als sonst gehen ihm die Kollegen aus dem Weg – alle bis auf Bruce Day, der in jubelndes Lachen ausbricht, als er Don im Court erblickt. Das Geräusch hallt zwischen den Häusern wider und steigt auf zum grauen Himmel.

«Ein verlogenes Werk!», schnauft er. Seine Augen würden am liebsten vor Freude platzen.

Am späten Nachmittag sitzt Don allein im Combination Room und trinkt schwarzen Kaffee. Der Raum ist verlassen. Irgendetwas stimmt nicht – er nimmt an, dass sein Auftritt im landesweiten Radio eine kleinliche Ablehnung hervorgerufen hat. Val hatte ihn gewarnt, man würde ihn beneiden. Aber er wird zunehmend nervös, während die Worte, die Bruce ihm zugerufen hat, *ein verlogenes Werk*, in seinem Kopf widerhallen.

Er versucht, die Leserbriefseite der *Times* zu lesen, und zupft mit den Fingern an seiner Strickkrawatte herum. Da öffnet sich die Tür und Val kommt herein. Don sieht auf. Val schließt die Tür hinter sich – eine entschlossene, zielgerichtete Geste – und kommt direkt auf seinen Lehnstuhl zu.

«Was hast du dir dabei gedacht, Don? Das war Wahnsinn.»

Don nimmt eine ungewohnte Strenge im Gesicht seines Freundes wahr. Er faltet die Zeitung zusammen.

«Wahnsinn? Dass ich Zeit und Verstand einsetze, um das College zu verteidigen?»

Val mustert ihn mit scharfem, forschendem Blick. «Was hast du dir gedacht?»

Don trinkt den Rest Kaffee und stützt den Kopf auf seine ausgestreckten Finger. Plötzlich fühlt er sich erschöpft. Geschlagen.

«Ich hatte mir Worte zurechtgelegt. Ein Urteil. Aber es war wie im Traum, einem Albtraum – du kennst ihn bestimmt auch, dass man auf der Bühne steht und seinen Text vergessen hat.»

«An Worten hat es dir ja nicht gerade gefehlt.» Val rückt seine Ringe zurecht, Finger um Finger.

«Sie kamen von Herzen. War das ein Verbrechen?»

«Ich hatte Skepsis erwartet, deinen üblichen schwarzen Humor, aber keine Hasstirade. Wie war das mit Obdachlosen auf dem Bürgersteig, um Gottes willen? Du hast schreckliche Aufregung verursacht, das kannst du dir wohl denken.»

«Du meinst bei Frank Davis?»

«Bei vielen Leuten, nicht nur bei Frank. Und ja, Frank ist stinkwütend. Was hast du denn erwartet? Erica ist sein Schützling – sein großes Experiment. Sie steht unter seinem persönlichen Schutz.»

«Erica Jay? Was hat sie damit zu tun?»

Langsam löst sich Vals strenger Gesichtsausdruck zu einem ungläubigen Lächeln. «Sag nicht, du weißt das nicht.»

«Was weiß ich nicht?»

«Dann bist du bestimmt der Einzige.»

«Ich verstehe dich nicht, Val.» Unruhe erfasst ihn.

Vals Lächeln wird zu bestürztem Lachen. «Und ich war *sicher*, ich hätte es dir gesagt. Erica Jay ist Angela Cannon. O Don, wie konntest du das übersehen? Sie sind ein und dieselbe Person: Sie schreibt unter Pseudonym.» Val setzt sich Don gegenüber in einen Sessel und reckt sich mit katzenhafter Trägheit, den Blick zur Decke erhoben. «Sie will ihre Kunst und Lyrik getrennt halten – frag mich nicht, warum. Das eine ist genauso abscheulich wie das andere, wenn du mich fragst.» Er beugt sich wieder vor und der ungläubige Ausdruck kehrt auf sein Gesicht zurück. «Wie konntest du das nicht wissen?»

Don hat das Gefühl, sein Sessel, dieses ganze Gebilde aus gepolstertem Leder, würde auf tiefem Wasser treiben.

«Du hast kein Wort davon gesagt. Du weißt, dass du nichts gesagt hast.»

«Ach, das stimmt doch nicht», sagt Val, jetzt in freundlicherem Ton. «Ich weiß nicht, was du weißt oder nicht, so wie du dich abkapselst und in Arbeit vergräbst. Kein Grund, sich darüber aufzuregen. Du hättest es wissen sollen, und du wusstest es nicht.»

Aus Dons Unruhe wird kalte, Übelkeit erregende Verzweiflung. «Was soll ich tun?»

Val betrachtet ihn mit unbeteiligter Berechnung. «Ich weiß es nicht, Don. Wirklich nicht.»

4

Beim Abendessen lässt Erica Jay sich nicht blicken. Auch Frank Davis ist abwesend. Außer Don und Val essen sechs Dozenten am High Table, zusammen mit einigen Gästen. Keiner von ihnen schaut Don in die Augen. Ihm ist übel.

Während des Hauptgerichts taucht Frank Davis auf. Er ist in Begleitung eines Besuchers und scheint weder Don noch irgendwen sonst wahrzunehmen, als er zum Ende des Tisches geht. Don schaut kurz nach links. Wie die meisten Gäste des Dekans wirkt auch dieser wie ein Außenseiter aus der Stadt – ein jovialer Typ in weißem Anzug (eigenartig zu dieser Jahreszeit) und schriller Lache. Eine schreckliche Sekunde glaubt Don, es sei Robin Hands von *Perspektivwechsel.* Aber nein. Irgendeine andere Persönlichkeit.

«Der Kulturminister», sagt Val mit gedämpfter Stimme.

Don hat keine Ahnung, ob das stimmt. Er widersteht dem Impuls, zurückzusehen.

Val versucht, ihn durch Gerede über andere – triviale – Dinge abzulenken, aber er ist mit Kopf und Augen abwesend. Er sieht die Flaschen und Gläser vor sich, die Reihen von Studenten unter sich, das steinerne Maßwerk des Fensters am anderen Ende des Saals, und er spürt, dass sich eine unsichtbare Membran zwischen ihn und die Welt, in der er so lange schon lebt, gesenkt hat.

Der Gast des Dekans lacht, und es klingt in seinen Ohren wie das Kreischen eines Raben.

Er erkennt die Menschen um sich herum, aber traut seiner Wahrnehmung nicht. Der Mann diagonal gegenüber könnte ein Hochstapler sein, der sich als Bruce Day ausgibt; Ferdinand Fernandez spielt eine gut einstudierte Version seiner selbst.

Als sein Teller abgeräumt wird, schaut Don wieder zum Ende der Tafel. Frank Davis sitzt allein dort, in Kontemplation versunken. Jetzt, wo Don darüber nachdenkt, wird ihm bewusst, dass der Schrei des Raben vor ein paar Minuten verstummt ist – der Mann ist vermutlich früh gegangen, um nach London zurückzukehren. Über den Abstand der leeren Plätze hinweg starrt Frank zu ihm herüber. Er wirkt müde. Dons Verstand schaltet um und erwägt einen zurückhaltenden Gruß – das Leben muss schließlich weitergehen. Aber der Dekan spricht zuerst.

«Ich habe Ihnen heute Abend nichts zu sagen, Don.» Seine Stimme ist ruhig und gleichmäßig – die Stimme eines Erzdiplomaten oder eines Fernsehverantwortlichen. «Ich habe geschrieben.»

Dons Lippen bewegen sich stumm. Er wird sich bewusst, wie sehr ihn sein Tweedjackett einengt: Es schlingt sich wie ein Netz um seine Brust.

Franks Blicke wandern hinüber zu den Tischreihen der Studenten, er versinkt wieder in private Träumerei. Auf Dons rechter Seite plappert Val irgendeine Belanglosigkeit. Don hebt die Hand, um ihn zum Schweigen zu bringen.

«Ich nehme an, Sie erwarten eine Entschuldigung», erklärt er, laut genug, um Frank aus seinen Meditationen zu wecken. Die Gespräche am Tisch verstummen.

Franks blasse Augen richten sich auf ihn. «Das ist das Allermindeste, was ich erwarte.»

Das Gesicht des Dekans – dieses unauffällige, mittelalte Managergesicht – hat eine stumme Intensität angenommen.

Eine stählerne Härte, die Don noch nie bemerkt hat. Er fühlt sich überrumpelt – vielleicht hat es mit dem Mann doch mehr auf sich, als er angenommen hatte.

«Angela war fasziniert von dem, was Sie gesagt haben», fährt Frank fort. «Entsetzt, genauer gesagt. Genau wie ich.»

Erica, Angela … Es kommt ihm noch immer wie ein Witz vor, oder Einbildung. Don möchte erklären, dass er davon nichts wusste, aber eine innere Kontrollinstanz – gemeinsam mit Vals schweigender, vorwurfsvoller Gegenwart – hindert ihn daran. Er räuspert sich.

«Ich wurde in die Sendung eingeladen, um meine Meinung als Kunsthistoriker zu sagen.» Sein abgemessener Ton straft sein Herzklopfen Lügen.

«Und nicht als irgendein Kunsthistoriker», wirft Val mit scheppernder Fröhlichkeit ein.

«Ich habe wie gewünscht meine Meinung zum Ausdruck gebracht, in deutlichen Worten.» Don schaut in das reglose Gesicht des Dekans. «Weshalb sollte ich mich entschuldigen?»

«Ich habe eine Fürsorgepflicht gegenüber jedermann in Peterhouse», sagt Frank. «Wir sind eine Gemeinschaft, kein Amphitheater für Egos. Ich bin sehr betroffen darüber, dass Angela uns deswegen verlässt. Sie hatte ohnehin starke Zweifel, ob sie hierherkommen wollte.»

Die Spannung ist mit Händen zu greifen. Die Dozenten verbünden sich in stummer Verteidigung von Peterhouse. Frank bekommt das nicht mit – tatsächlich scheint er vergessen zu haben, dass noch andere anwesend sind.

«Eine Entschuldigung wäre ein Anfang, Don. Und nicht nur für die Wahl solch deutlicher Worte, wie Sie es nennen, sondern für die abscheuliche Art, wie Sie sie gesagt haben.» Heiße Emotionen durchbrechen den diplomatischen Panzer. «Da wir nun darüber reden, kann ich Ihnen ruhig sagen, was ich vorhabe. Ich möchte zu einer Konferenz hier im College einladen – man könnte es auch ein eintägiges Festival nennen –, um *LOTTERBETT* zu würdigen. Ich denke, einige der Dozenten könnten Vorträge über die Installation anbieten.»

«Ein interdisziplinäres Kolloquium», stichelt Val. «Äußerst trendy.»

«Ich werde ein paar einführende Worte sagen», fährt Frank fort. «Der Kaplan hat schon zugestimmt, über die liturgischen Aspekte der farbigen Gläser und weggeworfenen Kleidung zu sprechen.» Seine Augen blitzen kurz auf. «Ich möchte, dass danach Sie, Don, eine Ansprache halten – eine nüchternere Reflexion diesmal. Vielleicht erörtern Sie einige der Parallelen zwischen *LOTTERBETT* und Ihrer eigenen Forschung zu Himmeln und Licht.»

Ohne die Blickrichtung zu ändern, spürt Don die andächtige Aufmerksamkeit seiner Kollegen wie eine brennende Hitze. Am Rand seines Sichtfelds nimmt er wahr, dass Val nach einem Glas greift und den Inhalt hinunterstürzt. Er kommt sich vor wie das Opfer eines grotesken Schauprozesses. Er starrt den Dekan an und versucht zu kichern, aber seine Stimme kippt in eine Mischung aus schrillen und dunkleren Tönen.

«Ich habe den Plan in meinem Brief an Sie umrissen», sagt Frank. «Das Festival wird am letzten Freitag des Trimesters stattfinden, direkt vor Weihnachten. Ich habe gerade mit einem Produzenten der *South Bank Show* gesprochen, vielleicht haben Sie ihn gesehen? Sie werden das ganze Ding filmen.» Er bekommt ein Lächeln zustande. «Ihre Mitwirkung würde sehr dazu beitragen, Brücken zu Angela – und zu mir – zu bauen.»

Brücken bauen … Don sieht einen jämmerlichen Akt tätiger Reue auf sich zukommen, eine Travestie seiner akademischen Prinzipien. Davon würde er sich in den Augen der Kollegen niemals erholen, und Frank weiß das.

«Ehe ich mich selbst derart zum Narren mache, erhalten Sie meine Kündigung.»

Ein verblüffter Ausdruck zuckt über Franks Gesicht – die Verblüffung desjenigen, der einen Olivenzweig überreicht hat und ihn als Kleinholz zurückbekommt.

«Dann erwarte ich Ihre Kündigung.»

Der Raum scheint die Farbe zu wechseln. Die Luft hat eine ölige, gelbliche Tönung angenommen. Don betrachtet Frank durch den Firnis dieses Mediums, mit dem Gefühl, die Wirklichkeit würde sich verlangsamen, während die atmosphärische Substanz trocknet und aushärtet.

«Sie wissen, dass ich nicht wünsche, dass es dazu kommt», sagt Frank.

Dons Lippen sind vor Verblüffung von zuckender Lähmung befallen. Bevor er etwas erwidern kann, ist Frank aus dem Raum gegangen.

«Davis hat sein eigenes Todesurteil unterschrieben», flüstert Val.

Don beachtet ihn nicht. Die Solidaritätsbekundung kommt etwas spät. Wütend schaut er zu den anderen Kollegen am Tisch, aber sie sind schon in Deckung gegangen, vertieft in Privatgespräche. Ferdinand Fernandez ergießt eifrig sein angesammeltes Wissen ins Ohr eines ältlichen Gelehrten. Bruce Day himmelt einen jungen Freund an.

«Die Leute vergessen leider», sagt Bruce, «dass Enoch ein sehr gewandter Klassizist gewesen ist.»

Der Junge stimmt ihm mit tänzelnden Kopfbewegungen zu.

Ohne es zu wollen, legt Don den Kopf in die Hände. Ein Gefühl absoluter, unumkehrbarer Entfremdung überwältigt ihn. Ist das eine Schockreaktion auf den Angriff des Dekans? Er zwingt sich zu glauben, dass es sich nur um einen typischen Cambridge-Streit handelt. Nichts muss sich ändern. Und doch …

In sanftem Ton, kaum lauter als ein Gedanke, sagt Val: «Du brauchst ein neues Leben, Don. Einen Neubeginn.» Er legt eine Hand auf Dons Handgelenk – Don spürt die Wärme seiner Finger, die Härte eines Rings. «Die Brockwell Collection! Nein, warte einen Moment – hör nur zu. Sieh es als einen unbefristeten Urlaub in London. Als genau den Anreiz, den du brauchst, um *Die Himmel Tiepolos* zu beenden.» Val ist aufgeregt und spricht mit dem fremdartigen deutschen Tonfall, der manchmal bei ihm auftritt. «Und das Beste von allem: Dem Museum wurde gerade ein Gemälde von Tiepolo vermacht. Die Studie in Öl für das *Martyrium des Heiligen Sebastian*.»

Don hebt den Kopf. «Die ist seit zweihundert Jahren verschollen.»

«Sie wurde gerade wiedergefunden.» Val lächelt froh.

«Wann? Wo?»

«Letzten Monat, in einem Schloss im Schwarzwald. Erinnerst du dich an meinen alten Freund, Klaus von Löwenstein?»

«Den Erbprinz? Dunkel, ja. Ist er nicht gerade gestorben?»

Val nickt. «Im Sommer – Leberkrebs. Das Bild ist auf seinem Dachboden aufgetaucht, es hatte als Kaminschirm gedient. Armer Klaus, er hat wohl kaum gewusst, dass es dort lag.»

«Wie außergewöhnlich!»

«Ja, nicht wahr? Nun, Klaus' Familie – Cousinen, ein dummer kleiner Neffe – haben mich gebeten, das Anwesen zu inspizieren und Kunstwerke und Antiquitäten zu schätzen.

Damals, als ich zur Beerdigung dort war.» Val spricht leise, als wollte er verhindern, dass andere mithören, aber seine Augen glänzen triumphierend. «Das meiste war mittelmäßiges Zeug, Berge widerlicher Landschaften, ein paar schöne Kupferstiche von Goltzius. Stell dir vor, wie begeistert ich war, als ich den Tiepolo fand.»

«Und du hast keinen Ton gesagt.» Don starrt ihn an, sein Erstaunen wandelt sich in Ärger.

«Ich konnte nicht, Don. Nicht, bevor ich wusste, dass er echt war. Das musst du verstehen. Aber jetzt habe ich keinen Zweifel mehr. Es hat seine Zeit gebraucht, aber – nun ja – ich konnte die Familie überreden, es dem Brockwell zu überlassen.»

Don lehnt sich zurück und blickt in die Tiefe des Raumes. «Ich wollte schon immer eine Ausstellung von Tiepolos Studien in Öl organisieren», murmelt er. «*Das Martyrium des Heiligen Sebastian* könnte dabei im Mittelpunkt stehen.»

Für eine Minute oder zwei verdrängt die Aufregung über die Nachricht alles andere. Dann sickern die schmerzlichen Nachwirkungen der Konfrontation mit Frank wieder in sein Bewusstsein. Er merkt, dass sich Tränen in seinen Augen sammeln. Während Val sich Erinnerungen an den Fürsten von Löwenstein hingibt, steht Don abrupt auf und schreitet aus dem Raum, zwischen den Tischen lachender Studenten hindurch. Dieses unbekümmerte, endlose Gelächter hat er nie verstanden.

Draußen im Hof, in der kalten, dunklen Nacht, durchströmen ihn die Gefühle wie Blut aus einer frischen Wunde. Vor *LOTTERBETT* bleibt er stehen, im Schein der kreisenden Lampe. Das Licht leuchtet durch die angehäuften Flaschen und blendet ihn mit künstlichem Blau. Er hebt leicht den Kopf und sieht ein sanfteres Licht hinter dem hohen Fenster der Kapelle. Gesang ist zu hören – ein volltönender Alt. Er betritt kaum jemals die Kapelle, aber der Klang lockt ihn an. Er drückt die Eingangstür auf, gerade weit genug, um hineinzuschlüpfen.

Was er sieht, lässt ihn wie angewurzelt stehen bleiben.

Die Kapelle ist in Licht gebadet. Jede Kerze brennt. Seine Augen wandern die schwarzen und weißen Bodenplatten des Kirchenschiffs entlang, durch das leere Chorgestühl, und er sieht Briony Davis, die Frau des Dekans, vor dem Altar stehen, in einem langen schwarzen Kleid, das ihre Schultern und Arme frei lässt, die nackt im goldenen Schein leuchten. Ihr graubraunes Haar ist zu einer komplizierten Frisur arrangiert, und ihr Gesicht scheint von ekstatischer Konzentration verklärt. Sie singt eine melodische, disharmonische Arie.

Während Don die Tür offen hält, klingt ein hoher, vibrierender Ton durch die Luft. Seitlich von Briony, in einer Ecke, sitzt der Kaplan mit sanft schwingendem Körper am Flügel und spielt mit geschlossenen Augen. Neben ihm, die dunklen, feuchten Augen auf Briony gerichtet, steht Erica Jay. Angela Cannon. Künstlerin und Dichterin in einer Person. Don tritt zurück und schließt die Tür.

* * *

Die Entscheidung – der er wochenlang so unentschlossen gegenüberstand – ist leicht zu treffen. Als er erwacht, sieht er den klaren Winterhimmel durch sein Fenster; er weiß, dass seine Zeit in Cambridge vorüber ist. Er ist noch immer wütend auf den Dekan, und noch immer von einem ratlosen, tiefsitzenden Unbehagen gegenüber Erica Jay erfüllt: Was wird er sagen, wenn sie sich wieder einmal begegnen? Doch vor allem die Offenbarung eines wiedergefundenen Tiepolo – eines zugesagten Geschenks an das Museum – ragt auf wie ein Vorzeichen, das er nicht ignorieren kann.

Val beginnt sofort damit, Vorbereitungen zu treffen. Nach wenigen Tagen hat der Verwaltungsrat der Brockwell Collection Professor Lamb einstimmig als neuen Direktor berufen. Val besteht darauf, dass Don in seinem Haus in Dulwich wohnen wird, solange es ihm zweckmäßig erscheint – alles ist bereit und wartet auf ihn. Don schickt dem Dekan einen kurzen, handschriftlichen Brief, ohne auf ihre Diskussion am High Table einzugehen, und erhält eine überraschend herzliche Antwort.

In der folgenden Woche wird Dons Ausscheiden den Angehörigen des Fachbereichs schriftlich mitgeteilt. Die Ankündigung erzeugt Wellen von Unruhe und Spekulationen, die man bewusst flach zu halten versucht. Der Schock der Nachricht wird schnell absorbiert, und am Ende ist es ein Tag wie jeder andere in Peterhouse.

«Wir geben die Abschiedsparty, wenn ich wieder zurück bin», sagt Val, als sie am Abend im Gisborne Court spazieren gehen. «Einen ordentlichen Ausstand.»

«Von wo zurück?»

«Ich reise diesen Samstag nach Marrakesch.»

Don nickt missmutig schweigend, er erinnert sich. Val geht jedes Jahr für einen Monat nach Marrakesch. *Dezember ist der angenehmste Monat in Marokko*, sagt er gern. Don hat zahllose Geschichten von Weihnachten in den Gärten des La Mamounia gehört, von Silvesterpartys im Haus eines zwielichtigen englischen Malers – einem Labyrinth aus Gewölben und Laternen.

«Darauf würd' ich lieber verzichten», sagt er. «Eine Party, meine ich. Ich halte nichts vom Abschiednehmen. Wie auch immer, noch gehe ich ja nicht. Ich muss mindestens ein weiteres Trimester bleiben. Vielleicht zwei.»

Val fängt fast an zu lachen. «Unmöglich! Das Museum braucht dich in ein paar Wochen.»

«So schnell?»

«Der Dekan wird dich von deinen Pflichten im College entbinden. Und ich schlage vor, dass wir deine Doktoranden an Igor Kaveckis verweisen.»

Durch einen Torbogen schlendern sie in den Fellows' Garden, wo der Rasen vom Frost ganz brüchig geworden ist. Ein Vollmond steigt auf.

«Ich bin immer noch ganz begeistert», sagt Val.

«Begeistert wovon?»

«Begeistert, dass du gehst.»

«Es war doch deine Idee, Val.»

«Mein Vorschlag, ja, aber deine Entscheidung.» Val bleibt stehen und hebt die Augen zum Nachthimmel. «Ich muss sagen, ich habe nie geglaubt, dass du es wirklich schaffst – dich von Peterhouse zu lösen. Ich habe deine Entschlusskraft unterschätzt.» Er geht weiter. «Aber du tust das Richtige, da bin ich mir sicher. Dieses lächerliche Festival war ein Wink des Schicksals.»

Das Festival findet kommende Woche statt. Don hat überall im College schon die hellgrünen Plakate gesehen: Ein Tag voller Vorträge, Debatten und Happenings zu Ehren von *LOTTERBETT*. Gene Caskill ist einer der Redner – erzählt irgendwas über das Aufbegehren gegen den Kanon (geschrieben: *Cannon*). Briony Davis bringt um Mitternacht Opernarien zu Gehör … Es gibt kein Entkommen.

Val beobachtet ihn. Vielleicht kann er Dons Gedanken lesen.

«Warum kommst du nicht mit nach Marrakesch?»

Sie haben ihren üblichen Rundweg verlassen und gehen einen schmalen Weg zwischen kahlen Weißdornbüschen entlang.

«Ich meine es ernst», fährt Val fort. «Zu dieser Jahreszeit ist Peterhouse melancholisch.»

Don wollte schon immer die Minbar der Koutoubia-Moschee sehen, diese wundervoll gemeißelte Kanzel aus dem zwölften Jahrhundert mit ihren Stufen und den geometrischen Intarsien. Seine Sinne beleben sich bereits bei der Vorstellung … Aber er weiß, dass er nicht gehen kann. Er hat beschlossen, Weihnachten und die Ferien drumherum zu ignorieren, alles zu ignorieren für *Die Himmel Tiepolos*.

«Ich buche ein Zimmer für dich im La Mamounia», sagt Val. «Du kannst es als Abschiedsgeschenk betrachten.»

«Ich kann nicht, Val, tut mir leid. Wegen meines Buchs, ich bin an einem kritischen Punkt.»

Aber ist es wirklich wegen seines Buchs, fragt er sich, als er seinen Widerstand zu analysieren versucht. Er spürt, wie sich die Welt und die Zukunft in konzentrischen Kreisen um ihn herum öffnen. London ist eine unerforschte Dimension, kurz hinter dem Horizont. Marokko wäre wie ein Sturz ins Wunderland. Und außerdem, was würde aus Val und ihm an einem solchen Ort werden – ihnen zusammen? In der verwurzelten Geografie von Peterhouse leben sie in einer immerwährenden Gegenwart, außerhalb der Tiefenzeit. Da gehören sie hin, jetzt und von Anbeginn an.

Zum ersten Mal versucht Don sich vorzustellen, was zwischen ihnen beiden sein wird, wenn er gegangen ist.

Val geht ein paar Schritte voraus, hinein in die Dunkelheit. Sie haben sich in die entferntesten Ecken des Gartens vorgewagt, den Teil, den man Hirschpark nennt. Seit Jahrzehnten hat es hier keine Hirsche gegeben.

«Im Grunde wusste ich, dass du Nein sagst.» Val dreht sich um. Sein Gesicht ist ernst und so bleich wie der Tod. Dann öffnet es sich zu einem resignierten Lächeln.

«Aber ich werde dir schreiben. Dezember ist der angenehmste Monat in Marokko.»

* * *

Am Tag des *LOTTERBETT*-Festivals geht Don in Deckung. Er zieht sich in die Universitätsbibliothek zurück und danach für einige öde Stunden in den Eagle Pub, wo er sich über sein Glas Bitter Ale beugt. Kurz vor Mitternacht kehrt er nach Peterhouse zurück, um im Old Court die Party in vollem Gang vorzufinden. Der Scheinwerfer im Zentrum der Installation rotiert dreimal so schnell wie sonst – eine wilde, blitzende Zentrifuge. Ein Nebel von Zigarettenrauch wirbelt im Licht. Musik dröhnt aus Lautsprechern, die um den Hof herum aufgestellt wurden.

Benommen schleicht sich Don durch die Feiernden. Auf halber Höhe zu seinen Räumen befindet sich ein Waschraum; er gehört nicht zu seiner Unterkunft, wird aber nur von ihm benutzt. Er wäscht sein Gesicht über dem Becken und stellt sich vor das metallene Urinal. Die Musik im Hof bricht plötzlich ab. An ihre Stelle tritt eine umfassende, unwirkliche Stille. Er spürt, wie er ruhiger wird, als würde die Spannung der letzten Tage langsam abfließen, hinunter in den Abfluss …

Er hört Schritte und merkt, dass jemand neben ihm am Urinal steht. Fast sofort weiß er, dass es Gene Caskill ist, sein Erzfeind im Fachbereich Kunstgeschichte. Er erinnert sich an Caskills Zwischenruf während der Fitzwilliam-Vorlesung, in dem Augenblick verheerender Stille – «Souffleur!» –, worauf die Kollegen in Gelächter ausbrachen.

«Gott zum Gruße, Lamb!», flötet Caskill auf affektierte, Shakespeare'sche Weise. Im leichten Echo des Raums klingt seine Stimme sonor. «Was für ein Tag! Wie kommt's, dass wir uns noch nicht begegnet sind?»

Don ignoriert ihn. Ein hartes, spritzendes Geräusch ertönt, als Caskill uriniert. Dann erreicht ein anderer Klang durch das Fenster sein Ohr – Briony Davis' Arie in der Kapelle, die sich zu einer unglaublichen Höhe aufschwingt. Er fühlt sich wie gelähmt, als hätte der anhaltende Höhepunkt eine tiefe innere Frequenz getroffen.

«Was macht der Dienst am Wahren und Schönen?», will Caskill wissen. «Und was hat das zu bedeuten, dass Sie uns verlassen?»

Don schließt den Reißverschluss und wendet den Kopf, um dem Mann neben ihm ins Gesicht zu sehen, dieses glühende, aufdringliche Gesicht, das er so gut kennt.

«Ach, verpiss dich», sagt er halb geflüstert.

Sein privates, gedankliches Vokabular ist in die Welt hinausgesprungen. Er ist schockiert über diesen Ausbruch. Auch Caskill macht ein schockiertes Gesicht, aber auch irgendwie erfreut. Während sein Urin weiter gegen das Metall prasselt, fängt er laut an zu gackern.

In den nächsten Tagen verlässt Don kaum seine Räume. Er bleibt drinnen und beugt sich über seine Notizen und Bilder. Die Welt hinter seinen Fenstern – das Singen von Weihnachtsliedern, das kreisende Licht von *LOTTERBETT* – weicht an die Ränder seines Bewusstseins zurück. Stattdessen denkt er immer wieder an die Studie in Öl, *Das Martyrium des Heiligen Sebastian*, gerade erst wiedergefunden und bald schon auf der Reise zur Brockwell Collection. Vielleicht wird seine eigene Ankunft mit der des Bildes zusammenfallen.

Nur hin und wieder wird er sich der Anwesenheit von Erica Jay im College bewusst, und er spürt eine stechende Furcht bei dem Gedanken, sie könnten sich begegnen.

Am Weihnachtsabend erhält er eine Postkarte von Val. Es steht wenig mehr darauf als ein paar Zeilen über einen Besuch im Hamam (*Ich verließ es als neuer Mensch*). Den nächsten Tag verbringt er in den fiktiven himmlischen Tiefen von Tiepolos *Apollo und die vier Kontinente*. In den vorherigen Jahren hat er mit den wenigen anderen Dozenten, die im College blieben, am Weihnachtstag in der Master's Lodge gegessen. In diesem Jahr kam wie üblich die Einladung – eine goldgerahmte Karte mit verschnörkelter Prägeschrift –, und er zerriss sie in kleine Fetzen. Die weißgoldenen Flocken liegen noch immer auf dem Boden seines Papierkorbs.

Erst weit nach Mitternacht bekommt er Hunger und schleicht sich zum durchgehend geöffneten Kebab-Stand an der King's Parade.

* * *

Als die ersten Wochen des neuen Jahres verstrichen sind, kehrt Val aus Marokko zurück, gebräunt vom warmen Wetter – und gerade rechtzeitig für Dons Abreise.

«Ich fahre dich nach London», sagt er und überrumpelt Don durch diesen Themenwechsel – gerade noch hat er von den rosa Mauern von Marrakesch berichtet, dem verzaubernden Chaos auf dem Djemaa el Fna und der Schönheit eines Minaretts, das sich über Orangenbäume erhebt – Bilder, die im Dämmerlicht des Combination Room eine unvorstellbare Schönheit entfalten. Sie sitzen in ihrer üblichen Ecke, tief eingesunken in Ledersessel, die zu ihren stationären Doubles geworden sind. «Ich bestehe darauf. Ich kann mich gut an deinen ersten Tag in Peterhouse erinnern. Ich will bei deinem letzten dabei sein.»

«Mein erster Tag», echot Don. «Gott – das fühlt sich wie ein anderes Zeitalter an.» Er nimmt seine fast leere Kaffeetasse und geht durch den Raum zum Fenster.

«Es war ein anderes Zeitalter, Don.»

«Ich erinnere mich …» Don schwankt für einen Moment, ausgebremst von einem Stich plötzlicher Verlegenheit, zwingt sich dann aber weiterzugehen. «Ich erinnere mich, wie du aus dem Nichts aufgetaucht bist, als ich im Fellows' Garden war. Wie der Bote in einem griechischen Theaterstück. Du sagtest etwas über Aristokraten, diese Jungs, die glaubten, sie hätten hier das Sagen – dass sie an ihrer Selbstgefälligkeit ersticken, sich irgendwann daran überfressen würden.»

«Nun, ist es denn nicht genauso gelaufen – in gewisser Weise? Wo sind sie jetzt?»

Don wendet sich ihm grinsend zu. «Ein paar Musterbeispiele sind Freunde von dir, würde ich sagen.»

Val steht auf und lacht, dann kommt er zu Don ans Fenster. «Das hängt davon ab, was du unter Freunden verstehst. Ich habe Verbindungen. Aber ob das Freunde sind …» Er verstummt, streckt die Hand nach Dons Ellbogen aus, eine vertraute Geste – aber vielleicht steht Don etwas weiter weg, als er dachte: Er greift ins Leere und sein Arm pendelt zurück. «Ich kam nicht aus dem Nichts, weißt du. Ich hatte dich gesehen. Dich beobachtet.»

Am folgenden Sonntag fährt Val früh am Morgen zum Peterhouse, mit dem alten Mercedes, den er sonst in einer Mietgarage am Stadtrand stehen hat. Der Wagen liegt tief wie ein Floß und ist schwarz wie ein Leichenwagen, mit makellosen Chromverzierungen. Dons Habseligkeiten werden von den

Pedellen durch das Tor hinausgetragen, im Kofferraum und auf den Rücksitzen abgeladen – zusammengelegte Kleidung, Kartons, gerahmte Drucke und Zeichnungen, und das Korkmodell des Pantheon, das eine Delle an der Kuppel bekommt, als Val es in den Wagen stellt. Es wurde vereinbart, dass Dons Bücher später per Lastwagen folgen sollen.

Dieser etappenweise und gewissenhafte Abtransport seiner Besitztümer kommt ihm vor wie ein Ritual. Einen Moment lang steht er am Fenster seines Arbeitszimmers und fragt sich, was all das zu bedeuten hat. Die Person, die er war, scheint mit dem Inhalt dieses Raums hinausgegangen zu sein: Es ist, als würde er von sich selbst getrennt.

Unten im Hof ragen die Flaschen von *LOTTERBETT* aus dem Gras empor wie Pilze. Als Don sich abwendet, trägt ein Pedell den letzten Karton durch den Old Court. Ein Windstoß weht den Deckel fort, und eine Handvoll kleiner Bilder fliegt heraus, die über den Weg und ins Gras flattern – kleine ausgeschnittene Szenen aus dem erzbischöflichen Palast in Udine und dem Palacio Real in Madrid. Der Pedell stellt den Karton ab und läuft ihnen nach, tritt mit den Füßen auf die verirrten Fresken und schnappt sich den Deckel. Eins der Bilder entgeht seinem Zugriff oder seiner Aufmerksamkeit. Es saust durch den Eisenrahmen von *LOTTERBETT* und lässt sich neben einer leeren Rumflasche nieder.

Kirchglocken läuten, als sie sich in Vals Wagen durch die Straßen der Innenstadt schlängeln. Der Himmel hellt sich auf, und es wird ein wunderbarer Januartag.

Wie eigenartig, denkt er, so bald nach seinem letzten unglücklichen Besuch nach London zurückzukehren. Für kurze Zeit spürt er einen nagenden Zweifel. Die Reise kommt ihm wie eine Inszenierung vor, er kann nicht glauben, dass er wirklich fortgeht. Aber als Cambridge hinter ihnen zurückbleibt, entspannt er sich in seinem ramponierten Ledersitz, genießt dessen von Tabak und Aftershave durchtränktes Aroma und verschmilzt mit dem sanften Schaukeln des Mercedes.

Val dreht das Radio an. Sir Ernst Gombrich ist zu Gast in *Schallplatten für die einsame Insel.*

«Dieser alte Langweiler!», ruft Val. «Wie sind sie darauf gekommen, den einzuladen?»

Don ist sich sicher, dass es sich um eine Wiederholung handelt und er sie vor drei Jahren oder mehr schon einmal gehört hat; aber er sagt nichts. Er beobachtet seinen Freund aus dem Augenwinkel. Val lenkt den Wagen mit einer Hand, seine Aufmerksamkeit gilt mal der Straße, mal dem Rückspiegel. Das Lenkrad ist ein Mercedesstern – drei stählerne Arme, die von einem Kreis in der Mitte abgehen und in einem Ring aus Mahagoni enden. Vals Gesichtsausdruck ist ihm vertraut – leicht geöffnete Lippen, lebendige und konzentrierte Augen. Ein attraktives Gesicht, kultiviert, ohne zerbrechlich zu wirken. Das Gesicht ist ihm so vertraut, stellt sich so automatisch in seinem Gedächtnis ein, dass er aufgehört hat, es wirklich zu sehen. Er merkt, dass er seinen Freund seit Monaten – vielleicht Jahren – das erste Mal wieder richtig anschaut.

«Meine Mutter kannte Gustav Mahler ausgesprochen gut», sagt Gombrich hinter dem Grill des Radiolautsprechers. «Sie gehörte zu seinem engeren Kreis.» Sein deutscher Akzent ist auch nach einem halben Jahrhundert noch recht stark.

Ein Clavichord beginnt zu spielen.

«Ich weiß noch», sagt Val, «dass Ernst immer der Erste war, der im Seminar eine Frage stellte. Und für gewöhnlich war es dieselbe Frage. Erst gab es ein langes und quälendes Referat eines jungen Forschers über einen *mikroskopischen* Aspekt der Renaissancemalerei …», brutal legt er einen höheren Gang ein, «… und dann sagte er, mit seinem starken Akzent, ‹Ja, und?›»

Val zieht das «U» von *und* vehement in die Länge. Sein Akzent klingt verblüffend echt. Beide lachen.

«Ja, und – recht hatte er.» Val wechselt in seine eigene Stimme zurück und schwenkt auf die Überholspur.

Don ist klar, dass Val für einen Mann seines Alters gut aussieht und durchaus eitel ist. Doch jetzt, als er neben ihm sitzt, überrascht es ihn mal wieder, wie gut er sich gehalten hat. Das schmale, kantige Gesicht, leicht gebräunt, ist das eines jüngeren Mannes. Das Haar ist dunkel und voll, trotz Vals fortgeschrittenem Alter.

Val spürt Dons Aufmerksamkeit und dreht sich neugierig zu ihm hin. Verlegen wendet Don den Blick ab – auf den langen, immergleichen Streifen der Böschung vor dem Seitenfenster.

Ein Klavierkonzert von Mozart erklingt. Don döst ein wenig vor sich hin; Schlaf kann man diesen leichten, sonnendurchschienenen Dämmerzustand nicht nennen, aber er ist kraftvoll genug, die Gedanken auszulöschen.

Als er die Augen wieder öffnet, sind sie schon nahe vor London. Lagerhäuser fliegen vorbei, Gebrauchtwagenhändler und Einkaufszentren, Superstores für Matratzen und Polstermöbel, die Fenster mit Versprechen tapeziert, und Paar um Paar von Doppelhäusern aus der Nachkriegszeit, die den Anstrich von Frische und Sauberkeit allmählich verlieren, den sie einmal hatten. Er schaut hinab auf seine Hände. Sie liegen weiß und fahl auf der Flanellhose. Doch die Sonne lockt ein wenig Rosa unter der wächsernen Oberfläche hervor.

Val spielt am Radio herum, während er mit zwei Fingern das Lenkrad festhält. Eine dröhnende Klangwelle schwappt durch den Wagen – manisches Trommeln und elektronisches

Quietschen. Don ist schlagartig hellwach. Der Lärm ist scharfkantig, verstörend. Er platzt in seinen Kopf, trampelt auf seinen Nerven herum. Und das Verrückteste ist, Val scheint zu lachen.

«Was für ein Bacchanal», schreit er, streckt die Hand noch einmal nach dem Regler aus. Plötzlich ist der Klang doppelt, dreimal so laut, als er die Lautstärke voll aufdreht.

«Stell das ab», ruft Don. «Himmel, Val, stell das ab!»

«Hier ist Kiss 100», kreischt eine Stimme durch das Dröhnen.

«Bitte, um Himmels willen!»

Mit einer leichten Drehung hat Val zu Radio 4 zurückgeschaltet.

«Im Ernst, Don», sagt er seufzend, «du wirst dich an manches gewöhnen müssen in Süd-London.»

Den Rest der Reise sprechen sie wenig. London umschlingt sie wie eine auflaufende Flut. Don ist noch nie mit dem Wagen durch die Stadt gefahren. Er starrt aus dem Fenster und versucht, die Bezirke voneinander zu unterscheiden, aber irgendwie verpasst er den Moment, als sie den Fluss überqueren. Süd-London, die Gegend, die Val anscheinend als eigenständig und speziell ansieht, macht sich als langsame Zunahme von Verkehr, Hitze und Lärm bemerkbar.

Sie kriechen durch die Brixton Road. Ein Jamaikaner mit gestreifter Wollmütze überquert die Straße und zwingt Val zu bremsen. Der Mann sieht sie an und schlägt im Vorbeigehen mit der Hand auf die Kühlerhaube.

Sie biegen in eine Seitenstraße. In der Ferne ragt wie ein riesiger Kirchturm ein Fernsehmast auf.

«Eigentlich wollte ich dir Bescheid sagen», bricht Val das Schweigen. «Erica Jay hat vorgestern in der College-Bar aus ihren Gedichten gelesen.» Er dreht sich mit breitem Grinsen zu Don. «Und weißt du was? Ihr Zeug ist viel besser, wenn sie es vorliest. Geradezu hypnotisierend.»

Sie kommen an einer neoklassizistischen Kirche vorbei, grau wie gegossener Zement. Auf der anderen Straßenseite ist ein heruntergekommenes Kino, dessen weißer Anstrich abblättert. Auf die Fassade ist mit hüpfenden Buchstaben das Wort *KÜHLSCHRANK* geschrieben. Dulwich hingegen ist anders. Eine Oase von Parks und Bäumen und gut gepflegten viktorianischen Villen im Tudor- oder Gothic-Stil entlang grasgesäumter Straßen. Die Bürgersteige sind durch weiße Poller begrenzt, die mit Ketten verbunden sind. Es wirkt überhaupt nicht wie London.

5

Montcalm Road Nummer elf ist ein allein stehendes Haus – nicht groß, aber auch nicht klein –, zur Straße hin fast verdeckt durch Hecken und eine riesige Rosskastanie.

Val biegt in die Einfahrt und das Haus rollt in ihren Blick. Don hält den Stil für georgianisch – eine asymmetrische Ansammlung von Giebeln und Pilastern, Balustraden und üppigen Erkerfenstern. Efeu rankt wie Brokatgeflecht die langweiligen gelben Backsteine empor.

«Schöner Wohnen!» Val würgt den Wagen ab und zieht die Handbremse.

«Etwas mehr als eine Zweitwohnung.»

«Früher war es mein Londoner Basislager – für die Gelegenheiten, wenn ich mich länger in London aufhielt. Das wurde dann immer seltener, aber ich behielt das Haus als …» Val denkt kurz nach, während er die Wagentür öffnet, und dreht sich dann mit einem absichtsvollen Lächeln zu Don um. «Als Wohnheim für Freunde. Komm rein – deine Sachen holen wir später.»

Val führt ihn die Stufen zur Haustür empor und drückt einen Knopf in der Mitte einer Messingtafel. Don steht neben ihm und kommt sich vor, als würde er an der Schule abgesetzt.

Fast im selben Moment öffnet eine Frau die Tür. Sie ist groß, in der Blüte der mittleren Lebensphase und trägt eine gelbe Kordhose und ein T-Shirt mit den olympischen Ringen unter der Aufschrift *Los Angeles 1984*.

«Ina!», ruft Val.

«Val», sagt Ina ernst, aber warmherzig. Ihr Haar ist kurz und wird grau, ihre Augen sind hellblau. Sie hat ein attraktives, männisches Gesicht.

«Don, darf ich dir Miss Ina Stables vorstellen, meine hingebungsvolle Haushälterin.»

Inas Lächeln beschränkt sich auf die Augen. Sie führt die beiden durch einen Korridor, der in indirektes goldenes Licht getaucht ist. An einer Wand steht ein Konsolentisch (ein seltenes Modell, romanisch, 18. Jahrhundert) – eine Alabasterplatte, getragen von drei vergoldeten, grinsenden Cherubinen. Auf dem Tisch steht eine kleine Statue von Herkules im Kampf mit dem Stier – vergoldete Bronze; weiter hinten im Korridor die Marmorbüste einer römischen Nymphe – Don will sie näher betrachten, aber Val mahnt ihn zur Eile –, dann eine Reihe Porträts aus der Regency-Ära: heitere Gelassenheit umrahmt von gepuderten Perücken. Es riecht wie in einer Kirche. Blühende Blumen in Vasen fügen einen süßeren Duft hinzu. Überall Bilder, Objekte, Ornamente.

Sie gehen weiter bis zur Küche an der Rückseite des Hauses. Sie ist hell und schlicht ausgestattet, ein Gegengift zum Korridor. Ihre Gestaltung entstammt einer jüngst vergangenen Ära – Kunststoffschränke in blassen Türkistönen, Korkfliesen, ein Tisch mit einer Baumwolldecke in Bauernkaro. Dies, das spürt Don, ist Inas Reich.

«Ich wohne dahinter», sagt sie, als würde sie seine Gedanken beantworten, und zeigt auf eine Tür mit Milchglasscheibe in der Ecke des Raums. Durch das Fenster sieht man, dass sie zu einem einstöckigen Anbau führt, der an die eine Seite des Gartens anschließt.

«Das wurde im Krieg als Atelier erbaut», erklärt Val und führt Don zum Fenster. «Jetzt ist es Inas Nebengebäude.»

Das Nebengebäude ist eine hässliche Ergänzung – oder Verschandelung – des Haupthauses. Allerdings ist auch der Garten ein totales Chaos – so chaotisch wie das Haus aufgeräumt ist. Der Boden ist knietief von Gestrüpp, Efeu und Gräsern bedeckt, und an der Rückseite des Anbaus erhebt sich eine solide Wand aus Büschen – Geißblatt, Hortensien, Lorbeer, alle von trotzigem Grün an diesem Januarmorgen.

«*Il giardino povero*», sagt Val, wie um den Zustand des Gartens zu entschuldigen. «Kaum zu glauben, aber irgendwo da hinten steht eine Statue von John Gibson.»

«Leben Sie allein hier, Miss Stables?», fragt Don.

«Mamma wohnt bei mir», sagt sie. *Mamma* – sie spricht das Wort fremdartig aus, wie *Hammer.* «Sie ist alt und sehr schwach. Sie werden nicht viel von ihr mitbekommen. Von mir auch nicht – ich bin viel unterwegs.» Sie schaltet den Wasserkocher an, und er gibt ein feuchtes Seufzen von sich, wie ein Patient am Beatmungsgerät. «Ich gehe heute Abend ins Kino. *Schneller als der Tod.* Möchten Sie eine Tasse Tee, Professor Lamb?»

«Danke, ja. Und bitte sagen Sie Don zu mir.»

«Arme alte Ma», murmelt Val und wendet sich vom Fenster ab. «Ich würde hallo sagen, aber ich weiß, wie sehr sie das aufregt. Wie viele Jahre jung ist sie inzwischen?»

«Fünfundachtzig im Sommer.»

«*Fünfundachtzig!* Kaum zu glauben.»

«Ja, ein hohes Alter, alles in allem. Aber sie hat nicht mehr viel vom Leben. Ich denke oft, sie ist mehr tot als lebendig.»

«Oh, bitte sag das nicht», protestiert Val in einem Südstaaten-Singsang, der irgendwie drollig klingt.

Don steht da und fragt sich, was er sagen soll. Er hatte nicht mit einer Haushälterin und ihrer alten Mutter gerechnet – doch andererseits: Womit *hatte* er denn gerechnet? Das

Leben jenseits von Cambridge war bis heute eine Leerstelle gewesen. Detail für Detail materialisierte es sich nun wie eine unglaubliche Geschichte.

Nach einer Pause meint Val: «Ina, vielleicht solltest du den Garten in Schuss bringen, wenn das Wetter milder wird.»

«Nur, wenn Mamma einverstanden ist.» Sie gießt Wasser in eine gelbe Teekanne. «Du weißt ja, wie sehr sie diese Wildnis liebt.»

Val winkt mit der Hand. «Komm, Don. Ich zeige dir dein Zimmer. Der Tee muss noch ziehen.» Er führt ihn die Treppe hinauf, an einer kleinen Amphore vorbei – minoisch, vermutet Don –, die am Rand der untersten Stufe steht. Der Teppich wird durch Messingstangen am Rutschen gehindert. Auf dem Absatz, wo die Treppe die Richtung ändert, steht ein Schrank aus schwarzem Lackwerk. Er kauert auf vier kurzen, kräftigen Füßen. Die Oberfläche ist mit Intarsien aus Messing und Schildpatt verziert.

«Lass dir die Sehenswürdigkeiten von Dulwich nicht entgehen», ermahnt ihn Val im Stil eines Fremdenführers. «Das Horniman Museum, Belair House, den Park. Ich meine den *Dulwich* Park; geh nicht in den Brockwell Park – das ist kein schöner Ort, voller Penner und Säufer. Mach am besten 'nen großen Bogen drum.» Er streicht den Staub von einer Vase. «Es ist eine Schande, dass das Museum denselben Namen trägt.»

Der Flur im ersten Stock ist mit grüner Seide tapeziert und protzt mit einer weiteren Sammlung gemalter Gesichter aus der Zeit der Grand Tour, dazwischen einige kleine italienische Landschaften. Val öffnet die Tür zu einem Schlafzimmer, dessen Fenster auf Zufahrt und Straße hinausgehen.

Nach den ästhetisch überladenen Korridoren wirkt der Raum geradezu karg – ein großes, luftiges Zimmer mit pfirsichfarbener Tapete, Kleiderschrank und Doppelbett. Das einzige Zugeständnis an Theatralik ist ein Schreibtisch im Erkerfenster, ein schwarzes Mahagoni-Kunstwerk mit Blattgold-Applikationen und übersät mit Verzierungen und Schnörkeln.

«Ich habe den Raum für dich aufgeräumt und alles rausgebracht. Er kann dein Arbeitszimmer sein – genau wie in Cambridge.»

«Dies war also dein Zimmer?»

Val winkt ab. «Ich bin immer seltener hier. Betrachte es nicht als meins oder deins.» Er ist zum Schreibtisch gegangen und blickt aus dem Fenster. Don bleibt zurück. «Ich hoffe, du wirst hierbleiben, Don. So lange du willst.»

Vals Augen haben ihr wissendes Funkeln verloren. Seine Fassade bröckelt – die weise, stets präsente Gelassenheit gibt eine innere Leere preis. Er schreitet durch den Raum zur Tür und führt Don wieder nach unten.

Sie trinken den Tee im Wohnzimmer und Val ergeht sich in Erläuterungen der vielen Rollen eines Museumsdirektors – Förderanträge stellen, den Vorsitz bei Versammlungen führen, Unterstützern den verbindlichsten Dank ausdrücken. Don nickt und hört zu; er denkt über seinen Plan nach, um *Das Martyrium des Heiligen Sebastian* herum eine Ausstellung mit Tiepolos Studien in Öl zu veranstalten. Dann beginnen sie mit der mühsamen Arbeit, seine Sachen aus dem Wagen in die Diele zu schaffen. Ina hilft ihnen, sie trägt mühelos ganze Stapel von Kartons. Seine Besitztümer häufen sich am Fuß der Treppe.

«Das meiste davon muss in den Schrank», sagt Val, als er einen Stapel gerahmter Bilder abstellt. «Oben ist nicht genug Platz für den ganzen Krimskrams.»

Don erkennt gleich oben auf dem Stapel das gerahmte

Foto, das in Peterhouse auf seinem Schreibtisch stand – Iris, der monochrome Windhund.

Nach einer knappen Stunde – bevor Don begreift, dass es nichts mehr zu entladen gibt – wirft sich Val den Mantel über die Schulter und sagt auf Wiedersehen.

«Alles Gute, Don. Ruf mich bald einmal an.» Er macht mit der Hand die Telefon-Geste und legt die Finger dann kurz auf die Lippen.

Don schaut ihm von der Haustür nach. «Kannst du nicht noch etwas bleiben?»

Vom Fuß der Treppe schaut Val erst Don an, dann die Fassade des Hauses, dann wieder seinen Freund, als würde er die beiden miteinander abgleichen. Sein Gesicht hat wieder den leeren Ausdruck von vorhin. Er blickt auf die Uhr.

«Nein, leider nicht. Ich bin mit Liza zum Essen verabredet, du erinnerst dich, Willie Maughams Tochter. Danach die Oper, Donizettis *La Fille du Régiment.*»

Val klopft sich auf die Brust, überwältigt von der Musik, die er erst noch hören wird.

Liza Maugham, Donizetti, ein prächtiger Schatz an Kunst und Möbeln … Don hat Vals anderes Leben stets mit schweigender Bewunderung verfolgt. Er weiß, dass Val in den 1960ern ein Salonlöwe war und sich mit schwulen Dichtern und Künstlern traf, und dass er schon mit gut zwanzig Jahren vor der Wolfenden-Kommission ausgesagt hat. Es gibt Geschichten über Partys, Ferien in Tanger, Reisen zu Somerset Maughams Villa an der Riviera. Doch es waren immer nur Geschichten und nicht mehr.

Val steigt in den Wagen, steckt den Schlüssel ins Zündschloss und kurbelt das Fenster hinunter.

«Ich komme wieder, Don», ruft er. «Übernächste Woche,

genau genommen. Es gibt eine Vernissage im Leighton House.» Er lächelt wissend. «Die Großen und Guten werden da sein!»

Er winkt und fährt davon; als er auf die Straße einbiegt, hupt er.

An diesem Nachmittag fühlt sich Don ganz ausgesprochen, auf geradezu absurde Weise allein – wie ein einzelner Schauspieler vor einem vielhundertköpfigen Publikum.

Er arrangiert seine Notizen, die Schreibmaschine und einige andere Dinge im Schlafzimmer. Es gibt ein schmales Regal an der Wand, der perfekte Ort für sein Zierschwert. Dann packt er die Bilder aus und wühlt sich rückwärts durch sein Leben. Ganz unten in einem Karton findet er eine Postkarte der Residenz in Würzburg – Tiepolos Allegorie der Kontinente mit ihrem weitgespannten Himmel. Er denkt zurück an seinen ersten Besuch dort, er war siebenundzwanzig, und fragt sich, ob er sich wirklich noch daran erinnern kann – oder ob der große Moment, in dem sein jüngeres Selbst zu der gewölbten Decke emporschaut, selbst nur ein Bild in seiner Fantasie ist.

Ohne den sonnigen Tag draußen zu beachten, breitet er seine Bilder auf Schreibtisch und Fußboden aus; er kriecht auf Händen und Knien wie ein Mann, der einen verlorenen Edelstein sucht. Stunden vergehen. Die gähnend aufgerissenen Deckenverzierungen von Palästen und Kathedralen vervielfältigen sich im Raum – Durchsichten in Farbwelten, unterbrochen vom Muster des Teppichs und dem brüchigen Lederbezug des Schreibtischs.

Am Nachmittag steht plötzlich Ina im Türrahmen.

«Du meine Güte, was für ein Sternenhimmel.»

Don steht auf, seine Knie knacken, als er sich aufrichtet.

«Die Deckenfresken von Giambattista Tiepolo», sagt er

und bemüht sich um die richtige Aussprache des italienischen Namens. Er fühlt sich unbehaglich, schuldbewusst – wie ein Gast, der länger bleibt, als er willkommen ist.

«Wie wunderschön. Aber ich kann nicht staubsaugen, wenn so viel Papier auf dem Boden liegt.»

Später überlegt er, ob er das Fenster öffnen soll, hat aber Angst, ein Windstoß könnte die Bilder durcheinanderwirbeln.

* * *

Im rosigen Schein der Schreibtischlampe korrigiert er das Eröffnungskapitel, aber es kommt ihm wie Beschäftigungstherapie vor. Immer wieder steht er auf und schaut aus dem Fenster auf die Einfahrt und die Straße dahinter. Sie sind so ganz anders als der Old Court – so vorstädtisch. Kein Professor zu sehen. Ein gelber Citroën parkt auf dem Kiesweg.

Es wird Abend. Er schaltet das Radio an und hört das Ende einer Dokumentation über den mysteriösen Tod eines Medien-Tycoons. Die Leiche des Mannes wurde vor einigen Jahren vor Teneriffa angespült. Höchstwahrscheinlich ein Herzinfarkt, aber es bleiben Zweifel. Eine neue Sendung beginnt – irgendwas über Kunst und Moderne. Die schwungvolle Musik, Strawinsky oder etwas Ähnliches, hätte ihn warnen sollen. Robin Hands ist der Moderator.

«Ezra Pound», dröhnt er, «lehnte die Kunst der alten Griechen als zu ‹anschmiegsam› ab. Für Pound war moderne Kunst das genaue Gegenteil – wild und gefährlich.»

Don schaltet das Radio aus und geht nach unten. In der Küche summt das fluoreszierende Licht. Er erinnert sich, dass Ina ins Kino gegangen ist. Ihre kranke Mutter existiert irgendwo hinter der Milchglastür, die zum Anbau führt. Das Licht hinter dem Glas ist aus. Er lauscht, ob etwas zu hören ist. Die alte Frau muss wohl schlafen – vermutlich verbringt sie die meiste Zeit im Bett.

Er ist nicht hungrig, beschließt aber, eine Flasche zu öffnen. Hinter der Küchentür steht ein Regal voller Beaujolais Supérieur 1989 – mindestens dreißig Flaschen desselben Weins. Er findet einen Korkenzieher und schenkt sich ein Glas ein, spaziert damit durchs Haus. Er lässt sich die Treppe hinauf und hinab treiben, in unbenutzte Räume hinein und wieder hinaus.

Vals Haus ist wie eine Fantasie – mild beleuchtet, mit Seide tapeziert, voller französischer Möbel und kleiner Meisterwerke des italienischen Manierismus. Don geht wie in Trance an Fragmenten antiker Bildhauerkunst vorbei – ägyptisch, griechisch, römisch, syrisch – und an Teppichen mit eingewobenen Rittersagen. Alles um ihn herum atmet Geschmack und Kultiviertheit. Das Überangebot von Perioden und Stilen wird von Bezügen zu Vals angenommenem Glauben dominiert, einem Porträt Kardinal Newmans, einem silbernen Kruzifix auf einer mit blutrotem Velours bezogenen Tafel, einem Rosenkranz, der wie eine Halskette um eine Gipsstatue des Antinous drapiert ist.

Am ungewöhnlichsten sind die unzähligen Blumen – Vasen voller Nelken, Veilchen und Chrysanthemen (vermutlich mit Wasser versorgt und aufgefüllt von Ina), die ihr Parfüm in jeden der leeren Räume verströmen, um den Winter zu verhöhnen.

Schöner Wohnen – ja, Val tat recht daran, sein Leben in London von Peterhouse getrennt zu halten. Don nippt am Wein und spekuliert, was wohl auf ihn zukommen wird – über das Leben in der Brockwell Collection. Noch immer beunruhigt von all den neuen Dingen um ihn herum, erlaubt er sich ein Aufflackern von Neugier – so etwas wie Aufregung.

Sein Schlaf ist leicht; schon vor Morgengrauen wacht er auf. Als er die Augen öffnet und den pfirsichfarbenen Raum erblickt, weiß er im ersten Moment nicht, wo er ist.

Er gleitet aus dem Bett und geht in seinem weinroten Schlafanzug im Zimmer umher – vorsichtig, als hätte er Angst davor, entdeckt zu werden. Der Anblick seiner Bilder beruhigt ihn: ein Atlas imaginärer Himmelsgewölbe.

Unten ist die Küche leer. Er findet gemahlenen Kaffee und eine Stempelkanne, dann sitzt er am Tisch, nippt am schwarzen Kaffee und denkt nach. Er hat vergessen, Val nach dem *Martyrium des Heiligen Sebastian* zu fragen, danach, wann es im Museum eintreffen wird. Vielleicht wissen es die Angestellten. Er geht mit dem Becher in der Hand die Treppe hinauf und versucht, eine Stunde lang zu schreiben.

Während das Bad einläuft, legt er seine Sachen auf dem Bett zurecht und ändert dabei immer wieder die Wahl der Krawatte – rot, dann blau, dann ein blasssilbernes Lila.

Als er wieder die Treppe hinunterkommt, seht Ina im Flur. Sie trägt einen blaugrauen Trainingsanzug und weiße Turnschuhe. Ihr Gesicht ist gerötet.

«Hallo Don. Machen Sie sich bitte selbst Frühstück. Es gibt Eier ...»

«Ah, danke, Ina, aber ich muss in einer knappen Stunde in der Brockwell Collection sein. Können Sie mir den besten Weg zeigen?»

Ihre Augen drücken dieselbe zurückhaltende Heiterkeit aus, die er am Tag zuvor bemerkt hatte, als sie ihnen die Tür öffnete.

«Es gibt nur einen Weg. Geradeaus die Montcalm Road hinauf, durch Dulwich Village und am Crown and Greyhound Pub vorbei.»

* * *

Die Brockwell Collection liegt etwas zurückversetzt an einer Straße, die so dicht mit Büschen und Bäumen bestanden ist, dass sie wie eine Landstraße wirkt. Ein einstöckiges Gebäude mit breiter, fensterloser Front, das auf einer leicht erhöhten Rasenfläche steht. Es ist teils malerisch, teils karg, und wirkt ein wenig wie ein Mausoleum.

Don passiert zwei steinerne Torpfosten und geht einen Weg zwischen samtigen Rasenflächen entlang. Er denkt an Tiepolos erste Reise nach Mailand.

Neben dem Weg steht ein Mann mit grüner Schürze und Harke.

«Guten Morgen», sagt er. Sein Gesicht wirkt irgendwie vertraut – schmal und geschmeidig, im Übergang von Jugend ins mittlere Lebensalter. Sein Haar ist hell, fast blond.

«Don Lamb», sagt Don und mustert den Mann vom Weg aus.

Der Mann hebt die Harke zu einem freundlichen Gruß.

«Was für ein schöner Garten», murmelt Don mit gespielter Lässigkeit. «Diese Krokusse. So fröhlich! So – üppig.»

Eilig nimmt er seinen Weg wieder auf. Die Fassade des Museums ist, wie er jetzt sieht, von flachen Alkoven mit bogenförmigen Dächern akzentuiert. Aus dem Zentrum des Gebäudes erhebt sich eine grüne Kuppel, die von der Straße aus nicht zu sehen war.

Seine Annäherung durch den Garten ist bemerkt worden. An der Tür steht eine kleine, ernste Frau in Wollrock und passendem Jackett – dunkelblau, Feinstrick.

«Willkommen, Professor Lamb», sagt sie. «Willkommen in der Brockwell Collection.»

Sie stellt sich selbst als Maud Berenson vor, die leitende

Kuratorin. Ihre Augen sind grau und klug, hinter einer großen Brille, von deren Bügeln in geschwungenen Bögen ein perlenbesetztes Kettchen hinunterhängt.

Ihr ergrauendes Haar trägt sie zurückgekämmt und mit einer Schildpatt-Spange befestigt; in kleinen Brisen weht ein Parfümduft von ihr herüber – Rosenmoschus –, als würde er mechanisch ausgestoßen. Perlen umrunden ihren Hals in zwei Reihen. Wenn sie lächelt, sieht man ihre gewaltigen Zähne.

«Ich sehe, Sie haben Paul schon getroffen, unseren Gärtner. Er hat hier einen wachsamen Blick auf alles.»

Sie führt ihn durch das Mahagoni-Portal in ein sehr hohes Foyer, dessen Parkett wie Wasser glänzt. Sie gehen an einem Porträt von John Ruskin vorbei – Millais' Gemälde des bedeutenden Viktorianers vor einem Wasserfall. Es hängt gegenüber eines Empfangstisches, an dem eine junge Frau – auf ihre Art ebenso nachdenklich wie Ruskin – hinter Drehständern mit Postkarten sitzt.

«Dies», sagt Maud, als sie den ersten Saal betreten, «ist das Oktogon.» Don mustert den achteckigen Raum, den Fußboden aus schwarzen und weißen Marmorplatten, die smaragdgrünen Wände voller Porträts – Van Dyck, Lely, Dobson, Reynolds – und schließlich die Glaskuppel, eine Rosette aus grünen Glasscheiben. Breite Türen auf beiden Seiten des Saals gewähren Zugang zum Rest des Museums.

«Wir hängen natürlich alles neu, unsere nächste Ausstellung hat das Thema *Caravaggios Musen*», fährt Maud fort. «Die Besucher betreten direkt bei ihrer Ankunft die Ausstellung. Sie sehen, Zugänglichkeit ist unsere Parole hier im Brockwell.» Ihre Zähne funkeln ihn mit aller Macht an.

«Zugänglichkeit? Ich bin mir nicht sicher, ob ich das verstehe.»

Maud nickt und gibt keine Antwort.

Als er sich umdreht, sieht Don zwei Marmorstatuen zu beiden Seiten der Tür, durch die sie hereingekommen sind. Es sind antike römische Statuetten der Venus, jede von ihnen auf einer zylindrischen Plinthe aus salamirotem Porphyr. Die nackten Figuren spiegeln einander, beide leicht vorgebeugt und eine Hand über der Region der Vulva.

«Die Wächter des Museums», sagt Maud. «Montague Brockwell, unser Gründer, hat sie in den 1730ern aus Rom mitgebracht – zusammen mit einer Menge anderer Objekte.»

Dons Blicke wandern weiter, in die Tiefe der ineinander übergehenden Säle, die vom Oktogon aus in beide Richtungen führen, den Blick auf die ganze Länge des Museums freigebend. Zu beiden Seiten erstrecken sich Gemälde in vergoldeten Rahmen und Skulpturen aus Marmor und Bronze.

Maud geleitet ihn durch das Gebäude und verkündet die Namen der einzelnen Säle. Die meisten von ihnen sind nach Förderern benannt – der van-Hoogstraten-Saal, der Arpels-Anbau, der Robillard-Raum für Drucke und Zeichnungen.

Am Ende dieser Parade von Sälen gelangen sie zu einer Tür mit der Aufschrift *Privat*. Sie führt in einen holzgetäfelten Flur, der ebenfalls die ganze Länge des Gebäudes zurück durchläuft. Durch offene Türen fallen träge Lichtrechtecke in den schmalen Gang. Staubpartikel gleiten durchs Sonnenlicht.

«Die Räume der Belegschaft», verkündet sie mit einer schwungvollen Handbewegung. «*Dies* ist das Desenfans-Lesezimmer.» Sie zeigt in ein kleines Kabuff, das offenbar nie genutzt wird, in dem sich ein leerer Tisch und metallene Aktenschränke befinden. «Und *dies* ist das Sommer-Refektorium.» Sie führt ihn in einen langen Raum, den ein riesiger ovaler Tisch dominiert. In dessen polierter Platte spiegelt sich das

Metallgitter des Oberlichts und dahinter der milchige Himmel – vom Gitter in harte, helle Formen zerschnitten. An den Wänden hängen Porträts von einst berühmten, heute vergessenen Männern, die nicht bemerkenswert genug sind, um öffentlich gezeigt zu werden.

«Was für ein seltsamer Name», sagt Don. «War dies einmal der Speisesaal?»

«Nein – keineswegs. Wir benutzen ihn seit eh und je für Mitarbeiterbesprechungen.» Sie hat die Angewohnheit, ihre eigenen Mitteilungen durch Kopfnicken zu unterstreichen, als würde sie von einem zweiten Selbst gesteuert, das in ihrem Innern an den Nervenbahnen des Frontalhirnlappens zerrt. «Die Führungsebene trifft sich jeden Mittwoch um zehn Uhr. Sie werden diesen Treffen natürlich von jetzt an vorsitzen. Richtig – hier entlang.»

Die nächste Tür führt zu einem weiteren großen Raum, dessen Fenster auf den Garten hinter dem Museum hinausgehen. Durch die Scheiben sieht er Paul, den Gärtner.

«Dies nennen wir das Kollektivkontor.»

Der Raum wirkt trostlos und ist vom Geruch modrigen Papiers und Zigarettenrauchs erfüllt. Eine Handvoll Angestellte sitzt an einem Sammelsurium überladener Schreibtische voller Schreibmaschinen und Telefone zwischen Säulen von Archivkartons und Türmen von Ausstellungskatalogen.

«Keine Computer», sagt Don anerkennend.

Maud zögert, bevor sie antwortet. «Noch nicht wirklich. Maurice Forster war in gewisser Weise ein Erztraditionalist.»

Einer der Angestellten macht Einträge in einem riesigen Journal. Er ist ein massiger, schlottriger Mann um die sechzig mit schütterem Haar und von abgestumpftem Aussehen. Lappen von tristem, grünem Tweed schlackern ihm um Beine und Bauch. Als Don und Maud sich ihm nähern, steht er auf und stakst ihnen mit einer schwungvollen, watenden Bewegung entgegen.

«Wie schön, Sie kennenzulernen, Professor Lamb», sagt er und wird rot. «Wir freuen uns – freuen uns sehr –, dass Sie jetzt hier sind.» Seine laute Stimme klingt ein wenig nach East End.

Don ergreift seine Hand. «Gut», sagt er und lacht trocken.

Der Mann gibt verschiedene Geräusche in sehr hoher Tonlage von sich, die sich nicht zu Wörtern formen. Auf seiner Oberlippe hat sich ein Schnurrbart aus Schweiß gesammelt, den er mit schnellen Zungenbewegungen ableckt.

«Bill Hoare ist unser Gemäldebewahrer und Leitender Konservator», sagt Maud. «Er überwacht die Restauration von Poussins *Triumph Davids* und Bouchers *Zwei Nymphen der Diana ruhen nach der Jagd*.»

Bill reibt die Hände gegeneinander. «Diesen reizenden Nymphen Schicht um Schicht Leben und Licht wiederzugeben. Was für eine bedächtige Arbeit!»

«Mir scheint, dass einigen Gemälden hier eine Säuberung guttäte», antwortet Don. «Reynolds *Amor und Psyche* sieht aus, als wäre es mit Teer überzogen. Und was den Poussin angeht …»

«Sie brauchen mehr als eine Säuberung», unterbricht ihn Bill mit schmerzlichem Grinsen. «Es ist eine heikle Aufgabe, diesen Schönheiten ihren Glanz zurückzugeben.»

«Ich bin sicher, Professor Lamb kann sich schon bald mit diesen Fragen befassen», sagt Maud.

«Verstehe, Maud, verstehe.» Bill vergräbt die Hände in den Hosentaschen und kehrt zu seinem Journal zurück.

Sie führt Don zurück in den Korridor. «Tut mir leid, Professor. Bills ganze Leidenschaft gehört der Sammlung, aber im sozialen Umgang fehlt ihm – wie soll ich sagen? – eine gewisse

Geschmeidigkeit, die andere von uns für selbstverständlich halten. Ich sollte das vielleicht nicht sagen», sie senkt die Stimme und bleibt stehen, «aber er trägt einen Flachmann bei sich.»

«Einen Flachmann? Das wird ja immer schöner.»

«Ja», seufzt sie und geht weiter. «Das ist wohl eine Generationenfrage. Ich habe beschlossen, es nicht anzusprechen – bis auf weiteres. Lassen Sie uns nun in die Palladio-Bibliothek gehen. So heißt das Büro des Direktors – *Ihr* Büro.» Sie scheint die Frage zu ahnen, die ihm in den Sinn kommt. «Dort befindet sich eine Büste Palladios, achtzehntes Jahrhundert, Künstler unbekannt.»

«Wie überaus passend. Vielleicht ist Ihnen bekannt, dass ich 1979 ein Buch über Palladios Villen veröffentlicht habe.»

Maud nickt unsicher und bleibt vor der letzten Tür des Korridors stehen – der einzigen Tür, die nicht offen steht. Sie dreht den Knauf und tritt zur Seite, um ihm den Vortritt zu lassen.

Die Palladio-Bibliothek ist ein eleganter Raum – quadratisch und schwach beleuchtet; an allen Wänden stehen Regale voller ledergebundener Bücher. Der Teppich ist dick, weich und lärmschluckend.

«Hier ist alles genauso, wie Maurice es verlassen hat. Und es sah genauso aus, als er 1942 Direktor wurde.»

«Ein Raum, der keinem Wandel unterliegt.»

«*Exakt.* Doch ich muss Sie warnen – wir haben einen Computer für Sie bestellt. Ein Zugeständnis an die Moderne, aber es ermöglicht so viele Dinge.»

Don durchquert den Raum. Hinter dem Direktorenschreibtisch befindet sich ein hohes Fenster mit einem eigenen Blick auf den Garten. Ochsenblutrote Ledersessel sind im Raum verteilt wie herumliegende Leichen. Ein Fach in einem der Bücherregale beherbergt Kopf und Schultern Palladios aus rosa durchzogenem Marmor – unterdrückte Genialität hinter Augen, die so mild blicken wie schmelzende Eiscreme. Er hat den Verdacht, dass es sich um eine Kopie aus dem neunzehnten Jahrhundert handelt, wie man sie damals in Belgravia in jeder zweiten Bibliothek finden konnte.

Als Maud gegangen ist, setzt er sich an den Schreibtisch und dreht sich mit dem Stuhl im Kreis. Draußen erstreckt sich ein von Rosenbeeten gesäumter Rasen wie ein See bis zu einer Baumgruppe. Aus einer bestimmten Perspektive, aus der die Straße nicht zu sehen ist, vermittelt die Szenerie den Eindruck einer idyllischen, ländlichen Parkanlage.

* * *

Die ersten Tage nach seiner Ankunft in Dulwich fühlt er sich wie in einem Traum. Jeder Mensch, den er trifft, ist neu. Jeder Ort, jede einzelne Information trägt den Schimmer einer frischen Entdeckung. Jedes Mal, wenn er es betritt, schlägt ihm der Geruch des Museums entgegen, diese Mischung aus Firnis und kostbaren Poliermitteln.

Immer wieder, wenn er mit Maud Berenson die Ausstellungsplanung bespricht, Berichte über Finanzierungsengpässe erhält oder mit Bill Hoare die Feinheiten der Reinigung von Bouchers Nymphen erörtert, überkommen ihn Zweifel. Er fragt sich, was er an diesem Ort zu suchen hat, so weit weg von allem, was er versteht. Dann kehrt das Bild von *LOTTERBETT* in sein Gedächtnis zurück; das verstümmelte Metall und der blitzende Scheinwerfer sind wie Zuckungen eines Phantomschmerzes.

Abends sitzt er in seinem Schlafzimmer – Vals Zimmer – und arbeitet bis spät in die Nacht an seinem Buch. Manchmal bringt ihm Ina Stables ein Tablett mit dem Abendessen. An anderen Abenden wirkt sie so inexistent wie ihre Mutter – ihr Nebengebäude liegt in tiefem Schweigen –, und er isst kalte Reste aus dem Kühlschrank.

Gegen Ende der ersten Woche geht er aus und isst in einem kleinen italienischen Restaurant in Dulwich Village – Kalb *alla Milanese*, dazu eine Flasche Trebbiano. Anschließend fühlt er sich extravagant und irgendwie schuldig. Zurück im Haus ruft er Val an.

«Hier ist es so ruhig. So – anders. Jetzt verstehe ich, weshalb du so oft hergekommen bist.»

«Du hast Glück, dort zu sein. Sieh es als ein unbegrenztes Sabbatjahr an. Du hast Peterhouse im richtigen Moment verlassen. Es ist schrecklich hier. Erica Jay hat gerade eine förmliche Beschwerde gegenüber Bruce Day eingereicht. Jay gegen Day – aber ich sollte keine Witze machen. Sie unterstellt rassistische Diskriminierung. Natürlich ist das Unsinn – ein Missverständnis, dumme Bemerkungen am High Table, die enorm aufgebauscht wurden. Du weißt ja, was für ein Tollpatsch Bruce ist. Aber sie hat die Unterstützung des Dekans. Er besteht auf einem Disziplinarverfahren.»

Ein Skandal am College. Er wirkt unbedeutend und weit weg. Was für eine Erleichterung, vom High Table erlöst zu sein, vom Dekan und Bruce Day – erlöst von jedem großen oder kleinen Ereignis des Cambridge-Lebens. Immerhin, ein Disziplinarverfahren geschieht dem alten Trottel ganz recht.

«Ich gebe der Frau des Dekans die Schuld», fährt Val fort. «Briony Davis. Sie hat die Power bei diesem Power Couple.»

Den Hörer am Ohr, geht Don zum Fenster und dreht die Knoten aus dem Telefonkabel. Er schaut hinaus auf die Straße. Vor dem Nachthimmel wirken die Straßenlaternen bernsteinfarben.

«Ach, übrigens, Val, wann kommt Tiepolos Studie in Öl zum Brockwell? *Das Martyrium des Heiligen Sebastian?*»

«Bald, Don, sehr bald. Wir klären gerade die letzten Details des Nachlasses – die Art und Weise des Transports. Die Erben des Fürsten von Löwenstein schicken dir einen Brief mit der Bestätigung der Schenkung.»

Nach dem Telefongespräch lässt Don ein heißes Bad ein und holt sich ein Glas Rotwein. Er hat festgestellt, dass die Flaschen im Weinregal immer sorgfältig nachgelegt werden.

* * *

Am Samstag ist das Wetter ungewöhnlich warm, fast wie im Frühling.

Er erwacht um fünf Uhr und ringt stundenlang mit dem neuen Kapitel über das Theater von Venedig. Sein Hirn quillt über von Details der Kostüme und des Bühnenbilds, der genialen Einrichtung des Proszenium-Bogens und des bunten moralischen Spektrums der Standardrollen. Gegen elf lässt seine Konzentration nach. Er lugt zwischen den zugezogenen Vorhängen hindurch. Die Knospen der Rosskastanie zittern in der Brise. Der Tag winkt ihm zu.

Also genug Tiepolo für den Moment. Er wird spazieren gehen. Val hat gesagt, er solle die Grünflächen in Dulwich und Umgebung erkunden – alle, mit Ausnahme des Brockwell Parks. Er studiert einen Stadtplan der Umgegend, den er in der Küche gefunden hat, und bricht dann auf in Richtung Dulwich Park, schlendert durch friedliche Wohnstraßen und überquert einen Sportplatz. Und doch, als er das Parktor mit seinen knollenartigen Steinpfosten erreicht, zwingt ihn eine perverse Eingebung, die Richtung zu ändern.

Unterwegs fragt er ein fremdes Paar nach dem Weg, obwohl ihn seine Füße bereits zu kennen scheinen.

Der Brockwell Park liegt hinter einem Eisengitter entlang der Norwood Road, einer vielbefahrenen Durchgangsstraße, die Dulwich von den Nachbarvierteln trennt. Vom Bürgersteig aus ist der Park zur Hälfte hinter Eichen verborgen, die an seine Ränder gepflanzt wurden. Auf einem Hügel steht ein Haus, zu dem das Gelände in breiten Wellen ansteigt. Don geht am Gitter entlang, bis er zum Eingang kommt. Die Eisentore führen auf drei breite Wege. Er entscheidet sich für den mittleren.

Der Park wirkt heiter und ist völlig verlassen. In der Ferne, jenseits des Hügels, ragen Hochhäuser auf – zwei identische Betontürme.

Er fühlt sich eigenartig lebendig – beschwingt, optimistisch. Es ist eine grundlose Fröhlichkeit, umso beglückender, als sie aus dem Nichts kommt. Er durchquert die Schatten niedriger Bäume. Am Weg vor ihm liegt ein kleiner Betonpavillon. Als er vorbeigeht, sieht er, dass es ein Unterstand für eine Bank ist, zu einer Seite hin offen, das Innere angefüllt mit Abfall und beschmiert mit Graffiti – die Worte wurden gesprayt, eingeritzt oder gezeichnet mit skalpellscharfen Stiften. Er versucht sie zu entziffern. CRYTZ, FAME, KROS, TERA, ZEPHYR. Die Buchstaben gehen über in Pfeile, Kreuze, Herzen, jede Menge sinnloser Zeichen.

Auf dem Gipfel des Hügels bleibt er stehen, um das Haus zu bewundern, einen Komplex aus sandfarbenen Backsteinen.

Er dringt tiefer in den Park vor. Unter einer Eiche auf dem Abhang liegt eine Gruppe von fünf Mädchen – junge Frauen im gleichen Alter wie seine Studenten. Überrascht merkt er, dass sie alle schlafen. Sie liegen absolut still, mitten in der Bewegung eingefroren. Vielleicht schlafen sie nach einem

Gelage ihren Rausch aus – bestimmt sogar, eine leere Flasche liegt ein paar Meter von ihnen entfernt im Gras. Ein Mädchen ist nach vorn über einer roten Tasche mit der Aufschrift PUMA zusammengesackt. Ihre Wangen sind gerötet. Eine andere liegt abgewandt vor ihr auf dem Boden, in einer glänzenden schwarzen Jacke mit Puffärmeln und engen Manschetten. Auf den Rücken der Jacke sind in verschiedenen Farben die Buchstaben NAFF gestickt. Die Sohlen ihrer Turnschuhe sind schmutzig.

Etwas drängt ihn hinzugehen und das am nächsten liegende Mädchen an der Schulter zu berühren. Als er näherkommt, hört er ein leises, unregelmäßiges Schnarchen. Er schreckt zurück – gelähmt von dem Gedanken, jemand könnte ihn sehen und annehmen, er sei ein Teil dieser sich so ungehörig aufführenden Gruppe oder – schlimmer noch – er wäre ein lüsterner Gaffer.

Er macht kehrt und geht weiter durch den Park, in Gedanken noch immer bei der Szenerie, die er gerade gesehen hat – unfähig zu glauben, dass diese Stille und Trägheit wirklich real waren. Irgendetwas an diesem Ort wirkt in seinen Empfindungen nach. Der ausladende, grasbewachsene Abhang, die Bäume, die laue Luft …

Er biegt in einen schmaleren Weg und sieht eine Miniatur-Dampflok mit Waggons in der Größe von Kinderwagen, die auf Schienen auf ihn zukommt. Sie hält an einem kleinen Bahnsteig, der von einem Lattenzaun begrenzt ist, und eine Mutter mit Kind steigt in einen der Waggons. Der Zug fährt weiter und verschwindet zwischen den Büschen.

Ganz in der Nähe entdeckt er, eingebettet ins Gestrüpp, kleine Häuser. Sie sehen aus wie die Wohnstätten von Dulwich, geschrumpft auf die Größe von Puppenhäusern, komplett mit Spitzdächern, Mauerwerk im Fischgrätmuster und

Tudor-Fachwerk. Dahinter, durch die Büsche, erkennt er eine verlassene Bowls-Bahn, die wie ein algenbedeckter Teich aussieht.

Er ist einen großen Bogen gegangen und fast wieder am Tor angelangt, durch das er hereingekommen ist. Ein großes Schild zeigt einen Plan des Parks. Ein ordentliches blaues Rechteck markiert ein Freibad. Dort ist er auf seinem Spaziergang nicht vorbeigekommen. Er denkt an die Freibäder, die es in Cambridge geben soll, und nimmt an, dass das Lido vom Brockwell Park ähnlich sein muss – real und doch ungesehen, also doch nicht ganz real.

Er schaut auf die Uhr und durchschreitet schnell das Tor.

Den Sonntag widmet er Tiepolo – überprüfen, überarbeiten, neu schreiben. Er lässt die Vorhänge zugezogen.

Am nächsten Morgen geht er eine mäandernde Route zum Museum. Nach und nach wird Dulwich ihm vertraut. Er registriert das Village mit seinen hübschen Ansichten, die alte Zollschranke mit ihrem weißgetäfelten Häuschen, den venezianischen Uhrturm des Dulwich College.

Als er ankommt, schlendert er durch die Säle und lässt die Blicke über die Wände schweifen. Er lernt allmählich, was wo hängt – diesen Anblick von Tivoli bei Sonnenuntergang, dieses Porträt von Gainsboroughs Töchtern, bleich vor Angst. Die Brockwell Collection ist wie eine Fliege im Bernstein. Ihre Exponate haben sich kaum geändert seit den 1770ern, als der Zuckerbaron Montague Brockwell sie als Heimstatt für seine Kunstschätze gründete. Die Menschen im Museum sind Teil dieses antiquierten Durcheinanders: die Wärter, die wie stumme Schildwachen in den Ecken stehen, und die Besucher – heute Morgen sind es nur wenige –, die unschlüssig herumwandern.

Zahlreiche kleine Skizzen Tiepolos sind überall verteilt. Doch wenn die neue Studie in Öl eintrifft, wird sie eine besondere Hängung verlangen. Nach langem Überlegen identifiziert er den richtigen Platz für das Bild. Noch hängt dort ein kleines Rubens-Gemälde des Gottes Bacchus – es wird umziehen müssen.

6

Zehn Tage nach Dons Ankunft in der Brockwell Collection trifft früh am Morgen eine Lieferung ein. Als er auf den Eingang zugeht, sieht er einen parkenden Lastwagen vor der Tür. Zwei Männer heben eine Sperrholzkiste von der Ladefläche.

Er sieht zu und atmet Wolken von hellem Dampf in die Luft. Angesichts der Abmessungen der Kiste weiß er, was sie enthält. Er bittet die Männer, sie direkt ins Sommer-Refektorium zu bringen und geöffnet auf den Kaminsims zu stellen, damit alle sie sehen können.

An seinem Schreibtisch ergänzt er kurzfristig die Tagesordnung der Mitarbeiterbesprechung. Als er die Worte hinkritzelt, denkt er daran, dass – genau in diesem Moment – die Studie in Öl von Tiepolo auf dem Kaminsims abgestellt wird. Er sieht es vor sich, wie der Sperrholzdeckel abgenommen und das Gemälde enthüllt wird: der nackte, an den Baum gefesselte Märtyrer, einen Pfeil wie ein Schilfrohr im Arm, und ein impressionistischer Himmel – kühn und modern in der Ausführung. Er kämpft gegen die Versuchung an, hinzugehen und es anzuschauen. Es wird eine kollektive Offenbarung sein.

Er wartet bis eine Minute vor zehn, wenn die gesamte Belegschaft versammelt ist. Dann streicht er sein Revers glatt und geht hinüber zum anderen Ende des Korridors.

Eine der Glühbirnen im Gang ist kaputt. Als er durch den halbdunklen Abschnitt geht, nimmt er ein Gemälde wahr, das dort an der Wand hängt. Es hängt da schon immer, aber die derzeitige Abwesenheit von Licht hebt es irgendwie hervor. Es ist eine Dschungelfantasie von Henri Rousseau – im Zwielicht eines Binsendickichts attackiert ein Tiger zwei Eingeborene: Ein Pferd bäumt sich panisch auf und einer der Männer richtet einen Speer auf das Gesicht des Raubtiers. Der Tiger ist monströs und schön, ein Bild verängstigter Wut. Die ganze Szene ist so fragil wie eine Stickerei.

Don seufzt. Das Bild war ein Projekt von Maurice Forster – eine Dauerleihgabe der Barnes Foundation, aber ohne einen angemessenen Platz in der Ausstellung. Man wird es zurückgeben müssen.

Er rauscht in das Sommer-Refektorium und nimmt seinen Platz im Zentrum des Tisches ein, zielgerichtet, entschlossen – ohne einen Blick auf das Gemälde zu werfen, das er am Ende des Raumes weiß. Als er sich ein Glas Wasser einschenkt, nimmt er eine gewisse Stimmung am Tisch wahr – ein erwartungsvolles Beben. Aber sollen sie warten. Er wird die Spannung verlängern.

Er setzt die Brille auf und beginnt, die Tagesordnung laut vorzulesen.

Maud Berenson, die ihm gegenübersitzt, räuspert sich. Don hört auf zu lesen.

«Professor Lamb – oder Don, wenn ich darf?»

«Ja?» Er lächelt nachsichtig.

Erst in diesem Moment, als er sich im Stuhl zurücklehnt, wendet er sich um und sieht hinüber zum Gemälde. Im selben Moment hebt er in einer Art Reflex die Hand, bildet eine Faust und öffnet sie wieder. Der Schock macht ihn fassungslos.

Es ist nicht die Studie in Öl von Tiepolo.

Stattdessen hat er Caravaggios *Junge, von einer Eidechse*

gebissen vor sich. Die Leinwand steht noch in der Sperrholz-Kiste, an den Ecken mit türkisfarbenem Schaum gepolstert. Jedes Detail ist bis ins Kleinste vertraut – die nackte Schulter des Jungen, sein lockiges schwarzes Haar, das vor Schmerz verzogene Gesicht, während er vor der bissigen Echse zurückweicht. Das ganze Bild trieft vor Heuchelei. Die Simulation von Leiden, das effektvolle Spiel von Licht und Schatten, die Rose in einem Krug voller Wasser – zu beiläufig.

Er zieht heftig die Luft ein und schwenkt den Blick zum Tisch vor ihm – die gläserne Kugel des Wasserkrugs und die Vase mit welkenden Veilchen dahinter. Einen absurden Moment lang scheint es, als würde die Wirklichkeit mit dem Gemälde verschmelzen. Das Licht im Raum wird milder, als die Sonne hinter einer Wolke verschwindet.

Maud ist aufgestanden und legt die Hände aneinander wie zum Gebet.

«Die Gegenreformation ist in Dulwich angekommen.» Rund um den Tisch wird höflich gelacht. Maud zieht die Lippen zurück, um ihre Zähne zu entblößen. «Dies ist das erste Bild für *Caravaggios Musen*, das uns erreicht. Es wird einen Ehrenplatz im Oktogon einnehmen.» Ihre Brillengläser flackern auf, als das Sonnenlicht wieder in den Raum strömt.

Dons Herz sinkt und Irritation durchströmt ihn. Die Caravaggio-Ausstellung. Natürlich. Maurice Forsters letzte Fanfare.

«Danke, Maud», sagt er, die Augen auf den Tisch gerichtet. Er ist im Begriff, zur Tagesordnung zurückzukehren, als es eine weitere Unterbrechung gibt.

«Sublim», stellt Bill Hoare fest. «*Magnifico!*»

Don schiebt die Tagesordnung zur Seite und maskiert sein Gesicht mit einem Lächeln.

«Ein verhätschelter Junge, von einer Eidechse in den Finger gebissen – *sublim*? Ich glaube kaum. Sehen Sie sich nur diese groteske Geste an – reines Getue! –, und dieses affektierte Gesicht. Man stelle sich vor, dass er diese Pose stundenlang halten musste. Leider muss ich mich Poussins Urteil über diesen Künstler anschließen. Caravaggio kam zur Welt, um die Malerei zu zerstören. Derart vulgäre Bilder können nur das Werk eines vulgären Mannes sein.»

Bill leckt sich die Oberlippe.

Mauds Grinsen wirkt wie aus Gips. «Don – Professor. Dies Gemälde ist allegorisch, *klassisch* – seine Quelle ist der *Apollon Sauroktonos*, der Gott, der eine Eidechse tötet. Die brutale Handlung wurde ins Komische gewendet – ein christlicher Subtext liegt …»

«Meine eigene Ansicht entspricht der John Ruskins.» Don legt beide Handflächen auf den Tisch und schließt die Augen. «Caravaggios Gemälde sind Ausdruck eines *bösen Geistes, sie leben von Schrecken und Hässlichkeit.*»

Poussin und Ruskin haben gesprochen. Er wartet auf Geräusche widerwilliger Zustimmung, vielleicht auch das Aufflackern von Gelächter. Aber das einzige Geräusch ist das weit entfernte Brummen eines Flugzeugs. Er öffnet die Augen und sieht eine Reihe ausdrucksloser Gesichter.

«Diese Ausstellung wird der Höhepunkt einer jahrelangen Arbeit, Don.» Mauds Tonfall ist jetzt geradezu flehend. «Maurice hat so viel dafür getan, die Reputation Caravaggios wiederherzustellen.»

«Bedauerlicherweise, ja. Und ich nehme an, die Ausstellung wird ein Erfolg werden, wenn wir Erfolg nach der Menge von Leuten bemessen, die wir anziehen. In dieser Hinsicht ist der Künstler durchaus populär.» Er sieht Maud mit einem Lächeln an, das nicht mehr erwidert wird. «Ich hoffe, meine Amtszeit als Direktor wird nicht nur von populären Erfolgen gekennzeichnet sein, sondern auch von gewagten Experimenten. Ich muss Ihnen – wohl besser ein andermal – von meiner Idee einer Tiepolo-Präsentation erzählen.»

«Natürlich, ein andermal», sagt sie mit höflicher Schärfe.

Er ist im Begriff, mehr zu sagen, doch dann nickt er nur und kehrt zur Tagesordnung zurück. Die Genugtuung, die er noch vor wenigen Sekunden empfunden hat, ist erstorben. Er empfindet nur noch Bedauern. *Eine Tiepolo-Präsentation* – das klingt nach gar nichts. Es war ein Fehler, das anzusprechen. Wenn das Bild nur das gewesen wäre, was er erwartet hatte. Er hätte seinen Plan angesichts dieses wundervollen Geschenks erörtern können, und alles wäre vollkommen – exquisit – plausibel gewesen.

Das Thema *Caravaggios Musen* kommt nur noch einmal zur Sprache, als Maud – in gebändigtem Ton – über die rote Farbschattierung spricht, in der das Oktogon gestrichen werden soll.

«Ich denke an Toskana-Rot», sagt sie unter allgemeinem Nicken.

Don hört nicht mehr zu und schaut noch einmal zum Gemälde hinüber. Sonnenlicht fällt schräg durch das Oberlicht. Alles, was er jetzt sieht, ist eine wächserne Oberfläche – die kleinen Striche und Furchen unter den Schichten von Firnis. Das überraschte Gesicht des Jungen ist nicht mehr als ein Stückchen Unterkiefer.

Am Abend lässt er sich auf dem Rücksitz eines Taxis durch den Berufsverkehr zum Leighton House Museum bugsieren. Anlass ist eine Ausstellung der Gemälde von Lawrence Alma-Tadema, des großen viktorianischen Darstellers der antiken Welt – und Dons erster Auftritt als Direktor der Brockwell Collection.

Vals Worte klingen in seinem Kopf nach. «Es ist ein Cometogether der Kunstwelt. Die Großen und die Guten werden da sein. Warum sonst würde ich wohl hingehen?»

Der Abend ist regnerisch. Jenseits der Taxifenster gleiten die Laternen der Albert Bridge vorbei wie eine Kette leuchtender Perlen. *Die Großen und die Guten.* Er wappnet sich gegen die Anstrengungen einer neuen Situation, neuer Erwartungen.

Kurz vor sieben Uhr biegt das Taxi in eine belaubte Wohnstraße in Holland Park ein, die ganz ähnlich wirkt wie die Straßen in Dulwich. Leighton House ist eine Backstein-Villa, quadratisch und ernst auf der einen Seite, doch auf der anderen in maurische Extravaganz abschweifend, mit einer Spitzkuppel, die sich aus dem Ziegelstein erhebt. Er trödelt beim Bezahlen, um noch einen Moment im Taxi sitzen zu bleiben.

Als er aus dem Wagen steigt, versucht er sich Frederic Leighton vorzustellen, den Schöpfer des Hauses, wie er plötzlich im Portikus erscheint – der Patriarch der viktorianischen Kunst. Aber es ist zu dunkel und nass für Träumereien. Er läuft durch den Regen zur Tür.

Drinnen schlägt seine Stimmung um, wie ein Lied, das unerwartet die Tonart wechselt. Im Gedränge anderer früh eingetroffener Gäste findet er sich im türkis gekachelten Herzen des Hauses wieder. Abrupt weiten sich seine Sinne. Er wird wie von einem psychischen Sog weiter hineingezogen.

Er steht vor einem kleinen Wasserbecken im Boden. Ein Springbrunnen tanzt und spritzt. Maurische Teppiche und Mosaike im römischen Stil umgeben das Wasser-Karree. Dekor rankt die Wände empor wie Blattwerk – grüne und goldene Bänder, in manische Muster gezwungen, steigen zur goldfarbenen Kuppel auf. Ein dorniger Kronleuchter senkt sich vom Scheitelpunkt herab.

Der Effekt ist prahlerisch bis zum Grotesken. Don sagt

sich, dass er es hasst – dass er es hassen müsste –, und doch wird er von einem wilden Gefühl überwältigt. Eindrücke bluten zu hunderten aus den Wänden und vereinigen sich in seinem Körper. Die Oberflächen und Muster wirken auf ihn wie eine Droge. Verblüfft von seiner eigenen Empfänglichkeit schaut er hinab auf das schwankende Wasser und bemüht sich, aufrecht stehen zu bleiben.

Sich selbst aus dieser Trance schüttelnd, kehrt er in das kleine Vorzimmer an der Eingangstür zurück. Immer mehr Gäste treffen ein. Die Luft ist erfüllt von ihrem Gemurmel.

«Wo sind die Alma Tads?», sagt ein Mann mit rauer Stimme, als ob sein Leben davon abhinge.

Don dreht sich um, unsicher, ob die Frage an ihn gerichtet war. Ineinanderfließende Gespräche brausen um seinen Kopf.

«Oh, in einem winzigen Raum oben.»

«Wo ist der Champagner?»

«*Sowas* habe ich noch nie gesehen.»

«Ich dachte, du trinkst nicht ...»

«Was für eine überwältigende Pinselführung – eine wahre Farblawine!»

Die Stimmen und die, denen sie gehören, schwirren um eine Bronzestatue auf einer Plinthe. Don mustert die geschmeidige Figur. Es ist ein nackter Narziss, die Kopie eines römischen Originals, zu gläserner Glätte poliert. Oder vielleicht Bacchus. Er bevorzugt die zweite Möglichkeit. Wie gleichgültig der kleine Gott wirkt, und doch wie verletzlich.

Er geht nach oben, vorbei an einem ausgestopften Pfau. Auf dem oberen Treppenabsatz, der mit seinen grün tapezierten Wänden an den Flur in Vals Haus erinnert, entdeckt er einen Schlupfwinkel: einen geschlossenen Balkon über dem Erdgeschoss. Durch ein Gitter kann er den Springbrunnen sehen. Die Menschen zirkulieren um das Wasser.

Er fühlt sich allein und in Sicherheit, eingesponnen in eine luftige Nische.

«Bist du auch zeitig gekommen?», sagt eine vertraute Stimme.

Val hat sich unbemerkt zu ihm geschlichen.

«Ich habe gesehen, wie du die arabische Eingangshalle bewundert hast. Ich habe dich beobachtet.»

«Ich würde nicht gerade von Bewunderung sprechen», erwidert Don. «Sie ist abscheulich. Das bestätigt mich in meiner Sicht auf das späte neunzehnte Jahrhundert und auf Frederic Leighton im Besonderen. Wer baut denn sowas!»

Fast sofort bedauert Don, was er gesagt hat. Er weiß, dass sich seine Worte nicht nur auf Leighton House beziehen, sondern auch – auf eine verblümt-indirekte Weise – auf das Haus in Dulwich. Ein aufrührerischer Teil von ihm will Vals Geschenk lächerlich machen.

Val schaut eine Weile durch die Gitter. «In meiner Jugend», sagt er schließlich, «kannte ich einen Mann – er war damals schon sehr alt –, der Leighton in den 1890ern Modell gestanden hatte. Er hieß Billy Raymond. Ein gescheiterter Künstler und verzweifelter Alkoholiker. Der graueste, kaputteste Penner, den ich je gesehen habe. Aber als junger Mann ist er so schön gewesen – unglaublich schön –, damals, als Leighton ihn gemalt hat. Billy erzählte mir, dass er das Model für *Flammender Juni* war. Und weißt du, selbst in seinem verwüsteten alten Gesicht konnte ich die Ähnlichkeit sehen.»

«Aber Val – *Flammender Juni* ist das Bild einer Frau.»

Val wendet sich um und lächelt. Seine Augen haben einen feuchten Glanz. «Unglaublich schön.»

Um das Thema zu wechseln, erwähnt Don die Ankunft von *Junge, von einer Eidechse gebissen* am Morgen.

«Caravaggio!», zischt er, als wäre selbst das Wort widerlich.

«Die Antithese zu allem, was ich mein Leben lang wertgeschätzt habe. Grell, oberflächlich …»

«Oh ja – Maurice Forsters Schwanengesang, *Caravaggios Musen*. Die Idee zu dieser Ausstellung hatte er, puh, mindestens vor fünfzehn Jahren.»

«Ich will damit nichts zu tun haben, Val. Du hättest hören sollen, wie Maud Berenson und Bill Hoare dieses Bild eines Strichers verherrlicht haben.»

Val lacht. «Caravaggios *bardassa*.»

«Hoare geriet in Verzückung», grummelt Don. «Und wenn nun die Leute denken, diese Ausstellung wäre *meine* Idee, mein Debüt? Man wird sagen, ich wäre von allen guten Geistern verlassen.»

«Die Leute? Was für Leute?»

«Wichtige Leute. Leute aus Cambridge.»

«Oh, die.» Val senkt die Stimme. «Denk dran, Don, du musst dir um das, was ich meinen könnte, niemals Sorgen machen.» Er streicht mit den Fingern über das Gitter. «Aber denk an eins: Das Brockwell ist nicht Cambridge. Du wirst sehen, die Leute und der Lauf der Dinge sind dort anders. Kämpf nicht dagegen an, oder du hast die ganze Welt gegen dich.»

«Dann nehme ich an, es war unpassend, dass ich ihnen die Wahrheit über Caravaggio gesagt habe?»

Val beugt sich zu ihm vor. «Du hast ihnen deine Wahrheit gesagt. *Deine* Wahrheit. Weißt du, es gibt auch andere Wahrheiten.»

«Ach Val, nicht auch noch du.» Don tritt einen Schritt zurück. Er fühlt sich – einen Moment lang – wieder wie an dem Morgen, als sie von Cambridge herüberfuhren. Die Intimität des Moments macht ihn verlegen. «Sollen wir uns die Ausstellung ansehen?»

Val lächelt ihn stirnrunzelnd an. «Don, du musst wissen, Vernissagen sind nicht dazu da, sich die Kunst anzuschauen. Du solltest unten in der arabischen Eingangshalle sein und dich unter die Menge mischen.»

Val führt ihn nach unten und stellt ihn den Großen und den Guten vor. Ihre Namen sausen durch seinen Kopf, im selben Moment gehört und vergessen. Nach zehn Minuten sieht Val ein Freundespaar – zwei Männer in Anzügen, die die Bacchus-Statue begaffen – und geht hinüber, um sie zu begrüßen.

Don dreht sich zur Seite und tut so, als untersuche er das Federkleid des Pfaus, bis Val und seine Freunde verschwunden sind.

Kurz darauf stellt sich ein Mann zu ihm, in gespielter Bewunderung für den Vogel.

«Alma-Tademas große Wiedergeburt, oder?», fragt er und starrt erst den Pfau, dann Don an. Val hat Don bereits erklärt, dass das der Ausstellungsleiter der Tate Gallery sei. Er trägt ein Halstuch aus blauem Spiegelsamt.

«Zweifellos», sagt Don, wohl bewusst, dass er die Ausstellung noch nicht gesehen hat.

«Zweifellos», wiederholt der Mann gespreizt. «Und Sie sind der neue Bursche im Brockwell, wie?»

Don nickt, unsicher, ob der Mann sich über ihn lustig macht oder sich einschmeicheln will. Sie schlendern zusammen ins Gedrängel. Der Mann mustert Don aus dem Augenwinkel.

«Ein sehr heterosexueller Maler, Alma-Tadema, meinen Sie nicht?»

Don nickt ernst.

«Aber auch campy – ein camper Heterosexueller, wie?» Er nimmt zwei Gläser Champagner und reicht eins an Don weiter. «Kommen Sie, ich zeige Ihnen den campesten Heterosexuellen von allen.»

Don wird dem Präsidenten der Royal Academy vorgestellt, einem drahtigen, humorfernen Typen, der ihm mitteilt (als würden sie ein vor langem begonnenes Gespräch wiederaufnehmen), die gegenständliche Malerei sei tot, ein Relikt, und die Zukunft gehöre dem Konzeptualismus.

Das farbige Glas von *LOTTERBETT* flackert wie eine Lightshow durch sein Gedächtnis.

«Glauben Sie nicht», sagt Don in einem Anfall von Zutraulichkeit, «dass klassische Themen eine eigene Art von Modernität einfordern? Nehmen Sie die Tiepolo-Studie, die gerade in Deutschland entdeckt wurde, *Das Martyrium des Heiligen Sebastian* – Sie müssen davon gehört haben.»

«Oh ja, die verlorene Studie in Öl», sagt der Präsident der Royal Academy trocken. «Es gab einen Bericht im *Art Chronicle*.»

Don leert seinen Champagner und nickt. «Zweihundert Jahre lang hat sie niemand gesehen – länger. Sie hat in etwa seit Tiepolos Tod nicht *existiert*, könnte man sagen. Es ist ein zeitgenössisches Kunstwerk – so neu wie irgendein anderes, das gerade gemalt wurde. Sobald es im Brockwell eintrifft, wird es ausgestellt werden.»

«Ausgestellt? Im Brockwell?» Der Mann von der Tate starrt Don über das schimmernde blaue Band seines Halstuchs hinweg an. Er wirkt zugleich ärgerlich und amüsiert. «Sie müssen etwas wissen, was wir anderen nicht wissen. Ist das Bild nicht gerade dem Frick versprochen worden?»

«Ja, so habe ich das auch verstanden», sagt der Präsident der Royal Academy, dessen Aufmerksamkeit bereits zum anderen Ende des Raums abgedriftet ist. Er nickt Don zerstreut zu und löst sich aus der Gruppe.

«Über die Konditionen wird noch verhandelt – praktische Fragen», insistiert Don übereifrig, sich kaum dessen bewusst, was er sagt. «Es ist ein großer Nachlass, viele Erben …»

Niemand hört zu. Neue Leute sind aufgetaucht und andere Gespräche überlappen das seine. Der Mann von der Tate wendet seine bullige Liebenswürdigkeit einer jungen Frau zu. Er bombardiert sie mit Fragen und unterbricht sie, wenn sie zu antworten versucht.

Don sieht sich im Raum nach Val um; er ist perplex. Gewiss kann es nicht wahr sein, dass der wiederentdeckte Tiepolo nach New York geht. Es muss – es wird – eine Erklärung dafür geben. Val wird sie wissen. Doch er scheint schon gegangen zu sein – er musste wohl den Zug nach Cambridge erwischen. Don kann weder ihn noch den Mann im Nadelstreifen ausmachen, mit dem er geplaudert hat.

Um neun Uhr zieht sich Don zurück. Draußen in der kühlen, feuchten Nacht wartet ein Taxi am Straßenrand, der Motor wird angelassen, bereit, ihn heimlich fortzuschaffen. Er ist erschöpft, aber nicht nur von den Mühen der Geselligkeit. Es ist eine tiefere, umfassende Müdigkeit. Während der Fährmann ihn in sein Puppenhaus bringt, schläft er ein.

* * *

Am nächsten Morgen steht Don an seinem Schlafzimmerfenster, noch im Pyjama, und beobachtet einen Lumpensammler draußen auf der Straße – ein aus der Zeit gefallener Londoner, der eine Messingglocke läutet, während er sich auf seinem offenen Wagen vorbeiziehen lässt. Das Pferd sieht aus, als würde es im nächsten Moment tot umfallen.

Das Telefon auf dem Schreibtisch klingelt. Vals Stimme ist gedämpft, anders als sonst.

«Ich dachte, dich interessiert vielleicht, dass Bruce Day letzte Nacht einen Herzinfarkt hatte. Einen schweren, meinen die Ärzte.»

«O Gott, das tut mir leid.»

«Es ist genau in dem Moment passiert, als ich aus London zurückkam. Er ist im Old Court gestürzt, direkt vor *LOTTERBETT*. Er ging in die Knie und fiel dann auf den Rücken. Es war ein furchtbarer Anblick. Das schlimme Licht flackerte über ihn hinweg. Der Niedergang eines großen Mannes.»

Nach dem ersten Schock stellt Don sich vor, wie Bruce auf dem Kiesweg liegt, die Augen zum Nachthimmel gewandt. Es lässt ihn eigenartig unberührt, aber er beschließt, dass dies nicht der richtige Moment ist, um sich nach dem *Martyrium des Heiligen Sebastian* zu erkundigen.

«Wie geht's ihm jetzt?»

«Ich glaube, er ist bei Verstand.»

«Bei Verstand?»

«Die Augen sind unverändert. Der starre Blick. Aber er ist furchtbar lethargisch. Er schläft die meiste Zeit. Sie behalten ihn erst einmal im Addenbrooke.»

Don versucht sich vorzustellen, ob Bruces Augen, diese grauen Inseln, im Tod anders aussehen würden.

«Das war der Stress wegen der bevorstehenden Gerichtsverhandlung», sagt Val. «Schuld daran ist der Dekan. Es war seine Entscheidung, Bruce diesem Schauprozess auszusetzen – und wofür? Er muss gehen. Die älteren Dozenten sind fest entschlossen.»

Ein altes Cambridge-Gefühl meldet sich bei Don – unterschwelliger Ehrgeiz und lodernde Begierde.

«Und wer soll den Dekan ersetzen?»

«Du meine Güte, Don, es ist viel zu früh, um dazu etwas

zu sagen. Gerade du weißt doch, wie lange sowas dauert. Was für eine Frage!»

Anschließend nimmt Don ein Dreiminutenbad und zieht sich schnell an. Auf dem Weg zur Haustür betrachtet er sich im Queen-Anne-Spiegel. In seinem schwarzen Cordanzug wirkt er richtig flott. Ernst, schlank und nicht jünger als seine dreiundvierzig. Hauchdünne Furchen laufen über seine Stirn; die Schatten unter seinen Augen sind tief. Und doch, trotz der Anzeichen von Stress und des unaufhaltsamen Wirkens der Sterblichkeit ist er elegant und fit. Sein Widerstand gegen die Rolle, die er spielen soll, bröckelt. Er schafft das schon.

Als er die Palladio-Bibliothek betritt, freut er sich, dass das Namensschild für seinen Schreibtisch eingetroffen ist, das er bestellt hat. Jemand hat sich bemüßigt gefühlt, es dort hinzustellen. Ein dunkel gebeiztes Nussbaumprisma, in das sein Name eingraviert wurde:

Professor Donald Lamb, Direktor

Die gravierten Buchstaben, mit Gold ausgekleidet, schimmern ihm vom leeren Schreibtisch entgegen.

* * *

In den nächsten Wochen ist *LOTTERBETT* für Don nicht mehr die hässliche Wunde, die es war, als er Cambridge verließ, sondern ein verblassender Eindruck. Doch etwas anderes bereitet ihm zunehmend Sorge und nimmt dessen Platz ein: die Studie in Öl von Tiepolo. Val hat ihm versichert, der Papierkram sei beinahe erledigt und der Transport stehe bevor. Aber Don ist noch immer beunruhigt wegen der Unterhaltung im Leighton House – der Andeutung, sie könne nach New York umgeleitet werden. Ein Missverständnis, keine Frage. Aber die überraschten Gesichter der Männer und ihre skeptischen Worte klingen unangenehm deutlich in seinem Geist nach.

An einem Mittwoch um zwölf beschließt er, Val anzurufen, der jetzt in seinem Arbeitszimmer in Peterhouse sein muss, um zu unterrichten oder Arbeiten zu korrigieren. Er kennt die Durchwahl auswendig.

Es klingelt zweimal, dann folgt eine zischelnde Pause.

«Hallo», sagt Val; er klingt förmlich und weit weg.

«Val, hier ist Don. Hör zu, es tut mir leid, dich zu stören, aber …»

«Ich kann Ihren Anruf nicht persönlich entgegennehmen», verkündet Vals Stimme. «Aber falls Sie mir eine Nachricht und Ihre Telefonnummer hinterlassen, melde ich mich *tout de suite*.»

Don hört ein langes, kratzendes Piepen.

«Val, hier ist Don. Vielleicht kannst du mich zurückrufen. Es geht – nun, wie du dir denken kannst, liegt uns allen *viel* daran, zu erfahren, wann der Tiepolo eintrifft. Ich lasse einen Rubens ins Depot bringen, um Platz zu schaffen.»

Er überlegt, was er sonst noch sagen könnte. Das Schweigen in der Leitung, das seine Stimme verschluckt und gefangen hält, kommt ihm plötzlich wie ein Affront vor. Er hat den vagen, unbestimmten Verdacht, dass Val zuhört, während er die Nachricht aufnimmt, dort in seinem Arbeitszimmer – und einfach nicht drangeht.

Er legt auf.

Natürlich hat er der Belegschaft des Museums noch nichts verraten. Er will die Erwerbung als wichtiges Ereignis begehen und groß ankündigen. Das erste bedeutende, von ihm als Direktor gesetzte Zeichen.

Val will ihm *tout de suite* antworten, aber er tut es nicht. Tage vergehen, und Don fragt sich, ob er noch einmal anrufen soll. Er versucht, sich durch andere Dinge abzulenken. Val wird schon irgendwann zurückrufen; das tut er immer. Es gelingt Don, seine momentane Erregung mit Gedanken an baldigen Ruhm zu dämpfen.

Er führt ein zweigeteiltes Leben. Tagsüber ist er der Direktor der Brockwell Collection, nachts der Autor von *Die Himmel Tiepolos*. Er schläft wenig. Die Abendstunden verbringt er am riesigen Schreibtisch in seinem Schlafzimmer mit der Durchsicht der Farbreproduktionen, die in geordnetem Chaos um die Schreibmaschine herum ausgebreitet sind. Er fügt weitere Linien hinzu, unter Verwendung eines Lineals und eines nadelspitzen Bleistifts, wenn er auf den Bildern neue Feinheiten der Gestaltung, neue Andeutungen räumlicher Tiefe wahrnimmt. Er macht sich Notizen und tippt dann seine Prosa in fiebriger Hast.

Doch viele Stunden verbringt er allein mit Schauen …

Tiepolos Deckenfresken, illusionistische Visionen offener Himmel, wirken wie umgekehrte Whirlpools. Ihre Energie nimmt zu, wenn die Augen sich vom Zentrum fortbewegen. Spiralförmig umarmen dunstige Himmel schwebende Körper, Pferde und Wagen, Säulen und andere Gebäudefragmente, ganze Geschwader an Aktivität – allesamt getragen von kissengleichen Wolken, die sich in flauschigen Schichten zum Scheitelpunkt des Himmels auftürmen. Am Rand der Szene befindet sich meistens eine Kante, das Fragment eines Mauersimses, das unmissverständlich eine Grenze zum Reich unterhalb des Bildes zieht.

Er hat sich angewöhnt, jeden Tag gleich nach dem Mittagessen spazieren zu gehen. An einem dieser Nachmittage erwacht der Frühling: Die Luft ist sanft und der Himmel von leuchtendem Blau. Er schlendert ins Village, vorbei am Crown and Greyhound, und biegt dann in eine Straße ab, die er noch nie gegangen ist, ein ruhiges Gässchen mit einer langen Reihe von Doppelhäusern. Die sich reimenden Paare vervielfachen sich in einem sanft schlängelnden Kurs. Anderthalb Kilometer lässt er sich wie von einer leichten Strömung dahintragen. Einige der Bäume entlang des Bürgersteiges treiben erste Blüten.

Er biegt in eine andere Straße mit lebhafterem Verkehr und stellt fest, dass er sich in der Nähe des Brockwell Parks befindet. Die Zeit reicht, um eine Runde um den Hügel zu drehen, und vielleicht entdeckt er ja auch das Freibad.

Er betritt den Park durch dasselbe Tor wie beim vorigen Mal, doch schon kurz darauf verläuft er sich glücklicherweise. Er schlendert andere Wege entlang, die tief ins grüne Herz des Parks führen, und entdeckt neue, abfallende Sichtachsen. Ein Torbogen in einer Backsteinmauer enthüllt einen verborgenen Garten: Zwischen den Wegen drängen sich scharfkantige, skulptural geschnittene Hecken und Unmengen von Rosen, von denen einige bereits zu blühen beginnen.

Als er einen flachen Hügel erklimmt und an den kleinen bronzenen Bacchus im Leighton House denkt, verspürt er einen bleiernen Druck in den Eingeweiden. Nicht weit entfernt auf einer leichten Anhöhe steht ein Gebäude, das wie ein antiker Tempel aussieht, ein Pantheon im Pavillonformat.

Don geht hinein. Die Herrentoilette ist ein feuchter, ungeheizter Raum, so scheußlich wie der Park draußen im Schein der Märzsonne anmutig ist. Die Luft riecht schwer nach Toiletten mit defekter Spülung und spritzenden Urinalen, gemischt mit dem übertrieben süßen, chemischen Duft, der aus kleinen rosa Döschen strömt, die wie Makronen in den Porzellanbecken hängen. Viele Kacheln an den Wänden sind zerbrochen, das Steingut des Fußbodens ist dunkel von

Schmutz. Auf Augenhöhe zieht sich ein Kachelfries durch den Raum, blaue Girlanden auf weißem Grund, aber das Weiß ist vergilbt, und das Blau hat die Farbe der Venen alter Männer angenommen.

Don rückt sich die Krawatte zurecht. In der Ecke sind zwei mit Kunststoffwänden abgeteilte Kabinen – die Tür der einen steht weit offen. Er geht in die offene Kabine, öffnet den Gürtel und lässt Hose und Unterhose zu Boden rutschen. Er setzt sich auf den kalten Plastiksitz, hält die Tür mit der einen Hand zu (ein Schloss gibt es nicht) und überlässt sich dem mulmigen Gefühl in der Tiefe seines Leibes. Es wogt wie ein langsamer Spasmus durch Magen und Schenkel, bis sich sein ganzer Körper um die harte Masse im Zentrum erst zu weiten, dann zusammenzuziehen scheint, bebend von der Anstrengung des Ausstoßens. Er hört es mehrmals kurz nacheinander pistolenschussartig platschen, als er seine widerliche Ladung freigibt – kaltes Wasser spritzt an seine nackte Haut –, und er stößt einen Seufzer aus, der sich in tiefes Stöhnen verwandelt, als ihn die Erleichterung durchfährt.

Seine Finger an der Tür zittern. Mit der freien Hand sucht er nach Tüchern, aber anstelle des Toilettenpapierhalters klafft ein Loch in der Wand zwischen den Kabinen. Es sieht aus wie ein kleines Bullauge, das grob in das Resopal geschnitten wurde, dahinter kommt eine gezackte Sperrholzkante zum Vorschein. Der Raum hinter dem Loch ist dunkel und undurchdringlich.

Er zuckt zusammen. Etwas hat sich bewegt – etwas in der nächsten Kabine, hinter dem Loch. Ein Körper, oder nur ein Schatten. War sie nicht leer gewesen, als er kam? Er lauscht angestrengt, aber alles ist still. Ohne noch an das Papier zu denken, greift er nach oben und zieht an der Kette: Die Toilette vibriert, Wasser ergießt sich aus dem Spülkasten, dann wieder Ruhe. Als er noch einmal an der Kette zieht, rumst es und das Wasser läuft spärlich.

«Verdammt», brummt Don, vielleicht, damit es die schweigende Präsenz – die eingebildete Präsenz – hinter dem Loch hört. Schnell zieht er die Hose hoch.

Als er die Kabinentür öffnet, nimmt er eine Gestalt auf der anderen Seite des Raums wahr, an den Pinkelbecken. Zuerst sieht er ein Paar Stiefel – Obelisken aus schwarzem Leder in einer Wasserpfütze –, und dann, daraus emporwachsend, muskulöse Beine in Jeans, einen kräftigen Körper und einen rasierten Kopf. Er hört das gurgelnde Geräusch von Urin, der in den Abfluss fließt. Etwas an der bewegungslosen Haltung des Mannes lässt Don innehalten. Es ist, als ob dort eine Statue oder ein Roboter stünde und mechanisch pisste.

Er weiß, dass er den Mann anstarrt, dass seine Blicke offensichtlich sind und zu lange dauern. Doch jede Bewegung wird ihn verraten – offenbaren, dass er zugeschaut und gewartet hat.

Vielleicht weiß der Mann, dass er beobachtet wird, aber er steht da wie angewachsen. Das gurgelnde Geräusch wird schwächer und er bewegt sich. Er stützt sich mit beiden Händen gegen die Wand und drückt sich mit einem langen Seufzen weg vom Pinkelbecken. Seine Oberarme gleiten aus den kurzen Ärmeln seines T-Shirts hervor – Säulen aus weißem Fleisch. Einer von ihnen ist tätowiert – eine Reihe krakeliger Zeichen zieht sich um den Bizeps. Es sieht aus wie Kalligrafie oder Altgriechisch. Verse von Homer? Don blinzelt, um es zu erkennen.

Der Mann dreht sich langsam um. Er muss Don inzwischen am Rand seines Gesichtsfelds gesehen haben, und dennoch hat er den Hosenschlitz offenbar nicht zugeknöpft … Don schaut zu spät zur Seite, und für einen winzigen Moment ist er da – wie eine große weiße Raupe hängt er hinab, schlaff von der Vorhaut ummantelt: der Schwanz eines anderen Mannes.

Er soll zu einer Begegnung verleitet werden – so folgert er in aller Ruhe. Er hat davon gelesen. Er kennt die Geschichte von Simeon Solomon, der 1873 in Marylebone in einer öffentlichen Bedürfnisanstalt verhaftet wurde, dann ein Jahr später noch einmal in Paris … Würdelosigkeiten, die eine Karriere beendeten.

Mit mürrischem Blick schaut der Mann zu den Kabinen, zur Tür, aus der Don soeben aufgetaucht ist, doch ohne ein Zeichen oder Blinzeln. Sein Gesicht ist kantig – sogar grimmig –, aber nicht unattraktiv, denkt Don.

Plötzlich spricht er.

«Bist du fertig, Baby?»

Seine Stimme ist tief, hart und von knarrender Sanftheit. Das ist zu viel. Panik erfasst Don: Er stammelt eine Entschuldigung und geht zum Ausgang, rot vor Angst und Scham.

Der Mann ruft noch einmal, dieses Mal lauter: «Bist du fertig?»

Don flieht in die Sicherheit und das Licht des Parks, sein Herz rast. Doch etwas lässt ihn stehen bleiben und sich umdrehen – eine weitere Stimme, anders als die des Mannes, schrill und kindlich. Aus der Kabine, die besetzt gewesen war, hüpft ein kleines Mädchen, ein winziger Knirps. Der Mann schnappt sie sich und hebt sie hoch in die Luft. Sein Gesicht sieht jetzt ganz anders aus und er plappert in fröhlicher Kindersprache. Der Reißverschluss seiner Hose, Don bemerkt es, ist hochgezogen. Das Kind quietscht vor Freude – ein durchdringender, unbändiger Schrei. Er schrickt zusammen bei dem Geräusch. Durch die Tür fängt der Mann seinen Blick auf, und sein Grinsen verschwindet.

Don fängt an zu laufen – den grasbewachsenen Abhang hinunter, durch ein Grüppchen von Bäumen. Als er ins Gebüsch eintaucht, stolpert er beinah über die Modellbahn und entgeht nur knapp dem Zug, der vorbeifährt. Erst am Parktor bleibt er stehen; keuchend vor atemloser Erschöpfung stützt er sich auf die Knie und kommt sich vor wie ein Wahnsinniger, oder schlimmer noch: ein Narr.

7

Einmal im Monat nimmt Don den Zug in die Londoner Innenstadt, um sich mit Dirk Coltman zu treffen.

Dirk ist der Direktor der National Gallery. Er war ein paar Jahre vor Don in Cambridge, und sie haben den Kontakt aufrechterhalten – einen höflichen, beruflichen Kontakt, der sich nie zu wirklicher Freundschaft entfaltet hat. Seitdem Don nach Dulwich gezogen ist, sind ihre Treffen ein periodisches Ritual geworden. Eine Stunde lang ergehen sie sich in subtiler Herablassung und angedeuteten Komplimenten und erinnern sich an die jungen Männer, die sie einmal waren.

Als Don nach einem dieser Treffen die Stufen vor der National Gallery hinabsteigt, geht ihm etwas durch den Kopf, das Dirk gesagt hat.

«Wie ich höre, macht ihr eine Caravaggio-Ausstellung – mit dem *Narziss*. Wie frivol! Das ist nicht der Don Lamb, den ich kenne.»

«Das ist nicht meine Ausstellung», hat Don erwidert. «Nicht auf meinem Mist gewachsen. Die Idee stammt von Maurice Forster – seine letzte Trumpfkarte.»

«Sie wird trotzdem gut ankommen. Der gute alte Forster.»

Mit ein paar beiläufigen Bemerkungen war es Dirk gelungen, Don herabzusetzen und die Ausstellung lächerlich zu machen, und dann – durch einen fiesen Salto rückwärts – die Ausstellung und Maurice Forster zu loben. Doch danach kamen sie auf die Urheberschaft eines italienischen

Altargemäldes zu sprechen, und Don gewann wieder die Oberhand.

Als er den Trafalgar Square überquert, beschließt Don, den Bus nach Dulwich zu nehmen. Das dauert länger als mit dem Zug, aber er hat es nicht eilig. Es gibt ihm Zeit, darüber nachzudenken, wie viel Punkte er gemacht hat und welche er abgeben musste.

Er winkt dem 12er, und der Doppeldecker kommt ächzend zum Stehen. Auf der Kühlerhaube des schmutzigen Busses ist Werbung angebracht für *Les Misérables* – das verschwommene Bild eines traurig blickenden Kindes – und *Das Phantom der Oper*. Der Schaffner steht auf der offenen Plattform am Heck.

Obwohl sonst niemand zusteigt, singt er «Alles einsteigen». Er hat rotbraune Koteletten, und vor seinem Bauch hängt ein unförmiger Fahrkartendrucker. «Nach Dulwich!» wiederholt er Dons Ansage und dreht die Kurbel.

Don steigt zum oberen Deck hinauf, wo man normalerweise Ruhe hat. Es ist fast leer. Zwei Frauen sitzen nebeneinander in der ersten Reihe; eine von ihnen trägt eine durchsichtige Plastikkapuze, auf der Regentropfen glitzern. Hinter ihnen sitzen zwei Männer lässig an den entgegengesetzten Enden ihrer Sitzreihe und unterhalten sich über den Mittelgang hinweg. Don setzt sich nach hinten, in die Nähe des Treppenaufgangs, von wo er das ganze Deck überblicken kann.

Der Bus hält noch einmal am Südrand des Trafalgar Square. Der Himmel bezieht sich – Nelson steht isoliert vor grauem Hintergrund. Don greift nach seiner Ausgabe von Grotes *Geschichte Griechenlands*. In der künstlichen Beleuchtung des Busses bekommen die ohnehin vom Alter vergilbten Seiten eine kränkliche Farbe. Sein Geist wandert in die

Geborgenheit der griechischen Antike, die die elegante Prosa des Historikers aus dem 19. Jahrhundert heraufbeschwört.

Am Horse Guards Parade drängelt sich eine Gruppe Fahrgäste an Bord. Er hört von unten Rufe und Gelächter, dann Getrappel auf den Stufen hinter ihm. Nervös streicht er über die Seiten seines Buchs.

Sechs oder sieben junge Leute trampeln vorbei. Es sind durchweg Jungen, soweit er sehen kann, und mehr oder weniger Teenager. Ein Junge mit langen Haaren und glänzendem Lippenpiercing schaut ihn im Vorbeigehen an. Als der Bus anfährt, plumpsen sie lachend auf die Sitze.

Don hebt immer wieder den Blick und beobachtet die Gruppe. Zwei der Jungs haben angefangen, ein leises, rhythmisches Lied zu singen. Die Worte sind undeutlich, aber der Rhythmus ist hypnotisch. Die anderen werfen einen großen weißen Hut im Bus hin und her. Das biegsame Objekt fliegt von der einen Seite zur anderen, begleitet von Jubel und Geschrei.

Eine solche Szene hat er schon oft erlebt, sie ist nicht ungewöhnlich. Doch während er sie heimlich beobachtet, bekommt er einen Schreck. Unter den jungen Leuten befindet sich ein Mann, der anders gekleidet ist als die anderen – er trägt keine Freizeitkleidung, sondern einen cremefarbenen Anzug mit eigenartigem Schimmer. Don nimmt an, dass der weiße Hut ihm gehört. Wenn er durch die Luft wirbelt, gefangen und wieder geworfen wird, jagt der Mann im Anzug ihm mit rudernden Armen nach und taumelt dabei den Mittelgang hinauf und hinab. Wie ein Verrückter greift er immer wieder ins Leere, den Mund weit aufgerissen vor Heiterkeit.

Don sieht mit einem Anflug von Entsetzen, dass der Mann nicht jung ist – schon lange nicht mehr jung, obwohl er versucht, äußerlich jugendlich zu wirken. Er ist jung und alt zugleich, ein Pastiche der Jugend: Das Rot seiner Wangen ist Puder, das zurückgekämmte braune Haar ist gefärbt, und seine Augen sind von tiefen Falten umgeben. Trotzdem akzeptieren ihn die Jugendlichen als einen der ihren – ihr Spott ist gutmütig.

Der jung-alte Mann kreischt vor Vergnügen. Als er näher herankommt, stellt Don fest, dass sein eierschalenfarbener Anzug abgetragen und schmutzig ist. Der Glanz kann von getrocknetem Speichel herrühren. Mit einem verzweifelten Sprung gelingt es ihm schließlich, seinen Hut aufzufangen. Seine Begleiter brechen in Jubel aus, und der Gesang verstummt.

Die anderen Fahrgäste – die aneinandergedrängten Frauen und die entfernt voneinander sitzenden Männer – wirken unbeeindruckt. Aber Don ist fasziniert – und abgestoßen. Er versucht, weiter im Grote zu lesen, doch seine Aufmerksamkeit schweift immer wieder zum Geschehen vorn im Bus.

Aus ihrem aufgeregten Geplapper schließt er, dass die Gruppe die Nacht durchgemacht hat; jetzt sprudeln sie über vor Energie. In ihren Gesprächen geht es immer wieder um Sex – sie reden über Männer und übereinander. Flirt wechselt mit Unanständigkeiten. Bei den Jungs ist das verzeihlich, aber die Stimme, die alle anderen übertönt – grell und unerbittlich –, ist die ihres älteren Freundes. Er hat einen italienischen Akzent und ist schwer zu verstehen, aber wenn Don einzelne Worte aufschnappt, sind sie abstoßend und widerwärtig – ein einziges Geblöke über Ärsche, Schwänze und Ficken. Don ist erstaunt, dass die Jungen diesen Menschen ertragen, seine Gesellschaft sogar genießen. Sehen sie nicht, wie abgewirtschaftet er ist, wie lächerlich?

Der Bus fährt am Elephant-and-Castle-Einkaufszentrum vorbei, einem langen rosa Betonblock, der den Regen aufsaugt.

Die beiden Sänger nehmen ihren Refrain wieder auf. Der jung-alte Mann steht mitten im Bus, die knotigen Hände um die Aluminiumstange an der Rückseite eines der Sitze geklammert, und lässt den Blick über das Oberdeck schweifen. Alles an ihm scheint zu glänzen – der cremefarbene Anzug, sein rosa Gesicht, das Weiße in seinen Augen. Einen Moment lang ähnelt er dem Dirigenten eines Orchesters, der seine Musiker genüsslich mustert, bevor er den Einsatz gibt.

Don versucht, sich im Grote zu vergraben, aber es ist zu spät. Der Mann schlendert durch den Mittelgang auf ihn zu und fällt, die Augen auf Don gerichtet, in das Lied der beiden Sänger ein. Seine Stimme ist hoch und gurrend. Immer wieder macht er opernhafte Verzierungen und Anleihen bei anderen Melodien – ein Vers aus *Mary Poppins* (glaubt Don zumindest), ein klagender Blues und schließlich wortlose Vokalisen – ein Scat aus Falsetto-Trillern und gutturalen Rufen.

Don schaut zu Boden, aber der starre Blick des Mannes wirkt wie Sirenengesang, er erzwingt eine Erwiderung.

Der Bus macht einen Satz und der Mann verliert das Gleichgewicht, schafft es aber, seinen Sturz wie einen fröhlich hüpfenden Tanz aussehen zu lassen. Dabei blickt er Don die ganze Zeit fest in die Augen und singt mit übertriebenen Lippenbewegungen. Mit einer Hand greift er nach oben und zieht an der Kordel, die unter der Decke verläuft. Ein lautes Klingelzeichen ertönt. Er zieht wieder und wieder, erzeugt damit ein grelles Schrillen und singt dazu so laut er kann. Von unten schimpft wütend der Fahrer.

Don schaut sich verschreckt um. Die Freunde des Mannes beobachten ihn belustigt und teilnahmslos. Die anderen Fahrgäste haben sich nicht umgedreht.

Der Mann beugt sich regelrecht über ihn und mustert den Grote in gespielter Begeisterung. Er hört auf zu singen und murmelt in sanften, zischelnden Wörtern, dass er froh sei, wirklich froh und *onorato*, jemanden so *eminente* kennenzulernen. Don rutscht tiefer in seinen Sitz.

Ein zittriger Finger gleitet über sein Buch.

«Und was liest der gute Professor heute?»

Der gute Professor – wie kann er das wissen? Don spürt, wie er rot wird. Er hält das Buch fest in der Hand. Es muss sich um puren Zufall handeln, eine dümmliche Redewendung …

«*Mi dispiace*», dröhnt der Mann. «Wir beide lieben Bücher.» Ein aufdringlicher Geruch geht von ihm aus – Parfüm gemischt mit abgestandenem Alkohol. Er stellt sich hinter Don, schaut von oben ins Buch und trällert einen Satz von Grote wie ein albernes Liedchen:

«Kodros gilt als letzter König Athens –
Kodros gilt, o Kodros, o Kodros!
Ja, Kodros gilt als letzter König Athens!»

Sein Speichel tröpfelt auf die Seiten. Don klappt das Buch zu. Seine verwirrten Gedanken ballen sich zu einem Wutanfall zusammen.

«Gehen Sie gefälligst anderswo hin, Sir», sagt er mit gebieterischer Stimme.

Der Mann brabbelt in Babysprache, dann gibt er Kusslaute von sich. Er legt die Fingerspitzen gegeneinander und führt die Hände zum gespitzten Mund, als ob er seine Zirplaute an einer Leine daraus hervorziehen würde. Seine jungen Freunde nehmen jetzt genüsslich teil an diesem Spektakel und stacheln ihn mit ihrem Gelächter an.

«Gehen Sie weg», hört Don sich sagen. Das Lächeln des Mannes verschwindet, nur um noch breiter zurückzukehren. Er beugt sich vor und mustert Don wie ein Connaisseur, der ein Kunstwerk inspiziert, und zwinkert dabei.

«Sie belästigen mich!» Dons Gesicht glüht. Endlich reagieren auch die anderen Fahrgäste – sie drehen sich um, gestikulieren, flüstern.

Er sieht nach draußen. Underhill Road – nah genug am Ziel. Den Rest kann er zu Fuß gehen. Er steht auf und zieht an der Kordel.

Er stopft den Grote in die Tasche und schiebt die widerliche Erscheinung mit dem Ellbogen aus dem Weg. Als er sich die Treppen hinab zurückzieht, folgt ihm der Mann mit dröhnendem Gelächter.

Unten hält sich Don an der Stange fest. Der Bus kommt abrupt zum Stehen und der Mann fällt hinter ihm die Treppe hinunter wie eine Stoffpuppe, jaulend vor Schmerz und Vergnügen.

Don nickt dem ungerührt zusehenden Schaffner zu, steigt aus und knöpft sich den Mantel zu. Er merkt, dass er am ganzen Körper zittert. Er sieht dem Bus nach, der wieder losfährt. Der bizarre Mensch rappelt sich auf, kommt auf die offene Plattform und lehnt sich hinaus wie der verzückte Liebhaber in einem Musical.

«Meine wärmsten Grüße», ruft er. «Holder Knabe. Bekränze ihn mit Blumen!» Er drückt die Finger an die Lippen und wirft ihm eine Kusshand zu.

Auf der Straße ist es still und kühl. Don zittert, als er sich eine Zigarette ansteckt. Ob durch Zufall oder einen unbewussten Instinkt biegt er falsch ab, geht die Lordship Lane hinunter und gelangt auf Umwegen zum Museum. Schritt für Schritt gelingt es ihm, in Gedanken zu beruflichen Themen zurückzukehren. Ein letztes Gemälde für die Caravaggio-Ausstellung muss ausgeliehen werden; es wird nicht leicht sein, die Leihgabe einzuwerben, Takt und Verhandlungsgeschick sind erforderlich. Ein Bild verträumter, betrunkener Musiker. Für den Bruchteil einer Sekunde will sein Geist eine Verbindung herstellen, lässt es aber bleiben. Versicherung, Transportdaten, die Wahrscheinlichkeit (nein, Gewissheit), dass Maud an den Kosten Anstoß nehmen wird – dies sind die Themen, die Don durch den Kopf gehen, als ein feiner, kaum wahrnehmbarer Regen zu fallen beginnt.

Er folgt der Dulwich Common, geht am Zaun des Dulwich College entlang und verlangsamt den Schritt. Er ist wieder ruhig und kann kaum glauben, was im Bus passiert ist. Er bleibt stehen und hält sich an einer Spitze des eisernen Gitterzauns fest, besänftigt durch die feinen Regentröpfchen in der Luft. Er schaut über die gemähte Lagune des Sportplatzes zu den Schulgebäuden hinüber und empfindet so etwas wie Erregung oder Nostalgie. Eine Nostalgie wonach – er könnte es nicht sagen –, vielleicht etwas, das noch gar nicht geschehen ist. Kurz darauf ist das Gefühl verschwunden. Während er zu Atem kommt, lächelt er bei dem Gedanken an die irren Annäherungsversuche des Verrückten.

Vom Glockenturm der Schule ertönt ein einzelner Schlag. Eine Bewegung am Rand seines Gesichtsfelds vertreibt sein Lächeln. Auf der anderen Straßenseite kommt hinter dem Stamm einer Rosskastanie der Fremde, der jung-alte Mann zum Vorschein. Wie durch einen Zaubertrick ist er wieder da. Er muss ebenfalls ausgestiegen und Don den ganzen Weg die Lordship Lane hinunter gefolgt sein. Seine Augen leuchten glücklich, sein Gesicht strahlt wie ein fröhlicher Mond. Er hebt tadelnd den Zeigefinger und stößt einen triumphierenden Schrei aus, während er schwankend die Straße überquert.

Voller Panik geht Don so schnell er kann in Richtung Brockwell Collection. Zehn Minuten lang unterdrückt er das Bedürfnis, sich umzudrehen, und ist sich doch der keuchenden, kichernden Präsenz des Mannes hinter ihm bewusst. Er erkennt, dass es keine Hoffnung gibt, ihn abzuschütteln. Er erreicht den Torbogen und geht die Zufahrt hinauf; noch immer wagt er sich nicht umzudrehen und betet, der Mann möge durch die Aura der Institution abgeschreckt werden.

Er zwingt sich, langsamer zu gehen, und versucht, ruhiger zu atmen, als er am Mädchen an der Rezeption vorbeigeht. Er schafft es sogar, eine Plattitüde über den Regen von sich zu geben. Das Mädchen macht ein überraschtes Gesicht. Er eilt weiter – der Hafen der Palladio-Bibliothek ist zum Greifen nah. Er wird die Tür abschließen und alles ist gut.

Aber im Oktogon wird er von Maud angehalten.

«Professor Lamb – ich freue mich, dass Sie da sind!» Ihre Worte triefen vor Verlogenheit. Tatsächlich hat sie einen Besucher bei sich – einen Mann im Anzug, dünn und von überkorrekter Erscheinung. Er hat blasse Augen, graue Haut und ergrauendes Haar.

Don wirft ihm ein fahriges Lächeln zu und versucht an den beiden vorbeizukommen.

«Dies ist Sir Ronald Braun», sagt Maud.

Don starrt sie ratlos an.

«Der Gründer von Pascal Electronics.» Sie kneift die Augen zusammen. «Unser Hauptsponsor für *Caravaggios Musen*.»

Ronald Braun blickt Don stahlhart an. Die Haut um seinen Mund ist trocken und glanzlos und lässt keinen Gedanken an ein Lächeln aufkommen. Seine Hand fühlt sich kalt und knöchern an. Don hat sie kaum berührt, als von der Lobby ein hohes, krächzendes Geräusch zu ihnen dringt.

«Ja, die professoralen Rituale!»

Die Worte schweben durch den Saal wie eine Hymne. Alle drei drehen sich um, zwei in bestürzter Überraschung, einer in vorgetäuschter Überraschung und panischer Abscheu. Don umklammert die Hand des Besuchers – er kann sie nicht loslassen, als hätte ihn ein Stromschlag gelähmt.

«Gelehrte Freunde!», ruft der Neuankömmling. Er wankt ins Oktogon – eine verwirrte Gestalt mit bemaltem Gesicht und liederlicher Kleidung, die im seriösen Ambiente des Brockwell umso greller wirkt. Maud unterdrückt ihr Erstaunen und lächelt matt über die Unterbrechung.

«Mit einem Handschlag besiegelt – die heiligen Observanzen!»

Die blassgekleidete Gestalt kommt näher. Seine Lippen zittern vor Erregung, und er streckt ihnen die Arme entgegen. Noch immer umgibt ihn die ranzige Ausdünstung von Wein und Moschus.

«Heimliche Geliebte!», zischt er Maud in einer Art Bühnenflüstern zu, bevor er seine leuchtenden Augen Don und Ronald Braun zuwendet, der schweigend und mürrisch dasteht und – geduldig und würdevoll – auf eine Erklärung wartet.

Der jung-alte Mann stößt ein Gackern aus, das in heftiges Husten übergeht, und zeigt auf einen Fleck getrockneter Zahnpasta auf Dons Jackett.

«Eine Flut heiliger Flüssigkeiten», schnurrt er und reibt die Finger aneinander.

«Dieser Mann ist wahnsinnig», sagt Don – oder versucht es wenigstens. Seine Stimme ist wie eingeschnürt und formt die Worte nur als gestammelte Fragmente. «Er ist mir vom Bus gefolgt.»

Der Betrunkene legt sich auf die Marmorfliesen und strampelt heftig mit den Beinen. Er sieht aus wie ein Kind, das gekitzelt wird. Maud macht einen Schritt auf ihn zu und baut sich breitbeinig vor ihm auf.

«Können wir Ihnen helfen?»

Der Fremde beachtet sie nicht. Er hat sich in einem schrillen Wechselgesang verloren, ähnlich seinem Gesinge im Bus, changierend zwischen Music-Hall-Dudelei und sonorem Italienisch. Ist das Oper, fragt sich Don, oder Volksmusik? Die Worte fallen zu schnell und zu flüssig, um sie zu verstehen – ohnehin lässt ihn sein Verstand im Stich. Das Durcheinander gegensätzlicher Register entlädt sich in einem weiteren Ausbruch von Gelächter. Mit widerwärtiger Anmut geht der Mann erst in die Hocke und streckt dann seinen in Seide gekleideten Hintern zum Oberlicht empor; dann streift er Hose und Unterhose hinunter und rollt sich in einer einzigen fließenden Bewegung auf die Seite, gekrümmt wie ein Fötus. Mit einem kindlichen Lächeln sieht er zu Don auf; seine Zähne sind klein, weiß und gepflegt.

Bevor er den Blick abwendet, stellt Don fest, wie vollkommen glatt der Hintern des Mannes ist, und wie weiß – wie Alabaster oder die Oberfläche eines gepellten, hartgekochten Eis. Bouchers Odaliske mit ihrem üppigen weißen Arsch, Caravaggios schlummerndes Baby, der *Schlafende Hermaphrodit* – Bilder, die in einem schrecklichen Moment kollidieren und kondensieren. Die Kunstgeschichte hat viele Kommentare zu bieten, aber keine Antworten, und am Ende bleibt Don nur ein einziges Bild: ein Verrückter auf dem Fußboden.

«Ich rufe die Polizei», hört er Maud sagen, es klingt wie aus weiter Entfernung. Sie marschiert in Richtung Lobby davon und ihre Absätze hämmern im Stakkato auf den Boden. Gruppen von Neugierigen haben sich ängstlich an den Seiten des Raums und den Durchgängen zu den anderen Sälen eingefunden. Sie schauen flüsternd zu, wie der Eindringling dort liegt, hin und her rollt und leise vor sich hinsingt.

Innerhalb weniger Minuten sind zwei Polizeibeamte eingetroffen. Sie heben den Mann hoch, der brabbelt und gestikuliert, als sie ihn auf die Füße stellen, und ziehen ihm die Hose wieder an. Maud entschuldigt sich mit langen, beflissenen

Wendungen bei Ronald Braun, der geht, ohne ein Wort mit Don zu wechseln.

Don steht dem Gang der Ereignisse machtlos gegenüber und schaut zu. Die Polizisten bringen den Fremden – jetzt in Handschellen – zum Ausgang. Mit unterdrückter Erregung wendet er sich mal dem einen, mal dem anderen Beamten zu, bittet sie, die Fesseln zu lösen und beschwert sich, sie seien *degradante*. Einer der Beamten gibt nach. Als die Handschellen aufspringen, bricht der Verhaftete in haltloses Schluchzen aus. Er überschüttet Don mit einer Flut brabbelnder Vorwürfe.

«Sizilianischer Dialekt», sagt Don leise und dreht sich zu den Zuschauern um. «Völlig unverständlich.»

Aber die allgemeine Aufmerksamkeit hat sich dem Ausgang zugewandt. Der jung-alte Mann hat seine Begleiter abgeschüttelt und geht ihnen voraus; dabei wirft er beide Arme hoch und ähnelt eine Sekunde lang Christus dem Erlöser, wie er über Rio de Janeiro emporragt, ein weißschillernder Wächter. Als er den Ausgang erreicht, ballt er die Fäuste und boxt die zwei Venus-Statuen, die zu beiden Seiten der Tür stehen. Eine präzise Bewegung, genau berechnet. Die antiken Objekte wackeln, stürzen zu Boden wie zwei Synchronspringer – und zerbersten in tausend Stücke.

Ein feiner Marmorstaub steigt aus den Trümmern auf. Es herrscht vollkommene Stille.

* * *

Don beschließt, eine Zeitlang nicht mehr nach London zu fahren. Der Frühling entwickelt sich zu einem der mildesten, die er je erlebt hat, zu warm, um sich in dem großen, stillen Haus aufzuhalten. Deshalb beginnt er, früh abends im Pub einzukehren.

Der erste Besuch ergibt sich durch Zufall. Als er auf dem Nachhauseweg am Crown and Greyhound vorbeikommt, verspürt er den Impuls hineinzugehen. Ohne weiter darüber nachzudenken, tritt er in das dämmrige, rötliche Gewirr aus Barocktapeten und von hinten beleuchteten Schnapsflaschen. Kreideschrift auf einer Tafel teilt mit, dass Beaujolais im Angebot sei. Er bestellt ein Glas und setzt sich nach draußen. Der Wein ist sehr üppig, fast schon süß – nicht der edle Jahrgang aus Vals Vorrat. Dann kehrt die Selbstkontrolle zurück und er bricht auf, um weiter an seinem Buch zu arbeiten.

Aber das Schuldgefühl dieser ersten Gelegenheit kehrt nicht wieder. Beim nächsten Besuch sitzt er auf demselben Platz – am Tisch draußen, wo die Sonne am längsten verweilt – und genießt eine Flasche Bordeaux. Im Kopf plant er das nächste Kapitel von *Die Himmel Tiepolos*.

Bald ist es zur täglichen Gewohnheit geworden. Die Abende, die er im stillen Nachdenken vor dem Crown and Greyhound verbringt, verleihen seiner Haut zum ersten Mal seit Jahren eine leichte Bräune.

«Sie sehen so gut aus, Professor», bemerkt Maud Berenson. «Wie machen Sie das?»

Er findet es amüsant, sich dieser unvorhergesehenen Routine zu überlassen, einer Routine, über die sein Cambridge-Ich missbilligend die Stirn gerunzelt hätte. Manchmal nimmt er ein Buch mit – eine Geschichte des Opernhauses *La Fenice* oder *Die Steine Venedigs* von Ruskin. Doch immer häufiger zieht er es vor, den Gesprächen um ihn herum zuzuhören oder seine Gedanken treiben zu lassen, wohin sie wollen. Das war das Problem von Cambridge – unablässige Aktivität ohne frische Gedanken, Gedanken, die sich frei entfalten und neue Formen annehmen …

Als er am frühen Abend auf der Terrasse des Pubs sitzt und die lebendige Szenerie von Dulwich betrachtet, wird ihm – mit der Macht der Erleuchtung – bewusst: Dies ist das Leben nach Cambridge. All *dies*. Eine heitere Form der Nichtexistenz, die nun seine einzige Existenz ist. Seine neue Wirklichkeit. Er behält einen Schluck Wein im Mund und spürt, wie er in seine Zunge eindringt, sie anschwellen lässt und in einen satten Blutegel verwandelt. Sein Geist scheint erweitert. Hat es ein Leben vor Cambridge gegeben? Warum hat er es aus seiner Geschichte herausgeschnitten? Er blickt zurück, tastet nach dem vergessenen Kapitel.

Als er versucht, seine Eltern heraufzubeschwören, sieht er die ältlichen, respektablen Menschen auf dem Abschlussfoto. Sein Vater, ein Kommunalbeamter, war ein zurückhaltender Mann, der seine Gefühle im Zaum hielt. In seiner Jugend war er Page im Connaught Hotel von Bournemouth gewesen, und er war sich sein ganzes Leben bewusst – auf eine vorsichtige, zögerliche Art –, was für einen großen Schritt aufwärts er gemacht hatte.

Auch Dons Mutter war zurückgenommen, doch sie hatte eine künstlerische Ader. Sylvia Plath und Gertrude Stein waren ihre Lieblingsautorinnen. *Arbitrary blackness gallops in. Look at Me Now and Here I Am.* Paula Lambs Gedichte waren zum guten Teil Varianten dieser beiden Formeln.

Seine Erinnerungen an die Eltern sind im Laufe der Jahre verblasst. Er sieht sie eher als Charaktermasken, Umrisse, und nicht als komplette Menschen, aber manche Aussprüche haben sich ins Hochrelief eingeprägt.

«Deine Mutter konnte nach dir keine Kinder mehr bekommen», hatte sein Vater einmal zu ihm gesagt, als sie mit Iris im Kiefernwald spazieren gingen. «Eigentlich war das uns allen ganz recht.» Sein Ton war nicht unfreundlich, aber die

Bemerkung verbarg weit mehr, als sie verriet. Don rätselt noch immer daran herum.

Ungefähr zur selben Zeit, eines Abends im Wohnzimmer, faltete seine Mutter den *Sunday Mirror* zusammen und sagte: «Dass Lord Boothby mit diesem Ronny Kray herumturtelt – einfach unanständig.»

Don war dreizehn und wurde sich gerade seiner eigenen Unanständigkeiten bewusst. Eine Zeitlang machten sie ihm Angst und er verleugnete sie. War es möglich, dass er einer von *denen* war, fragte er sich, wenn er sein Leben mit dem von Lord Boothby, Oscar Wilde und Kenneth Williams aus *Carry On* verglich. Doch seine Begierde verlagerte sich nach und nach in die Kunst – wenn er sie auf Gemälde und Skulpturen, die merkwürdig vertrauten Körper vergangener Zeiten richtete, konnte er sie empfinden und begreifen.

Als Heranwachsender hatte er keine Freunde – schon damals interpretierte man seine Schüchternheit als Arroganz. Die Kunst wurde seine Zuflucht, ein Ort wunderbarer Ruhe und Sicherheit, wo sogar Gewalt und Todeskampf schön waren. Er erinnert sich, wie er Giorgiones *Gewitter* in der Schulbücherei entdeckte, die einzige Farbabbildung in einem Sachbuch über die italienische Renaissance: Ein Blitz zuckt über einen finsteren Hintergrund an der Grenze zwischen Stadt und Land, ein Mädchen hält ein Baby im Arm und stillt es, ein Mann im roten Mantel – ein Soldat, wie das Buch behauptete, auch wenn er nicht so aussah. Mehr wie ein junger Dichter, nachdenklich und besonnen. Don sah, wie Ober- und Unterschenkel des Mannes im warmen gewittrigen Sonnenlicht leuchteten, während das andere Bein im Schatten verborgen blieb.

Eine Zeitlang war er besessen von Giorgione. Die Gemälde vermittelten Visionen einer Wirklichkeit, die weit von

Dons Existenz als Gymnasiast in Poole entfernt war. Außerdem deuteten sie an – und vielleicht lag darin ihr wirklicher Reiz –, dass es Geschichten gab, die keiner Entwicklung unterlagen.

Als er siebzehn war, fand seine Mutter sein Tagebuch unter dem Bett. Die Seiten waren voller Gedanken über die Kunst der Renaissance, Namen großer Kunsthistoriker und Schwärmereien über Jungen an seiner Schule – manche von ihnen zu mythologischen Gestalten verfremdet, andere sinnlich und unmissverständlich.

«Wie soll ich darüber je hinwegkommen», sagte sie zu ihm, als er am Nachmittag nach Hause kam. «Ich stecke den Kopf in den Backofen.»

Er erinnert sich, wie sie ausgesehen hatte – mit geröteten Augen am Fußende seines Bettes sitzend, das belastende Tagebuch auf den Knien, die unter dem Saum ihres Strickkleides hervorschauten. Er hatte ihr sagen wollen, dass das nicht klappen würde: Ihr Backofen heizte mit Strom, nicht mit Gas. Paula Lamb war nicht Sylvia Plath.

Er lächelt ein wenig bei der Erinnerung und schenkt sich nach. Das war nur wenige Wochen, bevor er nach Peterhouse ging, und nur wenige Monate, bevor Anders Anderson seine Bücher die Treppe hinunterfallen ließ … *Wie soll ich darüber je hinwegkommen.* Vielleicht ist es ihm nie gelungen. Sein Leben war geprägt von sexuellem Verzicht. Cambridge war zugleich Ende und Neubeginn, und nicht nur für ihn. Sobald er zuhause auszog, schienen seine Eltern in wenigen Jahren um Jahrzehnte zu altern. Sie starben bald, nachdem er promoviert hatte – zuerst seine Mutter, dann sein Vater nur sechs Monate später. Der Arzt sagte, es sei Altersschwäche gewesen. Dabei waren sie nicht besonders alt – kaum älter als Val heute. Sie *wirkten* nur um vieles älter.

Dulwich sieht im Abendlicht reizend aus – gestreifte Markisen, die träge vor den Läden flattern, gestutzte Grünstreifen –, aber es ist auch einsam. Noch nie hat ihn der Mangel an Liebe gestört, dass niemand da war, den er lieben konnte oder von dem er geliebt wurde. Erst jetzt empfindet er sehr genau, was ihm fehlt. Wen außer Val kann er als seinen Freund bezeichnen – und was für eine Freundschaft ist das eigentlich?

Die Weinflasche vor ihm ist zu drei Vierteln leer. Der Aschenbecher quillt über von Zigarettenstummeln. Ein Kinderwagen zockelt am Tisch vorbei, geschoben von einer jungen Mutter. Ein Pudel stolziert hinterher – Don beugt sich vor, um sein lockiges Fell zu kraulen. Der Hund leckt ihm die Finger.

Er leert sein Glas und schenkt sich neu ein. Die untergehende Sonne scheint ihm in die Augen und wärmt seine Brauen. Er versucht, über Tiepolos Genialität als Gestalter von Räumen nachzudenken, doch er hat nur das besondere Blau der Himmel des Malers vor Augen – dieses blasse, cremige Türkis. Es umgibt ihn von allen Seiten.

* * *

Über den Vorfall im Oktogon ist die ganze Woche kein Wort gefallen. Die zerbrochenen Statuen wurden – diskret, in zusammengeknülltem Seidenpapier – an Inigo Price in Lewisham geschickt, dem besten Restaurator der Gegend. Eine zerbrochene Kachel im Oktogon wurde mit unsichtbarem Harz gefüllt. Die Verschwörung des Stillschweigens unter der Belegschaft ist beinahe genauso merkwürdig wie der Vorfall selbst. Don würde das Schweigen gern brechen, aber er weiß nicht wie, und so schweigt auch er, macht sich zum Komplizen.

Auf ihrem Weg durch den Korridor zum Mittwochmorgen-Treffen beugt sich Maud mit vertraulichem Blick zu ihm hinüber.

«Die Polizei wird keine Anklage gegen den armen Mann erheben.»

«Der arme Mann?»

Sie wählt ihre Worte mit Bedacht. «Der Ihnen neulich vom Bus gefolgt ist. Er hat so etwas wie einen Nervenzusammenbruch erlitten.»

«Das kann man wohl sagen.»

«Das Ermittlungsverfahren wurde eingestellt. Besser für alle, finden Sie nicht auch?»

Bevor er antworten kann, haben sie das Sommer-Refektorium erreicht und die Augen der Angestellten richten sich auf sie. Don setzt sich und beginnt in seinem üblichen Stil – mit einer inspirierenden Ansprache an die Mitarbeiter des Museums. Aber Mauds Worte nagen an ihm.

Als er nach der Besprechung wieder in seinem Büro sitzt, hämmert er Vals Nummer in die Telefontasten.

«Hallo.»

Don seufzt.

«Ich kann Ihren Anruf nicht persönlich entgegennehmen. Aber falls Sie mir eine Nachricht und Ihre Telefonnummer hinterlassen, melde ich mich *tout de suite*.»

«Bitte ruf mich an», murmelt er. «Es ist wichtig.»

Langsam, als müsse diese Bewegung mit aller Sorgfalt ausgeführt werden, legt er den Hörer auf. Dieses Schweigen passt nicht zu Val. Er denkt zurück an ihre letzte Unterhaltung in Leighton House; aber deutlicher als alles, was sie gesagt haben, ist ihm Vals Bild im Gedächtnis geblieben, reglos neben ihm in der dunklen Nische, wie er durch die Löcher des Gitters schaut und mit den Fingern über die Holzschnitzereien streicht.

Später sieht er durch die offene Tür des Kollektivkontors Maud im Gespräch mit Bill Hoare – sie steht hinter seinem Schreibtisch und blickt ihm über die Schulter.

Etwas lässt ihn innehalten. Er hatte vor, ihr eine Frage zu stellen, doch als er sie sieht, weiß er nicht mehr, welche. Er bleibt unbemerkt in der Tür stehen.

«Aber du hast gesagt, sie wären heute fertig», sagt Maud.

Bill starrt auf den Stapel von Papieren auf seinem Schreibtisch. Sein Gesicht läuft rot an und er beginnt, eine Entschuldigung zu stammeln.

«Ich will keine Entschuldigungen.» Mauds Stimme durchschneidet die Luft.

«Ich hatte so viel mit den Plänen zur Restaurierung des Poussin zu tun», bringt Bill schließlich heraus.

«Es ist nicht gut genug, Bill. Ganz und gar nicht gut genug.» Mauds Finger landen mit einer eleganten Bewegung auf der Tischplatte und ihre Ringe klacken gegen das Holz. «Ich habe noch nie solch eine schlampige Arbeit gesehen. Und glaub nicht, ich hätte den Flachmann in deiner Jacke nicht bemerkt.» Sie stützt eine Hand auf ihre Hüfte. «Ich kann mir schlecht vorstellen, dass man dem Verwaltungsrat weismachen kann, er diene medizinischen Zwecken.»

Bill klopft auf die Taschen seines Tweedjacketts wie ein Mann, der panisch nach verlorenen Schlüsseln sucht.

«Professor Lamb muss diese Konditionsvereinbarungen noch *heute* unterzeichnen.»

Das vorletzte Wort ist ein Gnadenstoß. Bills Kopf duckt sich unter dem Schlag, glühend vor Scham.

«Natürlich, Maud. Du bekommst sie heute.»

Noch immer unbemerkt staunt Don darüber, dass sein Name wie eine Keule geschwungen wird.

Maud sieht auf und lächelt. «Professor Lamb! Wir sprechen

gerade über den Papierkram wegen der Leihgaben zu *Caravaggios Musen*. Bill wird Ihnen alles bis zum Lunch zur Unterzeichnung vorlegen.»

«Mein Stift ist bereit», sagt Don und geht den Korridor hinunter.

Allein in seinem Arbeitszimmer, schaut er aus dem Fenster. Das Gras wird bald gemäht werden, aber im Moment – an diesem Aprilnachmittag – sieht es aus wie eine von Wildblumen durchsetzte Wiese.

Der Vorfall beschäftigt ihn. Empfindet er Missbilligung oder Faszination dafür, oder beides? Sein Mitgefühl liegt spontan bei Bill, dem hilflosen Opfer, dann wechselt es, unter dem Diktat der Logik, zu der furchtlosen, tüchtigen, präzisen Maud. Er weiß, dass Beziehungen unter Kollegen am Arbeitsplatz nur Show sind. Ein Zustand kontinuierlicher Unaufrichtigkeit. Sie werden durch ein delikates Zusammenspiel von Freundlichkeit und Zwang am Laufen gehalten, und keiner hat mehr Erfahrung darin als er.

Dennoch ist er unzufrieden – mit dem, was er gesehen hat, und mit seiner eigenen Reaktion darauf. Er kann es sich nicht erklären, aber aus diesem Grund interessieren ihn die Konditionsvereinbarungen nicht besonders, als sie um vier Uhr auf seinem Tisch landen, von Bill mit umständlichen Entschuldigungen wegen der Verspätung vorgelegt. Don sieht ihn an und erkennt deutlicher als zuvor, dass Bill vollkommen wehrlos ist, ihm fehlt jede Art von sozialer Fassade. Als Bill gegangen ist, kehrt er zum Fenster zurück und sieht darin sein Spiegelbild. Er fragt sich, ob er – Don Lamb – aus nichts anderem als Fassade besteht. Vielleicht ist seine Fassade alles, was er besitzt.

Seit der Zerstörung der Venus-Statuen hat sich vieles geändert. Er fühlt sich isoliert und fehl am Platz im Museum und spürt, dass die anderen hier sich so ihre Gedanken über ihn machen. *Seine* Gedanken wandern – flüchten – zu Tiepolos riesiger Allegorie der Kontinente, und er denkt darüber nach, ob er einen neuen Ansatz braucht. Liegt er richtig mit seinen Behauptungen? Kann man den Himmel wirklich vermessen wie den Portikus eines Gebäudes?

Am nächsten Morgen ruft Val an. Er klingt atemlos vor Aufregung und übergeht die üblichen Einstiegsfloskeln.

«Wir bereiten ein Misstrauensvotum gegen den Dekan vor. Frank hat keine Ahnung. Die College-Versammlung tritt in wenigen Minuten zusammen. Ein Hinterhalt ist immer das Beste.»

«Val – ich versuche schon lange, dich zu erreichen.» Don kann seine Verwunderung nicht verbergen. «Ich habe Nachrichten auf deinem Anrufbeantworter hinterlassen.»

«Anrufbeantworter? Meine Güte, das höre ich mir nicht an. Außerdem ist hier die Hölle los.»

«Worum geht es denn?»

«Krawalle, die ich noch nie erlebt habe. Das Kräftemessen zwischen zwei Kulturen, zwei Temperamenten, beinahe zwei Zeitaltern – und nur einer kann gewinnen.» Val holt Luft. «College-Politik! Sei froh, dass du das hinter dir hast, Don.»

«Na ja, vielleicht geht es hier noch viel verrückter zu.»

«Verrückter als der Bürgerkrieg am Peterhouse?»

Don beschließt, kein Blatt vor den Mund zu nehmen. «Ich bin hier nicht glücklich. Ich wünschte, du hättest mir gesagt, wie es hier zugeht. Ich bedaure …» Er macht eine Pause, dann entschließt er sich, es auszusprechen. «Ich bedaure, Peterhouse verlassen zu haben. Du hast mich zu einem voreiligen Schritt verleitet.»

«Aber Don, erinnere dich. Peterhouse war dir unerträglich geworden. Denk an *LOTTERBETT*. Ich fürchte, das bleibt uns erhalten.»

«Peterhouse war mir vertraut, das war *ich*. Eine erträgliche Unerträglichkeit. Hier wird alles in Gremien beschlossen, so etwas wie individuelle Entscheidungen gibt es nicht. Mein Gott, wenn ich *noch* eine Besprechung über die Sanierung von Poussins *Triumph Davids* durchstehen muss …»

«Hab Geduld, Don. Du bist ein Individualist, ein großer Kunsthistoriker. Diese Leute sind einen Mann von deinem Format nicht gewohnt. Du wehrst dich gegen ihre Kleinlichkeit, ihre Verfahren, natürlich tust du das. Ich fürchte, das war die Art, wie Forster das Haus geleitet hat. Er war schwach, hoffnungslos passiv – ein *Demokrat* eben. Du bekommst schon noch die Gelegenheit, deinen Willen durchzusetzen.»

«Alles, was ich will, ist mein Buch schreiben.»

«Und das wirst du auch. Was glaubst du, warum ich dir den Schutzraum meines Hauses überlasse?»

Dons Hand krampft sich um den Hörer.

«Val, hör zu. Ich wollte dich fragen …»

«Nächstes Mal, Don, nächstes Mal. Ich komme zu spät zur College-Versammlung. Der Hinterhalt!» Er räuspert sich kichernd. «Du akklimatisierst dich schon in Dulwich. Der Weg zur Vollkommenheit führt durch das Tal der Entrüstung.»

8

Er erwacht um vier Uhr. Wieder ein vergeudeter Abend: Er verflucht sich selbst, weil er so lange im Crown and Greyhound geblieben ist.

Er zwingt sich aus dem Bett, geht hinüber zur Schreibmaschine auf dem Tisch und fängt an zu tippen, aber die Sätze kommen langsam. Er drechselt die Worte, bis ihm das Sonnenlicht hinter den Vorhängen ein Zeichen gibt. Zeit, sich anzuziehen – ein neuer Tag.

Er durchsucht den Kleiderschrank und stößt auf ein blaues Samtjackett. Es muss ein altes Jackett von Val sein. Er zieht es an und überprüft den Effekt im hohen Spiegel der Kleiderschranktür. Es sitzt perfekt. Er steckt den Band von Grote in eine der Taschen.

Auf dem Weg zum Museum leuchtet der Samt wie Kobalt. Da er früh dran ist, beschließt er, einen Umweg über das Grundstück des Belair House zu machen, einer neoklassischen Villa an der Montcalm Road – jetzt eine Ballettschule. Er kommt an einem großen Teich vorbei und steigt den Rasenhang zur weißen Fassade empor. Niedrige Balustraden erstrecken sich zu beiden Seiten der Eingangstür wie aufgereihte weiße Schachfiguren. Er bleibt stehen, stützt eine Hand auf den Sims und steckt sich eine Zigarette an.

Alles ist still und ruhig, bis auf ein paar Rasensprenger, die mit roboterhaften Zuckungen Wasser ausspucken: Tsch, tsch, tsch … Vielleicht ist es eine Nachwirkung der stundenlangen

Konzentration, er fühlt sich schwindlig. Das Gras ist grüner geworden – zu grün, um wahr zu sein –, und die über den Rasen verteilten Büsche sind wie *mouches volantes*.

Er raucht zu Ende und geht weiter in die Richtung, aus der harte, hohe Prellgeräusche kommen – der unstete Rhythmus eines Tennisspiels. Hinter dem Vorhang einer Trauerweide kommen die Tennisplätze in Sicht. Er umrundet ein hoch aufragendes grünes Netz; die Plätze sind leer bis auf einen, auf dem zwei Männer ein heftiges Match austragen.

Don erlaubt seinem Auge, den Platz diskret zu mustern. Es bleibt an einem der Spieler hängen – der Mann, der ihm am nächsten ist –, einem gebräunten, athletischen Typ Anfang dreißig mit lockigem, blondem Haar und einer stolzen römischen Physiognomie. Der Mann schmettert den Ball mit brutalen Schlägen über den Platz, wieder und wieder. Die Muskeln der Ober- und Unterschenkel sind stark definiert und bewegen sich unter der Haut. Wenn er läuft, fängt sich das Licht in den feinen blonden Haaren auf seinen Beinen. Schließlich entgeht der Ball seiner Reichweite: Er prallt auf den Boden, dreht im Flug eine überraschende Kurve und kracht ins Netz – dort, wo Don gerade vorbeigeht.

«Verdammt», ruft der Mann. Sein Gesicht verzieht sich zu einem Lächeln, und er massiert sein lockiges Haar. Er ruht sich kurz aus, schwingt seinen Schläger und schaut zur anderen Seite des Platzes. «Guter Schlag!», ruft er seinem Mitspieler zu.

Auf der Straße, die aus dem Park hinausführt, bilden Hecken entlang des Fußwegs einen dichten Sichtschutz. Hin und wieder geben kleine Löcher den Blick frei auf das Spielfeld dahinter. Als Don den Arm hebt, um sich das Haar aus der Stirn zu streichen, gerät ihm vor dem Grün des Rasens sein leuchtender Ärmel in den Blick – und in dem Moment erkennt er das Jackett wieder. Es ist dasselbe Samtjackett, das Val an dem Tag getragen hat, als sie sich das erste Mal begegneten. *Ich halte Vorlesungen über neoklassische Plastik*, hatte Val zu ihm gesagt, *äußere Ruhe und barockes Innenleben.*

Die Farbe, dieses glänzende Blau, verrät es. Voller Staunen merkt Don, dass das Jackett noch immer wie neu wirkt, beinahe unberührt, fast dreißig Jahre später.

Don schlendert durch die Galerie und sieht, dass Poussins *Triumph Davids* abgenommen wurde und auf dem Fußboden steht. Bill Hoare steht vor dem entthronten Gemälde, die Hände tief in die seidengefütterten Taschen seiner Weste gerammt. Ein junger Mann im T-Shirt schiebt eine leere Kiste über das Parkett. Das Bild wird heute fortgebracht, erklärt Bill, in die Werkstatt von Inigo Price.

Don betrachtet das Rechteck auf der grüngemusterten Tapete, dort, wo das Bild das Sonnenlicht jahrzehntelang abgewehrt hat – jahrhundertelang. Dass der Name Inigo Price von den Angestellten des Brockwell voller Ehrfurcht genannt wird, war ihm vorher schon aufgefallen.

«Ich habe mich gelegentlich», sagt er, «das gebe ich zu, an *dem* gestört, was ich die Kargheit von Poussins figürlichen Konstruktionen nennen würde. Man erkennt eine Würde im Dulden, durchaus, und einen strengen Entwurf…»

«Es ist der Firnis, Professor Lamb. Da liegt das Problem. Hunderte Schichten von diesem Zeug – Jahrhundert um Jahrhundert. Inigo Price kümmert sich darum.»

«Und doch, wie fasse ich es am besten?», fährt Don fort. Er knöpft das Samtjackett zu und hebt die Augen zur Decke. «Seine biblischen Szenen sind in ihrer Stimmung von einer gewissen Sturheit. Die Frage ist natürlich, ob diese Stimmung eher vermittelt oder ablenkt…»

«Es wird ganz anders aussehen, wenn es gereinigt wurde, Professor.»

Bill ergeht sich in einer Beschreibung der Abläufe, und Don fragt sich, wie er und Bill wohl aus ein paar Metern Entfernung wirken – sprich, aus der Perspektive des jungen Mannes, der gerade die Kiste öffnet, bereit, das Gemälde darin einzusargen. Eine schmale Gestalt mit erhobenem Kopf, in glänzendes Blau gekleidet, neben einem kleinen, stämmigen Mann in grünem Tweed.

«In sechs Monaten ist es ein anderes Bild», sagt Bill.

Don betrachtet die Leinwand in ihrem vergoldeten Rahmen. Die Oberfläche des Gemäldes fängt das Licht ein und lässt hunderte von Rillen und Rissen erkennen. Die Farben haben sich in Kleckse von schmierigem Ocker und Schwarz verwandelt. Hier und da sieht man schadhafte Stellen – Löcher im Firnis, die das Licht schlucken.

«*Sechs Monate?* Um es in seinen Originalzustand zurückzubringen?»

«Sechs Monate ist vergleichsweise schnell», erwidert Bill. «Und was den Originalzustand angeht – den werden wir wohl nicht mehr erreichen können. Nicht einmal Inigo Price kann Wunder bewirken.» Er leckt sich die Oberlippe.

Don macht ein paar Schritte um das Gemälde herum. Irgendwo in dieser Dunkelheit ist ein Bild. Seine Instinkte führen ihn dorthin – zum siegreichen David, der auf einer Lanze Goliaths Kopf durch die Straße trägt, hin zu der freudigen Menge unter dem Portikus. Verzweifelt wendet er sich wieder an Bill.

«Unter dem Schmutz ist das Bild vorhanden. Es ist da. Es muss nur gründlich gereinigt werden.»

«Oh ja, Professor Lamb, gründlich. Aber man darf es auch nicht übertreiben. Das ganze Gemälde würde sich auflösen.»

Bills Hände sind nun in seinen Hosentaschen vergraben. Der Tweed spannt über dem Schritt, darunter ruckt und zuckt es. Das Chaos sendet seine Keime in Dons Hirn. Er fühlt sich hilflos und wütend. Was würde Poussin daraus gemacht haben? Er wird von Erinnerungsscherben bombardiert – das metallische Prasseln von Gene Caskills Urin, die geöffneten Lippen von Caravaggios *bardassa*, die magische Laterne von *LOTTERBETT* und das Wort *anschmiegsam* in der weltmännischen Aussprache von Robin Hands. Sein Gehirn schreit auf.

«Sorgen Sie dafür, dass dieses Bild *gereinigt* wird», sagt er. Bill bleibt stumm. «Und zwar in den Originalzustand, ohne Abstriche. Und ich will es in drei Monaten wieder hier haben. Sagen Sie Mr Price, dass wir keine Zaubertricks verlangen – nur eine ordentliche Erledigung seines Auftrags.»

Bills Gesicht ist bedeckt von Schweißtropfen. Don ist innerlich abgestoßen von seiner eigenen Heftigkeit. Aber das spielt keine Rolle. Er richtet sich auf und spürt den leichten, gleichmäßigen Druck seiner Samtärmel. Als er davonmarschiert fällt ihm ein, dass der *Bacchus* von Rubens noch abgenommen werden muss, um Platz für den neuen Tiepolo zu schaffen – wo auch immer der sich jetzt befindet –, und von neuem packt ihn die Ungeduld.

Noch beherrscht von dieser ungestümen Stimmung, hat er einen Seitenraum betreten, in dem kleine Gemälde hängen. Seine Augen gleiten über eine Vielzahl von Details. Der Raum ist leer und warm. Bevor er einen halben Rundgang beendet hat, ist er erschöpft. Er setzt sich auf die Plüschbank, die auf einem Bett von Quasten über den Boden zu gleiten scheint, und spürt, wie die schwammige, von Knopfreihen durchzogene Lehne ihn umfängt.

Sein Blick gleitet über die Reihen der Bilder. In ihrer Mitte hängt eine kleine Studie von Tiepolo – die Zwillingsgottheiten Apollo und Diana, wie sie mit ihrem Gefolge von Nymphen auf einem Floß aus Wolken in den Himmel gehoben werden. Er folgt dem äußeren Rand des Bildes, dringt dann spiralförmig ins Innere vor und mustert die Gottheiten mit ihrem gleitenden Gefolge, schließlich in den klaren blauen Himmel hinter den Wolken. Das Blau ist das milchige Blau Tiepolos, von Licht gesättigt, die Farbe der See an einem klaren Morgen.

Jemand ist in den hellen Raum seiner Meditation getreten. Seine Augen fokussieren neu und er sieht einen jungen Mann in den frühen Zwanzigern, der vor dem Tiepolo-Gemälde vorbeigeht. Seine Art zu gehen ist bemerkenswert – eine selbstbewusste, zielgerichtete Bewegung, aber doch entspannt, als hätte er alle Zeit der Welt. Don fühlt sich an Egon Schiele in seinen Selbstporträts erinnert: schlank und mit dunklem, dichtem Haar.

Der junge Mann dreht sich um und schaut ihn an. Don erkennt ihn wieder, es ist derselbe, der vor ein paar Minuten Poussins *Triumph Davids* fortgebracht hat. Die Augen, die ihn anschauen, sind dunkel und voller Energie.

Ein heikles Gefühl, etwas wie Verlegenheit, lässt Don den Blick abwenden. Er sucht mit einer Hand nach dem Buch von Grote in der Jacketttasche und schlägt es an einer beliebigen Stelle auf.

Als er wieder aufblickt, ist der Raum leer.

Als er am nächsten Morgen in die Küche hinunterkommt, bemerkt er eine Zeitung auf dem Tisch. Es ist der *Guardian* – Ina muss ihn gelesen haben. Er macht sich einen Kaffee, setzt sich und überfliegt in stirnrunzelndem Schweigen die Schlagzeilen.

Er ist fast am Ende des Nachrichtenteils angekommen, als ihn etwas innehalten lässt; er blättert eine Seite zurück. Ein Bild. Es ist schwarz-weiß – blass und verwaschen auf dem dünnen Papier –, aber er erkennt die Komposition sofort. Es drückt ihm die Brust zusammen – es ist die Studie in Öl zu Tiepolos *Martyrium des Heiligen Sebastian.*

Er legt den Finger auf das Bild und streicht über den gefolterten Körper Sebastians. Als er die Überschrift liest, erstarrt sein Finger.

Verlorener Tiepolo unterwegs nach New York.

Er überfliegt die Details des Artikels … Ein Ölgemälde, das seit 250 Jahren als verloren galt, wurde der Frick Collection in New York vermacht. Das Bild, eine vorbereitende Studie für Giambattista Tiepolos *Martyrium des Heiligen Sebastian*, wurde in einem mittelalterlichen Schloss an der Donau entdeckt, wo es als Schmuckschirm vor einem Kamin diente. Es ist eines der zahlreichen undokumentierten Meisterwerke aus der Sammlung Klaus von Löwensteins, eines zurückgezogen lebenden Fürsten, der im vorigen Sommer verstarb.

Die Gerüchte, die er im Leighton House gehört hatte, entsprachen der Wahrheit. Er lehnt sich zurück und starrt ins Leere. Val hatte ohne jeden Zweifel behauptet, er habe das Bild fürs Brockwell gesichert; er sagte, er habe die Erben des Prinzen überredet. Es muss eine Erklärung geben. Vielleicht, nur vielleicht, gab es zwei Studien in Öl für dasselbe Werk, die beide im Schloss des Fürsten Klaus gefunden wurden.

Aus irgendeinem Grund ist Don nervös, als hätte er selbst einen groben Fehler begangen. Er denkt betrübt an seinen Auftritt bei *Perspektivwechsel* – Erica, Angela, er hatte keine Ahnung …

Sein Blick schwankt zwischen den weißen Quadraten und roten Linien der Tischdecke hin und her. Erst jetzt merkt er, dass Inas Stimme schon seit einigen Minuten hinter der Milchglastür zum Anbau zu hören ist. Die Pausen legen nahe, dass sie telefoniert. Oder vielleicht redet sie mit ihrer Mutter, deren Antworten – geäußert mit schwacher, versagender Stimme – zu leise sind, als dass man sie hören könnte.

Die Tür öffnet sich ein wenig, nicht weit genug, um hindurchsehen zu können, und Ina kommt herein. Sie hält ein schnurloses Telefon in der Hand.

«Es ist Val», sagt sie feierlich mit neugierigem Gesicht. «Er will mit Ihnen reden.» Sie spricht wieder in den Hörer: «Er ist hier – ich gebe dich weiter.»

Das Telefon hat eine Teleskopantenne, die Don wie ein Blumendraht vorkommt, als sie es ihm hinhält. Er nimmt es und hält es ans Ohr.

«Don, bist du das?» Val klingt sehr weit weg. «Ich habe gerade den heutigen *Guardian* gelesen. Du hast ihn wohl noch nicht gesehen …»

«Ich halte ihn gerade in der Hand.»

Vals Schweigen ruft eine neue Welle böser Vorahnungen hervor. Ina, die ein paar Staubtücher aus dem Schrank genommen hat, schaut Don an und verschwindet im Flur.

«Was ist los, Val?»

«Oh, Don …»

Val bricht ab. Seine Stimme klingt gequetscht und eigenartig. Don glaubt einen Moment, dass sein Freund kurz davor steht zu lachen, bis ihm klar wird, dass er mit den Tränen kämpft.

«Es hat sich herausgestellt, dass Klaus das Bild dem Frick schon vor zwanzig Jahren versprochen hat. Er wusste die ganze Zeit, worum es sich handelte, er wusste, dass es ein originaler Tiepolo war, und hat es vor mir versteckt – jahrelang. Der Direktor des Frick hat einen Brief vorgelegt, den

Klaus ihm schon in den 1970ern geschrieben hat. Eine Garantie, dass er das Bild nach seinem Tod erhält. *Bona fide.* Unanfechtbar.»

«Wann hast du das herausgefunden?» Don denkt wieder an den Abend im Leighton House. «Wie lange weißt du das schon?»

«Oh, seit einer Woche oder zwei gibt es Gerüchte, aber ich habe nichts darauf gegeben. In der Kunstwelt kursiert jede Menge leerer Tratsch.» Val klingt wieder abgerissen und gequält. «Ich nahm an, dass ich die wahren Fakten kenne.»

Der Zeitungsartikel schwankt vor seinen Augen hin und her wie im Traum. Neben der Reproduktion des Gemäldes ist ein Foto Klaus von Löwensteins abgebildet. Ein Mann mit einer Krone leuchtend weißer Haare – er sieht ein wenig wie der Kaplan von Peterhouse aus, doch in erster Linie wie ein Patrizier –, durch Wohlstand ausgefüllt und befriedigt. Die Spuren eines attraktiven jüngeren Gesichts sind noch erkennbar.

«Es tut mir so leid, Don – für dich, meine ich. Ich weiß, wie viel dieses Bild dir bedeutet hat. Deine Ausstellung …»

«Es ist nicht deine Schuld.»

«Aber ich hätte es wissen sollen.» Ärger und Bedauern flackern in Vals Stimme auf. «Ich war so von der Peterhouse-Politik mit Beschlag belegt. Der ganze Ärger wegen Bruce Day, und jetzt das Misstrauensvotum gegen den Dekan. Ich hätte den Gerüchten über das Frick nachgehen sollen, sobald sie aufkamen.» Er stößt einen langen, stotternden Seufzer aus.

Mit bitterem Sarkasmus erinnert sich Don an Vals Worte nach dem Desaster bei *Perspektivwechsel. Du hättest es wissen sollen.* So hat er seinen Freund noch nie gehört; Val, der alles weiß, mit einem Mal so hilflos und gedemütigt. Selbst in seinem eigenen Elend, der schwarzen Konfusion, spürt er Vals

Kummer, fühlt die glühende Hitze seiner Wut. Er schaut noch einmal auf das Foto und fragt sich, in welcher Beziehung Val und der tote Klaus gestanden hatten – was genau war zwischen den beiden?

Eine ganze Zeitlang sagt keiner von ihnen ein Wort.

«Was wird jetzt aus dem Dekan?», fragt Don schließlich, um die Stimmung aufzulockern. «Das Misstrauensvotum?»

«Der Antrag ging durch. Mühelos», sagt Val wegwerfend. «Der Dekan nimmt es hin – er geht in aller Stille. Vorgeblich persönliche Gründe. Er will raus aus Cambridge. Wir werden wohl vor dem Herbsttrimester einen neuen Dekan haben. Dabei fällt mir ein …»

Plötzlich sind Vals Worte wieder voller Leben. Er schweigt ein paar Sekunden, überwältigt von seiner eigenen großartigen Erinnerung. Don wartet.

«Ein neuer Mensch kommt zum Brockwell.»

«Ein neuer Mensch?»

«Oh Don, er passt einfach perfekt. Genau der Mann, den du brauchst.» Val schraubt sich aus seiner Verzweiflung hinauf zu höchster Euphorie. «Und es liegt eine poetische Gerechtigkeit darin – das fällt mir gerade erst auf. Warte, bis ich es dir erklärt habe. Ich habe einen Assistenten für dich gefunden. Einen Mann voller Geist und Energie!»

«Aber Val …»

«Keine Sorge, ich habe das im Verwaltungsrat schon geregelt.»

«Warum hat mir keiner was gesagt?» Don hat angefangen, den *Guardian* diagonal durchzureißen, was den Sebastian der Länge nach halbiert.

Val lacht. «Ich kenne dich so gut, Don. Ich weiß, was du brauchst, bevor du selbst es weißt. Stell dir vor, ein fähiger Assistent, der dich vor der Langeweile der Museumsverwaltung schützt. Maud hat mit der Caravaggio-Ausstellung schon so viel zu tun – es macht absolut Sinn.»

«Aber wer ist es?»

«Nun, das ist das Schöne daran. Im Moment ist er der Chef-Kurator des Frick. Er ist zweiunddreißig, jünger als Jesus, und er wird mal groß rauskommen. Aber er will zurück nach London – er ist nämlich Brite –, und ich glaube, ich habe ihn überzeugt. Sie werden am Boden zerstört sein, ihn zu verlieren. Siehst du, es ist die perfekte Rache – eine Vergeltung für ihre Wegnahme des Tiepolo!»

Don hat die Halbierung der Zeitungsseite beendet und knüllt das abgetrennte Papier zu einem kleinen Ball zusammen. «Hat er einen Namen?»

«Sein Name», sagt Val bedeutsam, «ist Michael Ross. Ich habe ihn kennenlernt, als er die großartige Batoni-Ausstellung vor ein paar Jahren organisierte. Wir sind eng befreundet. Er ist ziemlich klug – *verblüffend* kenntnisreich. Die BBC hat ihm gerade den Auftrag für eine Dokumentarsendung über die *Grand Tour* erteilt. Engländer auf der Wallfahrt nach Rom!»

«Ich weiß nicht, was ich davon halten soll, Val. Ich brauche Zeit zum Nachdenken.»

«Nein, Don, brauchst du nicht. Du hast zugegeben, dass du das Brockwell anstrengend findest. Michael Ross ist die Lösung dafür. Und außerdem glaube ich, du wirst ihn sehr mögen.»

Don befällt eine schwere, eindringliche, erstickende Panik. Er weiß, wie gern Val die Fäden zieht und Dinge arrangiert. Jahrelang hat er seinem Freund erlaubt, diese Rolle zu spielen. Aber jetzt kommt es ihm nicht mehr wie eine launige Exzentrizität vor. Er verspürt das dringende Bedürfnis, sich zurückzuziehen und davon zu befreien.

Dann denkt er an sein unvollendetes Buch, den Stapel

maschinengeschriebener Seiten auf dem Schreibtisch im ersten Stock, und er rollt den kleinen Papierball unter der Handfläche über die Tischdecke. Er sieht durchaus die Vorteile eines Assistenten. Wäre er nur selbst auf die Idee gekommen.

«Ich bestehe darauf, ihn zu treffen, bevor Beschlüsse gefasst werden.»

«Natürlich. Er zieht nächste Woche mit seiner Frau Anna nach London – sie ist Cellistin bei den New Yorker Philharmonikern. Sie sind sehr begierig, dich kennenzulernen. Sie kommen zur Eröffnung deiner Caravaggio-Ausstellung. Danach kannst du mit ihm reden – ein angemessenes Vorgehen.»

«Es ist nicht meine Ausstellung, wie du sehr wohl weißt.»

«Ach, Don, siehst du nicht, wie wunderbar das alles ist? Es ist ein Denkzettel fürs Frick. Lass sie die kleine miese Schmiererei von Tiepolo ruhig haben. Ein Kaminschirm, mehr ist es nicht. Du bekommst trotzdem deine Ausstellung, Michael wird dir dabei helfen!»

Don klemmt das Telefon zwischen Kinn und Schlüsselbein und greift nach seinen Zigaretten, beunruhigt von der Art, wie Val seinen jungen Freund beschrieben hat – und noch stärker beunruhigt von Vals revolutionärem Stimmungsumschwung. Er spürt ein Ziehen im Gedärm.

«Val, ich muss los. Es tut mir leid, ich habe ein Treffen mit Maud Berenson – die Wandtexte. Wir geraten ins Schwimmen. Verstehst du?»

«*À demain*, Don. Bald hast du einen engagierten jungen Assistenten, der neben dir schwimmt.»

Die Leitung knackt und ist tot.

Ina ist im Flur vor der Küche und poliert die vergoldete Bronze-Statue von Herkules im Kampf mit dem Stier. Sie sieht auf, als er herauskommt. Er fragt sich, ob sie wohl zugehört hat. Andere Fragen folgen schnell aufeinander. Wer ist

Ina Stables? Eine Nebenrolle in dem Stück, das Val für ihn geschrieben hat, ein zufälliges Detail? Und warum hat er noch nie etwas von ihrer Mutter gesehen oder gehört, dieser abwesenden Präsenz hinter der Milchglastür zum Anbau?

Ina betrachtet ihn mit stummer Neugier, als hätte auch sie viele Fragen. Dann fährt sie fort, die raue Flanke des Stiers zu bearbeiten.

* * *

Es ist kurz nach sieben und die Terrasse des Crown and Greyhound füllt sich mit Trinkern. Wie aufgescheuchte Insekten erliegen die Leute der Verlockung der ersten Anzeichen des Sommers.

«Darf ich mich dazusetzen?»

Er hat nichts dagegen. Eine Person rutscht neben ihn auf die hölzerne Bank. Jemand anderes setzt sich ihr gegenüber. Bald ist er von einer ganzen Gruppe fremder Menschen umgeben, jungen Männern und Frauen. Sie sind ein lauter, aufgeregter Haufen – es macht Spaß, ihnen zuzuhören. Er mustert ihre Gesichter. Ab und zu schaut jemand mit flüchtiger Freundlichkeit zurück. Er sitzt behaglich am Ende der Bank und lässt sich von ihrer Lebhaftigkeit, ihrer Lebensfreude anstecken.

«Hey du, kann ich eine Zigarette haben?»

Die Frage kommt von dem Mädchen, das neben ihm sitzt. In ihrem schäbigen Pullover wirkt sie jungenhaft und schlampig. Schwarz lackierte Fingernägel. Er hält ihr seine Schachtel Lambert & Butler hin.

«Kann ich deinen Wein probieren?»

«Na ja, …», fängt er an.

Sie greift sich die Flasche und kippt den Inhalt – den gesamten Rest – in ihr leeres Pint-Glas, das fast voll wird.

Er sieht, wie die rote Flüssigkeit im Glas aufschäumt. Eigenartigerweise macht es ihm nichts aus. Das komplizenhafte Grinsen des Mädchens lähmt sein Reaktionsvermögen.

Aus dem, was er von den Gesprächen aufschnappt, geht hervor, dass die jungen Leute Kunststudenten sind – Künstler. Längere Zeit reden sie über einen Lehrer namens Malcolm. Manche von ihnen stoßen Beschimpfungen aus – «Er hat doch überhaupt keinen Schimmer» – und andere verteidigen ihn.

«Er hat den Konzeptualismus in die Realität zurückgeholt», sagt ein lächelnder Typ mit Sonnenbrille.

«Er ist ein Einfaltshansel», wirft eine männliche Stimme vom anderen Tischende ein.

«Du meinst wohl Einfaltspinsel, Dummkopf», sagt ein Mädchen.

«Malco hat doch keinen Schimmer!», kreischt das jungenhafte Mädchen neben Don und versetzt ihm einen heftigen Stoß, als ob er der Platzhalter des abwesenden Lehrers wäre. Von ihrer eigenen Ruppigkeit überrascht fängt sie an zu lachen. Bevor Don widersprechen kann, drückt sie ihn entschuldigend an sich und hebt ihr Glas – mit seinem Wein – in die Luft. Er merkt, dass er ebenfalls lacht und sagt, sie habe völlig recht – er habe keinen Schimmer!

Der junge Mann mit Sonnenbrille beobachtet ihn. Er nimmt die Brille ab. Es ist der Junge aus dem Brockwell, Egon Schiele. Don reißt sich zusammen und wird puterrot. Die Sonnenbrille war eine Maske. Der junge Mann sieht ihn weiter an und merkt anscheinend, dass Don ihn erst jetzt erkannt hat. Er ist blass und ernst; er trägt das Haar zurückgekämmt, bis auf eine lose Strähne, die ihm über ein Auge fällt. Kurz darauf setzt er die Brille wieder auf und wendet sich seinen Freunden zu.

«Alastair ist ein Homo!», erklärt das Mädchen neben ihm plötzlich. «Alastair ist ein Homo!»

«Das sagt man nicht», sagt einer der anderen. «Man muss jetzt *schwul* sagen.»

«Er ist ein verdammter Super-Homo.» Sie gackert vor Freude.

«Wann hat er sein Coming-out gehabt?»

«Das braucht er gar nicht – schau ihn dir doch an!»

Sie lachen und diskutieren weiter, einschließlich Egon Schiele, und einschließlich – wie Don bemerkt – jenem Alastair, um den es geht. Er ist ein großer Mann mit langen Gliedmaßen, einer spitzen Nase und der unbeirrbaren Attitüde eines Schwans.

Don hört sie über Coming-out reden und fragt sich, wozu das gut sein soll – allen die Wahrheit zu sagen. Er denkt an das Cambridge seiner Jugend. Es gab Pool-Partys – manchmal nackt wie Cézannes Badende (nicht, dass er daran teilgenommen hätte) –, heimliche Küsse und Umarmungen, und flüchtige Liebschaften. Wie seine Verliebtheit in Anders Anderson, oder was auch immer das war. In seinem Brief an Anders hatte er die Wahrheit gesagt, und die Verliebtheit war schlagartig verwelkt.

Er geht zur Toilette und kauft am Tresen noch eine Flasche Wein. Als er zum Tisch zurückkommt, freut er sich, dass sein Platz noch frei ist – niemand hat sich umgesetzt. Doch allmählich schrumpft die Gruppe, nach und nach gehen die Leute. Sie sagen, dass sie ins Studio zurückkehren, oder verkünden, sie gingen ins Golden Heart.

Aber Egon Schiele hat es nicht eilig. Mit zwei anderen bleibt er am Tisch sitzen, dem Mädchen, das Dons Wein geklaut hat, und einem Mann mit einem Gesichtsausdruck immerwährender Verblüffung. Das Sonnenlicht nimmt ab.

Ihr Gespräch wird langsamer. Sie scheinen zufrieden zu sein, in Gesellschaft der anderen dazusitzen, gelegentlich liebevolle Frotzeleien von sich zu geben und Insiderwitze zu erzählen, die Don gar nicht erst zu verstehen versucht.

Eine halbe Stunde später stehen die junge Frau und der verblüffte Mann auf und sagen auf Wiedersehen, angetrunken und fröhlich. Im Gehen tätschelt sie Dons Schulter. Das macht ihn nervös und melancholisch.

Don bleibt allein zurück mit dem jungen Mann aus dem Brockwell.

«Verrückt, Sie hier zu treffen.»

Don nickt ruhig – besänftigt vom Wein.

«In der Welt, meine ich. Außerhalb des Museums.» Seine Aussprache ist nicht ungewöhnlich – Don tippt auf Südostengland –, aber sie unterscheidet ihn von allen anderen jungen Leuten, die Don gekannt hat. «Ich heiße Ben.»

Don nimmt seine Hand. Sie fühlt sich glatt und kühl an. Die Finger, bestückt mit Ringen, schließen sich kraftvoll um seine.

«Don Lamb.»

Ben lacht. «Ja, ich weiß.»

«Du kannst Don zu mir sagen.»

«Danke, wie nett.» Bens Stimme klingt ironisch. Noch vor wenigen Monaten wäre Don entsetzt gewesen, wenn einer seiner Studenten so mit ihm geredet hätte. Aber hier, an diesem warmen Abend in Dulwich, während der Frühling zum Sommer schmilzt, gilt das nicht mehr. Es ist ihm gleichgültig.

«Ich arbeite auf Teilzeit im Brockwell», sagt Ben. «Eigentlich studiere ich Kunst am College.»

«Malerei oder Bildhauerei?»

Ben lächelt über die Frage. «Weder noch, genau genommen. Ich mache Sachen aus …» Er zuckt die Achseln, als gäbe es kein Wort dafür. «Aus gar nichts, manchmal.»

«Das klingt wie ein Rätsel.»

«Ja, irgendwie ist es das wohl.» Ben zieht eine zerdrückte Marlboro-Schachtel aus der Jeansjacke und wirft sie auf den Tisch. Don liest das Spruchband unter dem goldenen Wappen. *Veni – Vidi – Vici.*

«Und was ist mit dir?», fragt Ben. «Was machst du so?»

Die Frage soll offenbar ein Witz sein. «Das ist dir nicht unbekannt. Ich bin der Direktor der Brockwell Collection.»

«Ja, *das* weiß ich schon.» Ben klopft eine Zigarette aus der zerknautschten Packung.

«Davor habe ich Kunstgeschichte gelehrt …» Don hält ein. Ben hat nichts gesagt, aber der Lärm des Nachmittags – ein Gewirr von Stimmen über der leichten Brise, unterbrochen von Gelächter und dem Tinnitus-Klingeln der Gläser – brüllt wie rauschendes Blut in seinen Ohren und unterbricht seine Gedanken. Ben ist ein Besserwisser, wie der boshafte Quälgeist Pulcinella, den Tiepolos Sohn so oft gezeichnet hat. Ein Spaßmacher und Blender. «Wie bist du an den Job im Brockwell gekommen?»

«Ich habe ab und zu für eine Transportfirma gearbeitet. Vor ein paar Wochen haben wir ein Gemälde geliefert – einen Caravaggio.»

«Ja, ich erinnere mich. Das warst du?» Er stellt sich Ben auf der Ladefläche des Lastwagens vor und erinnert sich an seine große lächerliche Aufregung – seine Überzeugung, der Tiepolo wäre angekommen.

«Ich war es leid, Lastwagen zu fahren, und habe Maud gefragt, ob es im Brockwell etwas zu tun gäbe. Und sie schlug vor, ich könnte mich beim Hängen der Caravaggio-Ausstellung nützlich machen. Und das mache ich jetzt. Habe noch ein paar Kumpel gebeten, mir zu helfen.» Ben deutet auf den verlassenen Tisch mit all den leeren Gläsern.

Sie schweigen, und beide stecken sich eine Zigarette an. Ein leichter Windstoß kommt von hinten und bläst fast Dons Streichholz aus. Sie sehen sich an und wenden dann den Blick ab, scheinbar beide verlegen, beide nicht bereit zuzugeben, wie vertraut ihnen der andere ist, vertrauter, als sie zugeben würden.

«Trink einen Schluck», sagt Don und gießt einen Schuss Beaujolais in ein gebrauchtes Bierglas.

Ben macht als Antwort das Daumen-hoch-Zeichen und zwinkert ihm zu. Ja, ein Spaßmacher und Blender …

«Komische Gegend, Dulwich», sagt er schließlich.

«Findest du?» Don betrachtet die Läden und Cottages auf der anderen Straßenseite, das rote Eisengitter der Telefonzelle. Er versucht, das alles mit den Augen des anderen zu sehen, doch stattdessen sieht er sich selbst in den Gläsern von Bens Sonnenbrille, zwei Miniaturversionen von Don Lamb, ernst und adrett in seinem blauen Samtjackett.

«Ich finde es komisch, ja. Kommt mir nicht wie London vor. Als läge es irgendwo in der Vergangenheit. Wirkt nicht sehr *real.*»

«Dulwich ist anders als Cambridge, so viel ist sicher», sagt Don.

«Hast du Cambridge deswegen verlassen? Ein Ortswechsel?»

Don schweigt und denkt daran, wie er am Nachmittag nach der Radiosendung den Coe Fen entlanggegangen ist, an diesen traurigen Bummel durch den Nebel, der mit dem Tritt in einen Kuhfladen endete.

Ben schaut die Straße hinab in Richtung Brockwell Collection. «Warum gerade hierhin?»

Don liegt eine eingeübte Erwiderung auf der Zunge, aber etwas hält ihn im letzten Moment davon ab, sie auszusprechen, etwas wie die besänftigende Hand einer Gottheit. Ein paar Sekunden lang ist es ihm unmöglich zu sprechen, so unmöglich wie die Gestalt zu wechseln, ein ganz anderes Wesen zu werden, eine Tigerin oder ein Bär.

«Ich weiß es nicht», sagt er schließlich, aus der Lähmung erlöst. «Ich meine, Cambridge wurde tödlich, auf seine eigene Art. Alles, was so schön gewesen war – die Bäume, die Wiesen, die alten Gebäude, all das, was ich so geliebt hatte – wurde irgendwann erdrückend.»

Seine Worte haben sich selbstständig gemacht. Er redet mit einem Mann, den er kaum kennt, und breitet vor ihm seine privaten Empfindungen aus, Gefühle, von denen er nicht einmal wusste, dass er sie besaß. Sein rationaler Verstand warnt ihn, dass Ben ein Fremder ist und – mehr als das – ein Angestellter, doch diese Warnung kommt aus weiter Ferne, wie eine Stimme, die man tief im Wasser hört. Die Vernunft versinkt in einer tiefen blauen See glücklicher Trunkenheit.

«Cambridge klingt für mich ganz ähnlich wie Dulwich», sagt Ben. «Kein großer Unterschied.»

«Oh nein, sie sind sich nicht ähnlich.» Don leert sein Glas. «Die Natur ist hier anders. Sie übt eine andere … ich weiß nicht recht … eine andere *Wirkung* aus, vielleicht ist das das Wort. Die Parks – sie ziehen einen an wie Vogelleim, hast du das noch nicht gemerkt? Trotzdem sperren sie einen nicht ein, sie fühlen sich an wie … Fallen, die befreien. Sie sind … ich weiß nicht, wie ich es erklären soll.»

Ben drückt die Zigarette aus. «Vielleicht hast *du* dich verändert, Don Lamb.» Diese Art, seinen Namen zu nennen, wirkt unverfroren, aber die Unverfrorenheit maskiert eine andere Empfindung, beinahe schon Zärtlichkeit.

«Für mich war das eine enorme Veränderung – in meinem Alter.»

Ben lacht – laut und ohne Zurückhaltung. Er wirft den Kopf zurück und ist nicht mehr Egon Schiele, finster und eindringlich, sondern ein frecher Spitzbube.

«Dein Alter! Du redest, als ob du hundert Jahre alt wärst.»

Don schenkt ihnen beiden nach. «Wie alt bist du?»

«Was glaubst du denn?»

«Zweiundzwanzig?»

Ben nickt langsam und verhalten, was die Frage offenlässt. «Wie alt bist du?»

«Vierzig.» Don stutzt sein Alter um drei Jahre.

«Du siehst älter aus.»

«Das war immer schon so.»

«Oder vielleicht *benimmst* du dich nur älter. Die Art …» Ben denkt einen Moment nach. «Deine Stellung. Dass alle *Professor* zu dir sagen.»

Don will sich wehren, schließlich *ist* er Professor, und doch muss er zugeben, dass ihm der Titel und die Art und Weise, wie alle ihn verwenden, immer mehr wie Heuchelei vorkommt. Professor Lamb. Der Gedanke belustigt ihn – eigentlich seine gesamte Existenz.

Ben scheint die Richtung seiner Gedanken zu erfassen. «Und deine Klamotten», sagt er und streckt die Hand aus, um Dons Unterarm zu tätscheln. Don zuckt überrascht zusammen. «Sie sind Teil deiner *Professoralität.*» Er zieht das Wort in die Länge und lässt es durch Dehnung der Vokale noch lächerlicher erscheinen.

Professoral. Der Verrückte, der Don ins Museum gefolgt ist, benutzte dasselbe Wort: Er sagte etwas von professoralen Ritualen. Eine Weile sitzen sie, ohne zu reden. Don fühlt sich benommen und warm. Die Kanten der Welt sind weicher geworden, alles vibriert. Er lacht, selbst verwundert über den Ausbruch von Gefühlen.

«Weißt du», hört er sich sagen, «du erinnerst mich an Egon Schiele. Einen Künstler, wohlgemerkt, dessen Werk ich hasse.»

Ben lächelt fragend. Er erwidert, er gehe jetzt ins Golden Heart in Spitalfields. Don solle mitkommen, wenn er will. Jetzt gleich fahre ein Bus.

«Das Golden Heart», murmelt Don. «Wohin deine Freunde eben schon gegangen sind? Du hättest mitgehen sollen. Warum bist du geblieben?»

Ben schiebt die Sonnenbrille nach oben in die Haare und mustert Don mit seinen grünbraunen Augen, als versuchte er, ein Puzzle zusammenzusetzen. «Komm jetzt mit. Das wird lustig.»

Don schüttelt den Kopf. «Das ist sehr nett von dir. Aber ich muss wieder an die Arbeit.» Die Vibrationen in seinem Kopf behindern das Denken. «Aber wir sehen uns wieder – im Brockwell?»

Ben gibt keine Antwort. Er drückt nur Dons Hand – kräftiger als bei einem Händedruck, grober – und geht.

Don bleibt noch eine Weile sitzen. Er treibt in einer Flut von Gefühlen, während um ihn herum der Abend niedersinkt.

9

Vom offenen Fenster weht ein Luftzug über seine nackte Schulter. Sein rotbrauner Schlafanzug liegt noch ordentlich zusammengefaltet am Fußende; er hat vergessen, ihn anzuziehen. Seine Zunge ist schwer vom Nachgeschmack des Weins.

Er schlägt die Decken zurück, steht auf und zieht den Morgenmantel an. Es ist ein seidener Kimono von Val, schwarz mit goldenen Stickereien, der innen an der Schlafzimmertür hängt, mehr zur Dekoration, als um ihn zu benutzen. Der glatte Stoff gleitet über seine nackten Hüften und den Hintern, als er die Kordel verknotet.

Auf dem Rückweg vom Badezimmer schlendert er in einen ungenutzten Raum am anderen Ende des Korridors. Es ist ein Schlafzimmer ohne Bett, kleiner als sein eigenes Zimmer, in dem sich ein Cembalo und einige architektonische Kupferstiche von Piranesi befinden. Er schaut über eine Vase mit Freesien hinweg aus dem Fenster. Unter sich sieht er das Zinkdach des Anbaus und den Dschungel des Gartens. *Il giardino povero*, wie Val ihn nannte. In letzter Zeit wurde versucht, auf der Seite von Inas Wohnbereich den Wildwuchs um die Tür herum zurückzuschneiden.

Bevor er den Raum verlässt, betrachtet er die vielen gerahmten Fotografien, die auf dem Cembalo stehen. Die meisten Menschen kennt er nicht, obwohl einige unverwechselbar sind: Val und Pablo Picasso beim Lunch im Freien von der Kamera überrascht. Val und Somerset Maugham neben einem

Swimmingpool – der Autor schon ein grimassierender Greis. Weiter hinten steht ein Foto von Val als junger Mann – noch in den Zwanzigern – bei so etwas wie einer Universitätsversammlung. Er ist umgeben von Kunsthistorikern, einigen der herausragendsten Größen des zwanzigsten Jahrhunderts. Don erkennt Ernst Gombrich, Erwin Panofsky und noch einen berühmten deutschen Gelehrten – Hubert soundso (der Name fällt ihm nicht ein) –, die charismatisch in die Kamera strahlen.

Als er die Treppe hinuntergeht, kommt Ina aus der Küche. Über das Geländer hinweg sieht er, dass sie ein Tablett in Händen hält, auf dem ein Qianlong-Teeservice steht. Aus der Kanne und den blütengleichen Tassen steigt Dampf auf. Das Service ist museumsreif – er ist begeistert, es in täglichem Gebrauch zu sehen. Die Porzellangefäße sind dünn wie Eierschalen und ihre weißen Oberflächen übersät von Blumen und wandelnden Gestalten. Die Muster verdoppeln sich im Spiegel des Silbertabletts.

«Don! Ich wollte Ihnen gerade Kaffee bringen.»

Er legt die Hände vorsichtig auf einen Knauf des Treppengeländers. «Vielen Dank, Ina, aber ich muss wirklich los.» Er versucht ihr ein erfreutes Lächeln zuzuwerfen, ist sich aufgrund ihrer Reaktion jedoch nicht sicher, ob es ihm gelungen ist. «Nun, einen Schluck, bevor ich gehe.»

Er setzt sich auf eine der unteren Treppenstufen und klemmt die Hände zwischen die Knie. Ina stellt das Tablett neben ihm auf die Stufe, schenkt zwei Tassen Kaffee ein, schwarz wie Tinte, und reicht ihm eine.

Der Geschmack ist überwältigend. Er trifft die Zunge wie eine strenge Chemikalie. Sein erster Impuls ist auszuspucken. Dann schmeckt es, als hätte er in ein teeriges Lakritz gebissen;

am Gaumen fühlt sich die Flüssigkeit warm und trocken an. Er schluckt. Der Nachgeschmack ist bittersüß, eher süß als bitter.

«Schmeckt er Ihnen?»

«Er ist außergewöhnlich.»

«Wir haben gerade einen Sack mit dem Zeug von einem Freund in Syrien geschickt bekommen.» Sie stellt einen Fuß – im Arbeitsstiefel – auf die unterste Treppenstufe und betrachtet ihn interessiert. «Wenn Sie mögen, bringe ich Ihnen jeden Morgen eine Tasse.»

«Oh, das ist doch nicht nötig, wirklich.» Er nimmt noch einen Schluck.

«Es macht keine Mühe.» Sie nimmt ihre eigene Tasse vom Tablett. «Ich koche ihn ohnehin für Mamma und mich.»

Er lässt die Finger der freien Hand seitlich an der minoischen Amphore hinuntergleiten, die auf der untersten Stufe steht, und ist erstaunt, kaltes Metall zu berühren, wo er die dumpfe Wärme von Ton erwartet hatte.

«Was ist das hier? Es ist aus Metall.»

«Aber natürlich.»

«Ich dachte, es wäre eine Amphore. Ein minoischer Gärungsbehälter?»

«Es ist eine alte Gasflasche.»

Don beugt sich über das Objekt und untersucht die rostbraune Oberfläche. Mit einer Art Schreck sieht er, dass die Farbe nichts anderes ist als Industrielackierung, verwittert und staubig, und dass sich im runden Hals des Behälters ein kleiner Messinghahn verbirgt. Die erhabenen Bänder, die sich über die Außenseite ziehen, sind Massenproduktion, und – am demütigendsten von allem – das, was er für die Reste eines geometrischen Musters gehalten hatte, entpuppt sich als halb abgekratzte Seriennummer.

«Minoisch – hat Val Ihnen das gesagt?» Ein Fünkchen von Belustigung wird in ihren Augen sichtbar – er lernt allmählich, ihre begrabenen Gefühle zu deuten.

«Nein, das hat er nicht. Ich habe es nur – ich habe sie nur unter falschen Vorzeichen betrachtet.»

«Ich habe sie letztes Jahr aus dem Garten hereingeholt.» Sie leert ihre Tasse. «Ich nehme an, Sie sehen alles mit den Augen des Kunsthistorikers, selbst diesen wertlosen Kram.»

«Ich versuche durchaus, die Kategorien zu unterscheiden», sagte er still.

«Man kann es mit dem Kategorisieren auch übertreiben.» Sie spricht lebhaft und sachlich. «Dann erkennt man nicht mehr, was man vor sich hat.»

Don blickt auf und ist von ihrem Anblick beeindruckt: graues T-Shirt, Jeans, schwere Schuhe – in der Hand eine antike Tasse.

«Val hat mir nie gesagt, wer Sie sind – was Sie machen.»

«Und Sie haben nie gefragt», sagt sie in netterem Ton. «Ich bin – war – Sportlerin. Habe bei Olympia die Silbermedaille im Hürdenlauf gewonnen, L. A. 1984.» Sie nimmt ihm die leere Tasse aus der Hand und hebt das Tablett auf. «Dann habe ich mich zur Ruhe gesetzt. Jetzt beschäftige ich mich mit Krankenpflege und dem Konservieren von Antiquitäten – beides läuft ja irgendwie auf dasselbe hinaus.»

«Eine Olympionikin», murmelt Don. «Wie wunderbar. Ich war in dem Sommer auch in Los Angeles, um das Getty Sword of Excellence entgegenzunehmen.»

«Sie meinen das kleine Schwert in Ihrem Zimmer? Ich habe es für sowas wie ein Spielzeug gehalten.»

Er lächelt bei dem Gedanken. «Ein Spielzeug für Historiker. Es war der Preis für meine Forschungen zum Rokoko.» Er lehnt sich zurück, belebt vom Kaffee. «Der wahre Preis war die

Reise nach Kalifornien. Ich werde nie die Aussicht vom Getty Museum über die Stadt hinweg zum Pazifik vergessen – diese schlichte Verbindung von See, Himmel und Bergen …»

Seine Erinnerungen kommen frei und unzusammenhängend, aber Ina nickt und lächelt ebenfalls.

«Antikes Griechenland an der Westküste Amerikas. Das habe ich immer daran geliebt, diesen Aspekt von …» Sie trägt das Tablett zurück in die Küche und ruft von dort: «Diesen Aspekt von Zeitlosigkeit.»

Als er am Brockwell eintrifft, blockieren Lieferwagen und LKW den Kiesplatz vor dem Eingang. Er durchquert die Lobby und sieht Männer in T-Shirts und Jeans, die sich im Oktogon durch ein Labyrinth von Sperrholzkisten kämpfen. Hämmer lärmen gegen das Mückengejaul der Bohrer an. Durch einen Nebel aus Sägemehl sieht er, dass die grüne Tapete abgerissen wurde. An ihrer Stelle schiebt sich durch den Einsatz von Rollen und Bürsten langsam ein weinroter Schatten aufwärts.

Er stolpert beinahe über eine Werkzeugkiste, als er die Galerie betritt. Ein Mann mit dunklem Haar steht auf einer Leiter und zieht mit äußerster Sorgfalt eine transparente Plastikfolie von der Wand. Dahinter kommt eine Textzeile zum Vorschein, elfenbeinweiß auf dem neuen Rostbraun.

CARAVAGGIOS MUSEN

Don kann das Gesicht des Mannes nicht sehen: Er hat sich abgewandt, ist konzentriert bei der Arbeit. Ist es Ben? In der Mitte des Oktogons steht Maud mit einem Klemmbrett und verfolgt die Arbeiten mit schnellen Augenbewegungen.

«Was ist hier los?», fragt er und merkt beim Sprechen, dass

sein Gaumen immer noch vom Geschmack des Weins imprägniert ist. Er legt die Fingerspitzen auf die Lippen.

«Wir hängen die Caravaggios. Haben Sie das vergessen?»

Während Maud ihm antwortet, sieht er, wie eins der Bilder durch den Raum getragen wird – Narziss kauert im Schatten, konfrontiert mit seiner Reflexion im schwarzen Teich.

«Die Ausstellung wird nächste Woche eröffnet», sagt Maud und lässt den Blick auf ihm.

Narziss kippt um, als zwei Männer das Bild drehen. Die verschwommene Reflexion starrt hinab auf die harten, deutlichen Umrisse des Jungen am Rand des Teichs.

Don nickt und dreht sich zu dem Mann auf der Leiter um – er ist noch immer damit beschäftigt, die Klarsichtfolie abzuziehen und wendet ihm den Rücken zu. All seine Sinne sind auf die geheimnisvolle Gestalt gerichtet, während der eigenartige Verlauf des Gesprächs mit Ina irgendwo in den tieferen Schichten seines Bewusstseins nachhallt.

Sein Tagtraum zerplatzt, als der Lärm eines Bohrers von den acht Wänden des Saals widerhallt. Er schreitet fort zur Palladio-Bibliothek, sich Mauds auf ihm ruhenden Blicks durchaus bewusst.

Es ist nach acht Uhr, als er sich auf den Heimweg macht. Es dämmert, und die Luft hat sich nach einem Regenguss abgekühlt. Nach dem flauen Tag fühlt er sich endlich besser.

Als er unter den tröpfelnden Rosskastanien entlanggeht, merkt er, dass hinter ihm jemand gelaufen kommt. Er dreht sich um.

«Machst du heute keinen Abstecher in den Pub?», fragt Ben und versucht, wieder zu Atem zu kommen.

«Nein, heute nicht.» Don geht weiter. «Lass dich nicht von mir aufhalten. Du musst bestimmt irgendwohin.»

Ben geht an seiner Seite. «Eigentlich nicht.»

«Was hast du dann vor?»

«Spazierengehen. Die Parks überprüfen. Ich weiß noch, was du gestern gesagt hast – dass sie dich anziehen wie Vogelleim.»

Jetzt, in der Wiederholung, klingen Dons Worte lächerlich. Was könnte er gemeint haben? Er will nicht darüber nachdenken.

«Schließen sie denn nicht bald? Die Parks?», fragt er.

«Nehme ich an.» Ben steckt die Hände in die Taschen seiner Jeans. «Aber es macht mir nichts, eingeschlossen zu werden. Ich habe gerade sowieso keine Wohnung.»

Don starrt ihn an. «Du bist obdachlos?»

«Oh, das ist keine große Sache. Ich habe bei einem Freund in Dawson's Heights gewohnt. Bin rausgeflogen – die alte Geschichte. Ich treibe mich öfters so rum. Manchmal schlafe ich in den Ateliers vom Goldsmiths College; scheint keinen zu stören.»

Sie gehen die Straße entlang im Schatten der in regelmäßigen Abständen gepflanzten Bäume. Don schaut gelegentlich zu Ben hinüber, der die Häuser entlang der Montcalm Road betrachtet – herrschaftliche Villen, die in der Dunkelheit versinken. Ben sieht aus dieser unmittelbaren Nähe anders aus. Blasser, weniger selbstbewusst als im Pub. Sein Haar wirkt dunkler und ist nicht mehr als schwere Tolle zurückgekämmt, sondern hängt ihm in die Stirn. Seine Jeansjacke ist offen. Der Kragen seines weißen T-Shirts ist ausgeleiert und entblößt eine Schulter.

Eine Sekunde lang treffen sich ihre Blicke. Den Mund leicht geöffnet, doch ohne etwas zu sagen, sieht Ben melancholisch aus, weniger wie Egon Schiele – seine harte, finstere Attraktivität wirkt an diesem Abend weicher –, sondern eher wie eine der namenlosen Figuren bei Giorgione, von gleichbleibender Jugend und nicht zu identifizieren.

Sie sind beinahe am Haus angekommen. Dons Gewissen sagt ihm, dass er mit seinem Buch in Verzug ist. Doch ein anderes Verlangen, ein Gefühl, das immer stärker geworden ist, seit er Ben vor zwei Tagen durch den Saal des Brockwell hat gehen sehen, gewinnt die Oberhand.

«Komm, du kannst heute bei mir übernachten. Es ist nur ein Stück die Straße hinauf. Es gibt ein freies Zimmer.»

Val, Ina, Inas alte Mutter, sein Buch – Einwände fluten seinen Kopf wie eine Schar wütender Protestierer. Aber sie kommen zu spät, er hat es schon ausgesprochen. Bens Blicke schweifen träge über die Baumkronen, von dort zurück zu Don, und er willigt mit einem Lächeln ein – und mit einem Griff an den Arm des Professors. Sein Lächeln ist schlicht und breit, aber ein Rest dieser *cinquecento*-Feierlichkeit bleibt zurück wie eine nachhallende Note.

Er lässt sich nichts anmerken, aber Don ist von einer verrückten Freude erfüllt. Vor seinem geistigen Auge öffnen sich weitreichende Ausblicke, wie auf den Sportplatz, den er an der Dulwich Lane durch ein Loch in der Hecke erblickt hat.

Als sie eintreffen, gibt er Ben eine umfassende Führung. Es fühlt sich an, als würde auch er das Haus zum ersten Mal betreten, obwohl ihm jedes Detail bestens bekannt ist. Er führt Ben von Raum zu Raum, angetrieben von unerwartetem Stolz auf die Schätze dieses Puppenhauses, unbeirrt durch Bens gedämpfte Erwiderungen.

«Hier arbeite ich», sagt er und öffnet die Tür zu seinem Zimmer. «Und hier schlafe ich.»

Ben geht direkt zum Erkerfenster. Er betrachtet die getippten Seiten und die Reproduktionen auf Tisch und Fußboden.

«Was ist das alles?»

Don geht zu ihm.

«Material für ein Buch, das ich schreibe. Deckenfresken von Giovanni Battista Tiepolo, auch Giambattista genannt. Der Letzte der Alten Meister oder der Erste der Modernen – das ist eine der Fragen, die ich erörtere.»

Er erklärt, jede Szene sei ein Historienspiel in den Lüften – und jede Figur habe ihren Platz in einem umfassenden Schema. Nichts sei dem Zufall überlassen, auch nicht die allerbeiläufigsten Gesten.

Ben betrachtet die Meisterwerke mit einem Gesichtsausdruck, dem nach Dons Meinung die nötige Ehrerbietung fehlt.

«Deckengemälde», sagt er und stützt sich auf dem Schreibtisch auf. «Du guckst also nach *unten*, wo du nach *oben* schauen solltest.»

«Ich arbeite immer nach Reproduktionen. Aber ich habe all diese Gemälde an ihren wirklichen Orten gesehen. Bei manchen ist das länger her als bei anderen.»

Bens Blick folgt den akribischen Bleistiftlinien, die kreuz und quer über die Bilder laufen. «Sieht so aus, als hättest du selbst auch Hand angelegt.» Er nimmt Dons hölzernes Lineal und balanciert es zwischen den Fingern.

«Perspektivlinien, ja. Ich will Tiepolos Himmel kartografieren. Ich glaube, dass die Wolken, die Gestalten, die Luft selbst – dass all das eine exakte und wundervolle Geometrie verbirgt.»

«Dann bist du also ein Vermesser.»

Don lacht höflich. «Etwas komplizierter ist es schon. Mein Buch stellt das bisherige Verständnis Tiepolos komplett infrage. Meine Kollegen in Cambridge nennen ihn einen Magier, einen Hexenmeister der Fantasie. Falsch. Nichtssagend!» Er beginnt im Raum herumzugehen, das Thema bringt ihn in Fahrt. «Ich werde zeigen, dass Tiepolo in Wahrheit ein klassischer Maler war. Das erkennt man in der Konstruktion seiner Himmel.»

«Klassisch», wiederholt Ben, als würde er es nur halb verstehen – oder nur halb zustimmen.

Sie gehen nach unten ins Wohnzimmer. Es wirkt größer denn je, ein majestätischer Raum, ausgeschlagen mit einer Dammasttapete in Apricot und Blau. Im Licht der Lampe wetteifern die Zwillingsfarben miteinander. Mitten im Raum steht ein mit rosa Samt bezogenes Sofa im *Second-Empire*-Stil wie eine große Blume.

Sie stehen sich gegenüber.

«Gibt es irgendwas zu trinken?», fragt Ben.

Don zupft sich am Revers, nickt und verschwindet in der Küche. Er zieht eine Flasche aus dem Weinregal (das wie üblich nachgefüllt wurde) und öffnet sie. Das Plopp des Korkens setzt ein süßes, dumpfiges Aroma frei. In Inas Anbau ist alles still.

Ina – ihm bricht der Schweiß aus. Seit sie angekommen sind, hat er nicht an sie gedacht. Ist sie im Kino oder schon im Bett? Er tritt dicht an die Milchglasscheibe der Tür und lauscht – nichts. Sein Herz beruhigt sich; er fängt an, sich eine plausible Erklärung auszudenken.

Im Kühlschrank findet er einen Teller mit französischem Käse. Als er ins Wohnzimmer zurückkommt, in der einen Hand den Wein, in der anderen den Käse, hat Ben sich auf dem rosa Sofa niedergelassen, ein Bein untergeschlagen, sodass der Schuh sich in den Samt drückt. Sobald Don den Raum betritt, bombardiert er ihn mit Fragen. Er will mehr über Tiepolo wissen.

Don nimmt zwei Gläser – Vals bestes Kristall – aus der Nussbaum-Anrichte. Während er in beide Gläser großzügig einschenkt und eines Ben hinüberreicht, entfaltet er die Besonderheiten Venedigs im achtzehnten Jahrhundert – die verzwickten Zusammenhänge von Handel, Krieg und Protektion. Er hat auf der Anrichte Streichhölzer gefunden, wandelt durch den Raum und entzündet einige Kerzen.

«Aber was ist mit dem Himmel?», unterbricht ihn Ben schließlich und greift nach dem Käse, ohne das Messer und die Cracker zu beachten, die Don dazugelegt hat; er beißt ein großes Stück ab. «Warum war er so besessen davon, den Himmel zu malen?»

Don spricht über die Blauschattierungen, die Venedig hervorbringt – ein Blau, das entsteht, wenn der Himmel leicht durch Nebel verschleiert wird, der vom Wasser aufsteigt. Tiepolo hatte dieses Blau vor Augen. Er übertrug es in seine Bilder. Don nennt es Tiepolo-Blau.

«Man muss zwischen den Figuren hindurchschauen», sagt er, «auf die blauen Zwischenräume – sie sind manchmal die schönsten Stellen eines Gemäldes.»

«Tiepolo-Blau», echot Ben. «Damit kann ich was anfangen.» Dann erzählt er Don von einer Ausstellung mit dem Titel *Aperto*, die vor zwei Sommern in Venedig stattfand. Einige seiner Freunde waren daran beteiligt.

«Das hätte ich gern gesehen», sagt Don und denkt, dass er Venedig wiedersehen möchte – die metallische Lagune und den Geruch abgestandenen Wassers, den Campanile, der sich neben der blassrosa Schatulle des Dogenpalasts erhebt. Er hat die Stadt seit Jahren nicht mehr besucht. Nicht seit seiner Radiosendung.

«Wir fahren hin», sagt Ben. Er steckt sich eine Marlboro an und nimmt einen tiefen Zug.

Auch Don steckt sich eine Zigarette an und lässt den Rauch in kleinen Stößen durch die Nase austreten. Eine Minute vergeht, ohne dass einer von ihnen ein Wort sagt, und er fragt sich, was Ben wohl denkt – ob sein Schweigen etwas bedeutet. Er merkt, wie angespannt sein Körper ist, so angespannt, als würde er gleich als Hauptredner ans Pult treten. Erregung – diese neue verbotene Kraft – wallt in seinem Nervensystem auf und ab wie gefangene Energie.

«Als ich so alt war wie du», sagt er plötzlich.

Ben guckt belustigt.

«Als ich so alt war wie du, habe ich *Die Steine von Venedig* gelesen – Ruskin, du weißt schon. Oder nicht? Egal, diese *fieberhafte* Gelehrsamkeit ...» Er verliert den Faden, findet ihn aber gleich darauf wieder. «Venedig nahm in meinem Geist Gestalt an. Ich hatte so viele Fantasien über diesen Ort – der gotische Stadtstaat umgeben von Wasser, berühmt für seine farbverliebten Maler, ein Ort, der mehr aus Farbe und Gefühl als aus harter Materie zu bestehen und buchstäblich dahinzugleiten schien ... Ich nehme an, das klingt lächerlich.»

«Nicht wirklich», sagt Ben. «Ich meine, wir sind doch alle lächerlich, jeder auf seine Art. Was wären wir – wir alle – denn ohne das?»

Don fühlt sich angestachelt. «Venedig, das Venedig meiner Fantasie, war so anders als Poole, wo ich gelebt habe. Meine Kindheit war sehr gewöhnlich, das kannst du mir glauben. Aber als ich dann endlich nach Venedig kam – ich muss einundzwanzig gewesen sein –, war es von Nebel verhangen.»

«Wir fahren hin», sagt Ben wieder.

Ben ist leicht herumgerutscht und zeigt seinen Kopf nun im Profil. Don folgt mit dem Blick dem klaren, grazilen Übergang von Braue zu Nase. Zigarettenrauch treibt durch das gelbliche Licht im Zimmer, und er sinniert über die Idee, der ausströmende Atem sei Ausdruck der Seele – das kurzzeitige Freisetzen des Geistes in die Welt.

«Nächstes Jahr. Warum nicht?» Ben schaut ihn erwartungsvoll an.

Warum nicht? Warum nicht ... Don schaut zur Uhr auf dem Kaminsims. All die wallende Energie hat einen Notausgang gefunden. Er fühlt sich erschöpft.

«Ich fürchte, bevor wir über einen Venedigbesuch nachdenken, muss ich ins Bett», sagt er mit spröder Heiterkeit. «Möchtest du dein Zimmer sehen?»

Als er Ben nach oben bringt, überkommt ihn die bizarre Empfindung, gleichzeitig zu fallen und zu schweben. Er klammert sich an das Geländer.

Er führt Ben in den leeren Raum ein Stockwerk über seinem eigenen. Es ist ein kleines Zimmer mit einem Einzelbett und einem Zyklus von Drucken John Flaxmans; Val nennt es das Dienstbotenzimmer. Ben bleibt in der Tür stehen und schaut ihn schläfrig an – er scheint auf etwas zu warten. Don überkommt ein Anflug von Angst. Im Geist legt er sich Entschuldigungen zurecht, Rechtfertigungen für einen späten Sinneswandel. Doch alles, was er sagt, ist «Gute Nacht, Ben».

Er geht schnell hinunter in sein eigenes Zimmer und nimmt sich ein Blatt Papier. Er schreibt eine Nachricht an Ina. Ein ehemaliger Student sei für eine Nacht zu Besuch. *Vielleicht auch länger*, fügt er im Postskriptum hinzu. Er überlegt, ob er mehr schreiben soll, aber es fällt ihm nichts ein, deshalb lässt er den Rest des Blattes leer und bringt es hinunter in die Küche. Er legt es auf den Tisch gegenüber der Tür zum Anbau.

Er liegt lange Zeit wach. Das Zimmer fühlt sich anders an. Das ganze Haus scheint mit einer unsichtbaren, aber fühlbaren Veränderung – einer anderen Luftzusammensetzung – den neuen Bewohner angenommen zu haben. In der graubraunen Dunkelheit knarren und rascheln die Wände und Vorhänge vor Leben.

Don will nach oben gehen und nachschauen, ob Ben wirklich da ist. Aber er bleibt ruhig auf dem Rücken liegen, aus Angst, ein Knarren des Bettes könnte durch die Wände hindurch in Bens Bewusstsein widerhallen.

Er hört seinen eigenen Atemzügen zu und zählt sie. Der Schlaf kriecht über ihn hinüber. Es ist ein leichter Schlaf, gedankenvoll und aufmerksam.

Als er erwacht, spürt er – nur verschwommen, wenig zusammenhängend –, dass er noch nicht wirklich wach ist. Nicht ganz. Noch hält ihn die hauchdünne Membran eines Traums umfangen. Aber etwas presst sich an ihn. Ein Körper. Er fühlt die Nähe eines Gesichts – atmend, lebendig, das ihn fast berührt. Wärme durchströmt ihn. Er wartet, dass die luftige Fuge zwischen ihren zwei Körpern sich schließt; seine Glieder verkrampfen und sein Hals versucht, den Kopf zu heben. Doch sein Geist schreckt zurück und sein Körper wird wach.

Das Zimmer ist dunkel – es ist noch Nacht. Sein Herz rast. Er liegt schweigend, lauscht in die Stille und lässt die Blicke durch den Raum streifen. Alles, was er sieht, ist der bläuliche Umriss des Fensters hinter den Vorhängen. Aber da ist dieses prickelnde Bewusstsein – ein Nachklang, der die Traummembran durchbricht – von Bens Gegenwart, direkt neben ihm, nur Sekunden zuvor. Das Geräusch von Schritten, das er im Schlaf vernommen hat, vibriert noch in seinem Innenohr.

Er steht auf. Die Tür ist nur angelehnt.

Draußen auf dem Treppenabsatz gibt die grüne Tapete ein schwaches Leuchten von sich. Vorsichtig auftretend, bei jedem Schritt das Gewicht verlagernd, geht er die Treppe hinauf. Bevor er den Absatz zur zweiten Etage erreicht, sieht er, dass die Tür zum Dienstbotenzimmer leicht offen steht. War sie nicht geschlossen, als er Ben verließ? Er bleibt stehen und lauscht, hört aber nichts. Doch als er ein paar Stufen weitergeht, dringt das Geräusch langsamen, schläfrigen Atmens durch die Tür. Auf Zehenspitzen geht er zur Schwelle und schaut hinein.

Ben liegt auf dem Bett. Er hat das T-Shirt ausgezogen und liegt auf der Seite, das Laken fest um das angewinkelte Bein gewickelt – es ist gerade so weit nach unten gerutscht, dass es den Hüftknochen freigibt. Mondlicht fällt durch das Fenster. Im Zelluloidglanz sieht Ben wie einer der Gipsabdrücke aus Pompeji aus, ein Opfer, gefangen zwischen Schlaf und Tod. Seine Umrisse sind unbewegt – gefühllos. Sein Körper ist schlank, doch die sanften Wölbungen der Oberarme zeugen von Stärke. Don fokussiert einen Teil der Schulter. Jedes Mal, wenn Ben einatmet, bewegt sie sich ein bisschen.

Tut Ben nur so, als würde er schlafen? Ist er nicht eben erst nach unten geschlichen, um Don auf die gleiche Art zu betrachten, so nah, dass sie sich berührt haben? Don versucht sich vorzustellen, was Ben gesehen hätte: den schlafenden Professor in seinem rostbraunen Schlafanzug, die Handflächen aneinandergelegt wie die Heiligen auf einem Sargdeckel. Er knirscht mit den Zähnen und beschließt, dass das unmöglich ist. Ben schläft tief und fest.

Er kehrt in sein eigenes Zimmer zurück und fürchtet, für Stunden nicht einschlafen zu können. Und doch, als er sich hinlegt, verliert er fast augenblicklich das Bewusstsein.

Am frühen Morgen beeilt er sich beim Waschen und Anziehen. Er glaubt, es sei besser, Ben nicht zu begegnen, bevor sie im Museum sind – dort wird sich wieder ein förmliches

Arbeitsverhältnis einstellen. Er schaut die Treppe hinauf zum Dienstbotenzimmer, bevor er in die Küche hinuntergeht. Die Nachricht an Ina ist verschwunden.

Er beschließt, das Wohnzimmer aufzuräumen, bevor er geht, und etwaige Indizien für ihr nächtliches Gespräch bei Kerzenschein zu beseitigen.

In der Tür bleibt er wie angewurzelt stehen.

Ben liegt schlafend auf dem Samtsofa, vollständig bekleidet mit Ausnahme der Jeansjacke, die zusammengeknüllt auf dem Fußboden liegt, einen Ärmel emporgereckt. Oder gibt er vor zu schlafen? Fast sofort schlägt er die Augen auf.

Sprachlos greift Don nach der Türklinke. Intimität und Leichtigkeit der letzten Nacht sind wie ein halbvergessener Traum – jetzt unerreichbar. Er spürt, dass er sich verfärbt.

«Hast du hier unten geschlafen?»

«Ich bin in der Nacht heruntergekommen. Ich konnte nicht schlafen.»

«Hast du Ina gesehen? Die Haushälterin, meine ich.»

«Haushälterin ...» Ben grinst und vergräbt den Kopf im Sofa, dann schaut er Don wieder an. «Nein, ich habe niemanden gesehen.»

Er setzt sich auf und reckt sich. Don bemerkt die feinen dunklen Haare auf seinen Unterarmen und die strammen Oberarme mit ihrer verborgenen Stärke. Er ist sich nicht mehr so sicher, ob Ben ihn nicht doch letzte Nacht ausspioniert hat.

Als wäre es ihm gerade erst eingefallen, fügt Ben hinzu: «Würde es dir was ausmachen, wenn ich noch etwas bliebe? Nur ein paar Tage?»

Don hat ein volles Weinglas auf der Sofalehne bemerkt. Er spielt die Möglichkeiten durch, jetzt Nein zu sagen.

«Vielleicht ein paar Tage – ich glaube, es gibt noch einen Schlüssel, den ich dir leihen könnte. Lass mich nachschauen.»

* * *

Im Oktogon hängen jetzt fünfzehn Gemälde. Allein im Raum, schleicht Don im engen Kreis von Bild zu Bild und stellt wieder einmal fest, wie Caravaggios Gesichter und Gliedmaßen mit protziger Klarheit aus den stinkenden Schatten hervortreten. Meistens sind es grinsende, schläfrige, effeminierte Jungs. Straßenkinder: Ihre mythologische Verkleidung ist nichts als Schwindel. Sie halten Lauten, Blumen oder Früchte im Arm. Die Früchte sind hell, reif und kurz vorm Verfaulen.

Johannes der Täufer hat den Arm um den Nacken eines Widders gelegt und bricht in Gelächter aus. Don bleibt stehen. Dieses Bild fesselt seine Aufmerksamkeit länger als die anderen, stimuliert einen neuen Gedanken. Das Spiel von Licht und Schatten (den Reiz des Chiaroscuro fand er schon immer überbewertet) ist genau das – ein Spiel. So durchdacht und stilisiert wie der scharf umrissene Lichtkegel eines Scheinwerfers. Der Künstler sagt: Das ist Theater, das ist Kino, und hier sind die Handwerker – hier sind die Schauspieler. Die Art, wie der Körper heraussticht und das biblische Thema punktiert, ist Teil der Inszenierung. Kein Zufall, weil es dem Künstler an Feinheit mangelt, sondern der Kern der Sache.

* * *

Es ist drei Tage her, dass Ben im Haus eingezogen ist, und Ina hat noch nicht auf die Nachricht reagiert, die Don ihr hingelegt hat. Sie scheint Bens Gegenwart auf dieselbe schweigsame Art akzeptiert zu haben wie seine eigene. Sie kann sie nicht *nicht* bemerkt haben, denkt er. Aber es ist, als wären die wirklichen Bewohner des Puppenhauses die Gemälde, Statuen und Artefakte, die sie unablässig poliert und pflegt. Die menschlichen Logiergäste kommen und gehen.

Ben arbeitet zu unregelmäßigen Zeiten im Museum. Abends, wenn Don nach Hause kommt, trifft er ihn im Wohnzimmer an, auf dem Samtsofa, wie er Skizzen zeichnet, Kameralinsen überprüft oder in den glänzenden Streifen entwickelter Negative herumblättert.

«Wird Ihr Freund noch länger bleiben, Don?», fragt Ina schließlich, während sie in der Küche Kaffee kocht. Die Frage kommt beiläufig, gesprächsweise.

Don weiß es nicht. Er will keine Vorhersage treffen. Er empfindet einen Schauer der Befriedigung, dass er eine eigene Figur in das Puppenhaus eingeführt hat – eine Person, die nicht von Val überprüft und genehmigt wurde.

Später am Vormittag sitzt er in der Palladio-Bibliothek und brütet über der Gästeliste für die Ausstellungseröffnung von *Caravaggios Musen*, die am Abend stattfindet, als Val anruft.

«Ich komme am Nachmittag erst einmal ins Haus, vor dem Empfang. Wollen wir uns da treffen? Dann stürzen wir uns gemeinsam in die Schlacht!»

Don sagt ein paar freundliche Worte, abgelenkt durch seine Gedanken an die Schlacht. Doch anschließend, nach dem Telefongespräch, jagt ihm das Echo von Vals Worten einen Schrecken ein. Zu spät, er nimmt an, dass Val im Haus übernachten wird – im Dienstbotenzimmer.

Er schenkt sich ein Glas Wein aus einer Flasche ein, die er in einem Schränkchen neben seinem Schreibtisch aufbewahrt. Ben wird den ganzen Nachmittag mit letzten Korrekturen beschäftigt sein. Doch danach … Don nimmt einen kleinen Schluck. Er muss Val die Situation irgendwie erklären oder Ben verschwinden lassen.

Um vier Uhr, sobald er alles Dringende erledigt hat, verlässt er das Museum, ohne sich um die Aktivität im Oktogon zu kümmern, und geht schnell nach Hause. Mit atemloser Erleichterung sieht er, dass Vals Wagen noch nicht in der Einfahrt steht. Er läuft die Treppen zum zweiten Stock empor, sammelt Bens Sachen ein – Kleidung, Bücher, Zeichenblöcke und den Walkman – und trägt sie in einem wackligen Stapel die Treppe hinunter. Sein eigenes Zimmer wäre ein zu offensichtliches Versteck, und der Schrank unter der Treppe ist vollgestopft mit seinen eigenen Sachen. Er sieht sich nach einer anderen Möglichkeit um. Schließlich probiert er die Türen des lackierten Schränkchens auf dem Treppenabsatz. Das Innere ist schwarze Leere. Er wirft Bens Sachen hinein und schließt die Türen.

Jetzt muss er nur noch mit Ben reden – ihn warnen und fernhalten.

Um Punkt fünf Uhr trifft Val ein, sein Mercedes gleitet die Auffahrt hinauf.

«Wie schön, dich zu sehen», sagt er, als er ins Haus gerauscht kommt, begleitet von seinem vertrauten Geruch nach Eau de Cologne und Tabak. «Du siehst hervorragend aus, Don, richtig schick. Ist das nicht mein Jackett? Wie ich sehe, fühlst du dich schon ganz zu Hause.»

Don folgt ihm den Korridor entlang. Er fragt sich, ob Val schon über Ben Bescheid weiß. Hat Ina ihn informiert? Aber Val sprudelt über vor Neuigkeiten aus Peterhouse. Er geht mit Don direkt ins Wohnzimmer und macht sich an der Anrichte zu schaffen, während er erklärt, wie die Aussicht auf einen neuen Dekan wütende Streitigkeiten hervorruft.

Eins von Bens Büchern, *Gespräche mit Francis Bacon* von David Sylvester, liegt auf dem Samtsofa. Don greift danach und schiebt es unter ein Kissen.

«Das kommt in die Presse», sagt Val und schenkt zwei Gläser Brandy ein. «Erinnere dich an meine Worte. Ich habe noch nie solche Wutausbrüche erlebt.» Er reicht Don ein volles Glas und hebt das eigene. «Auf diesen Abend habe ich mich gefreut. Deine erste Ausstellungseröffnung.»

Don steckt sich mit zittrigen Fingern eine Zigarette an. «Ich wünschte, ich könnte dasselbe sagen. Diese Ausstellung, Maurice Forsters Schwanengesang, wie immer man es auch nennt, ist ganz einfach peinlich.»

Val mustert ihn einen Moment, dann kehrt sein Lächeln zurück. «Trink schnell aus, wir müssen aufbrechen. *Alle warten auf dich.*»

10

Stockrosen wuchern an den Torpfosten der Brockwell Collection, ihre schweren Knospen sehen aus wie Satellitenschüsseln. Ein Gewirr von Stimmen und klingenden Gläsern entflieht in die Abendluft.

Don und Val gehen die Auffahrt hinauf und betreten die Lobby. Verärgert stellt Don fest, dass Ben nicht da ist. Das Publikum ist wohlhabend, mittelalt und – wie er bei einem schnellen Rundblick feststellt – mittelklug. Die Gespräche haben einen wissenden und humorvollen Ton. Es ist die Art polierter Gesellschaft, wie Val sie mag. Tabletts voller Champagnerflöten schweben vorbei und verbreiten ein blasses Leuchten. Don schafft es, ein Glas zu ergattern.

Vals Augen leuchten auf und seine Lippen teilen sich – die Anzeichen des Erkennens. «Don, darf ich dich vorstellen …»

Von Val vorgestellt zu werden, ist wie eine Serie von Attentaten – mit präzisem Timing und ohne Erbarmen. Sobald Don ein Gespräch beginnt, schiebt Val ihn weiter.

«Und dies ist …»

«Ich möchte dich *unbedingt* …»

«Und bestimmt kennst du …»

Vals Munition ist unerschöpflich: Das Oktogon und die angrenzenden Säle quellen über von bedeutenden Menschen. Don treibt auf Wellen lächelnder Schlagfertigkeit dahin. Jemand macht einen Witz, und er weiß nicht, worum es geht, oder begreift es zu spät. Immer wieder durchquert

Maud sein Blickfeld. Sie gleitet mit Leichtigkeit zwischen den Gruppen hin und her, ihr silberner Schmuck funkelt im selben Takt wie ihre Brillengläser, ihre Intonation hebt oder senkt sich angemessen.

Val wirbelt Don herum und auf ein junges Paar zu. Sie umarmen Val freundschaftlich, während Don sich zurückhält. Die Frau hat dunkle braune Augen und ihr ebenfalls dunkles Haar fällt in lockeren Wellen. Ihr Kleid ist eine tief ausgeschnittene Säule aus silbrigem Blau und lässt ihre schlanken Arme frei. Sie fängt Dons Blick ein und hält ihn unerbittlich, bis er sich abwendet.

Der Mann bestrickt Val mit irgendeiner putzigen Geschichte. Er sieht vertraut aus – groß, athletisch, mit breitem Lächeln und dunkelblondem Haar, das er dynamisch zurückgekämmt trägt. Er ist von einer Aura leichtfüßiger Tugend umgeben – jemand, der vom Leben noch nicht gebeutelt wurde und weder Zynismus noch Berechnung kennt.

«Don, dies ist Michael Ross», sagt Val.

«Sehr erfreut», sagt Michael. Seine Zähne sind fast makellos. Er trägt einen marineblauen Blazer. Seine Hose ist von tollkühnem Weiß. Don schaut ihm in die Augen und spürt, dass er einem Phantom von kontrollierter Kraft gegenübersteht.

«Und Anna Ross», sagt Val mit einer schwungvollen Handbewegung.

Don schüttelt ihnen nacheinander die Hände und ist erfreut, geehrt und natürlich begierig, sie näher kennenzulernen.

Dies ist also Michael Ross, der bald sein fähiger Assistent sein wird. Jetzt kann Don dem Namen ein Gesicht zuordnen. Aber das Gesicht selbst ist ihm mehr als nur ein wenig vertraut. Es ist von handfester, apollinischer Attraktivität.

«Sind wir uns früher schon begegnet, vielleicht in Cambridge?»

«Unwahrscheinlich», sagt Michael gut gelaunt. «Ich habe in Kalifornien studiert, in Berkeley, und bin von dort direkt zum Frick.»

Das erklärt das amerikanische Näseln in seinem britischen Akzent – ein gebildeter Akzent wie Dons, aber weniger penibel und weniger hochnäsig.

«Ach, tatsächlich», sagt Don, hochnäsig.

«Aber ich bin Ihnen viele Male sozusagen auf dem Papier begegnet. Ihre Arbeit über Palladio …»

«Oh, Sie sind zu freundlich», unterbricht ihn Don, ohne zu warten, bis Michael seinen Gedanken zu Ende führt.

Die Augen der Frau ruhen noch immer auf ihm. Ohne zurückzublicken spürt Don ihre Aufmerksamkeit.

«Und *Anna* ist Cellistin!», ruft Val dazwischen, als wäre das die wirklich bedeutende Tatsache, die fundamentale Wahrheit, um die sie die ganze Zeit drumherum geredet hätten.

«Nun – ja. Zurzeit trete ich nur gelegentlich auf», sagt sie mit zögerndem Lächeln.

«Soweit ich weiß, waren Sie bei den New Yorker Philharmonikern?», fragt Don.

«Richtig.» Ihre Augen weiten sich. «Das war ich.»

«Du findest neue Aufgaben», sagt Michael. Die Bemerkung kommt etwas schnell, ein wenig zu selbstbewusst. Die Unsicherheit kehrt in Annas Augen zurück.

«Kommen Sie häufig ins Brockwell, Mrs Ross?», fragt Don.

Anna lacht und lässt ihre Zurückhaltung fallen. «Das kann ich nicht behaupten. Wir sind erst seit drei Wochen in London. Warum, Sie etwa?»

Don staunt über diese eigenartige Frage. Ihm ist klar, dass sie ihn auf den Arm nimmt, und doch hat ihre Unfähigkeit, ernst zu bleiben, etwas Reizendes.

«Wir möchten Sie gern zum Essen einladen, Professor Lamb», sagt Michael. «Vielleicht nach meinem Vorstellungsgespräch.»

«Eine reine Formsache!», flötet Val.

«Sagen Sie Don zu mir. Es wäre mir eine große Freude. Wo wohnen Sie?»

«Wir sind gerade in die Craxton Road gezogen», sagt Anna.

«Dann sind wir Nachbarn.»

Ihm brummt der Kopf. Die Rosses sind ganz eindeutig nach London gezogen, weil Michael davon ausgeht, diese Stelle zu bekommen. Anna musste ihre opfern. Und sie sind schon drei Wochen hier. Er erkennt Vals ordnende Hand. Bevor er weiter darüber nachdenken kann, wird es plötzlich still im Saal.

Er hört ein rhythmisches Pochen und Knarren. Durch einen Spalt in der Menge erblickt er die greise Gestalt von Maurice Forster, der sein Pflegeheim verlassen hat und mit wackliger Entschlossenheit ein Gehgestell über den Marmor des Oktogons voranschiebt. Forster scheint auf die Größe eines Kindes geschrumpft zu sein: Der Filzanzug schlottert um seine Gestalt wie ein geliehenes Kostüm. Zu beiden Seiten stützend, führen ihn Maud und eine Frau in Schwesterntracht – knarrend und pochend – in die Mitte des Raums. Ein irres Grinsen liegt auf Mauds Gesicht.

Es wurde beschlossen, dass der alte Mann – zu vergesslich, um eine Rede zu halten – als Begrüßungsansprache seine Lieblingsstelle von Shakespeare lesen wird. Forster zieht ein zerknittertes Blatt Papier aus dem Jackett. Er beginnt mit schwacher Stimme zu rezitieren.

Don bahnt sich den Weg nach vorn und versteht nun die Worte.

Der König will sein Wesen nachts hier treiben.
Warnt nur die Königin, entfernt zu bleiben,
Weil Oberon vor wildem Grimme schnaubt,
Dass sie ein indisch Fürstenkind geraubt,
Als Edelknabe künftig ihr zu dienen;
Kein schöners Bübchen hat der Tag beschienen.

Forster liest mit qualvoller, stockender Mühe. Während Zeile auf Zeile folgt, erlebt Don ein schleichendes, umfassendes Déjà-vu. Nicht nur, dass er die Stelle wiedererkennt. Die Worte sind hoch aufgeladen und dringen wie ein Menetekel in sein Bewusstsein.

Und eifersüchtig fordert Ob'ron ihn,
Den rauen Forst als Knappe zu durchziehn;
Doch sie versagt durchaus den holden Knaben,
Bekränzt mit Blumen ihn, will nur an ihm sich laben.

In Gedanken sieht er wieder die schreckliche Gestalt im weißen Anzug vor sich, die sich ihm im Bus aufdrängt und ins Museum folgt.

Er hört kaum zu, als Maud dem zitternden Forster gegenübertritt und Worte des Dankes und des Lobes an ihn richtet. Sie schließt mit dem Ausdruck tief empfundener Dankbarkeit dem Hauptsponsor der Ausstellung gegenüber, Sir Ronald Braun, bedauerlicherweise indisponiert und nicht in der Lage, anwesend zu sein. Applaus brandet auf und Maurice Forster wird aus dem Saal geführt.

Das Publikum verteilt sich wieder und das Stimmengewirr steigert sich zu einem begeisterten Geplapper. Kaum jemand beachtet die Ausstellung – zu viele Gespräche müssen geführt werden. Don findet sich ohne Vals führende Hand wieder, endlich allein, vor *Junge, von einer Eidechse gebissen*. Er beugt sich vor, um die Spitzen der gekrümmten Finger des Jungen zu betrachten, und schafft sich so seine eigene Oase – eine schützende Blase, in der ihn niemand stört, zumindest für eine Minute.

Doch im selben Moment dringt eine Stimme an sein Ohr, nicht viel mehr als ein Flüstern.

«Sieht echt wie 'n Flittchen aus.»

Er schreckt vom Gemälde zurück.

«'n echtes Flittchen», wiederholt Ben, lauter.

Don runzelt die Stirn, merkt aber, dass er lächeln muss. «Bitte nicht so laut – das ist die feierliche Eröffnung. Die Leute … Ich dachte, du wärst nicht da.»

«Kommt mir nicht sehr feierlich vor.» Ben wendet sich wieder dem Bild zu. «Ich glaube, er war mehr als nur eine Muse. Schau dir die Augen an. Wie das Hemd die Schulter entblößt. Das sieht man doch.» Er schaut Don lustig an. «Oder nicht?»

Don tritt näher an ihn heran. «Ich glaube schon. Hör zu, ich muss dir was sagen. Es geht darum, dass du heute Nacht nicht im Haus …»

Bens Aufmerksamkeit ist zur Seite gewandert und das lustige Funkeln aus seinen Augen verschwunden. Don dreht sich um und sieht mit panischem Schrecken, dass Val vor ihnen steht.

«Kennen wir uns?», fragt Val mit eisigem Lächeln.

Don spürt, wie sein eigenes Lächeln zur Grimasse erstarrt. Hat Val die letzten Worte gehört? Er fragt sich, ob er gleich hier, in dieser Sekunde, enthüllen soll, dass Ben bei ihm übernachtet. Ein ersticktes Lachen bricht sich Bahn.

Vals Frage – *kennen wir uns?* – steht noch in seinem Blick geschrieben, als er erst Don, dann wieder Ben anschaut. Er verarbeitet die Situation – Spekulation, Vermutung, Ablehnung, alles im Bruchteil einer Sekunde. Vom Schrecken gelähmt, ist Don doch verblüfft vom Anblick der beiden: um Generationen voneinander entfernt, instinktiv verfeindet und einander dennoch unwahrscheinlich ähnlich. Es ist, als würde der ältere Mann misstrauisch sein agiles jüngeres Selbst betrachten.

Ben wendet den Blick von Val ab, ohne zu antworten. «Ihr hättet die Ausstellung *Caravaggios Betthäschen* nennen sollen», sagt er zu Don. «Das waren sie schließlich.» Er zuckt die Schultern und verschwindet in der Menge.

Val schaut Ben nach. «Wer auch immer das war, ich vermute, hier sind Gäste, die deine Aufmerksamkeit mehr verdienen.» Er sieht Don von der Seite an. «Was ist los? Geht es dir gut?»

«Er hätte nicht hier sein sollen», brummt Don. «Er ist eine der Hilfskräfte.»

«Du liebe Güte. Reiß dich zusammen, Don.» Val sieht sich um. «Ah, Laetitia!» Er rauscht davon, die Hände ausgestreckt wie juwelengeschmückte Rammböcke.

Don folgt ihm. Seine Verlegenheit ist zu Wut geworden, aber er kann nicht entscheiden, ob sie sich gegen Ben, gegen Val oder gegen ihn selbst richtet. Als er sich umschaut, sieht er, dass Ben ein Gespräch mit Michael Ross begonnen hat. Sie lachen. Sein Herz schrumpft ein kaum wahrnehmbares bisschen. Anna Ross steht bei ihnen, aber ihre Augen suchen den Saal ab und treffen seine, während sie ihnen zuhört (oder so tut). Er nimmt an, sie ist Mitte dreißig. Vielleicht älter. Das Blau ihres Kleides verleiht auch ihrem dunklen Haar einen leichten Blauton.

Val zieht ihn in einen Kreis strahlender Gäste. Es klingt schrill, wie sie ihn *Professor* nennen. Heute Abend kommt er sich wie das Gegenstück seines alten Selbst vor. Das Gespräch verebbt. Don blickt in die Gesichter um sich herum. Ihm geht auf, dass alle eine Ansprache von ihm erwarten. Er verkrampft sich vor Verlegenheit.

«Ich spreche morgen früh im Radio», sagt Val schließlich, an die Gruppe gewandt.

«Wirklich?», fragt Don.

«Ja, bei *Perspektivwechsel* mit Robin Hands. Bist du da nicht auch schon gewesen? Wir diskutieren britische Nachkriegsarchitektur. Die Betonrevolution, um genau zu sein. Die Festival Hall, die Hayward Gallery, das Barbican Centre. Wann ist Modernismus ein Zeitstil geworden? Faszinierendes Thema!»

«Oh, wie wunderbar», näselt jemand.

«Karbunkel», sagt ein Mann im dreiteiligen Anzug.

«Ich nehme an, du wirst dich skeptisch äußern», sagt Don.

«Warum skeptisch, Don?» Val erlaubt seinen Augen einen kleinen Tanz entlang ihres Publikums.

«Schließlich bist du einer der großen Verteidiger der klassischen Tradition.» Don versucht zu lachen.

«Du glaubst, weil ich Palladio bewundere, muss ich den Beton automatisch verachten?» Val gibt sich den Anschein vollständiger Unschuld.

Don räuspert sich. Er wird rot. Val hat bisher alle genannten Gebäude kritisiert, da ist er sich sicher.

Val streckt einen Finger aus und streicht über Dons Revers. «Man findet so viel klassische Schönheit an Orten, wo man es am wenigsten erwartet – an Gebäuden, vor denen wir instinktiv zurückschrecken. Zum Beispiel ist das Barbican Centre in meinen Augen eine antike griechische Zitadelle – ein mykenischer Palast, reduziert auf eine brutalistische Hülle. Geh in seinen Höfen spazieren, und du befindest dich im Heim Agamemnons – Megaron, Propylon, alles da.»

Man hört ein Durcheinander von Gelächter und Zustimmung.

«Totale Karbunkel», sagt der Mann im Anzug.

Don geht weiter, perplex und wütend. Valentine Black, der Erz-Neoklassizist, verteidigt Betonscheußlichkeiten: Das ergibt keinen Sinn. Val lügt. Entweder das, oder die Wirklichkeit hat ein neues Gesicht. Er leert sein Champagnerglas mit einem letzten Schluck.

Als sich die Menge verläuft, betritt er durch eine schmale Tür die runde Kammer, in der Montague Brockwell beigesetzt wurde. Ben steht allein neben dem Marmor-Sarkophag.

«Hör zu, Ben. Val kommt heute Abend zurück – es ist sein Haus. Du kannst nicht bleiben.»

Ben blickt auf, aus seinen Träumen gerissen. Er wirkt dünn und geisterhaft in der dunklen Gruft.

«Val ... Dein Freund? Ich glaube nicht, dass er mich mag.»

«Na, das ist wohl kaum überraschend. Warum zum Teufel hast du das gesagt?»

«Was gesagt?»

«Was du Professor Black ins Gesicht gesagt hast. Über Caravaggios Jungen.»

«Oh, *das*. Um zu sehen, wie du reagierst, nehme ich an.» Bens Ernst schwindet. Er lehnt sich an den Sarkophag und spreizt die Finger auf dem Marmordeckel. «Komm schon, Don. Tu nicht so, als wärst du wütend. Das Haus gehört also ihm. Gehört ihm auch der rote Schlafanzug?»

Don macht einen Schritt nach vorn. Also hat Ben ihn in der ersten Nacht tatsächlich ausspioniert.

Ben steht ihm aufrecht gegenüber. Don kann Wein in seinem Atem riechen. Eine Sekunde lang sind sie sich so nah, dass sich ihre Gesichter beinahe berühren. Dann neigt sich Ben ein wenig zurück und lächelt.

«Tu nicht so, als würde es dir was ausmachen», flüstert er.

Don tritt zurück, sein Kopf schwimmt.

«Ich schlafe unten auf dem Sofa», sagt Ben.

«Nein, ich glaube nicht …»

Aber Ben hat sich umgedreht und das Mausoleum verlassen; Don bleibt mit den Überresten Montague Brockwells allein. Bedrückt kehrt er ins hellere Licht des nächsten Saals zurück. Gäste sind zu verabschieden. Und dann …

Die Menge bröckelt. Val steht am Eingang und spendet den Gästen letzte Worte.

«Ich weiß, Mrs Penrose, war es nicht *ergreifend*? Und können Sie glauben, dass Maurice im nächsten Frühling neunzig wird?»

Don kommt dazu und stellt sich zu ihm.

«Ich nehme an, du übernachtest heute im Haus?»

«Oh nein», erwidert Val, während er dem Strom der Gehenden zuwinkt. «Ich übernachte vor Rundfunkauftritten immer im Albany – in John Richardsons Räumen. Das ist viel bequemer.» Er beugt sich vor, um eine Dame zu küssen. «Hör zu, Don», er senkt die Stimme und legt einen Arm um Dons Rücken. «Ich wollte es heute Abend nicht ansprechen, aber es beschäftigt mich. Es hat hier letzte Woche wohl einen Störfall gegeben. Die *Polizei* musste gerufen werden.»

«Ja – ein Penner kam herein und machte eine Szene. Die Venus-Statuen haben Schaden genommen, aber sie werden von Mr Price restauriert. Sehr unschön, aber nichts, worüber man sich Sorgen machen müsste.»

«Nicht gerade nichts. Sir Ronald Braun war empört. Ich musste mich einschalten und ihn überreden, seine Spende nicht zurückzuziehen.»

«Du kennst Braun?»

«Er ist ein alter Freund.» Val zögert – er scheint noch mehr sagen zu wollen. Er seufzt und senkt die Stimme noch weiter.

«Man scheint zu glauben, der … Eindringling hatte irgendwas mit dir zu tun.»

«Das ist doch Unsinn. Ich hatte ihn im Leben noch nicht gesehen. Er fing im Bus an, mich zu belästigen, und ist mir hierher gefolgt.»

«Natürlich, Don. Ich zweifle nicht daran.» Val blickt sich im Saal um. «Aber du bist jetzt für diesen Ort verantwortlich. Sein Ruf liegt auf deinen Schultern.»

«Um Himmels willen, Val, ich habe doch gesagt …»

Doch genau in dem Moment muss Don abbrechen, um ein Gästepaar zu verabschieden, und Val schlüpft davon wie eine Figur, die ihre Rolle gespielt hat.

Dons Träume sind verquast und verworren. Immer wieder klingen in ihnen die Worte Megaron und Propylon nach. Er erwacht sehr spät mit Kopfschmerzen und Herzrasen. Sofort hört er Vals Stimme aus dem Radio, das die ganze Nacht lief. *Perspektivwechsel* ist auf Sendung.

«Das Hayward ist nicht zuletzt ein wunderbares Stück Rosenholz-Schreinerei. Handwerk und Kunst vereint!»

«Ich bin überrascht, dass Sie das sagen, Professor Black», sagt Robin Hands vergnügt. «Ich habe Sie immer für einen Vorkämpfer traditioneller Architektur gehalten.»

Don stellt sich den Moderator vor – die Architektur seiner Frisur, die ockerfarbene Bräune, die funkelnden Gläser seiner Brille. Er vergräbt den Kopf im Kissen und schließt die Augen.

«Und damit lagen Sie ganz richtig», erwidert Val. «Aber ich bin, wenn Sie so wollen, ein wahrer alter Grieche und kein engstirniger Neoklassizist. Ich verehre Schönheit in allen ihren Formen.»

Brechreiz steigt in Dons Kehle auf.

* * *

Als man ihn ins Sommer-Refektorium führt, sieht Michael Ross genauso aus wie bei der Ausstellungseröffnung. Alles an ihm strahlt, vom bronzenen Haar bis zu den funkelnden Zähnen.

Michael setzt sich an der anderen Tischseite Don gegenüber, der von Maud und Bill flankiert wird. Er rückt ein wenig ab von der Schellackpolitur der Tischplatte, dreht sich beiläufig zur Seite.

«Waren Sie im Urlaub?», ist die erste Frage, die Don einfällt.

«Nein», erwidert Michael, und dann, als er spürt, worauf Don hinauswill, «das kommt nur vom Tennis. Was für ein Wetter! Solch einen Frühling habe ich noch nicht erlebt.»

Sein Auftreten ist fröhlich und offen – kurz davor, arrogant zu wirken.

«Vielleicht darf ich nach Ihren Erfahrungen im Bereich der Restauration fragen», beginnt Bill.

Michael spreizt die Hände auf der Tischplatte. «Das interessiert mich ganz besonders.»

Don ist in Erinnerungen versunken. Tennis – da hat er Michael das erste Mal gesehen, im Belair Park. Jetzt erinnert er sich, wie Michael über den Platz stürmte, um den Ball zu erwischen. Das erklärt es natürlich. Die Rosses sind vor kurzem nach Dulwich gezogen. Aber die Erkenntnis bringt keine Erleichterung.

«Und ich würde Sie gern über Ihre Zeit im Frick befragen», sagt Maud. «Können Sie eine Situation beschreiben, in der Sie die Ressourcen eines Teams dazu eingesetzt haben», sie schaut nach unten in ihre Aufzeichnungen, «um ein Problem zu handhaben und zu lösen?»

Michael funkelt und schimmert wie eine Messingstatue in der Mittagssonne. Seine Antwort ist poliert und handfest. Das Gespräch geht weiter, während Dons Konzentration zwischen Sommer-Refektorium und Tennisplatz hin und her schwankt. Schläge, Ausfallschritte, leidenschaftliche Schmetterbälle …

Als Don an der Reihe ist, seine Fragen zu stellen, kehrt er in die Wirklichkeit zurück und verlangt, dass Michael erläutert, wie sich die Renaissance zum Barock weiterentwickelte. Wann und wie kam es zu diesem Übergang. Wäre *Evolution* oder *Revolution* die angemessene Bezeichnung?

Michael streicht sich übers Haar und verkündet, dass er es vorzieht, von einer *Involution* zu sprechen. Darauf folgt ein langer Austausch über Poussin und die Verdienste einer poststrukturalistischen Analyse. Michael redet flüssig und ist nicht aus dem Konzept zu bringen. Verärgert sieht Don, dass er die Befragung mit Leichtigkeit meistert und das Hin und Her genießt, als wäre es ein weiteres Tennisspiel. Die Einstellung war schon im Voraus beschlossen, genau wie Val gesagt hat.

Es ist nach neun, als er das Haus betritt. Als er die Haustür schließt, glaubt er, Gesang zu hören – verschiedene Stimmen im rhythmischen Zusammenspiel.

Im Flur nimmt er ein leises, konspiratives Murmeln aus der Küche wahr. Ina lacht – ein ungewöhnlicher Klang. Er betritt die Küche und findet sie und Ben zusammen am Tisch. Sie sehen ihn an und hören auf zu reden. Zwischen ihnen stehen Weingläser: Sie haben eine Flasche aus dem Regal geöffnet.

Er bleibt in der Tür stehen und betrachtet sie, unfähig, die Eifersucht zu unterdrücken, die ihn befallen hat.

«Don!», ruft Ben. Die Aufregung in seiner Stimme ist unwiderstehlich.

Don lächelt. «Ich will nicht stören.»

«Ina erzählt mir von der Olympiade.»

«Ach ja», sagt Don, «Sommer 84.»

«Und sie weiß alles über das Goldsmiths College. Die neue Kunstszene.»

«Kommen Sie, trinken Sie ein Glas, Don», sagt Ina. «Ich habe etwas zu essen bestellt. Jambalaya.»

Zu seiner gelinden Überraschung fängt sie an, auf der Tischdecke eine Zigarette zu drehen, indem sie Tabak aus einer Stofftasche auf einem länglichen Stück Papier verteilt. Er erschrickt, als sie ihm mit dem Fuß einen freien Stuhl hinschiebt.

«Ich muss ein Buch beenden», sagt er mit einem missglückten Lächeln. «Es schreibt sich nicht von selbst.»

«Dafür kriegen sie dann noch ein Schwert», sagt Ina mit leichtem Augenzwinkern. «Dann fahren wir alle wieder nach Kalifornien.»

«Ich bin dabei!» Ben gießt mehr Wein in die Gläser und schaut von Ina zu Don mit einem Lächeln, das irgendwo zwischen Unschuld und Hinterlist liegt. «Wir könnten ein Haus in den Bergen mieten. Es wäre wie Leben in einer anderen Dimension. Hockneys *Bigger Splash* …»

Don verlässt die Küche, doch Bens absurde Fantasie hüpft ihm durch den Kopf. Er ist ungeduldig – verärgert. Und doch hat das kurze Gespräch ein tiefer liegendes Gefühl entzündet. Was hat er hier erschaffen? Ina muss Val inzwischen von Ben erzählt haben, denkt er, als er an den ernsten Regency-Gesichtern im Flur vorbeigeht. Aber Val hat nichts gesagt: Er ist wie ein Spieler, der sich gut überlegt, wann er ins Spiel einsteigt und wie er seine Wetten absichert.

Wieder fällt ihm die Gasflasche am Fuß der Treppe auf. Ist es möglich, fragt er sich, dass Ina tatsächlich gar nichts gesagt hat?

Gegen zehn Uhr hört er, während er am Schreibtisch arbeitet, wie unten die Haustür geschlossen wird. Ben geht aus: Don sieht, wie er die Zufahrt überquert und nach rechts zur Bushaltestelle geht. Da die Caravaggio-Ausstellung eröffnet ist, wird Ben in der Brockwell Collection nicht mehr gebraucht. Er scheint erleichtert, vom Museum erlöst zu sein. Er hat mehr Zeit für seine Kunst, für ein Leben jenseits von Dulwich.

Don arbeitet bis spät in die Nacht und hämmert besessen mit zwei Fingern auf seine Schreibmaschine. Er zwingt sich, jeden Satz zu seinem Ende zu bringen wie ein Mann, der durch eine dunkle Gasse stolpert. Stunden später lehnt er sich zurück und atmet tief aus. Das Haus und die Nacht draußen sind still. Mit langsamen Bewegungen steht er auf und zieht die Schuhe aus, dann schlüpft er ins Bett. Im Kopf spürt er einen dumpfen Schmerz, aber sein Gehirn ist leer: Die Gedanken sind tot.

Es dauert nicht lang, und der Morgen drängt sich ins Zimmer. Er wacht auf und sieht auf die Uhr – es ist sechs. Er kriecht aus dem Bett und stolpert hinüber zum Schreibtisch. Ohne sich hinzusetzen, liest er die Seiten, die er in der Nacht geschrieben hat. Er hält sich mit der Hand an der Stuhllehne fest, und seine Knöchel werden weiß. Der Text ist scheußlich. Einschüchternd, redundant, aufgeblasen … er zittert bei dem Gedanken, dass das hier jemals ans Tageslicht kommen könnte. Er versucht, den Papierstapel durchzureißen, aber der ist zu dick und zerknittert nur.

Er tritt aus seinem Zimmer hinaus auf den Treppenabsatz. Er hat die Eingebung, Ben könnte noch immer fort sein. Leise geht er die Treppe hinauf zum Dienstbotenzimmer und findet wie erwartet die Tür offen und das Bett unberührt. Bens Sachen sind wieder aufgetaucht und liegen überall herum –

ein Stapel Kleidung, Zeichenblöcke und Stifte, *Gespräche mit Francis Bacon,* eine abgenutzte Zahnbürste – Versicherungen, dass er zurückkommt. Don beugt sich über das glatte Kissen und versucht Witterung aufzunehmen.

Er geht wieder nach unten in sein Zimmer und betrachtet seine eigenen verstreuten Attribute, die so verschieden von Bens sind: Die Farbreproduktionen, ordentliche Notizen, Bücher, die an kritischen Stellen aufgeschlagen sind, und Stapel maschinengeschriebener Blätter, alles vom Zentrum des Schreibtischs aus auf den Fußboden ausufernd.

Das Telefon auf seinem Nachttisch durchbohrt plötzlich die Stille.

«Es tut mir leid, dich so früh anzurufen, Don. Ich nehme an, ich habe dich geweckt.»

«Meine Güte, nein», sagt Don und zieht die Telefonschnur hinüber zum Schreibtisch; er spürt die schnelle Anspannung in der Brust, die Anrufe von Val jetzt immer auslösen. «Ich arbeite an meinem Buch.»

Weiß Val Bescheid? Hat Ina es ihm gesagt? Don fängt an, hastig mit einer Hand das Farbband in seiner Schreibmaschine zu wechseln, während er sich den Hörer ans Ohr hält.

«Also, ich habe gehört, dass Michael Ross beim Vorstellungsgespräch einen *großartigen* Auftritt hingelegt hat.»

«Ich weiß nicht, wer dir das gesagt hat.»

«Na, Michael natürlich.»

«Verstehe. Könnte Michael an einer überspannten Meinung von sich selbst leiden?»

«Alles, woran er leidet», verkündet Val huldvoll, «ist das Selbstvertrauen eines jungen Mannes auf der Höhe seiner Kräfte.»

«Er gehört der neuen Generation an, so viel kann ich sagen. Er hat ein Gespräch über Poussins *Triumph des David* in eine

Erörterung moderner französischer Philosophie umgebogen. Anscheinend handelt das Gemälde von Temporalität – nein, *Temporalitäten*. Mit dem Sieg des Hirtenknaben über Goliath hat es nichts zu tun. Wer hätte das gedacht?»

«Ha!», ruft Val in gespielter Entrüstung. «Ich weiß noch, wie Cambridge diesem furchtbaren Jacques Derrida einen Ehrendoktor verlieh. Ich setzte meinen Namen unter ein Protestschreiben. Trotzdem musst du bedenken, dass Michael kaum über dreißig ist. All die brillanten jungen Geister auf der Welt sind von dieser kontinentalen Sophisterei befallen. Glaub mir, er ist ein Mann nach deinem Herzen. Er hat im Frick eine verblüffende Ausstellung über die verborgene Radikalität der klassischen männlichen Aktdarstellung veranstaltet. Herzzerreißend!»

«Also ein Mann nach *deinem* Herzen.»

«Ein Mann nach unser beider Herzen.»

Unser beider Herz – Don rollt die Redewendung hin und her wie eine Murmel.

«Ich hatte neulich einen komischen Gedanken», sagt er. «Ich habe mir vorgestellt, dieses Haus wäre mein Zuhause.»

«Don», sagt Val, sanft und fest, «es ist jetzt dein Zuhause.»

«Ich weiß, aber es war mehr als das. Ich stellte mir vor, hier würde eine Familie wohnen, wie meine eigene Familie damals. Ein Vater und eine Mutter und ein Kind – ein Junge. Und ich war der Vater, aber manchmal war ich auch der Sohn, der hier aufwuchs. Ich war sie alle, auch die Frau. Es war wie ein – ich weiß nicht – ein alternatives Leben. Viele alternative Leben.»

Über das Telefon hört Don ein tiefes Einatmen und einen langen Seufzer.

«Also wirklich», sagt Val schließlich, «ich habe geglaubt, diese Sachen hättest du hinter dir.»

Don bricht in Lachen aus. «Habe ich. Es war nicht real. In

meinem Traum war das Haus wie eine Bühne.» Oder, wie er insgeheim vermutet, wie Bens Vorstellung von Los Angeles – ein Versuchsgelände für andere Realitäten.

«Das Haus ist real», sagt Val plötzlich sehr ernst. «So wie dein Platz darin. Was könnte realer sein als das?»

* * *

Es ist früh am Abend. Ben sitzt auf dem Samtsofa – halb sitzend, halb liegend – und zeichnet auf einem Zeichenblock. Don hat sein Typoskript nach unten mitgebracht. Es liegt schwer in seinem Schoß.

Das Buch beansprucht Aufmerksamkeit und erlangt sie mit knapper Not. Manchmal nimmt er sich die Anmerkungen vor – hier eine Fußnote, da einen Nebensatz, eine sorgfältige Präzisierung: Oft genügt es, nur ein Wort zu ersetzen, und die Bedeutung bricht hervor wie ein Lichtstrahl. Aber er fühlt sich nicht in der Lage, neue Absätze zu schreiben. Die meiste Zeit hört er dem Kratzen und Kritzeln von Bens Stift zu.

Ben raucht eine Selbstgedrehte nach der anderen. Ihr Geruch macht Don nostalgisch, als läge ihre Gegenwart – hier, zusammen in diesem Raum – bereits in der Vergangenheit.

«Wo bist du neulich abends hingegangen?», fragt er.

«Soho. Mit den Leuten vom Goldsmiths. Du solltest mal mitkommen.»

Don denkt an die Szene, die er im Crown and Greyhound miterlebt hat, und versucht sich Ben in dieser ausgelassenen Runde vorzustellen. Eine Sekunde lang kommt er sich wie ein Gast an der Schwelle zu Bens Leben vor, ausgeschlossen durch seine eigene Zurückhaltung.

«Danke, Don», sagt Ben und zeichnet weiter.

«Wofür?»

«Dass du mich hier wohnen lässt.»

Don sagt nichts. Ein verborgener Vorrat an Gefühlen hat sich geöffnet, und er möchte plötzlich das Thema wechseln.

«Woran arbeitest du?»

Ben klappt den Zeichenblock zu und lächelt.

«Ich stehle Sachen», sagt er. «Ich stehle Stücke aus anderen Werken.»

«Was für Stücke?»

«Alles, genau genommen. Ich habe angefangen, aus Gemälden anderer Leute Collagen zu machen. Ich fotografiere. Manchmal verwandle ich Objekte aus Gemälden in Teile von Skulpturen. Wie Frances Bacons verkrümmte Matratze – du weißt schon, die, auf der der Körper einer Frau zerlegt wird.»

«Ich versuche mich zu erinnern», sagt Don.

«Oder das faszinierende Gebilde in Antonello da Messinas Gemälde des Heiligen Hieronymus, der Tisch und das Bücherregal. Ich stelle sie als reale Objekte her, als Gipsabdrücke oder Modelle aus Sperrholz. Ich nenne sie plastische Fiktionen.»

Don hört zu und versucht diese geheimnisvollen Details zu verdauen. Bacon, Antonello, plastische Fiktionen.

«Ich habe in diesem Haus nach Ideen gesucht», fährt Ben fort. «Was für ein merkwürdiger Ort.»

«Merkwürdig?»

«Es ist nicht zum Wohnen da. Alles ist so – *sorgfältig* arrangiert. Es ist ein Museum.»

Don lässt den Blick über die Möbel wandern, die Tapeten, die dicht aneinander gedrängten Buchrücken – Bände in braunem Leder mit Goldprägung, ein kompletter Satz des *Journal of the Warburg and Courtauld Institutes* –, und er staunt wieder einmal darüber, wie Val all das zusammentragen konnte. Die Gemälde sind gut genug für ein Museum. Die

Zeichnungen auch – einschließlich der vorzüglichen Studie einer toten Katze von Chardin.

«Val hat einige sehr schöne Stücke, wenn du das meinst.»

«Ich meine, es wirkt wie eine Versuchsanordnung. Es ist vollkommen unwirklich. Das einzig Wirkliche ist der Garten – Himmel, bist du schon mal da draußen gewesen?»

Don steht auf, getrieben von widersprüchlichen Gefühlen. «Wenn dies Haus eine Täuschung ist, dann eine sehr elaborierte. Aber ich nehme an, du bist ganz einfach nicht mit dem Geschmack von Valentine Black vertraut. Dieser Ort verkörpert sein Kunstverständnis – seine Art zu empfinden. Würdevoll, aber dekorativ, gezügelt durch innere Zurückhaltung.»

Er legt die Hand auf eine kleine Bronze von Auguste Rodin auf einem pompejanischen Dreifuß mitten im Raum.

Ben beobachtet ihn vom Sofa aus. Don lässt die Hand auf der Bronze liegen und hält die Pose, auch wenn sie nicht mehr natürlich wirkt, wie ein Fernsehmoderator, der weiß, dass die Kamera läuft. Ben steht auf und berührt Dons Fingerspitzen mit den seinen. Er hebt sie an, löst sie spielerisch vom Rodin. Don verkrampft sich. Was würde Ben tun, fragt er sich, wenn er die Hand ausstreckte und ihn berührte, ihm über den Kopf strich …

Ben unterbricht die Stromverbindung zwischen ihren Fingern und schaut aus dem Fenster. Der Ausblick ist unbewegt wie ein Foto – die schattige Auffahrt, dahinter die Straße. Dann brummt ein Wagen vorbei. Seine Scheinwerfer senden verlängerte Strahlen, die über die Stuckblätter des Gesimses gleiten.

Plötzlich lacht Ben. «Gezügelt durch innere Zurückhaltung. Das bist *du*, Don. Gezügelt und gefangen in diesem Haus. Los, komm, wollen wir ausgehen?»

«Aus – wohin?»

«Das Crown and Greyhound.» Ben lässt sich aufs Sofa plumpsen und wippt leicht, als er das Polster berührt; dann streckt er sich aus, um seine Lederjacke vom Fußboden aufzuheben. «Warum nicht?»

Die stichelnde Frage – *Warum nicht?* – enthält bereits die Antwort. Sein Buch steckt fest – er kann es ruhig zugeben. Seine Geisteskräfte haben ihn verlassen – natürlich werden sie zurückkehren, aber warum es erzwingen?

In einer gleitenden eleganten Bewegung streckt Ben die Füße aus und schlingt sie um Dons Bein. Er trägt rote Socken.

«Gehen wir.»

Von Bens Füßen umklammert wartet Don auf Tiepolos Ruf – diese vertraute Zurechtweisung –, aber alles, was er hört, ist ein leichtes Knistern in den Ohren, wie fernes Feuer.

Sie gehen durch Dulwich Village und setzen sich draußen vor den Pub, an denselben Tisch, an dem sie das erste Mal miteinander geredet haben. Don bestellt eine Flasche Beaujolais. Am Himmel verblasst der letzte Rest des Tageslichts.

«Erzähl mir nochmal von deinen Bildern», sagt Ben. «Erzähl mir von der Farbe – Tiepolo-Blau.»

Don steckt sich eine Zigarette an und umreißt ein weiteres Mal den Gedankengang seines Buchs. In der dämmrigen Wärme vor dem Pub ist das so viel einfacher.

«So, wie du am Schreibtisch die Bilder betrachtest», sagt Ben, «und den Himmel vermisst … du schaust immer weg von den *Menschen*. Den Handelnden, der Geschichte, dem *Leben*. Du schaust in den Hintergrund, auf das Zeug, das eigentlich keine Rolle spielt. Wolken und Luft. Als würde man sich das Video von der Ermordung Kennedys angucken und denken, was für ein blauer Himmel, oder wie schön ist das grüne Gras neben dem Bürgersteig – ich meine, dem Fußweg –, während dem Präsidenten gerade in den Kopf geschossen wird.»

Don fängt an, Bens aus der Luft gegriffene Vergleiche zu mögen. Der Tag, als Kennedy starb, kehrt ihm ins Gedächtnis zurück. Er sieht sich als kleinen Jungen, wie er in Poole mit der Familie im Wohnzimmer am Radio sitzt, während vor dem Fenster eine Fähre durch den Hafen gleitet. Seine Mutter sitzt in der Ecke und versucht, das Schluchzen zu unterdrücken.

«Aber was *wäre* das Attentat – in unseren Köpfen, in unserer Erinnerung – ohne das Video?», will er wissen. «Und was wäre das Video ohne den blauen amerikanischen Himmel, dieses Blau der Mitte des 20. Jahrhunderts, oder das Rosa von Mrs Kennedys Mantel? Oder auch die besondere Perspektive des Films – schräg von oben auf die Wagenkolonne, wie aus dem ersten Rang? Das sind keine unwichtigen Details!»

Er greift nach seinem Glas – er ist wieder in seinem Metier, Farbe und räumliche Tiefe. Er will gerade neu ansetzen und hebt verheißungsvoll die Hände, als ihn etwas in Bens Gesichtsausdruck verstummen lässt.

«Bist du je verliebt gewesen?», fragt Ben und schaut ihn mit ernster Neugier an.

Don nimmt einen großen Schluck Wein, dann noch einen, während er über Bens Frage nachdenkt. Er weiß und weiß auch nicht, was er sagen soll. Die Frage ist eine Abschweifung und geht am Thema vorbei. Ben schaut ihn an, verlangt vielleicht gar keine Erwiderung.

«Ich hatte nie einen Liebhaber.»

«Das ist nicht dasselbe.»

Don zuckt die Schultern und trinkt. Ben sieht ihn immer noch an und versucht, seine Gedanken zu lesen. Don möchte die Frage zurückgeben. Ist Ben jemals verliebt gewesen, und in wen würde er sich verlieben – in einen Mann oder eine Frau, oder in beides? In Don?

Bens Gedanken sind weitergezogen. Er stürzt sich in ein anderes Gesprächsthema und redet über Stehlen als Kunstform. Wie um seinen Standpunkt zu verdeutlichen, streckt er die Hand aus, nimmt Dons Glas – stiehlt es ihm direkt aus der Hand – und trinkt es aus.

Sie rauchen und trinken, bis sie die letzten Gäste außerhalb des Pubs sind. Die Straße ist dunkel und verlassen. Die Bäume und die spitzen Dächer sind formlose Massen vor einem klaren Nachthimmel.

Zur Sperrstunde schlendern sie zurück durch das schweigende Village und streiten sich fröhlich über die Rolle der Schönheit in der Kunst. Ben hat ihre halbvolle Weinflasche vom Tisch mitgenommen. Sie reichen sie hin und her, während sie die Montcalm Road entlanggehen.

Ben ist mitten in einem Statement auf dem Bürgersteig stehen geblieben. Er streckt beide Arme aus, in der einen Hand schlenkert die Weinflasche, und fängt an zu grinsen.

«Kunst muss nicht schön sein», ruft er. «Kunst sollte verrückt sein!» Er sieht Don mit fragender Spannung an. Sein Gesicht leuchtet von einem inneren, pulsierenden Licht. Seine Augen verweigern jede Bewegung. Sie sind auf Don gerichtet und warten.

Don begegnet dem Blick seines neuen Freunds. Kunst, Schönheit – die Zeit der gelehrten Feinheiten ist vorbei. Dies ist die Wirklichkeit – das Leben nach Cambridge. *Dies.* Er geht einen Schritt auf Ben zu, nähert sich seinem Gesicht, den Lippen …

Ben weicht aus, nur ein paar Zentimeter, und lacht. Es

ist ein scheußliches Geräusch. Seine Augen sind noch immer weit geöffnet, aber aus belustigter Überraschung.

«Was soll das, Don?» Bens Stimme ist leise, aber betäubend klar in der stillen Nacht. «Komm, es ist spät.»

Ben geht weiter, die Weinflasche in der Hand. Don sieht, wie er davongeht, fünf, sechs, sieben Schritte. Kalte Lähmung befällt ihn, seinen gesamten Körper, wie der Schierling, den Sokrates trank, um sich zu töten – ein langsamer, schrittweiser Tod. Er lacht gezwungen, um den Schrecken zu durchbrechen, und geht weiter, spürt die dunklen, flächigen Umrisse der Häuser und Bäume, die ihn umgeben. Er folgt Ben, will ihn niemals einholen.

TEIL II

11

Im Frühsommer fühlt Dulwich sich anders an. Es ist nicht mehr die sedierte Vorstadt wie zur Zeit seiner Ankunft – eher ein idyllischer Garten, in dem die Häuser und Läden wie verspielte Kulissen wirken. Er bemerkt die Einzelheiten und Unterschiede der Dinge: die Rosskastanie in vollem Laub, die Lattenzäune am Rand des Bürgersteigs (weiß wie die Sichtschirme beim Cricket), den kurzgeschnittenen Rasen entlang der Straße und die im elisabethanischen Stil gebauten Häuser mit blass pastellfarbenem Rauputz.

Die Bilder und Notizen liegen noch immer auf seinem Schreibtisch am Erkerfenster. Tiepolos Himmel bedecken in ihrer komplizierten Anordnung den Fußboden. Aber seine Einstellung zum Buch hat sich geändert. Der alte besessene Enthusiasmus ist verschwunden.

«So etwas ist unvermeidlich, Don, vollkommen unvermeidlich», insistiert Val, als Don am Telefon einräumt, dass er nur langsam vorankommt. «Du hast dich in andere Gefilde begeben. Was macht's, wenn das Buch ein bisschen länger dauert? Vielleicht profitiert es davon.»

Weise gesprochen, denkt Don. Was macht es schon, genau. Aber etwas an der Ausdrucksweise irritiert ihn. Andere Gefilde …

Das Puppenhaus geht ihm nicht aus dem Sinn. Als Summe seiner Teile ist es das Paradebeispiel für Schöner Wohnen. *Erlesen.* Alles an ihm – die Möbel, Bilder und Artefakte – ist so richtig, so über jeden Zweifel erhaben. Ein Vorbild an Schicklichkeit. Und doch spürt er einen schleichenden Bazillus: eine Dissonanz, kaum wahrnehmbar, nicht so offensichtlich wie die Gasflasche an der Treppe. Das glänzende Lackschränkchen, der Champagnerton des ovalen Spiegels, die Gipsbüste des Antinous mit dem Rosenkranz als Halskette (wie aufgereihte schwarze Käfer) – irgendetwas an diesen reizenden Details wirkt abwegig. Er versucht, dem auf den Grund zu kommen, wann immer er sie erblickt.

Jedes Mal, wenn er die Treppe hinauf- oder hinabgeht, betrachtet er das schwarze Schränkchen auf dem mittleren Absatz. In dessen glänzender Oberfläche löst sich sein eigenes Spiegelbild in Farbtupfer und -kleckse auf, verteilt wie Blütenblätter auf einem Teich.

Inzwischen fragt er sich, ob Ben mit dem, was er über das Haus gesagt hat, recht hatte. Auch ihm scheint es zunehmend so, als wäre dieser Ort ausgeklügelt, arrangiert wie eine Bühne, um ihn zu entwaffnen. Val hat das Haus jahrzehntelang wie einen Schrein gehütet. *Wie wenig du gewusst hast,* scheint der ältere Mann zu sagen, durch das stumme Medium von Schellackpolitur mit Haarrissen. *Wie wenig du über all das hier gewusst hast.*

«Weißt du, Val, je länger ich an diesem Buch arbeite, desto weniger bekomme ich das Thema zu fassen», sagt er. «Das Ende ist wie eine Luftspiegelung, die sich mir immer wieder entzieht.»

«Erschöpfung, Don, Erschöpfung,» mutmaßt Val am anderen Ende der Leitung. «Wer kann dir deshalb einen Vorwurf machen? Neue Verpflichtungen, andere ...»

«Gefilde?»

«Genau.»

Aber liegt es wirklich nur daran? Tiepolos gewaltige, bevölkerte Himmel sind noch immer wunderschön – vielleicht umso schöner, wenn er sie nur beiläufig betrachtet, ohne seine gewohnte Genauigkeit, während er mit anderen Dingen – oder gar nichts – im Kopf durchs Schlafzimmer geht. Der Gesamteindruck der ausgebreiteten Bilder gefällt ihm besser – besser als die kleinteilige Pedanterie eines Arguments, eines Absatzes, eines Kapitels. Spielt die Reise des Künstlers 1730 nach Mailand wirklich eine so große Rolle, wie er geglaubt hat?

Tiepolos Farben üben jetzt eine größere Anziehungskraft auf ihn aus als seine eigene These. Manchmal glaubt er, die gemalten Himmel im wirklichen Leben zu erblicken. Wenn er zu den Giebeldächern von Dulwich hinaufschaut, ist die blaue Luft fresko-mild.

* * *

Es ist der erste Arbeitstag von Michael Ross. Ein Summen der Erregung durchläuft die Brockwell Collection – die Stimmung erfasst Büros und Ausstellungssäle. Nicht einmal Don ist immun. Er streicht mit beiden Händen über sein Samtjackett – Vals Jackett – und geht von der Palladio-Bibliothek zum Sommer-Refektorium im Bewusstsein, dass Michael an der wöchentlichen Besprechung teilnehmen wird.

Als er den Raum betritt, sieht er Michael mit einer Gruppe von Angestellten zusammenstehen; er ist strahlender denn je. Die Angestellten lachen über etwas, das er gerade gesagt hat. Michaels Augen durchdringen den dämmrigen Raum wie Suchscheinwerfer, bis sie schließlich Don entdecken.

«Professor!» Er springt mit ausgestreckter Hand auf ihn zu. Michael trägt kein Jackett. Die Ärmel sind aufgerollt und entblößen zwei Unterarme, die so stramm und gebräunt sind wie frischgebackene Brote.

«*Don*, bitte», erwidert Don, sich der Aufmerksamkeit der anderen bewusst. «Sagen Sie Don zu mir.» Er wedelt mit der Hand und alle setzen sich.

Don beobachtet Michael immer wieder während der Besprechung, fasziniert. Er verfolgt, wie Michael Maud Berenson zuhört, das Kinn in die Hand gestützt und den Ausdruck inbrünstiger Konzentration auf dem Gesicht, während sie einen Bericht über die Besucherzahlen verliest. Als sie fertig ist, richtet Michael sich auf und legt die Handflächen auf den Tisch.

«Diese Zahlen lassen einen großartigen Sommer erwarten», sagt er.

Mauds Lippen ziehen sich von den Zähnen zurück und ihre Augen leuchten. «In der Tat!», erwidert sie fast atemlos vor Freude.

«Sehr gut, sehr gut», sagt Don, warmherziger als gewöhnlich – Michaels Gegenwart wirft ihr goldenes Licht auf sie alle. «Bill, lassen Sie uns bitte Ihren Bericht über konservatorische Arbeiten hören.»

Bill berichtet den neuesten Stand der Restaurierung des Poussin, der sich in der Werkstatt von Inigo Price befindet – die erforderlichen Maßnahmen sind weitreichender als zuerst angenommen. Aber die wahre Veränderung hat in Bills Verhalten stattgefunden. Seine zitternde, geduckte Haltung ist verschwunden. Mit rehäugiger Demut arbeitet er sich durch seinen Bericht, wie ein alter Handwerker, der einem königlichen Besucher die Besonderheiten seines Gewerbes erklärt. Beim Sprechen knetet er die Hände und hebt den Blick immer wieder mit der Bitte um Zustimmung. Und schaut dabei auf Michael Ross.

Am Ende der Besprechung steht Don auf und erblickt dabei, wie üblich, sein eigenes Spiegelbild in der Oberfläche des Tisches. Er ist im Begriff zu gehen, als Michael zu ihm kommt.

«Don», sagt er – *Professor* gehört schon der Vergangenheit an. «Anna und ich würden uns freuen, wenn Sie zum Essen kämen. Wann würde es passen?»

Don spürt, wie Michaels warmer Glanz auf ihn abstrahlt. Dagegen ist er machtlos. Aber zu familiär darf es nicht werden.

«Ich schaue in meinen Terminkalender, Michael», sagt er. «Wie überaus freundlich.»

* * *

«Meine Damen und Herren, darf ich um Ihre Aufmerksamkeit bitten? Vor Ihnen liegt eine festliche Prozession durch die Kunst – ein Füllhorn voller Gemälde und Zeichnungen, Bronzestatuen und Marmorbüsten (ich muss Sie bitten, nichts zu berühren) – Giordanos und Guercinos, Lelys und Zoffanys, Roubiliacs, Riberas, Tiepolos. Willkommen, meine Damen und Herren, in der Brockwell Collection!»

Es ist Freitagmorgen. Ungefähr zehn Besucher haben sich im Montague-Saal versammelt, weil ihnen beim Betreten des Museums ein Schild in der Lobby aufgefallen ist:

Interessenten der Führung des Direktors – eine persönliche Betrachtung der Brockwell Collection durch Professor D. Lamb – versammeln sich bitte um elf Uhr im Montague-Saal.

Sie folgen dem Direktor durch das Museum. Er schreitet voraus, gestikulierend und referierend. Nur im Oktogon, dem Saal der Caravaggio-Ausstellung, versinkt er unerklärlicherweise in Schweigen und durchquert es ohne ein Wort.

Eine Viertelstunde erläutert Don die Perioden und Stile und den merkwürdigen Platz der britischen Kunst im großen europäischen Rahmen, die trügerischen Reize des Provinzialismus und den Aufstieg der Kaufmannsschicht …

«Montague Brockwell, der diese Sammlung zusammentrug, war der Inbegriff der neuen Mittelschicht des achtzehnten Jahrhunderts. Ein Kaufmann, der mit dem Zuckerhandel ein Vermögen verdiente. Und welche Reichtümer wurden von diesem Vermögen erworben!» Don weist auf die Wände. «Diese kleineren Arbeiten von Tiepolo tragen besonders zum Ruhm des Museums bei. Und diese Büste von Alexander Pope von Roubiliac, die geschaffen wurde, als der Dichter an Schwindsucht litt – *nun*, sie ist von solcher Ähnlichkeit, dass mein Vorgänger, der große Maurice Forster, mit ihr gesprochen hat. Es stimmt, er glaubte wirklich, mit dem Autor von *Der Lockenraub* zu kommunizieren.»

Don führt sie weiter, vorbei an einem Bild von zwei kleinen Jungen auf einer Landstraße. Einer der Jungen isst ein Stück Brot; der andere liegt am Boden und lächelt seinem Kumpan zu.

«Straßenjungen», singt er und deutet mit der Hand darauf. «John Ruskin beschrieb sie als *zerlumpte und verdorbene Herumtreiber*. Wer würde da nicht zustimmen? Bitte, hier entlang.»

Er schreitet unerbittlich voran.

«Ich möchte den Rundgang heute Morgen mit *diesem* Bild beenden», verkündet er und wendet sich zur Besuchergruppe um.

Er ist vor einem Gemälde von J. M. W. Turner stehen geblieben, das ein Schiff im Sturm zeigt.

«Auf diesem Bild geht es zuallererst um die *See*.» Don hebt sich auf die Zehenspitzen und artikuliert betont deutlich. «Es ist die edelste See, die Turner je gemalt hat. Der Künstler stellt sich den Nachklang eines Sturmes vor. Die Wellen sind noch unruhig – sehen Sie, wie sie sich zu großen und mächtigen

Hügeln auftürmen! Die Gewitterwolken weichen als schräger Wall zum Horizont zurück, blutrot gefärbt von der untergehenden Sonne.»

Er ist beeindruckt, ja verblüfft von seiner funkelnden Eloquenz. Während er redet, stellt er fest, dass Michael in den Saal gekommen ist und hinter der Gruppe steht, ein wenig abgesondert. Er scheint vorzuhaben, ihn zu unterbrechen – er hat den Finger gehoben –, aber Don bringt ihn mit einem milden Stirnrunzeln zum Schweigen.

«Auf diesem Gemälde beruht die Unsterblichkeit Turners», sagt er feierlich. «Ideal, rein und wahrhaftig.»

Don lächelt und schließt die Augen, um mitzuteilen, dass sein Vortrag beendet ist. Als er sie öffnet, blickt er in eine Ansammlung reaktionsloser Gesichter. Er will schon davongehen, als ein Mitglied des Publikums entschlossen vortritt.

«Don – Verzeihung, Professor Lamb.»

«Ja, Michael?»

«Der Gegenstand des Gemäldes ist – wohl eher – das Massaker an afrikanischen Sklaven.»

Don dreht sich um und betrachtet das Bild. Zum ersten Mal schaut er es richtig an, gönnt ihm mehr als einen flüchtigen Blick. Es ist ein Gemälde von Turner, genau wie er gesagt hat, und es zeigt eine stürmische See … aber es ist nicht das Bild, das er gemeint hat. In mittlerem Abstand sieht man ein schwankendes Schiff, und im Vordergrund recken sich Hände und Füße aus den Wellen. Versprengte Körper vermischen sich mit einem enormen Fischschwarm. Er hat *Das Sklavenschiff* vor sich, Turners Anklage gegen den Sklavenhandel – tote und elende Menschen wurden von der See verschlungen.

«Oh ja, Michael, Sie haben recht …»

Die Hängung in diesem Saal muss ohne sein Wissen geändert worden sein – die Bilder wurden vertauscht. Er will seinen Fehler eingestehen, doch als er die Lippen öffnet, hat sich Michael bereits der Gruppe zugewandt und das Kommando übernommen.

«Es ist eine Anklage gegen den Menschenhandel», behauptet Michael und schaut dabei jeden einzelnen der Besucher direkt an. «Das ist das wahre Thema des Bildes.»

«Eine Anklage, ja», unterbricht ihn Don und wendet sich wieder dem Bild zu. «Ein tragischer Aspekt innerhalb des Gesamtaufbaus.»

«Sie sagen das, als handelte es sich um ein unwichtiges Detail», sagt Michael.

«Kein Detail in Turners Werken ist unwichtig», kontert Don. Er fragt sich, ob den anderen auffällt, dass seine Stimme klingt, als würde ihm die Kehle zusammengedrückt. «Niemand kann die Barbarei der Szene leugnen, ihre Unmenschlichkeit – ich wusste, dass unsere Besucher die grausame Wahrheit selbst erkennen würden! Doch worum es auf diesem Bild geht» – er sucht nach einem griffigen Bedeutungsmuster –, «ist die Gleichgültigkeit der *Natur* dem Schicksal der Sklaven gegenüber. Die Natur kümmert es nicht. Die Gleichgültigkeit der Natur steigert die menschliche Tragödie!»

Zufrieden mit seiner neuen Interpretation, erwartet er, dass Michael ihm das letzte Wort lässt.

«Der Natur ist es egal, aber was ist mit dem Künstler?», insistiert Michael. «*Ihm* wird es doch wohl nicht egal gewesen sein?»

Don merkt, dass er tief errötet. Er versucht verzweifelt, die Kontrolle über den gekaperten Vortrag zurückzugewinnen, aber er spürt, dass Michael ihm die Autorität entzogen hat, konfisziert wie eine Tüte mit Süßigkeiten, die er nun mit lächelnder Großherzigkeit an die Besucher verteilt. Er kneift sich ins Handgelenk.

«Die Implikationen dieses Bildes erstrecken sich sogar auf das Museum selbst», fährt Michael fort. Er steht nun auf der anderen Seite des Gemäldes, Don gegenüber, und wendet sich an die Gruppe. «Montague Brockwell wurde reich auf dem Rücken von Sklavenarbeit. Das ist eine dunkle Wahrheit, der wir uns als Bewahrer dieser Sammlung stellen müssen.» Er streicht seine Löwenmähne zurück. «Wie auch immer, entschuldigen Sie bitte – ich bin einfach so hereingeplatzt. Don, bitte fahren Sie fort.»

«Alles in Ordnung, Michael. Wir alle müssen Ihnen danken. Sie haben die Führung zu einem fulminanten Ende gebracht.»

Zwanzig Minuten, nachdem Don in sein Arbeitszimmer zurückgekehrt ist, schlägt sein Herz noch immer Trommelwirbel.

* * *

Ben wohnt weiterhin im Haus, er kommt und geht. Er und Ina sind sich nähergekommen. Don trifft sie am frühen Abend zusammen in der Küche, wo sie plaudern und Selbstgedrehte rauchen. Beide teilen die Begeisterung für zeitgenössische Kunst und Pasolinis Filme.

Vierzehn Tage ist es her, dass Don und Ben im Crown and Greyhound waren, und keiner von ihnen redet über das, was geschehen ist. Don gelingt es nicht, die Erinnerung zu vertreiben. Das Bild von Bens Gesicht und der Klang seines Lachens in der Stille der Nacht sind wie Gespenster, die sich nicht exorzieren lassen.

Er spürt – hofft –, dass Ben ihm vergeben hat. Sie haben sich in etwas eingerichtet, das ihrer alten Vertrautheit recht nahekommt, und doch spürt Don eine Barriere zwischen ihnen – eine unterschwellige wechselseitige Zurückhaltung –, die vorher nicht da gewesen ist.

Es ist Sonntagmorgen, und Don beobachtet Ben über die Seiten eines Buches hinweg. Sonnenlicht strahlt durch die Fenster des Wohnzimmers.

«Wo gehst du tagsüber hin, wenn ich im Museum bin?»

«Ich gehe zum Goldsmiths», sagt Ben, ohne von seiner Zeichnung aufzublicken. «Ins Atelier.»

«Und wenn du nicht im Atelier bist?»

«Ich erkunde die Gegend, laufe zu Fuß herum. Brixton, Herne Hill, Crystal Palace.» Ben sieht auf und an Don vorbei aus dem Fenster. «Brockwell Park.»

«Brockwell Park?»

«Ja, ich gehe Schwimmen. Warst du noch nicht im Lido?»

Dons Gedanken zerfransen sich. «Dem Lido … in Venedig?»

«Im Brockwell Park. Da gibt es ein Schwimmbad.»

«Oh ja.» Er erinnert sich an das kleine blaue Oval auf dem Wegeplan des Parks. «Schwimmbäder waren eine Zeitlang groß in Mode – Produkte der Gesundheits- und Sanitärbewegung zwischen den Kriegen. Ich glaube, es ist auch eins im Jesus Green in Cambridge, aber ich war nie dort.»

«Ich nehme dich mit in dieses hier. Wir gehen zusammen.»

«Das würde mir gefallen.»

«Na, dann los. Ich habe eine zweite Badehose – es sei denn, du schwimmst lieber nackt.»

Draußen wirft die Sonne Lichtflecke auf die Zufahrt. Don steht auf, hin und hergerissen zwischen der Idee, auszugehen – jetzt, mit Ben – und dem Wunsch, sich nach oben zurückzuziehen. Voller Neid denkt er daran, dass für Ben alles so einfach ist – wie leicht es ihm fällt, Ideen in Taten umzusetzen, und wie leicht er vergibt.

Don kneift gegen das Sonnenlicht die Augen zusammen und denkt wieder an ihren Rückweg vom Crown and Greyhound durch die dunklen Straßen.

«Ich kann nicht», sagt er und fühlt sich elend. «Ein andermal.»

* * *

Er sitzt an seinem Schreibtisch und taucht in die Welt von Tiepolos Fresken ein. Der Freiraum zwischen den Figuren beschäftigt ihn mehr und mehr und verdrängt alles andere. Er macht sich Sorgen, ob diese Faszination für dünne Luft seinen Gedankengang voranbringen wird.

Als er hört, wie unten die Haustür ins Schloss fällt, hebt er den Blick und sieht, wie Ben die Zufahrt überquert, den Rucksack geschultert.

Zum ersten Mal seit vielen Tagen versucht er, einen neuen Absatz zu tippen. Bevor er einen Satz zu Ende gebracht hat, kehren seine Gedanken zu Ben zurück.

In einem Anfall von Wut schlägt er mit den Fäusten auf die Tasten der Maschine. Buchstaben und Zeichen hämmern stotternd auf das Papier. Er geht hinüber zum Schrank und wühlt in den Kleiderstapeln, die er seit seiner Ankunft in Dulwich nicht mehr berührt hat. Er findet eine alte rote Badehose – ein verschlissenes Überbleibsel aus seiner Studienzeit (und selbst damals lag sie nur herum). Er schnappt sich ein Handtuch aus dem Badezimmer und verlässt eilig das Haus.

Er ist am gegenüberliegenden Ende des Parks angekommen und geht einen Weg zwischen den Büschen hindurch, bis er auf eine weite, offene Rasenfläche hinaustritt, die sich zu den

Gebäuden der Badeanstalt hinabsenkt. Deren langgestreckte, niedrige Bauweise erinnert ihn an Kasernen.

Auf halber Strecke nach unten steht eine mächtige Eiche. Dort bleibt er stehen und legt die Hand auf die Borke. Die Dringlichkeit seines Verlangens, Ben zu folgen, ist in der Hitze des Tages verbrannt. Er ist ruhiger, aber weniger gewiss.

Seine Position bietet einen Panoramablick auf das Gelände des Schwimmbads und den Park drum herum. In der Ferne sieht er zwei Wohntürme, die Spitze eines Kirchturms und – Meilen entfernt – in der City den grauen Streifen des NatWest Towers, durch die luftige Perspektive gebleicht.

Er setzt sich unter den Baum. Das Gras ist nur dünn. Er macht sich ein Kissen aus dem Handtuch. In dreißig Metern Entfernung versperren die Gebäude den Blick auf das Schwimmbecken. Besucher kommen und gehen, passieren das Drehkreuz unter dem länglichen Torbogen.

Er ist sich nicht mehr sicher, ob er Ben sehen – oder von ihm gesehen werden – möchte, doch er bleibt und schaut mit leicht benommener Geduld hinab, lässt die Minuten verstreichen. Der Baum wirft hier und da ein wenig Schatten, aber die Hitze ist einschläfernd.

Vielleicht kommt Ben ja gar nicht, denkt er, als er plötzlich einen Krampf im Fuß verspürt. Er steht auf und dreht den Fuß im Gras hin und her. Im selben Moment kommt eine Gruppe von Menschen durch den Torbogen. Einer von ihnen ist Ben.

Als Erstes erkennt Don sein Haar, das noch nass ist vom Schwimmen, und seine Sonnenbrille. Die vertraute Jeansjacke steht offen und lässt seine nackte Brust sehen. Andere Leute gehen an ihm vorbei und Don kann ihn eine Sekunde lang nicht mehr sehen. Dann erkennt er Bens Lächeln. Es ist dasselbe Lächeln, das ihm am ersten Abend, als sie sich trafen, aufgefallen war – ein breites, selbstbewusstes Lächeln, das wegen der Sonnenbrille ein wenig geheimnisvoll wirkt.

Ben wendet sich einem der anderen zu und scheint etwas zu sagen. Er bekommt dessen Schulter zu fassen – Don kann nicht sagen, wer es ist – und zieht den Freund in einer heftigen Bewegung an sich, bis ihre Gesichter sich fast berühren.

Don wünscht sich, er hätte ein Fernglas, und versucht herauszufinden, ob sich in der Gruppe auch einige der Leute befinden, die im Crown and Greyhound waren – die Goldsmiths-Truppe. Aber die Gruppe zerstreut sich und die Sonne spielt ihm einen Streich. Sie scheint ihm blendend ins Gesicht.

Ben löst sich von den anderen und kommt in Dons Richtung die Grasfläche hinauf. Er sieht immer wieder zum Lido hinunter, hebt beide Hände zum Himmel und spreizt die Finger. Seine Jacke hebt sich von der Taille und entblößt einen schmalen Streifen des Rückens. Das Sonnenlicht glänzt in seinem nassen Haar, trifft auf die Ringe an seinen Fingern, flackert überall auf ihm herum wie ein lebendiges Wesen.

Don wird von zwei Mädchen abgelenkt, die am Eingang zum Lido einen Streit begonnen haben. Ihre Hände und Beine wirbeln in schreiender, spuckender Raserei durch die Luft. Einer der Körper krümmt sich zusammen. Er hört einen durchdringenden Schrei.

Ben ist schon näher herangekommen – er geht direkt auf seinen Baum zu. Wie ein lauernder Voyeur geht Don um den Baumstamm herum, damit Ben ihn nicht sieht.

Plötzlich ist Ben zwischen den Büschen weiter oben verschwunden. Don läuft in die andere Richtung, an der Badeanstalt vorbei, und verlässt den Park durch ein ihm bisher unbekanntes Tor. Während er nach Dulwich zurückgeht, schaut er sich immer wieder um, aus Angst, vom Objekt seiner besessenen Gedanken bemerkt zu werden. Unter seiner Angst liegt eine schwere, närrische Melancholie. Er ist gleichzeitig beschämt und auf dunkle Weise amüsiert über die Stärke seiner Gefühle. Ist das Eifersucht, selbst jetzt?

Diese Gedanken, in subtilem Zusammenspiel mit der nicht getragenen Badehose, die er zusammengerollt unter dem Arm trägt, versetzen ihn zurück in die Situation, als er auf der Magdalenenbrücke stand und Anders Andersson beobachtete. Er fragt sich, ob auch Ben Schönheit und Charme als sich stets erneuernde Gaben sieht, die freigiebig verschenkt werden können.

Es wird schon dunkel, als Ben nach Hause kommt. Er bleibt unten und hört Kiss FM. Die laute Musik aus dem Radio lenkt Don von der Arbeit ab.

Er geht ins Wohnzimmer, wo Ben sich in Jeans und weißem T-Shirt auf dem Sofa ausgestreckt hat. Er sieht komisch aus, hingegossen auf Vals *Second-Empire*-Prunkstück, und das Sofa sieht komisch aus unter ihm.

Don kann das Chlor in Bens Haaren riechen und einen leichten Geruch nach Selbstgedrehten.

«Zurück vom Schwimmbad!» Er konstatiert das Offensichtliche mit bemühter Fröhlichkeit.

Ben wendet sich träge zu ihm um. «Liebster, du hättest mitkommen sollen.»

Don fröstelt. Er fühlt sich getadelt, veralbert und merkwürdig beschwingt.

Ben sitzt da und sagt nichts. Er scheint – unter Dons wachsamem Auge – zwischen Zärtlichkeit und Gleichgültigkeit zu schwanken.

* * *

Ein paar Tage später begegnet Don auf der Auffahrt zum Museum dem Gärtner. Paul steht dicht am Weg, an derselben Stelle, wo Don ihn das erste Mal gesehen hat – ein Mann in den Dreißigern, schlank und mit feinen Zügen. Er hält eine Gartenschere in der Hand.

«Hi», grüßt er nichtssagend.

Don bleibt stehen. Ihm fällt nichts ein, was er erwidern könnte, dann macht er eine Kopfbewegung zum Eingangstor. «Ich glaube», sagt er und zögert kurz, «ich glaube, die Stockrosen …»

Paul sieht ihn mit scharfem, freundlichem Blick an.

«So extravagant …» Don verhaspelt sich.

«Zu extravagant?», sagt Paul humorvoll. Er streicht sich über die Schürze, legt eine Hand auf die Hüfte – die Hand ist groß und von der Sonne gebräunt – und blickt in den Garten, zum Tor, mit der trockenen Skepsis eines Mannes, der mit den Illusionen eines anderen spielt.

Don versucht sich zusammenzunehmen und die träumerische Starre zu überwinden, in die ihn die Begegnung versetzt hat.

«Ja, vielleicht – ich meine, ja, *genau*, viel zu extravagant. Es sollte etwas unternommen werden. Ein wenig stutzen.»

Paul hebt die Gartenschere und lässt sie auf- und zuschnappen wie Kastagnetten. Er scheint zu zwinkern, aber vielleicht ist es auch ein nervöser Tick.

Don kürzt den Weg zur Tür ab und geht über den Rasen. Er fühlt sich eigenartig, anders, als er sich kennt, als wäre eine Chemikalie – Adrenalin vermischt mit subtileren Substanzen – in seine Blutbahn injiziert worden.

Später, als er in seinem Arbeitszimmer sitzt, ruft Val an.

«Du glaubst nie, was für ein Gerücht in Peterhouse kursiert.»

Don wartet darauf, zu hören, was er nie glauben würde.

«Briony Davis – du weißt, die Frau des ehemaligen Dekans – hat eine, eine, eine *Affäre* mit der Dichterin. Der *Poetess in Residence*, du erinnerst dich. Erica Jay. Eine *Liaison*.»

Don stellt sich Briony Davis, Ehefrau des abgesetzten Dekans, nackt und blass neben dem dunkleren Körper von Erica Jay vor, beide schwitzend und korpulent, keine von beiden jugendlich, aber lebendig, schamlos, verliebt.

«Sapphische Liebe, Don! Die Frau des Dekans!»

Die Neuigkeit hätte ihn einst umgehauen. Heute bleibt er unbeteiligt, als handelte es sich um eine Intrige aus grauer Vorzeit oder eine kitschige Erfindung.

«Nun ja, natürlich wagt niemand, darüber zu reden», fährt Val fort. Er interpretiert Dons Schweigen als begierige Erwartung weiterer Details. «Aber jeder weiß davon, *jeder*, sogar die Studenten. Die Gerüchte verbreiten sich mit den Winden von Cambridge. Die Zeitungen werden darüber berichten, und *Private Eye*, merk dir meine Worte. Was für ein Skandal. Ach übrigens, hast du dir überlegt, was du zum Stifter-Bankett anziehen willst?»

«Kleine Abendgarderobe wird verlangt», erwidert Don und inspiziert eine Infrarot-Aufnahme von Poussins *Triumph Davids*, die zufällig auf seinem Schreibtisch liegt. «Ich nahm an, damit erübrigen sich weitere Überlegungen.» Er schaukelt den schweren Bakelit-Telefonhörer auf den Fingerspitzen und dreht seinen Stuhl herum, um in den Garten zu schauen. Die Rosen beginnen zu blühen.

«Smoking ist für das Fußvolk unter den Geladenen, Don, aber du bist in einer herausgehobenen Stellung: der neue Direktor.»

Vals Gehirn arbeitet auf Hochtouren, wie so oft in Gesprächspausen am Telefon. Don kann die Aktivität im Knistern und Knacken der Leitung spüren.

«In früheren Jahren habe ich einen wunderschönen Anzug getragen – aus weißem Satin», sagt Val schließlich. «Er hängt im Kleiderschrank in Dulwich. Er würde dir perfekt passen.»

«Ein Anzug aus Satin?» Don kichert. «Ich glaube kaum.»

«Ich bestehe darauf, Don. Du bist verpflichtet, dich von der nüchternen Masse abzuheben.»

«Ja, aber nicht im Karnevalskostüm.»

«Denk wenigstens darüber nach.»

Don schaut aus dem Fenster, während das Gespräch dahinplätschert. Paul überquert den Rasen. Er bückt sich in einer fließenden Bewegung, um irgendetwas genauer anzusehen, dann geht er weiter und gerät aus dem Blickfeld.

12

Michael und Anna Ross wohnen fünfzehn Minuten entfernt, in einer Straße geklinkerter Doppelhäuser, die allmählich zum Brockwell Park ansteigt. Ohne sich dessen bewusst zu sein, ist er schon oft an ihrem Haus vorbeigegangen.

Er bricht früh auf und geht langsam, um die fünfzehn Minuten in eine halbe Stunde auszudehnen. In der einen Hand hält er eine Flasche, die er aus dem Regal in der Küche genommen hat. Er bleibt oft stehen, um die milde Luft einzuatmen oder das Spiel der Abendsonne auf dem Asphalt des Bürgersteigs zu betrachten, oder um über Zäune in die Gärten zu schauen – manche sind gepflastert, andere voller Blumen, wieder andere verschwinden hinter dunklen Zypressenhecken.

Es ist acht Uhr, als er die kleine Eisenpforte von Nummer 190 öffnet und zur Haustür geht. Er klingelt.

Innerhalb von Sekunden öffnet Anna die Tür und küsst ihn auf beide Wangen. Ihr Parfüm hat eine scharfe, helle Note, und sie trägt ein mit floralen Mustern bedrucktes Kleid. Ihr Verhalten ist, wie bei der Ausstellungseröffnung, von geradezu eindringlicher Distanziertheit. Liegt in ihrem forcierten Lächeln eine Traurigkeit verborgen? Er folgt ihr durch einen dämmrigen Flur, der mit Sechsecken und Vierpässen gefliest ist, in ein kleines Wohnzimmer, wo Michael mit einem Buch in der Hand auf einem Ledersofa sitzt.

«Willkommen, Professor!», ruft er aus. «Keine Sekunde zu

spät. Sie erlösen mich von Heidegger.» Er trägt eine Brille, die ihm etwas vorzeitig ein mittelaltes Erscheinungsbild verleiht.

Michael versteht Dons ausgestreckte Hand falsch und gibt ihm das Buch.

Don nimmt Heideggers *Sein und Zeit* entgegen und stellt fest, dass das Buch neu ist. «Es gibt diese Redensart, nicht wahr, dass es sich bei westlicher Philosophie letzten Endes nur um Fußnoten zu Plato handelt.»

Michael strahlt ihn schweigend an.

Anna kommt mit zwei Weinflaschen herein. «Möchten Sie etwas trinken, Don? Rot oder weiß?»

«Vielen Dank – rot wäre wunderbar.»

Die Wände des Raums sind mit Regalen voller Kunstbücher bedeckt. Ihm fallen die Namen Paul Gauguin, Jacob Epstein und Mariam Schwarz ins Auge. Durch eine Glastür blickt er auf die mit weißen Blüten übersäte Terrasse. Die Blütenblätter fallen auf große, dunkle Felsbrocken.

«Was für ein reizendes Haus.»

«Oh, es gehört nicht uns.» Anna reicht ihm ein Glas. «Es gehört dem Dulwich College. Ein Lehrer hat hier gewohnt, der sich gerade nach Sizilien zurückgezogen hat.»

«Taormina», sagt Michael, verschränkt die Arme und verkörpert mit jedem Zoll den Held des Cricketfelds.

«Ein Freund von Michael hat uns das Haus besorgt», erklärt Anna.

Don setzt sich in einen kleinen Lehnstuhl in der Ecke und balanciert sein Weinglas auf dem Knie. «Valentine Black, nehme ich an?»

«Ja, das ist richtig.»

«Und Sie wohnen in Vals Haus, nicht wahr?», sagt Michael. «Die Villa der Mysterien!»

Don nickt und fragt sich, was Michael meint. Es ist eine Anspielung darauf, dass sie alle in Vals Schuld stehen – aber mehr als das. *Die Villa der Mysterien.* Er greift den Stil seines Glases.

Sie schweigen, bis Anna wieder das Wort ergreift.

«Haben Sie lange in Cambridge gelebt, Don?»

«Mein ganzes Leben.» Er schaut hinaus auf die Terrasse, als wären dort all diese Jahre aufgereiht. «Natürlich hat mich meine Arbeit viele Male nach Italien geführt – Venedig hauptsächlich.»

In einem anderen Raum klingelt eine Küchenuhr. Anna entschuldigt sich und geht hinaus. Michael glüht im Licht der Lampe.

«Habe ich schon erwähnt, dass ich im Sommer nach Italien gehe, um eine Fernsehsendung zu drehen?», fragt Michael.

«Val sprach davon. Rom und die *Grand Tour*?»

«Nicht nur Rom. Die Produzenten wollen, dass ich über die Alpen nach Italien *wandere* – Turin, Florenz, hinüber nach Pisa …»

«Und gewiss auch Venedig?»

«Oh, ich glaube nicht, dass wir uns damit abgeben. Nur die wichtigen Stationen. Sie wollen auch ein paar Landschaftsaufnahmen. Ich werde im Arno schwimmen, einmal durch Florenz.»

Anna kommt aus der Küche zurück. Michael zieht sie zu sich auf die Sofalehne und gibt ihr einen Kuss auf die Wange.

«Ich werde die Alten Meister entzaubern! Die Kunst zugänglich machen.»

Don sitzt ganz ruhig da. «Sie wissen wahrscheinlich nicht, dass ich selbst eine BBC-Sendung gemacht habe, in den frühen Achtzigern. Eine Radio-Serie. Sie hieß *Eine venezianische Odyssee* – ein kleiner Überblick über Gemälde und Paläste, ganz anders als das Pfadfinder-Abenteuer, das Sie anscheinend geplant haben.»

Er spricht ganz beiläufig, aber er merkt, dass seine Hand zittert.

«Herrje», sagt Michael. «Das war eine andere Ära! Davon wusste ich nichts, Lamb.»

Diese Art, ihn mit dem Nachnamen anzureden, muss wohl, so glaubt Don, ein Überbleibsel der Kumpanei an Privatschulen sein.

«Ich würde es gern hören», sagt Anna. «Sie müssen uns das Band leihen.»

«Oh, so etwas habe ich gar nicht», erwidert Don. «Es war eine kurze Unterbrechung des akademischen Lebens. Als ich nach Cambridge zurückkam, lagen da zwanzig Doktorarbeiten, die ich lesen musste. Das war meine Belohnung für einen Sommer des Medienruhms. Ich hoffe nur», damit blickt er wieder zu Michael hinüber, «dass Sie diese Reisen mit Ihren Pflichten im Museum vereinbaren können.»

«Ich hatte angefangen, meine Doktorarbeit zu schreiben», sagt Michael mit schuldbewusstem Grinsen und ignoriert Dons letzte Bemerkung. «Aber dann fing plötzlich das richtige Leben an, wissen Sie. Mit einem Mal war ich einer der Kuratoren des Frick. Viel zu viel Arbeit, um die Promotion abzuschließen. Ich habe das Thema stattdessen in einer Ausstellung umgesetzt. Das wäre ohne Val nicht möglich gewesen – er war eine enorme Hilfe.»

Don mustert ihn ganz unverhohlen, unfähig, seine galoppierenden Spekulationen unter Kontrolle zu halten.

«In Michaels Arbeit ging es um die Darstellung von Pferdeärschen auf Kriegsgemälden des fünfzehnten Jahrhunderts», sagt Anna, noch immer umklammert vom starken Arm ihres Mannes. Sie lacht.

Michaels Gesichtsausdruck ändert sich in ein humorloses, unspontanes Lächeln. Er löst sich von Anna.

«Das ist eine etwas flapsige Beschreibung. Ich hatte eine poststrukturalistische Perspektive gewählt – *Posteriorität und der frühmoderne Blick.*»

Anna bleibt auf der Armlehne hocken und schaut Michael an. Don fragt sich, ob er in ihrem Gesichtsausdruck so etwas wie stummes Mitleid lesen kann – oder Geringschätzung. Er schlägt die Beine übereinander und zieht eine Zigarette aus der Schachtel.

«Darf ich rauchen?»

Die Rosses sehen sich an. Michael steht auf und gibt ihm einen Klaps auf die Schulter. «Schön, Sie hier zu haben, Lamb.»

«Warum kommen Sie nicht in den Garten, Don?», fragt Anna.

Sie öffnet die Glastüren und führt ihn auf die Terrasse. Zu dritt schlendern sie zwischen den Felsbrocken hindurch, und er erkennt, dass es sich um Bronzeklumpen handelt – kompakte, rundliche Formen, die an erstarrte Lava erinnern, überzogen von einer teerigen Patina. Die Blüten wehen über ihre schwarze Oberfläche und bilden kleine Häufchen, bevor sie weggepustet werden.

«Der Lehrer, der hier gewohnt hat, war auch Künstler», sagt Anna. «Er nannte diese Arbeit *Die römischen Kaiser.*»

Ohne nachzudenken kniet Don sich nieder und stellt sein Glas ab. Die Zigarette zwischen Mittel- und Zeigefinger, betastet er die Bronzen mit beiden Händen, als ob er ihre Oberfläche umformen wollte.

«Mein Abschied von Peterhouse wurde beschleunigt durch die Ankunft einer – man könnte es Outdoor-Skulptur nennen.» Er sammelt die Blüten Stück für Stück auf. Die Rosses beobachten ihn mit höflicher Neugier. «Auch wenn ich davor zurückschrecke, dieser Beleidigung eines jeden gebildeten Auges den Status einer Skulptur zuzuerkennen. Das habe ich auch im Radio gesagt. Es handelte sich um das bösartige Werk einer selbsternannten Künstlerin namens» – er macht eine Pause und denkt nach, welchen ihrer Namen er nennen soll – «Angela Cannon.»

«Oh ja, Cannon», sagt Michael. «Ich kenne den Namen. Und – nun ja – wer könnte Ihren Kommentar im Radio wohl vergessen?»

Don kauert noch immer am Boden, die Hände auf der Bronze. Als er aufblickt, sieht er, dass Michael über das ganze Gesicht grinst.

«Sagen Sie», fährt Michael fort, «war Val nicht irgendwie daran beteiligt, dass diese Skulptur für Peterhouse beauftragt wurde? Es gab doch so eine Art Festival für zeitgenössische Kunst und Poesie, oder?»

Don richtet sich wieder auf und bricht in Lachen aus. «Valentine Black? Wohl kaum. Er war abgestoßen, wie wir anderen auch.» Er lässt den Wein seine Kehle hinunterströmen bis in den Bauch. «Ich könnte nicht Teil einer Institution sein, die dazu bereit ist, den Namen der Kunst zu missbrauchen.»

«Ich mache uns einen Pimm's», sagt Michael fröhlich. «Den ersten in diesem Sommer!» Er verschwindet nach drinnen.

Sobald sie allein sind, scheint sich Annas Gesicht zu verändern. Eine Anspannung hat sich gelöst. Erst jetzt, als sich ihre Gesichtszüge entspannt haben, wird Don sich bewusst, wie verzerrt sie waren.

Sie schauen in den Garten. Die Terrasse ist von einer niedrigen Balustrade begrenzt, hinter der sich der Rasen zwischen Büschen und Bäumen hindurchschlängelt. Die einbrechende Dämmerung verleiht dem Grün mehr Tiefe. Dort, wo der Rasen hinter einer Gruppe von Ulmen verschwindet, hält ein steinerner Amor ein Vogelbad in die Höhe. Aus der Ferne hört man das gedämpfte Rumpeln eines Zuges.

«Das war eine große Chance für uns», sagt Anna. Sie folgt mit den Augen Dons Blick zum Ende des Gartens. «Die Rückkehr nach England. Mikes neuer Job.»

«Vermissen Sie New York?»

«Noch die allerletzte Kleinigkeit.»

Mit einer beiläufigen Frage hat er einen unerwartet tiefen Gefühlsausdruck ausgelöst.

«Ich habe nicht geglaubt, dass wir jemals zurückkehren würden», sagt sie. «Ich meine, ich stamme aus London, aber es gibt hier nichts, das mich hält. Mum und Dad sind vor langer Zeit gestorben, ich war ihr einziges Kind und sie wurden erst spät Eltern.»

Er nickt, überrascht, das zu erfahren. Anna ist offenbar älter, als sie wirkt.

«Das tut mir leid.»

«Oh, das muss es nicht. Ich will nur sagen – mir fehlt eine Aufgabe. In New York ist es unmöglich, nichts zu tun zu haben. Das Leben dort, die Stadt, all diese Energie. Dulwich kommt mir so ... ich weiß nicht ... *statisch* vor.»

«Wie ein Bild?»

«Es liegt bestimmt nur an mir. Doch andererseits», sie lacht bitter, «habe ich ja *wirklich* nichts mehr zu tun. Ich habe alles aufgegeben, um hierherzukommen. Ich muss wieder von vorn anfangen. Das geht vielen Leuten so, ich sollte mich nicht beklagen. Sie fangen ja in gewisser Weise auch neu an, in der Brockwell Collection.»

«Ich denke schon. Aber ich bekleide eine Position, das macht alles einfacher. Sie müssen sich Ihre Position selbst schaffen, an einem Ort, den Sie nicht kennen.»

Die Sonne steht niedrig am Himmel. Sie feuert einen

Abschiedsstrahl durch die Bäume, und Annas Haar fängt das Licht an den Rändern ein. Gedankenverloren streicht sie ihr Kleid glatt.

«Trotzdem fühle ich mich auf eine bizarre Art frei», sagt sie. «Ich frage mich, ob man etwas verlieren muss – etwas, das wirklich wichtig ist, oder was man selbst für wichtig *hält* –, um frei zu sein. Nicht, dass ich alles verloren hätte, auf keinen Fall. Nehmen Sie nur dieses Haus. Wir haben vorher in einer Einzimmerwohnung gelebt, in Brooklyn.» Sie trinkt und blickt weiterhin in den Garten, zu seinem äußersten Ende. «Aber etwas Wichtiges zu verlieren kann sowohl befreiend als auch tragisch sein. Wie der Verlust des Selbst. Wie betrunken zu sein. Verstehen Sie, was ich meine? Vielleicht *bin* ich betrunken.» Sie wendet sich ihm zu und lächelt durch all ihren Ernst hindurch.

«Ich glaube, ich verstehe Sie. Bei mir ist das anders. Ich bin nicht ins Nichts gestoßen worden. Trotzdem», Don legt beide Hände auf die Balustrade, «frage ich mich manchmal, was ich hier eigentlich tue.»

Er hat mehr gesagt, als er wollte. Anna nickt. Ihre braunen Augen scheinen aus dem tiefen Brunnen der Gedanken emporzusteigen, sich an ihm festzumachen und die Worte herauszulocken. Sie lacht.

«Ich bin nicht vollkommen ins Nichts gefallen. Ich spiele in einem örtlichen Streichorchester, der Orpheus Sinfonia. Ihre Kuratorin im Brockwell – Miss Berenson, richtig? – hat uns gebeten, beim Stifter-Bankett zu spielen.»

«Ja, richtig, der Höhepunkt im gesellschaftlichen Kalender des Brockwell.»

«Für jeden ein Pimm's?» Michael kommt auf die Terrasse geschossen, einen Krug mit bernsteinfarbener Flüssigkeit und schwimmenden Obststücken in der Hand.

Als sie sich zum Essen setzen, legt Anna eine Schallplatte eines ihrer Konzerte auf: Brahms, Liszt, Strawinsky.

Michael stellt drei Cocktailgläser auf den Tisch, mit einer dickflüssigen, glänzenden Substanz von undurchsichtigem Rosa. Don nimmt einen Teelöffel, und als er den cremigen Glibber geschluckt hat, spürt seine Zunge die harte Karkasse einer Garnele.

Während die Musik stampft und anschwillt und dann in Phrasen köstlicher Lethargie versinkt, reden sie über die politische Landschaft – den wuchernden Filz der Torys, die wiederauferstehende Labour Party (sie werden garantiert das nächste Mal gewinnen) – und danach über Themen, die mehr mit ihnen zu tun haben, einschließlich des Stifter-Banketts.

Flink wie eine Schauspielerin räumt Anna die Cocktailgläser ab – Don ist noch ganz beschmiert mit Garnelen – und serviert das Hauptgericht aus Schweinelende und Kartoffelgratin. Michael berichtet erschöpfend von der Ribera-Ausstellung, die er 1989 im Frick organisiert hat, und Don ist dazu verdammt, an den Wendungen und Höhepunkten dieser unendlichen Geschichte die passenden Antworten vorzutäuschen – Nicken, Räuspern, höfliches Kichern, missbilligendes Murmeln. Auch Michael kann ziemlich langweilig sein.

Während das Essen weitergeht, ist er sich bewusst, dass er noch keins der Themen angesprochen hat, über die er reden wollte. Er war ein passiver Zuhörer, höflich und zurückhaltend. Auch Anna ist in Michaels Gegenwart wieder schweigsam.

Als Michael sich bereitmacht, eine neue Geschichte anzufangen, ergreift Don die Chance.

«Ich vermute, Sie haben diesen Monat Julius Foulds Essay im *Burlington Magazine* gesehen? Über die Fresken in Assisi?»

«Oh, ja. Hab einen Blick drauf geworfen. Das wird einigen ziemlich aufgestoßen sein.»

«Was mir aufstößt, wenn Sie diese Metapher bevorzugen, ist die beklagenswerte Vernachlässigung des liturgischen Kontexts. Ein erstaunlicher Mangel an ...»

«Oh, davon versteh' ich nichts, Lamb. Will Fould nicht darauf hinaus, dass für die Maler der Fresken liturgische Feinheiten so gut wie irrelevant waren? Sie waren Handwerker, keine Theologen.»

Hitze steigt in Dons Nacken auf. «An Ihrer Stelle würde ich mich ein wenig mit der Literatur über die Basilica di San Francesco vertraut machen», sagt er mit bitterem Lachen. «Aber natürlich, ich vergaß – im Moment beschäftigen Sie sich mit Heidegger.»

Anscheinend hat er seinen Wein schon wieder so gut wie ausgetrunken. Anna steht auf und holt eine neue Flasche vom Sideboard – den von Don mitgebrachten Beaujolais.

Der Pudding kommt, dazu süßer Sauternes. Schließlich kehrt am Tisch Schweigen ein. Dons Zähne versinken in Himbeerpüree und treffen krachend auf das Baiser.

«Sie sind nicht verheiratet, oder?», fragt Anna.

Fast sofort legt ihr Michael die Hand auf den Arm, lächelt sie an und sagt: «Aber Schatz!»

Den Mund voller zuckriger Brocken, schaut Don sie an. Annas Frage war beiläufig, ohne Subtext. Sie wollte wahrscheinlich nur bestätigt haben, was sie schon wusste. Aber die Art, wie Michael sie angeschaut hat – ein Lächeln voll bitterer Schärfe –, ist wie eine Injektionsnadel in Dons Herz gedrungen. Im selben Moment setzt der Plattenspieler eine Monsterwelle von Schlagzeug und Streichern frei. Er kaut und schluckt.

«Doch, ich bin es gewesen», sagt er. «Ich meine verheiratet.

Ich hatte eine Frau und einen Sohn. Es liegt Jahre zurück.»

Michael stößt ein fragmentiertes Lachen aus, bricht es aber ab – als ob sein Rachen zugeschnappt wäre. Es folgt ein vernichtendes Schweigen.

«Wo sind sie jetzt?», fragt Anna.

«Gestorben.»

Don starrt auf die Pfeffermühle. Er ist genauso schockiert wie die Rosses. So etwas wie eine teuflische Besessenheit hat von ihm Besitz ergriffen. Panik und Heiterkeit steigen in seiner Brust auf. Strawinsky pocht in seinen Ohren wie strömendes Blut und er spürt, dass Annas Augen auf ihn fixiert sind. Er sieht sie an.

«Oh, Don.» Ihre Stimme ist kaum hörbar.

Er schaut Michael an, und was er wahrnimmt – Panik fundiert mit klarer Feindseligkeit –, ist ein köstlicher Ansporn. «An Asiatischer Cholera», sagt er.

«Cholera?», keucht Anna. «Aber die ist seit Jahren heilbar.»

«Leider nicht immer.» Seine Stimme zittert vor Gefühl, das von einem unbekannten Ort in ihn hineingeströmt ist. «Ich bewahre gerahmte Fotos von beiden in meinem Schlafzimmer. Wohin ich auch reise, die Fotos reisen mit. Ich habe sie immer bei mir. Es mag absurd klingen, aber ich küsse sie jede Nacht, bevor ich schlafen gehe.»

Keiner sagt ein Wort. Anna legt ihre Hand auf Dons.

«Mehr möchte ich darüber nicht sagen, wenn es Ihnen nichts ausmacht», flüstert er.

«Das macht mir gar nichts aus», sagt Michael. Seine Stimme ermangelt ihrer sonst üblichen Liebenswürdigkeit.

Das Essen geht schnell zu Ende. Michael sagt kaum noch etwas, er schreitet lediglich ein, als Anna noch eine Flasche

Wein öffnen will. Don kommt sich vor, als schwömme er auf einer Flut der Unwirklichkeit.

Als er geht, bringt Anna ihn an die Tür und küsst ihn wieder auf die Wange, für einen Moment fühlt er sich ganz normal. Michael bleibt im Haus, er weigert sich, auf Wiedersehen zu sagen.

«Es tut mir leid», sagt Don. «Was ich eben gesagt habe …», aber die Erklärungen, nach denen er greift, fliegen davon.

Annas Augen leuchten schwach wie parallele Monde. Sie erinnert ihn an ein Bild aus Picassos blauer Periode – eine wunderschöne Frau in kühlem Nachtlicht.

«Ist schon in Ordnung, Don. Alles okay.»

«Gute Nacht, Anna.»

Sie schließt die Tür.

Er geht in Richtung Village, aber sein Schritt verlangsamt sich. Die Nacht lädt ihn ein zu verweilen. Das Bedürfnis verdichtet sich zum Entschluss, kehrtzumachen und zurückzugehen, woher er gekommen ist. Der Rausch ist in seinen Kopf zurückgekehrt, alles schwimmt, er kämpft gegen Fluten von orchestraler Musik. Nur die dunkle Leere des Parks kann ihm Frieden bringen.

Als er am Haus der Rosses vorbeigeht, ist es dunkel bis auf einen schmalen Lichtstreifen zwischen zwei Vorhängen vor einem Fenster im ersten Stock.

Er erreicht die Norwood Road und umrundet den Park. Die Haupteingänge sind verschlossen, doch er hat Glück und die schmale Seitentür lässt sich öffnen.

Der Park ist dunkel und die Luft ist still – so still, dass er sich wie in einem geschlossenen Raum vorkommt. Ein Stück voraus hört er einen Hund bellen. Er ist nicht der einzige nächtliche Wanderer. Sonst ist alles ruhig. Brockwell Hall auf dem Gipfel des Hügels sieht wie ein Spielzeug aus, durch die Dunkelheit abgeflacht und aller Details beraubt.

Während er durch die Finsternis stapft, denkt er an die lächerliche Lüge, die er erzählt hat – Asiatische Cholera, Frau und Sohn. So unglaubwürdig, so fantastisch … Michael hat es sofort gewusst, und Anna wird ihn nach kurzem Nachdenken durchschaut haben. Vielleicht war es das, was er wollte, ganz und gar durchschaut werden.

Er ist auf dem Gipfel des Hügels angekommen und steht vor der schmiedeeisernen Balkonverkleidung von Brockwell Hall und der halbkreisförmigen Vorwölbung des Wohnzimmerfensters, dann umrundet er langsam das Gebäude und lauscht dem sanften Geräusch, das seine Füße auf dem Kiesweg erzeugen.

Auf der abgewandten Seite von Brockwell Hall ist der Park eine Landschaft der Schatten. Bäume und Büsche zeichnen sich als dunkle Massen vor der graueren Dunkelheit des Grases ab. Ein kleines Stück entfernt sieht er vor dem Unterholzdickicht einen blasseren Umriss – ein kompaktes weißes Objekt. Er gibt sich Mühe, es zu erkennen, und sieht, wie es sich bewegt. Er geht vorsichtig darauf zu und erkennt, dass es ein Hund ist, mit dem konischen Gesicht und den eingesunkenen Augen eines Bullterriers.

Don geht näher heran. Die Kreatur beobachtet ihn, sie hält mit erhobenem Kopf und gespreizten Vorderbeinen Wache. Ihre Leine ist an einer eisernen Wasserpumpe festgebunden, die früher das Haus versorgt haben wird. Plötzlich lässt der Hund ein einzelnes böses Bellen hören. Das Geräusch ist wie eine Explosion. Verwundert, aber interessiert fragt sich Don, ob der Hund ausgesetzt wurde, und geht diagonal an ihm vorbei, um die Ansammlung von Büschen hinter der Pumpe herum. Er späht tiefer in die Finsternis des Parks.

Ein Rascheln im Gebüsch lässt ihn anhalten. Er späht durch einen Spalt im dichten Laub. Dahinter liegt eine geheime Lichtung, rundherum von dickem Gestrüpp umgeben, in der die Gräser so lang wachsen wie auf einer Wiese. Darauf liegen zwei Männer, die sich eng umschlungen halten und hin und her rollen. Sie sind nackt. Ihre Körper sind in der Dunkelheit schwer zu unterscheiden – beide haben kräftige Gliedmaßen, Rücken und Hintern. Wie sie stumm miteinander ringen und kämpfen, haben sie einen einzigen, ruhelosen Umriss, im wogenden Gras halb verborgen.

Der Mond gleitet hinter einer Wolke hervor. Don blickt sich um und sieht, wie einige Facetten von Brockwell Hall im dämmrigen, stählernen Licht hervorgehoben werden.

Er macht kehrt. Die Lichtung innerhalb der Büsche ist durch den Spalt jetzt besser zu erkennen: Die Gräser wirken wie Tausende wogender Linien, manche von ihnen vergilbt, viele mit schweren, hin und her schwankenden Garben. Die beiden Männer im Innern haben ihre Stellung geändert. Der eine hat sich abgewandt hingekniet und präsentiert seine geisterbleiche Rückseite. Don sieht seine Erektion, die riesig auf und ab nickt – der Mann hält sie mit beiden Händen, wie um sie zu bändigen. Der andere liegt noch immer auf dem Rücken im Gras. Der kniende Mann zieht den liegenden mit einer gleitenden, kraftvollen Bewegung zu sich heran, als würde er eine Schublade öffnen. Der Mann unter ihm hebt die Beine – die Knie angewinkelt – vom Boden; er stößt einen hohen, lauten Seufzer aus. Ihre beiden Körper vereinigen und lösen sich mechanisch voneinander, zuerst mit langsamen, dann mit schnelleren und heftigeren Bewegungen.

Don schaut zu, gebannt von einer intensiven, aufgegeilten Neugier. Die Geräuschlosigkeit ihres Tuns erstaunt ihn. Alles, was er hört, ist schnelles, sich überschneidendes Atmen. Das Gesicht der liegenden Gestalt ist hinter der Schraffur der Grashalme kaum zu erkennen. Der andere Mann ist noch immer abgewandt, er hält den Kopf gesenkt, während sein Körper vor und zurück stößt wie ein Kolben.

Die Stöße werden schneller. Plötzlich hebt der Untere den Kopf und stößt ein schreckliches Stöhnen aus; das Weiße in seinen Augen glänzt feucht. Von der anderen Seite der Büsche antwortet der Hund mit einer Kläff-Salve.

Don wendet sich um und schleicht zurück zur Brockwell Hall, am Hund vorbei, der ihn anspringt, gebremst von der Leine, was ein klirrendes Geräusch verursacht.

Er findet den Weg zur Vorderseite des Hauses. Am Fuß des Hügels läuft die Norwood Road wie ein bernsteinfarbenes Band am Rand des Parks entlang. Er schiebt sich zwei Finger unter das Hemd und spürt, wie sein Herz klopft. Seine Finger sind feucht. Er zieht sie zurück, lockert ein paar Knöpfe und fragt sich, ob er das Hemd öffnen soll, damit die Luft seine Brust trocknet – oder ob er all seine Sachen ausziehen und nackt der Welt entgegentreten soll.

Hinter sich hört er ein gedämpftes Heulen. Eine frische Explosion von Gebell durchbricht die Nacht.

* * *

Es klopft leise an die Tür der Palladio-Bibliothek. So leise, dass Don es zuerst als das Rascheln der Rosenstöcke an seinem Fenster missversteht. Doch es klopft noch einmal, ein wenig lauter.

«Herein!»

Bill Hoares Gesicht erscheint in der Tür.

«Professor Lamb», er ist außer Atem, «wir versammeln uns

um zwölf im Cosway-Saal. Sie erinnern sich, um die restaurierten Venus-Statuen zu inspizieren.»

«Oh ja.» Don erinnert sich. Der verrückte Eindringling, sein bizarrer Auftritt im Oktogon, für den er selbst irgendwie die Schuld trägt ... Er hat noch den Marmorstaub, der aus den Trümmern aufsteigt, vor Augen.

«Ist es Ihnen möglich, sich uns anzuschließen?»

Don nimmt die Lesebrille ab. «Uns?»

«Nun, ich werde da sein, als Leitender Konservator. Mr Hamilton wird kommen, er hat die Restaurierung bezahlt. Und natürlich Inigo Price. Sie werden sich erinnern, wie sie aussahen, als er die Arbeit begann – in hunderte von Stücken zerbrochen ...»

«Ja, ja, ich erinnere mich.»

«Und Michael Ross hat gesagt, dass er dabei sein wird.»

Es ist fast eine Woche her, dass er bei den Rosses zum Essen war. Er und Michael haben kaum miteinander geredet, außer kurzen Gesprächen über Museumsangelegenheiten. Das Merkwürdige ist, Don macht das nichts aus. Nicht wirklich. Neben Anfällen von Verlegenheit und Angst, mit denen er gerechnet hatte, ist eine weitere Stimmung aufgetreten – lebhafter, dunkler. Die Vorstellung, wie Michael zu Val geht und ihm die Geschichte erzählt, amüsiert ihn. *Ach nein, das kann er nicht gemeint haben. Cholera? Das haben Sie bestimmt missverstanden ...*

«Prima, ich komme. Geben Sie mir zehn Minuten.»

Bill schlackert dankbar mit den Hängebacken und verdrückt sich wieder.

Der Cosway-Saal ist recht abgelegen und wird nur selten von Besuchern frequentiert. Er enthält die griechischen und römischen Antiquitäten des Museums. Diese belaufen sich auf ein Paar Marmorbüsten – vermutlich von römischen Kaisern, aber bis zur Unkenntlichkeit beschädigt –, ein Tablett rostiger Münzen und einen Marmoraltar, den Don für sich als Fälschung aus dem achtzehnten Jahrhundert identifiziert hat. Man hat die beiden Venusstatuen auf den Altar gestellt, frisch restauriert und zu verletzlich, um auf ihre bisherigen Sockel im Oktogon zurückzukehren. («Nicht nach dem, was passiert ist», gab Maud zu bedenken. «Das können wir nicht noch einmal riskieren.»)

Die anderen sind schon versammelt, als Don eintrifft. Inigo Price jammert kenntnisreich über die geleistete Arbeit, verweist auf unsichtbare Bruchstellen und die chromatische Stimmigkeit. Er ist ein großer, magerer Mann mit spitzem Gesicht und dünnem Mausehaar. Der Schnitt seines braunen Anzugs ist ziemlich veraltet – breite Revers und Hosen mit weitem Schlag. Sein Schnurrbart folgt der Oberlippe wie mit dem Brauenstift gezogen.

«Bitte, fahren Sie fort», sagt Don, obwohl Inigo nicht zu beabsichtigen scheint, seinen Redefluss zu unterbrechen.

Don bleibt in höflicher Entfernung stehen. Bill hat sich auf einem Stuhl mit vergoldetem Holzgestell niedergelassen und den Pinienzapfen entfernt, der zur Abschreckung dort platziert war. Seitlich lauscht Michael mit höchster Konzentration dem Vortrag.

«So vorzügliche Beispiele römischer Plastik», referiert der Restaurator. «Im achtzehnten Jahrhundert gehörten sie keinem Geringeren als Bartolomeo Cavaceppi, der die Brüste der Göttinnen mit den jetzigen edlen Proportionen remodellierte.»

Don betrachtet die Statuen; beide sind in einer Haltung zwischen Stehen und Hocken eingefroren. Die eine ist von vorn zu sehen und präsentiert die Brüste der Göttin; die andere wurde umgedreht und offenbart ihren Po und den Rücken. Aber etwas ist anders – nicht richtig.

«Sie werden die keusche Einfachheit der Gestalt bemerkt haben», erklärt Inigo und fährt mit dem Finger über die Taille der Venus. Mit der anderen Hand zieht er eine metallene Taschenlampe aus seinem Jackett – sie sieht aus wie ein kleiner Schlagstock – und dreht sie akrobatisch zwischen seinen langen Fingern, um sie anzuschalten.

Don ist sich sicher, dass Veränderungen – Hinzufügungen – vorgenommen wurden. In der Nachfolge Cavaceppis scheint Inigo die Rundungen beider Statuen verändert zu haben, um ihre Form mit allen Tricks aus dem Repertoire des Restaurators zu akzentuieren und zu vergrößern. Die Venusse sind allzu vollbusig, lüstern – auf eine falsche Art kokett.

Michael streicht sich über das Kinn und nickt. Hamilton, der Juwelenhändler, der die Reparatur finanziert hat, hat das Interesse verloren und sich abgewendet, um einen der römischen Kaiser zu inspizieren.

Inigo streift mit dem Licht seiner Taschenlampe über die Oberflächen der Statuen, zeigt jedes Grübchen und jeden Riss und erläutert die Komplexität seines Handwerks. Don ist abgelenkt, weil die Präsenz Bills auf dem antiken Stuhl sich ihm zunehmend ins Bewusstsein drängt. Er wirkt massiger als gewöhnlich – eine riesige, sich selbst erdrückende Gestalt, träge in ihrer Totalität, die dennoch wirkt, als würde sie innerhalb ihrer eigenen gewaltigen Konturen pochen und zucken.

Bill bekommt kein Wort der Rede des Restaurators mit, aber er betrachtet intensiv die Venusse. Aus den Falten seiner Tweedjacke hat er ein winziges Fernglas hervorgezogen. Er hält es ans Auge und begafft die Göttinnen mit schlaffen Lippen. Seine andere Hand ist in der Hosentasche untergetaucht und im Schritt verschwunden.

«Jede Venus hat mehrere Tage in einem Bad mit reinigender Flüssigkeit gelegen», sagt Inigo.

Eine feine Schweißschicht breitet sich auf Bills Gesicht aus. Das Geräusch seines Atems – eine schneller werdende, luftige Flutwelle – dringt in Dons Bewusstsein.

«Das ist die beste Restaurationsarbeit, die ich je gesehen habe», platzt Michael heraus. «Die Stellung von Becken und Leiste – was für eine Präzision!»

«Sie schmeicheln mir, Sir», sagt Inigo und führt die Fingerspitzen zum Schnurrbart. «Ich gebe zu, die Rekonstruktion der Schamlippen erforderte bei diesen Statuen ganz besondere Geduld.»

Bill stößt einen rasselnden Seufzer aus.

* * *

Ben geht regelmäßig nach Soho, Shoreditch und in andere, entferntere Teile Londons, oft für die ganze Nacht. Manchmal hört Don kurz vor Morgengrauen unten im Flur eine Bewegung, und anhand der Fußschritte weiß er, dass es Ben ist, der von einer nächtlichen Exkursion zurückkehrt.

Sein anderes, größeres Leben fordert ihn zurück, vermutet Don. Der Gedanke weckt eine begrabene Furcht.

An anderen Abenden bleibt Ben zu Hause. Er sitzt auf seinem üblichen Platz auf dem rosa Sofa, und sie trinken Beaujolais bis in die Nacht. Sie sitzen sich gegenüber, zu beiden Seiten des lackierten Couchtisches, dessen Oberfläche leuchtet wie ein See bei Sonnenuntergang, rauchen und trinken und reden stundenlang. Sie reden über die Kunst und das Leben. Bens Ansichten sind bizarr, durchgeknallt, fesselnd …

Diese Abende erinnern Don, mit Freude und stechendem Schmerz zugleich, an ihre ersten gemeinsamen Abende, und an ihren Ausflug ins Crown and Greyhound.

* * *

Er hat die letzten Vorbereitungen für das Stifter-Bankett getroffen – sein Kopf schwirrt vor Namen, Titeln, Rollen. Das Haus ist still, als er zurückkommt. Er nimmt an, dass Ina mit ihrer Mutter im Anbau ist. Ben ist fort – kein Problem, er kommt zurück. Seine Sachen liegen im Wohnzimmer herum wie Platzhalter. Seine nach Zigaretten riechende Lederjacke hängt über der Lehne eines Stuhls aus Nussbaum. Andere Kleinigkeiten liegen überall im Raum – ein Zeichenblock, Skalpelle, Bleistifte, eine Plastikflasche mit Leim. Don sammelt sie auf, eine nach der anderen, und dreht sie in den Händen hin und her.

Er schenkt sich ein Glas Wein ein und geht hinauf in sein Zimmer.

Als er die Tür öffnet, flattert ein Blatt Papier über den Teppich. Er sieht sich um. Seine Tiepolo-Bilder sind durcheinandergebracht. Dezimiert. Sein erster Gedanke ist, dass ein wildes Tier, ein Vogel oder eine Ratte, in den Raum eingedrungen ist. Aber das Fenster ist geschlossen.

Er überschreitet die Schwelle. Kleine, verschieden große Fetzen Papier sind zu tausenden auf dem Fußboden verstreut. Sie sehen aus wie Laub oder Verpackungen von Süßigkeiten – zerstörte, durchlöcherte Formen. Sein ganzes Archiv ist aus dem Schrank gezogen worden; die Kartons liegen im Zimmer herum, ihr Inhalt ausgeleert und in Stücke gerissen.

Er geht über den Teppich. Einige Papierbögen sind in Teilen erhalten, er kann Einzelheiten darauf erkennen. Er kniet sich hin und sieht, dass die Bilder mit peinlicher Sorgfalt zerschnitten – mit dem Skalpell aushöhlt – wurden, um den blauen Himmel zu entfernen. Übriggeblieben sind die menschlichen Gestalten und Tiere, die Architekturfragmente und Flocken grauer Wolken, losgelöst von den Himmeln, die sie einst bevölkerten – zurückgelassen wie Leichen.

Er bleibt einige Minuten auf den Knien, überlässt sich einem aufsteigenden Kummer, und versucht, sich an den vorigen Abend zu erinnern. Ben war gegen elf nach Hause gekommen. Sie haben stundenlang im Wohnzimmer getrunken, bis tief in die Nacht. So weit kann er sich erinnern. Sind sie nach oben gegangen? Hat Don die Kartons voller Bilder hervorgeholt und sie vorgezeigt, einem nächtlichen Bewusstseinsstrom folgend, hat er wortreich von venezianischen Masken, von Balletten und den Geländern gesprochen, die die Erde von den Himmeln trennen? Vielleicht – aber die Einzelheiten sind seinem Gedächtnis entglitten.

Mit Sicherheit weiß er nur, dass Ben tagsüber hierher zurückgekommen ist. Er muss hineingeschlichen sein, während Don im Museum war, und die Sammlung Stück für Stück mit seinem Skalpell entweiht haben. Ein Akt des Vandalismus – voller Hass – und doch so liebevoll ausgeführt, mit solch perverser Sorgfalt. Es muss viele Stunden gedauert haben.

Unfähig zu denken, kaum fähig, sich zu bewegen, legt er sich aufs Bett und schläft ein.

Als sich der Schock seiner Entdeckung legt, fühlt sich Don eigenartigerweise gelassen. Es ist, als hätte die chirurgische Entfernung der blauen Flächen eine Art von Frieden gebracht.

Dennoch will er Ben zur Rede stellen. Die Verletzung seines Eigentums ist ein Verbrechen, das nicht ungesühnt bleiben darf. Er wird die Polizei benachrichtigen – oder damit drohen. Er wird Ben aus dem Puppenhaus verstoßen.

Doch wie ein Kind mit schlechtem Gewissen geht Ben ihm aus dem Weg. Er kommt tagsüber ins Haus zurück – Don weiß anhand der Bewegungen seiner Sachen, dass er da gewesen ist. Aber wie ein Gespenst, das Angst hat, gesehen zu werden, wartet Ben, bis Don schläft oder bei der Arbeit ist, bevor er auftaucht. Eine knappe Woche lauert er in Dons Schatten.

Dann, am Freitagabend, kommt Don nach Hause und findet ihn im Wohnzimmer vor, mit dem Gesicht nach unten auf dem Sofa liegend. Er blickt sich im dunklen Raum um und nimmt an, dass Ben schläft. Doch während er an der Tür steht und Kraft sammelt, um ihn zu wecken, hört er ein merkwürdiges Geräusch – lange, bebende Seufzer, ein fast geräuschloses Schluchzen, tief im gepolsterten Samt vergraben.

Don geht rückwärts aus dem Zimmer. Der Anblick hat in ihm die Angst vor einer peinlichen Situation ausgelöst. Mehr denn je spürt er das Ausmaß seiner Ahnungslosigkeit. Was weiß er schon von den Menschen, und von Ben im Besonderen? Er denkt vage an Bens weitläufigeres Leben, die Gestalten am Tisch im Crown and Greyhound. Er weiß so gut wie nichts über ein solches Leben. Aber selbst das ist eine öde Epiphanie. War es nicht Sokrates, der erkannte, dass er nichts wusste? Sokrates hatte Alkibiades, diesen jungen Rabauken, den er liebte und dem er vergab – alles vergab –, weil Alkibiades seine Liebe erwiderte, auf seine lieblose Art.

Er ist nicht mehr in der Lage, Wiedergutmachung zu fordern. Als er Ben das nächste Mal sieht, ein paar Tage später auf der Treppe, schauen sich beide an, bevor sie sprechen. Jeder von ihnen sieht, dass er andere abgeneigt – oder unfähig – ist, die Sache mit den Bildern anzusprechen. Als sie dann reden, geht es um nichts Besonderes. Ben bereite sich auf eine Ausstellung in Oval im kommenden Monat vor, vielleicht hätte Don ja Lust zu kommen. Don kann nichts versprechen – im Moment dreht sich alles um das Stifter-Bankett.

Da sie daran gescheitert sind, es anzusprechen, scheinen sie das Thema durch ein stummes Übereinkommen dem Gespräch entzogen zu haben. Das Leben geht weiter, aber Don lässt die zerrissenen Papierfetzen unverändert auf seinem Fußboden liegen, wie die Trümmer einer archäologischen Ausgrabungsstätte, die heilige Schlacke einer römischen Ruine.

13

«Ich kann gar nicht sagen, wie leid es mir tut», sagt Val.

«Aber das Bankett ist heute Abend. Du bist der Vorsitzende des Verwaltungsrats. Wie kannst du da fehlen?»

«Du weißt, wie es in Peterhouse zugeht, Don. Eine Krise folgt der anderen. Vielleicht hast du vergessen, dass wir auf der Suche nach einem neuen Dekan sind – das College ist ein Körper ohne Kopf, ein *Akephalos*. So etwas ist mir bisher noch nicht untergekommen. Setz Michael Ross auf meinen Platz. Er kann dir helfen, mit dem Langweiler Herb Thackeray klarzukommen.»

Später findet Don Vals weißen Satin-Smoking mit passender Hose in einem unbeschrifteten Kleidersack im Schrank. Er legt das Prachtstück aufs Bett und schaut es nachdenklich an, streicht mit einem Finger über das glatte Material. Val hat ihm geraten, eine Nelke im Knopfloch zu tragen; er kann eine Blüte bei Portia's Florists im Village besorgen.

Soll Val doch das Bankett verpassen. Don ist der Direktor, und er wird glänzen.

Er legt weitere Kleidungsstücke auf dem Bett zurecht – Hemd, Seidenkrawatte, Unterwäsche und ein Paar Lackschuhe, glänzend wie geschmolzener Teer, das er in einem Secondhandladen an der Norwood Road gekauft hat.

«Seien Sie einfach Sie selbst», hat Maud gesagt, als sie ihn vor ein paar Tagen in der Palladio-Bibliothek beim Studium des Sitzplans antraf. Aber niemand – denkt er, wie er so vor seinem Bett steht – benimmt sich ganz wie er oder sie selbst. Nicht bei Anlässen wie dem Stifter-Bankett.

* * *

Der Tag verläuft ohne besondere Vorkommnisse, auch wenn in den Ausstellungssälen nervöse Vorbereitungen getroffen werden; Caterer und Floristen bereiten die Bühne vor. Während er sich am späten Nachmittag zu Hause umzieht, trinkt Don eine Flasche Beaujolais. Er hat mit der zweiten angefangen, als er sich zum Museum aufmacht.

Köpfe drehen sich nach ihm um, als er in seiner glanzvollen Aufmachung beim Cocktailempfang vor dem Bankett eintrifft. Er kommt ganz mondän eine Stunde zu spät. Maud, die bei einer Gruppe von Gästen in einer Ecke steht, starrt seinen Anzug an.

«Wo sind Sie gewesen?», flüstert sie, nachdem sie ihre Gruppe verlassen hat. «Sie sehen … außergewöhnlich aus.»

«Danke, Maud. Vielen Dank.» Don nimmt eine Champagnerflöte von einem Tablett in der Nähe.

Im nächsten Saal sieht er Michael, der mit einer anderen Gästegruppe ein ernstes Gespräch führt, und gesellt sich dazu.

«Ich glaube, es ist sehr wichtig», sagt Michael, «dass wir uns fragen, wer unser Publikum ist. Für wen machen wir die Ausstellung? Ist sie wirklich *zugänglich*? Wir haben die Pflicht …»

Don schwenkt in eine andere Richtung und nimmt einen tiefen Schluck des Vergessens.

Nicht weit entfernt entdeckt er Anna Ross alleine vor einem Gemälde. Ihre Arme ragen blass aus den kurzen Ärmeln ihres taillierten schwarzen Kleides hervor. Sie trägt ihr Haar offen – leger, aber sorgfältig frisiert. Als er näherkommt, dreht sie sich zu ihm um.

«Hi, Don.»

«Anna … Wie geht es Ihnen?»

«Nicht schlecht. Ich bin immer nervös vor einem Auftritt.»

«Ach, natürlich, Sie werden spielen. Das Streichquartett!»

Sie schaut ihn neugierig an. «Ich glaube, meine Nerven reagieren einfach auf *diese Art* von Anlass. Die ganze Förmlichkeit. Geht Ihnen das nicht auch so?»

Bevor er antworten kann, fährt sie fort.

«Der Smalltalk und das Herumflanieren, für alles und jeden offen und immer gut gelaunt – das lerne ich nie.» Sie seufzt. «Michael hat anscheinend begriffen, wie sowas geht.»

Genau in dem Moment, wie um ihre Bemerkung zu bekräftigen, hallt Michaels herzliches Lachen durch den Raum.

Michael beherrscht die Rolle, die er spielen soll, denkt Don. Eine Sekunde später fragt er sich, ob er die Worte laut gesagt hat. So oder so scheint Anna seine Gedanken zu lesen. Sie nickt und mustert ihn mit ihren braunen Augen.

«Wir gleichen uns», sagt er plötzlich. «Ich meine, ich empfinde das genau wie Sie. Diese Anlässe, diese Situationen verlangen ein besonderes Geschick der Selbstdarstellung.»

«Nun, Sie scheinen heute Abend ja ihre gesellschaftliche Rüstung angelegt zu haben.» Sie deutet mit einem unsicheren Lächeln auf sein Jackett.

«Das? Das hat nichts zu bedeuten. Das Geschenk eines alten Freundes.»

Sie wollen eigentlich beide noch mehr sagen, aber Anna bricht auf.

«Ich sollte nicht herumtrödeln – ich spiele gleich.»

Sie streift im Vorbeigehen seinen Arm, so leicht, dass es ein Zufall hätte sein können.

Das zunehmende Stimmengewirr verdrängt seine Gedanken, und das Adrenalin treibt ihn in den Rubens-Saal. Ein Tisch von der Länge eines Eisenbahnwaggons ist mit weißem Tuch drapiert und mit Silber, Kristall und Porzellan gedeckt worden. Karten mit goldenem Prägedruck weisen wie kleine Grabsteine jedem seinen Platz, und elfenbeinweiße Kerzen erheben sich wie Siegessäulen entlang ihrer dicht bevölkerten Bahn. Lilien explodieren in weiß-grünen Bündeln.

Der Saal füllt sich mit Freunden und Gönnern des Museums – eine urbane Menge in herrschaftlicher Garderobe. Während er allein für sich auf und ab geht, stellt Don fest, dass er die Leute wie aus einer großen Höhe betrachtet. Er selbst meint sich in die klare Luft von Tiepolos Fresken zu erheben. Die sich drängelnden Gäste sind Treibgut, eine Gruppe von Cherubim und Halbgöttern, die unbedeutende Rollen spielen.

Er erblickt Agnes Penrose, eine große Dame aus Dulwich, die dem Museum verschiedene kleine Meisterwerke vermacht hat, und aus einem Impuls heraus ergreift er ihre Hand und führt sie an seine Lippen.

«Bezaubernd», sagt er. «*Entzückend.*»

Ohne sein Lächeln zu erwidern, will sie etwas sagen, aber Don schwebt schon davon.

Anna und die anderen Mitglieder ihres Quartetts stimmen in einer Ecke des Raums ihre Instrumente, umkreisen eine einzelne Note mit der Präzision von Seiltänzern. Sie sind neben Peter Lelys *Nymphen an einer Quelle* platziert. Eingezäunt von Notenständern bilden sie einen gesitteten Kontrapunkt zur Szenerie des Gemäldes – nackte Nymphen, die sich unter freiem Himmel räkeln. Don sinniert über den Gegensatz, als die vier Bögen sich gleichsinnig zu bewegen beginnen. Das Stück ist Purcells *Chacony*; die lauten Eröffnungsakkorde wecken eine ferne Erinnerung. Anna scheint mit dem Cello zu ringen, so energisch traktiert sie Bogen und Seiten.

Bevor das nächste Stück beginnt, ertönt der Gong. Don umrundet den Tisch und die Gäste folgen ihm in ihren Smokings und glänzenden Kleidern wie eine Schar von Ministranten. Die Abendsonne scheint schräg durch das Oberlicht und tanzt auf Bestecken und Gläsern, wo ihr Licht sich mit dem der Kerzen vermischt. Er fühlt sich an den Altar einer Rokoko-Kapelle erinnert, die er einst in Andalusien besucht hat – einen statischen Tumult von pastellfarbenem Gips, Schmiedeeisen und perlmutternen Flammen. Alles im Saal hat ein erhöhtes Ausmaß an Helligkeit und Farbe angenommen. Die rote Nelke an seinem Revers war nicht etwa übertrieben, wie er befürchtet hatte, sondern steht in perfektem Einklang mit dem Glanz der Szenerie. Er sagt sich, so zauberhaft muss der Venusberg gewesen sein.

Die Gäste nehmen ihre Plätze ein. Vor dem Hintergrund der Musik wirken ihre Handlungen stilvoller, ihre Bewegungen würdevoller. Am Kopf der Tafel wird Don von den wichtigsten Geldgebern des Museums flankiert, einem ältlichen amerikanischen Ehepaar namens Thackeray. Rechts von ihm sitzt Herb – ein pensionierter Ölmagnat, der unablässig erklärt, weshalb er von Texas nach London gezogen ist. Zu seiner Linken sitzt Betty. Sie ist eine kleine, schrumpelige Frau mit Federn im Kopfschmuck, Nerz um die Schultern und einer Emaille-Brosche mit einer Reproduktion von Gainsboroughs *Blue Boy* am Samtaufschlag ihrer Jacke.

«Herrje», sagt Betty und berührt seinen Arm mit ihren beringten Fingern. «Das ist wirklich mal ein Jackett, Professor Lamb.»

Michael sitzt drei Plätze weiter unten zu Dons Rechten

und unterhält sich mit dem Direktor der Whitechapel Gallery. Er ist nah genug, um ihn unmöglich ignorieren zu können, aber im allgemeinen Stimmengewirr schwer zu verstehen. Ab und zu treffen sich ihre Blicke, während sie unabhängig voneinander ihre Gespräche führen.

Die Helligkeit im Raum lässt allmählich nach, bis die Gemälde an den Wänden zu bilderlosen Portalen verblassen. Auf den weißen Wein zur Suppe folgt ein roter Anjou. Kellner in weißen Jacken servieren tief dunkel glasiertes Perlhuhn auf einem Kohlenbecken aus Risotto.

Unter Verleugnung der Schwerkraft steigt der Rotwein in Dons Körper empor, vom Magen in die Brust bis hinauf ins Gehirn. In den Gläsern und Silberbestecken vervielfältigen sich die Kerzenflammen wie Glühwürmchen. Die Umrisse der Menschen verschwimmen. Die Aromen des Essens werden undeutlich, jedoch zugleich kraftvoller, ein langsames Anbranden von Konsistenz und Wahrnehmung. Süße Soße erstarrt an Gaumen und Zahnfleisch. Die Gespräche vermischen sich zu einem reißenden Strom, aus dem er Betty Thackerays Aufforderung zu einer Joshua-Reynolds-Ausstellung herausfiltert. Ihre kleine Hand klopft dabei auf den Tisch und berührt gelegentlich auf die allerzarteste Weise Dons Hand wie eine Vogelschwinge.

Im Gegensatz zum Zerfließen der Formen nimmt Don Michaels Profil, drei Plätze weiter, zunehmend deutlich wahr. Während andere Körper sich zu leuchtendem Plasma vermengen, wird Michael durch einen zufälligen Effekt des Kerzenscheins klarer und prägnanter. Sein römisches Profil sticht hervor wie das Kaiserporträt auf einer Münze.

«Wann, Professor?», will Betty mit wachsender Leidenschaft wissen. «Wann kann Sir Joshua dem Vergessen entrissen werden?»

«Ich würde nicht sagen, dass er in Vergessenheit geraten ist», erwidert Don träge. «Doch wenn es jemanden gibt, der Reynolds zu neuem Ansehen verhelfen kann, dann ist es Donato Esposito.»

«Esposito», wiederholt Betty, die Vokale amerikanisierend und in tiefe Andacht versinkend, als handelte es sich um eine wundervolle Reliquie.

Das Wort «Entzauberung» lässt Don die Ohren spitzen. Michael predigt die neue Philosophie – sein übliches Mantra. Don kann deutlich hören, wie er Jacques Derrida erwähnt. Er wünscht, Val wäre hier, um ihn zu unterbrechen – um Michael sofort Einhalt zu gebieten und das modische französische Idol vom Sockel zu stoßen. Das Schlimmste ist, dass die Gäste in Michaels Nähe aufmerksam zuhören, ihm förmlich an den Lippen hängen. Herb Thackeray beugt sich vor und hält die Hand hinter die Ohrmuschel, während er sich mit der anderen Hand Risotto in den Mund schaufelt; mit leuchtenden Augen absorbiert er die Lehren des Poststrukturalismus.

Während er so tut, als lauschte er Betty, die nun die unzureichende Finanzdecke der Guildhall beklagt, versucht Don mitzuhören. Als das Geschirr abgeräumt und das Dessert serviert wird, dringen Bruchstücke von Michaels Vortrag zu ihm durch.

«Der Klassizismus in diesem Land ist unausgegoren … Eine Synthese erfundener Geschichte … synkretistisch, würde ich sagen, und agglomerativ … eine formelhafte Verkürzung von Schönheit … doch letzten Endes, meiner Meinung nach, zutiefst konservativ.»

Michaels Tonfall, worüber er auch reden mag, ist selbstsicher und wegwerfend. Der Direktor der Whitechapel Gallery nickt heftig. Dons Blut erhitzt sich.

«Ein durch und durch altmodischer Kunsthistoriker … ein Sklave der alten ikonografischen Methode.»

Über wen er wohl redet? Ist dies ein öffentlicher Angriff auf Valentine Black, oder – er nimmt einen Schluck Wein – auf ihn selbst?

Betty schenkt ihre Aufmerksamkeit schließlich dem Gast auf ihrer anderen Seite, aber im selben Moment gibt Herb Don einen Klaps auf den rechten Arm.

«Na los, Lamb», sagt er und schenkt sich selbst nach. «Ich kenne euch Klugscheißer, euch Intellektuelle. Ihr haltet euch für die Allergrößten. Ich verstehe was von Kunst, genau wie Sie, kann einen Rubens von einem Velázquez unterscheiden. Verdammt, auch die Modernen kenne ich so gut wie meine eigenen Kinder. Picasso, Pollock, wen Sie wollen.»

«Er hat intellektuell kein Interesse daran», sagt Michael. «Hat den Respekt vor seinesgleichen verloren.»

Wieder begegnen sich ihre Blicke. Don ist jetzt überzeugt, dass Michael über ihn redet.

«Geht's Ihnen gut, Professor?», fragt Herb. «Noch Wein?»

Michaels Worte schwirren weiterhin in Fetzen herum, doch plötzlich ist seine Stimme laut und deutlich zu hören.

«Es ist das Schicksal so vieler großer Denker. Die Fantasie hungert sich selbst zu Tode, und was bleibt dann übrig? Erdrückende Vorurteile – und kindische Lügen.»

Don starrt hinab auf sein unberührtes Pfirsich Melba. Er weiß, ihm sollte das nichts ausmachen. Wenn jemand anderes diese Dinge sagen würde, könnte er dem Angriff vielleicht mit einem kühlen Lächeln standhalten. Aber irgendetwas an Michaels Ausdruck, das Leuchten der Tugend, macht seine Worte unerträglich.

Er nimmt das Messer und schlägt gegen den Rand seines Glases. Der bebende Klang sorgt für Ruhe. Er steht auf und zieht ein Blatt Papier aus der Jacketttasche. Der Tisch erstreckt sich vor ihm wie ein Laufsteg, gesäumt von erwartungsvollen Gesichtern. Er räuspert sich.

«Ich kam zum Brockwell, wie viele von Ihnen wissen, von Peterhouse in Cambridge. Meine Laufbahn dort war lang.» Er nimmt einen Schluck Anjou. «Manche waren so kühn, sie glänzend zu nennen.»

Herb kichert.

«Vom ältesten College in Cambridge habe ich, wenn Sie so wollen, einen beruflichen Rubikon überschritten, um zu diesem kleinen, aber perfekt zusammengestellten Kompendium westlicher Kunst zu gelangen, der Brockwell Collection!»

Ein donnernder Applaus.

Don fährt fort, indem er die Leistungen und Pläne des Museums beschreibt – genau die Art von Rede, die seine Gäste erwarten. Er bleibt manchmal stecken oder verliert den Faden, aber seine Gedanken schreiten voran.

«Man hat mich einen Liebhaber klassischer Formen genannt», verkündet er und wechselt damit abrupt von kleineren Finanzierungserfolgen zu seiner abschließenden Kadenz. «Ich entschuldige mich nicht für meinen Glauben an die Schönheit – und, ja, die moralische und ästhetische Überlegenheit – der griechisch-römischen Tradition, die unsere größte Kunst und Architektur geprägt hat. Schönheit, Tugend ...»

Er verzettelt sich kurz, hebt sein Glas und schwenkt es in einem großen Bogen.

«Einige in diesem Museum wollen diese Werte in Verruf bringen», sagt er ernsthaft. «Einige, die trotz ihrer Ausbildung behaupten, Schönheit und Tugend seien erdrückende Begriffe – elitäre Prinzipien, *mystifizierend!*» Er spricht das Wort mit theatralischer Betonung, woraufhin Herb in seine

Serviette niest. «Ich widme mein Direktorenamt der Erhaltung von Wahrheit und Schönheit!»

Wieder gibt es höflichen Applaus, aber das Geräusch geht fast in einem Durcheinander leiser Diskussionen und unbehaglichen Gelächters unter. Don gebietet mit ausgebreiteten Armen Schweigen. Er spreizt seine Satinärmel wie Flügel, das Glas in seiner Hand ist eine rote Laterne.

«Wenn Sie gestatten, schließe ich mit einigen Bemerkungen über den Aufstieg einer neuen Generation von Museumsmachern, denn sie sind die Zukunft dieser und anderer, vergleichbarer Institutionen.»

«Hört, hört», ruft eine Stimme vom Ende der Tafel.

«Sie sagen uns, dass wir Vorkämpfer einer Offenheit sein sollen und *Zugänglichkeit* gewährleisten müssen. Schöne Ideen! Doch während sie derart hohe Ideale predigen – und vergeben sie dem pedantischen Gelehrten den Vorwurf der Heuchelei –, bedienen sich diese jungen Demokraten einer Sprache, die *niemand* versteht.»

Der Nachdruck, mit dem er redet, bringt Don leicht ins Schwanken, und er stützt sich auf den Tisch, um das Gleichgewicht wiederzufinden.

«Eine Pseudo-Philosophie voller Wortspiele und Frivolitäten, ein durch Auslassungen und Mysterien verrätseltes Credo, gelehrt von Scharlatanen. Eine Beleidigung derjenigen von uns – und davon gibt es einige –, die Kunstgeschichte als eine ernsthafte Angelegenheit betrachten. *Sie* sind die wahren Agenten der Mystifizierung.»

«Ganz richtig», murmelt Betty. «Mein Amen für diese klaren Worte.»

Das Publikum gibt keinen Ton von sich. Nur das gurgelnde Geräusch, als eine Flasche in ein Glas geleert wird, durchbricht das Schweigen. Seine Anspielungen waren kunstvoll und subtil. Er lässt den Blick über sein Publikum schweifen, das im Kerzenlicht nur undeutlich zu sehen ist. Michael sieht ernst und geistesabwesend aus – reaktionslos wie eine Statue.

Ja, er ist viel zu subtil gewesen. Er beschließt, eine Coda hinzuzufügen. Die Bestecke klirren, als er die Hand auf den Tisch stützt.

«Nehmen Sie meinen neuen stellvertretenden Direktor.» Er schießt die Worte in ein flackerndes Schweigen. «Mr Michael Ross, ein so berühmter Kurator, wie Sie ihn sich nur wünschen können, ein Geschenk fürs Brockwell, frisch aus Manhattan eingetroffen. Wir begrüßen ihn heute Abend unter uns. Der Verlust des Frick ist unser Gewinn!»

Applaus brandet auf, eine fast schon gewalttätige Freisetzung von Energie; die Gäste haben mehrheitlich beschlossen, dass dies die Schlussworte waren. Michael fixiert sein maskenhaftes Lächeln auf Don und wartet – er weiß, es kommt noch mehr.

«Von seinen Lippen hören Sie das Mantra der Zugänglichkeit», ruft Don in einer Art Singsang über den absterbenden Applaus. «Schöne Worte, und auch so schöne Lippen! Und doch – und doch», er stärkt sich mit Wein (*so schöne Lippen* – was will er damit sagen? Zum Nachdenken ist keine Zeit.) – «dieser Mann reduziert die Siege der Kunst auf zeitgeistige Axiome. Axiome!» Er schwenkt sein Glas durch die Luft. Betty Thackeray berührt zustimmend seinen Arm.

«Ein Liebhaber französischer *Faselei*.» Dieses Alliterationsgeschoss ruft lautes Kichern hervor. Don streicht über die Nelke an seinem Revers und blickt zu Michael hinüber, der diesem Blick mit unergründlicher Ruhe begegnet. «Ich fürchte, ich werde meine liebe Not damit haben, aus diesem jungen Sprücheklopfer einen ernsthaften Klassizisten zu machen», fügt er mit silbernem Lachen hinzu. «Aber er ist, so viel steht fest, ein gefeierter Kurator. Der Verlust des Frick ist unser Gewinn!»

Er stellt sein Glas ab – es ist leer – und verbeugt sich, um das Ende seiner Rede zu unterstreichen. Übriggebliebene Stücke von Pfirsich Melba funkeln ihm orange und rot aus gläsernen und silbernen Gedecken entgegen.

Niemand sagt etwas. Dann, nach und nach, als habe man den Applaus übersprungen oder vergessen, bilden sich entlang der Tafel diskrete Gesprächsgruppen. Alle, die in Dons Nähe sitzen – einschließlich Michael – wenden sich ab und plappern drauflos, um die Peinlichkeit zu überspielen.

Don starrt sie an und verspürt plötzlich ein übermächtiges Bedürfnis. Er schreitet aus dem Saal.

Als er die Toilette betritt, mustert er sich im Spiegel und stellt mit Bestürzung fest, dass sein Satinjackett – vom Kragen bis zur Taille – mit Rotwein bekleckert ist. Man könnte meinen, die Nelke wäre explodiert und hätte ihre liebliche Farbe verströmt. Die Blume wirkt ausgelaugt. Er fragt sich, ob das schummrige Licht im Saal das Malheur vertuscht haben könnte, und überlegt dann, ob er die Flecken einer Verschwörung Michaels zu verdanken hat. Nicht so wichtig. Die Rede (*die Rede*, die so lange geplant und so flüssig gehalten wurde!) wird die Aufmerksamkeit von dieser trivialen Beschmutzung abgelenkt haben.

Seine Pisse überflutet die Toilette. Sie spritzt, wohin sie will, gegen Wände und Fußboden, und fliegt in glitzernden Arabesken durch die Luft.

Er kehrt zum Tisch zurück. Als er sich setzt, werden die Gespräche leiser. Michael schaut ihn an, mit einem Blick, der nichts verrät – ernst, aber beunruhigend gelassen.

«Große Rhetorik», sagt Betty Thackeray mit einem ironischen Unterton, den er für unnötig hält. «Ich liebe es, wenn ein Mann mal richtig auf den Tisch haut.»

Don lächelt unterwürfig.

Sie senkt die Stimme und beugt sich zu ihm hinüber. «Wir wussten, dass Sie kein Feigling sind, Herb und ich. Ich glaube, man kann sagen, wir sind politisch aus demselben Holz geschnitzt. Herb hasst diese weichgespülten Liberalen.»

«Ich fürchte, da haben Sie mich ganz falsch verstanden», sagt Don. «Auf dem Gebiet der Politik verfolge ich keine Interessen. Wahrheit und Schönheit reichen mir vollkommen. Würden Sie mir bitte den Wein reichen?»

Es hätte ein triumphaler Moment sein sollen. Aber als er die Gäste in der Lobby verabschiedet, ist er tief betrübt. Er ist sich seines besudelten Jacketts auf unangenehme Weise bewusst, aber das ist nicht alles. Er verspürt die bohrende Sorge, ob seine Botschaft angekommen ist – und worin, um genau zu sein, bestand eigentlich seine brillant zugespitzte Botschaft?

Die Gäste ziehen vorbei und sagen wenig; er betrachtet erschrocken die Gesichter von Menschen, die er von anderen Anlässen zu anderen Zeiten wiedererkennt. Robin Hands, der Radiomoderator, huscht vorbei – und tut so, als würde er ihn nicht erkennen –, gefolgt von der grauen, teilnahmslosen Gestalt Sir Ronald Brauns, der es ablehnt, ihm die Hand zu schütteln. Nach ihnen kommt Frank Davis, der ehemalige Dekan von Peterhouse. Seine Frau ist nicht dabei.

Frank nickt ihm zu – ein hartes, skeptisches Nicken – und sagt nur: «Es tut mir leid, Don», als würde er ihm sein Beileid aussprechen.

Don hat den unangenehmen Verdacht, dass Michael ihm genau in dem Moment entwischt ist, als er ihn strangulieren wollte. Wahrheit und Schönheit sind davongelaufen, um sich wie bösartige Kinder zu verstecken. Vielleicht haben sie Michael mitgenommen. Er ist nirgendwo zu sehen, als die Gäste nach Hause gehen, wie ein Strom modulierender Farben ergießen sie sich in die wolkenlose, sternklare Nacht.

Als er nach Hause geht, überrascht ihn der Klang einer Stimme. Sie ruft seinen Namen – ein sanfter, aber klarer Ton. Er blickt sich um, mustert Bäume, Zäune und Müllsäcke, deren Inhalt sich ausgeweidet über den Bürgersteig erbricht. Niemand zu sehen.

Schließlich – seinen trägen Sinnen sei Dank – sieht er, dass neben ihm ein Wagen hält. Es ist ein beiger Ford Escort. Der Motor läuft.

«Don!»

Er tritt an das offene Beifahrerfenster. Selbst nachdem er ihr Gesicht gesehen hat, braucht er ein paar Sekunden, um zu begreifen, wer sie ist.

«Was machen Sie denn hier?», fragt Anna.

«Ich gehe nach Hause.»

«Aber das ist der falsche Weg.»

«Wirklich?»

«Steigen Sie ein, ich bringe Sie hin.»

Er versucht sich aufzurichten und stößt mit dem Kopf an den Fensterrahmen. Gewiss kann sie die Weinfahne riechen, die ihm vorausweht.

«Steigen Sie ein», sagt sie noch einmal mit freundlichem Lachen.

Ohne ein Wort öffnet er die Tür und klettert hinein. Der abgerundete Hals ihres Cello-Koffers ragt wie ein dritter Kopf zwischen den Vordersitzen empor. Das Radio spielt leise akustische Musik. Eine Weile sitzen sie mit laufendem Motor einfach nur da. Anna scheint es mit der Weiterfahrt nicht eilig zu haben.

«Ich nehme an, Sie haben es gehört», sagt er und versinkt dann in Schweigen. Die Rede, die er beim Dinner gehalten hat, hat sich verwandelt – in der kurzen Zeit, seit er nach Hause geht, ist aus einem schallenden Sieg ein Desaster geworden. Die kühle Nacht hat seine Gefühle neu arrangiert und seine Sicherheit zersetzt. «Warum sind Sie nicht nach Hause gegangen?»

«Ich kann nicht schlafen.» Anna hält die Augen auf die leere Straße gerichtet. «In den meisten Nächten fahre ich herum. Durch die ganze Stadt. Das ist mein Schlafersatz – mit dem Wagen durch London streifen.»

Sie greift nach dem Schalthebel und der Wagen setzt sich in Bewegung. Don sieht, wie die Straße vorbeigleitet, und er spürt den Luftzug durch das Fenster. Sie streckt die nackten Arme weit von sich, über das Lenkrad hinaus, und er mustert ihre Frisur, Ohrringe und Kleidung. Sie hat feine Ringe um die Augen. Sie muss merken, dass er sie anstarrt, aber es scheint sie nicht zu stören.

Er hat Angst vor dem, was sie sagen wird – über diesen Abend, über das Essen bei ihnen zu Hause, über Michael. Er erwartet, schwere Vorhaltungen zu hören zu bekommen. Aber sie lenkt nur wie hypnotisiert den Wagen. Sein Herz wird schwer. Er spürt, wie es sich mit Bedauern füllt.

«Es war schrecklich heute», flüstert er. «Ich habe die Beherrschung verloren.»

Die Worte machen ihn, während er sie spricht, wieder nüchtern, und ihm wird klar, wie betrunken er war. Anna beschleunigt auf einer Umgehungsstraße. Die Hinweisschilder dringen nur halb in sein Bewusstsein: Clapham Junction, Herne Hill, Tulse Hill.

«Nein, das stimmt nicht», murmelt er. «Ich habe nicht die Beherrschung verloren. Es ist eher so, als hätte *dieser Mann*», er deutet auf sein weinbekleckertes Jackett, «sich um mich herumgewickelt.» Sie halten an einer freien Kreuzung, und der Blinker tickt laut. «Haben Sie gehört, was ich gesagt habe? Beim Essen, meine ich – was ich da alles gesagt habe?»

«Ich habe mit dem Quartett im Saal nebenan gesessen. Wir hatten unseren eigenen Tisch, Dienstbotenabteilung – was spielt es schon für eine Rolle, dass ich mit Michael verheiratet bin.» Sie schaut ihn an – ein schneller, lustiger Blick, der sofort verblasst. «Aber ja, ich habe es gehört.»

Keine Verurteilung, kein Vorwurf. Auf jeden Fall nichts, das sie aussprechen würde. Er spürt den schweren Klumpen der Nelke auf der Brust und nimmt sie ab, reißt ihr die Blüten aus, bevor er sie aus dem Fenster wirft. Mit einem dumpfen Ton prallt sie gegen die Wagentür.

Anna schaut mit undurchdringlichem Blick geradeaus. «Erzählen Sie», sagt sie.

Er sieht eine Weile aus dem Fenster, bevor er etwas sagt. «Ich habe schon immer große Ereignisse gehasst, genau wie Sie es vorhin gesagt haben. Aber heute hat eine wahnsinnige Macht von mir Besitz ergriffen. Es hat sich unglaublich angefühlt. Breite und Tiefe, das war's, was ich gefühlt habe. Machtvoll anders als ich. Es war, als würde ich fliegen …» Er bricht ab und fängt neu an. «Und dann kamen diese Worte aus mir heraus, und ich glaubte, sie wären prachtvoll. Ich habe mich nie präsenter gefühlt. O Gott.»

«Haben Sie *Doktor Faustus* gelesen?», fragt sie und schaltet an einer roten Ampel herunter. «Marlowe.»

«Das Stück habe ich nicht gelesen. Ich kenne die Sage.»

«Eine Lücke in ihrer Lektüre.» Sie lacht und wendet sich ihm zu. «Nun, Faustus war der größte Gelehrte seiner Zeit, ein Mann von *immensem* Ansehen. Er schloss einen Pakt mit dem Teufel und erlangte fantastische Macht, die Macht, alles zu tun, was er wollte. Er konnte sogar Helena von Troja einfach so», sie schnippt mit den Fingern über dem Lenkrad, «aus dem Nichts herbeizaubern.»

«Ich erinnere mich an die Helena-Szene. Ich muss einmal eine Aufführung gesehen haben. Sie erscheint ihm wie ein wunderschöner Geist.»

«*O mache mich mit einem Kuss unsterblich.*» Anna schaut ihn an, während sie zitiert.

«Ein Fall von Hybris.»

«Nicht die Hybris ist das Interessante daran. Faust konnte seinen menschlichen Verstand und seine Begierden nicht transzendieren. Sein Charakter kontrollierte ihn noch immer – der stolze Gelehrte, der launenhafte Mann.» Sie lacht laut, als wäre das ein grotesker Witz. «Helena von Troja erschien, und er war noch immer *derselbe Mann*.»

«Und Faustus war nicht liebenswürdig», sagt er. «Auch daran erinnere ich mich. Ganz unsympathisch.»

«Ein totales Arschloch?»

«Ja, genau.»

«Nun ja», sie hebt beide Hände in einer Art Achselzucken vom Lenkrad, «wer ist nicht in einem gewissen Maß unangenehm? Ich denke, wir alle sind am Ende so schlecht oder so gut wie jeder andere. Wir alle sind selbstverliebte Heuchler, wie immer Sie es nennen wollen.»

«Oh, Anna. Ich wünschte, ich könnte mehr … empfinden. Ich wünschte, ich hätte mich immer so wie *jetzt* gefühlt.»

Sie rasen eine Zeitlang dahin, auf einer Hochstraße, bevor sie antwortet. Ihr Gesicht ist eine Scheibe aus Licht vor dem endlosen Band der South Circular.

«Don, fragen Sie sich nie, was Sie eigentlich wollen?»

Das Bild seiner zerstörten Abbildungen, hunderte auf dem Teppich verstreute Fragmente, geht ihm durch den Kopf, und er versucht sich vorzustellen, was Ben wohl gerade tut, genau in diesem Moment. Erwartet sie eine Antwort? Hat sie überhaupt *ihn* gefragt, oder richtet sich die Frage, auf dem Umweg über ihn, an sie selbst?

Er will sich in die unbewegten Wasser seines Geistes stürzen, aber es ist, als stieße er dort auf sein eigenes Spiegelbild, das sich zitternd verzerrt, wenn er seinen eigenen Körper zu berühren, festzuhalten und in ihn einzudringen versucht. Seine Augen fokussieren neu und er sieht sich im Außenspiegel. Er sieht schrecklich aus.

«Ich wünschte, ich müsste nicht wieder diese Person werden.»

«Vielleicht reicht es, sich etwas mehr zu erhoffen», sagt Anna. «Größer zu werden, als man ist. Der Versuch, Helena zu begegnen, ist gescheitert, aber was war das für ein Scheitern!»

Der Wagen hat schon vor einiger Zeit auf irgendeine magische Weise nach Dulwich zurückgefunden. Er erkennt die Torpfosten der Brockwell Collection und den Trinkbrunnen, der wie ein gestutzter Obelisk aussieht. Eine Minute später hält Anna vor Vals Haus.

«Ich will nicht wieder zurück.» Don sagt die Worte zu sich selbst, kaum hörbar. Der Wein in ihm fängt an, sich in Gift zu verwandeln – den Katalysator eines Brummschädels.

«Ich auch nicht», sagt Anna. «Versuchen Sie mal, Michaels Ehefrau zu sein. Trotzdem stimmt es, was Sie gesagt haben.» Sie kichert. «Er hat wirklich bemerkenswerte Lippen. Wie ein Van Dyck. Und er weiß das ganz genau, ob Sie's glauben oder nicht.»

Sie hören auf zu reden und sitzen bei laufendem Motor

einfach da, genau wie zu Anfang, als sie ihn aufgegabelt hat. Dons schweres Herz scheint ihn an den Sitz zu nageln, an ihrer Seite, während das Radio direkt vor ihnen pulsiert; Annas Gesicht – Augen, Ohrringe, Haar – scheint immer näher zu kommen. In einem plötzlichen Impuls will er sie in den Arm nehmen, sie küssen …

«Wissen Sie, Don», sagt sie und stoppt seine Fantasie, «Sie sind nicht so schlecht, wie Sie glauben. Und auch nicht so gut.»

Sein Herz bebt und er spürt, dass ihm Tränen in die Augen steigen. Im nächsten Moment fängt er an zu lachen, genau wie sie.

* * *

Er schafft es nicht vor zwölf ins Brockwell. Die wöchentliche Mitarbeiterbesprechung hat er verpasst, sie komplett verschlafen. Was nur eine Woche zuvor undenkbar gewesen wäre, ist ihm jetzt eine gewisse Erleichterung.

Er verbarrikadiert sich in der Palladio-Bibliothek und verriegelt die Tür von innen; er betet, dass niemand klopfen wird. Doch bald schon macht es ihn nervös, dass es niemand tut. Die Stille macht ihn verrückt. Stunden vergehen in Gestalt einer langsam steigenden Dosierung von Schuldgefühl und Bedauern.

Er ist zu schwach und zu unruhig zum Arbeiten. Deshalb sitzt er einfach da und schaut aus dem Fenster, in den heiteren, immergleichen Garten. Hin und wieder taucht Paul auf und geht seiner Arbeit nach. Einen Moment lang ist er nah am Fenster und beschneidet die Rosen – sich offenbar Dons lautloser, verdrießlicher Gegenwart hinter der Scheibe nicht bewusst.

Irgendwann schläft er in seinem Stuhl ein. Als er aufwacht – vielleicht nur Minuten später – sieht er, dass ein Blatt Papier auf dem Fußboden liegt, unter der Tür hindurchgeschoben. Kraftlos steht er auf und durchquert das Zimmer, um es aufzuheben.

Es ist eine maschinengeschriebene Nachricht von Maud, in der sie ihn um ein Treffen bittet, um neun Uhr am nächsten Morgen.

* * *

Um fünf Minuten vor neun schlendert er durch die Eingangshalle, vorbei an einer Gruppe von Schuljungen, die sich an den Buch- und Postkartenständern herumtreiben. Einige von ihnen lachen über den Inhalt eines Buchs. Er versucht herauszufinden, was es ist – Kenneth Clarks *The Nude* vielleicht. Er ist sich nicht sicher.

Ein paar Minuten später steht ihm Maud vor seinem Schreibtisch gegenüber.

«Es ist uns aufgefallen, dass Sie anscheinend an Erschöpfung leiden. Nervöser Erschöpfung.»

Don lächelt. «*Uns*? Ich glaube nicht, dass noch jemand diesem Irrtum erlegen ist.» Er öffnet ein kleines Nussbaum-Kästchen auf seinem Schreibtisch, einer neuen Erwerbung von Dulwich Village Antiques, und nimmt eine türkische Zigarette heraus, als wäre sie der Schlüssel zu seiner Spannkraft.

«Ihr Verhalten beim Stifter-Bankett war grotesk. Peinlich. Inakzeptabel.»

Er hat darüber nachgedacht, eine Verteidigung vorzubringen, eine Art von Erklärung. Ein missglückter Scherz, akademische Stichelei, die nicht so rüberkam wie geplant … Doch selbst in seinem eigenen Kopf kommen ihm diese Gründe absonderlich vor. Deshalb sagt er nichts und konzentriert sich darauf, ein ruhiges, wehmütig-würdevolles Gesicht zu zeigen.

«Wir – und ich habe die Unterstützung des Verwaltungsrats – empfehlen eine vierzehntägige Auszeit …»

Seine Maske zerbricht. «Da steckt Michael Ross dahinter.»

«… bis zur Überprüfung Ihres Arbeitsverhältnisses.»

«Überprüfung?»

«Für Ihre Position als Direktor gilt eine Probezeit von sechs Monaten.»

Don lehnt sich zurück und dreht sich ein wenig zur Seite. Die Schuljungen spazieren durch den Garten.

«Sie können Michael Ross ausrichten …» sagt er und bricht dann ab. Er reißt ein Streichholz an, vergisst aber, die Zigarette anzuzünden und verbrennt sich die Finger. Er schüttelt es heftig, bis die Flamme erlischt.

«Ich werde die Mitarbeiter in Kenntnis setzen, dass Sie eine Auszeit nehmen.» Mauds Perlenkette glänzt im Dämmerlicht des unbeleuchteten Zimmers. «Zwei Wochen. Aus gesundheitlichen Gründen. Versuchen Sie, es nicht als Suspendierung zu sehen, sondern eher als … zeitweise Lockerung Ihrer Pflichten.» Sie lächelt und runzelt dann die Stirn, als habe sie sich zu spät daran erinnert, dass es sich um eine ernste Angelegenheit handelt. Ihr Gesicht spiegelt den Widerstreit von Gefühlen.

«Val Black wird das nicht dulden.»

«Val ist vollständig informiert.» Ein stiller Triumph liegt in ihrer Stimme. «Ich habe ihn gestern in New York angerufen.»

«New York? Wovon reden Sie? Val ist in Cambridge. Ich habe am Morgen vor dem Bankett mit ihm gesprochen.»

Sie sieht ihn skeptisch an. «Vielleicht war er zu der Zeit noch nicht aufgebrochen. Aber jetzt ist er dort. Er ist wegen der Enthüllung des neuen Tiepolo in der Frick Collection.»

«Warum in aller Welt sollte er das tun?» Don hört, wie heiser seine Stimme klingt.

«Nun, er ist im Verwaltungsrat. Und der Ehrengast, könnte ich mir vorstellen.»

Unter der Schreibtischplatte reißt Don die Zigarette in Stücke.

Der erste Tag seiner Suspendierung ist lang und leer. Das Haus ist leblos. Ben ist am Goldsmiths. Der Anbau ist eine eigene, versiegelte Welt. Er trödelt die Treppen hinauf und hinab und verbringt lange, tatenlose Zeiträume in der Küche und an seinem Schreibtisch.

Den ganzen Tag wartet er. Schließlich, am Abend, ruft Val an. Die Verbindung ist schlecht.

«Ich hoffe, du weißt, Don, dass ich diese ganze traurige Angelegenheit schnell *ad acta* legen wollte. Aber es lag nicht in meiner Macht. Alle anderen Mitglieder des Verwaltungsrats waren beim Stifter-Bankett. Sie wurden aus erster Hand Zeugen deiner – deiner *Tirade*, um es so zu sagen. Wenn ich da gewesen wäre, vielleicht …»

Don holt tief Luft. «Wie ist es in New York, Val?»

Es bleibt still am anderen Ende. Einen Moment lang scheint es so, als hätte Val aufgelegt. Dann hört man ein leichtes, schlurfendes Geräusch. Val geht zu einer anderen Person im Raum, oder er flüstert mit ihr. «Ein Glutofen», sagt er schließlich. «Die New Yorker hassen die Stadt im Sommer. Mir gefällt diese glühende Hitze. Es ist ein kurzer Besuch – sehr kurz.»

«Zu kurz, um ihn zu erwähnen?»

Die Pause ist kürzer als die vorige. «Ich dachte, du hättest genug andere Sorgen. Habe ich mich geirrt?»

«Erzähl mir, was im Frick passiert ist. Du bist dort im Verwaltungsrat? Und das *Martyrium ...*»

«Das erfährst du schon früh genug», unterbricht ihn Val, mit einer Sanftheit, die seine Verärgerung nicht ganz verbergen kann. «Nicht alles ist so, wie du es dir vielleicht vorstellst, Don. Die Angelegenheiten sind komplizierter. Das *Leben* ist komplizierter.» Er seufzt. «Es gab einen Rückschlag. Amerikanische Gelehrte ...» Er unterbricht sich selbst. «Immerhin nichts, was dich betrifft. Du musst deine eigene Krise bewältigen.»

«Sie wird verrauchen.»

«Aber nicht von selbst. Der Verwaltungsrat erwartet einen Bericht. Zu deinem Glück werde ich ihn verfassen.»

Durch die knackende Leitung trägt Val eine improvisierte Fassung des Berichts vor, den er zu schreiben plant. Professor Lamb war erschöpft und überarbeitet. Erdrückt von der Last, ein bedeutendes Buch zu schreiben und ein Museum zu führen, erlag er einer Trübung seines Urteilsvermögens. Eine Ruheperiode wird seine Gesundheit wiederherstellen. Er wird die Brockwell Collection zu neuen Höhen führen.

«Nach vierzehn Tagen ist alles vorbei, Don.» Vals Stimme klingt sanfter. «Denk an Milton. *Ist auch die Schlacht verloren. Es bleibt so viel, das nicht zu überwält'gen ist.*»

Val wird einschreiten und ihn retten. Vielleicht ist alles so, wie er gesagt hat. Die Frick Collection erhielt das Tiepolo-Gemälde aufgrund eines längst vergessenen Versprechens – und Val wurde am Tag des Stifter-Banketts wirklich in Peterhouse aufgehalten, bevor er am nächsten Morgen nach New York flog. Vielleicht ... Don merkt, dass er die Grenzbereiche einer verhängten Wahrheit durchmisst.

Am nächsten Morgen sitzt er in der Küche, als Ben hereinrauscht. Sein Haar ist nass und mit einer Hand umklammert er seinen Rucksack. Er schüttet Kaffeegranulat in einen Becher und sagt, er müsse einen frühen Bus zum Goldsmiths erreichen.

Ben ist belustigt und nicht im Mindesten schockiert, als Don ihm erzählt, was passiert ist.

«Bleib am besten eine Weile zu Hause», sagt er. «Soweit ich sehe, spielt das doch keine Rolle.»

Don mustert ihn eine Weile. «Nun», sagt er bemüht lässig, «mit einer nihilistischen Weltsicht betrachtet, spielt vermutlich nichts eine Rolle. Wenn du glaubst, ein Lebenswerk sei nicht mehr als ein Spiel unter Kunststudenten – wenn dir Zerstörung so viel Spaß macht ...» Er verstummt, von einer plötzlichen Gefühlsaufwallung ergriffen.

Ben betrachtet ihn fasziniert. Don bemüht sich, im Blick des jungen Mannes die Spur eines Eingeständnisses zu entdecken, den kleinsten Hinweis auf Reue wegen der zerschnittenen Bilder. Doch alles, was er sieht, ist Gelassenheit und gute Laune.

«Du bist frei», sagt Ben achselzuckend. «Ungebunden – eine Zeitlang. Was hast du vor?»

Don sitzt da und hört zu, wie Ben Schranktüren öffnet und schließt, Wasser laufen lässt und den Rucksack zuschnappen lässt. Er fühlt sich eigenartig – wehleidig und aufgeregt. Was mag der Rucksack enthalten, fragt er sich. Sollte er verlangen, ihn zu inspizieren? Vor seinem geistigen Auge sieht er sich in der Tasche herumwühlen, während Ben mit ihm ringt, um ihn daran zu hindern – ein wütender, hysterischer Kampf in der Küche.

«Ich gehe raus», murmelt er, als Ben den Raum verlässt. «In den Park.»

Im Verlauf des Tages spürt Don, wie eine Last von ihm weicht. Sein Erholungsurlaub fällt in den Beginn des Julis mit noch wärmerem Wetter. Am frühen Nachmittag geht er hinunter zum Brockwell Park.

Er steigt den Hügel zu Brockwell Hall hinauf und sucht die Stelle, wo er nachts die beiden Männer gesehen hat. Er umrundet das Haus und überquert die breite Grasfläche dahinter, hält Ausschau nach der eisernen Wasserpumpe, an die der Hund angebunden war. Er kann sie nicht sehen. Hat er sie sich eingebildet? Er geht ein Stück weiter, und plötzlich ist die Pumpe da – als wäre sie aus dem Boden emporgewachsen. Er ist in jener Nacht weiter gegangen, als ihm bewusst war.

Hinter der Pumpe ist das große Gebüsch, vor dem er gestanden hat, ein Miniaturwald von glänzendem Lorbeer. Er findet eine Stelle, wo die Büsche sich unauffällig teilen, und bahnt sich den Weg durch den Spalt. Wegen der kratzenden, knisternden Blätter schließt er die Augen. Als er sie öffnet, blickt er auf ein helles Oval von hohem Gras, vollkommen von schulterhohem Unterholz umgeben. Die Fläche ist größer, als sie nachts gewirkt hat, vielleicht zehn Meter im Durchmesser. Das Sonnenlicht ergießt sich auf die Gräser, von denen manche einen bleichen, bräunlichen Farbton angenommen haben.

Er geht in die Mitte des Ovals und legt sich hin. Der Himmel ist ein blaues Viereck ohne jede Unterbrechung. In den Ohren hat er das lethargische Summen der Bienen und anderer Insekten. Ein weißer Schmetterling flattert über die Spitzen der Fruchtstände, gleich neben seiner Hand. Er stellt sich vor, er wäre in seinem eigenen kleinen Arkadien angekommen. Die unregelmäßigen Geräusche des Londoner Parks – Gebell, Gelächter und Kinderstimmen – sind nur eine Täuschung, eine Erinnerung an seine städtische Existenz, und *dies* ist sein wahrer Lebensraum, eine Parzelle im vorgeschichtlichen Griechenland.

Er denkt daran, wie die beiden Männer hier gelegen haben und anfangs zu einem bebenden, drängenden, muskulären Ganzen zu verschmelzen schienen.

Die grasige Umgebung spendet keinen Schatten. Ihm ist heiß geworden. Er zieht das Jackett aus. Ein wenig später knöpft er das Hemd auf und entledigt sich der Schuhe und Socken.

Wer könnte ihn hier entdecken – wer kann ihn überhaupt sehen? Mit neuer Kühnheit zieht er Hemd und Unterhemd aus und strampelt sich aus der Hose. Aus dem aufgerollten Hemd macht er sich ein Kissen. Nur die Unterhose behält er an, wie er so im trockenen, federnden Gras liegt, das ihn an Hals und Schultern kitzelt. Sonnenwärme strömt durch seinen Körper.

Gedankenlos schiebt er, während er zum Himmel hinaufblickt, einen Finger unter den Bund seiner Unterhose, hierhin und dorthin.

In den nächsten zwei Wochen geht er täglich zum Brockwell Park. Der strahlende Sommer ist am Anfang des Tags am schönsten, bevor sich die Hitze aufstaut. Jeden Morgen steht er neben der Brockwell Hall und sieht zu, wie das Sonnenlicht über die Dächer von Südlondon rollt. Manchmal bleibt er bis spät am Nachmittag im Park und döst in seinem geheimen Versteck.

* * *

«Oh, das wird dir gefallen. *LOTTERBETT* wurde angezündet. Es ist zu Asche verbrannt.»

Don blickt auf die Uhr – es ist noch nicht ganz sieben Uhr morgens. Er presst sich den Hörer ans Ohr und greift nach dem Glas, das er letzte Nacht neben seinem Bett abgestellt hat. Er nimmt einen langen, langsamen Schluck abgestandenen Weins, während Val darüber spricht, dass das Leben merkwürdiger ist als die Kunst.

«Na los, Don – sag etwas! Hast du gehört, was ich gesagt habe? Von *LOTTERBETT* ist nichts mehr übrig als eine verkohlte Hülle.»

«Gut.»

«Ja, vielleicht. Aber das Besondere ist, es war *vorsätzlich*. Erica – ich meine Angela Cannon – ist gekommen und hat es selbst getan. Sie nannte es eine Performance. Alle waren da, das ganze College, sie standen herum wie am Volkstrauertag. Sie hat das Ding angesteckt und es brannte stundenlang, *heftig*. Emporschießende Flammen! Wie bei Dido, die sich auf dem Scheiterhaufen selbst opfert. Einige der Flaschen waren mit Benzin befüllt worden. Schreckliche Explosionen, überall Glassplitter. Du hättest es sehen sollen, Don, einfach schrecklich. Aber auch wirklich wundervoll. Ein autodestruktives Ende hat sie es genannt.»

Don trinkt noch einen Schluck und sieht sich im Raum um, über seine Bettdecke hinweg. Sonnenlicht bahnt sich seinen Weg durch einen Spalt zwischen den Vorhängen. Er spürt die Strahlen auf der Hand. Er weiß, dass eine Reaktion von ihm erwartet wird. Aber es ist der letzte Tag seiner Freiheit, bevor er ins Museum zurückkehrt, und mit jeder Faser zieht es ihn in den Park. Er überlegt, wie er das Gespräch beenden kann.

Val summt leise, als ginge ihm etwas durch den Kopf, bevor er weiterredet.

«Es hat durch die Performance tatsächlich gewonnen,

genau wie ihre Lyrik. Die Überbleibsel von *LOTTERBETT* werden für alle Zeit auf dem Rasen bleiben. Ein autodestruktives Ende, stell dir das vor.»

14

Alle sind erfreut, ihn wiederzusehen. Verdächtig erfreut. Michael gibt ihm einen sportlichen Klaps auf den Arm und sagt etwas über Spinnweben, die entfernt wurden. Die Worte fluten über Don hinweg wie eine Welle guter Laune. Anschließend denkt er darüber nach, was genau Michael gesagt und was er gemeint hat.

Ein Klopfen an der Tür der Palladio-Bibliothek reißt ihn aus seinen Gedanken. Maud kommt mit freudigem Ausdruck auf dem Gesicht hereingeschritten. Ihr folgt ein Mann mit langem, schwarzem Haar, der einen Plastikwürfel trägt. Einen verrückten Moment lang glaubt Don, er werde Zeuge eines arkanen Rituals – Maud als Hohepriesterin, ekstatisch vor zeremoniellem Eifer ... Der Mann stellt den schweren Würfel auf seinem Schreibtisch ab.

«Ihr neuer Computer, Professor Lamb», sagt sie.

Don starrt zuerst sie an, dann den schwarzen Kasten und die Tastatur.

«Sie werden sehen, er ist ausgesprochen nützlich», sagt sie, während der Mann niederkniet und mit Kabeln und Steckern unter seinem Schreibtisch herumfummelt, wobei ihm das Haar wie ein Schleier vors Gesicht fällt. «Ich danke dir, Hashem.»

Insgeheim gelobt Don, ihn nie zu benutzen.

«Wir schließen Sie in Nullkommanichts ans Netz an.»

«Ans Netz?»

Sie zeigt ein erhabenes Lächeln. «Das Internet. Haben Sie

es noch nicht gehört? Das Brockwell geht online – wird Teil des elektronischen Kosmos. Das ist die Zukunft!»

* * *

Sie sitzen im Wohnzimmer, spät am Abend eines Wochentags, und trinken Wein. Zurück in ihrer glücklichen Routine.

«Erzähl mir, wie du vorher gewesen bist», sagt Ben.

«Vor was?»

«Bevor du Professor Don geworden bist.»

Don steckt sich eine Zigarette an. «Darüber gibt es wirklich nichts zu sagen. Was ich bin – was ich *wirklich* bin – wurde ich, als ich nach Cambridge kam. Cambridge hat mich erschaffen, da bin ich mir sicher.»

«Ich nicht.»

Sie lachen beide.

«Ich meine das ernst», sagt Ben. «Cambridge war nicht deine Mutter. Du bist nicht zwischen den steinernen Schenkeln der King's Chapel hervorgeschlüpft.»

«King's *College* Chapel.» Don kann der Versuchung nicht widerstehen, Ben zu verbessern. «Und ich finde, es sind eher Hufen als Schenkel. Ruskin hat die Kapelle tatsächlich mit einem umgedrehten Tisch verglichen, dessen vier Beine in die Luft ragen.» Er nimmt einen langen Zug von seiner Zigarette und zerdrückt sie im Aschenbecher. «Ich bin in einem gewöhnlichen Haushalt aufgewachsen. Sehr gewöhnlich. Wegen meiner Aussprache glauben viele, dass ich einer Welt des Geldes, der Verbindungen und umhegter Privilegien entstamme – wie Val. Aber das tue ich nicht.»

«Aber warum klingst du dann so?»

«Ich weiß nicht. Ich nehme an, ich habe es mir beigebracht.»

«Das hört sich für mich so an, als hätte Cambridge dich *abgebaut* – dir alles weggenommen, was vorher dagewesen ist.»

Don schweigt und steckt sich eine neue Zigarette an. «Aber ich bin mir nicht sicher, was das gewesen sein könnte. Mein Vater war Lokalpolitiker in Poole. Meine Mutter malte mit Wasserfarben und schrieb Gedichte. Eine verhinderte Künstlerin, könntest du sagen. Sie sind vor langer Zeit gestorben. Sie waren schon alt, als ich ein Junge war. Was sagt dir das alles?»

Als er das fragt, fällt ihm wieder ein, was Anna Ross ihm erzählt hat. Auch sie ist ein Einzelkind, ohne Eltern, aus ihrem früheren Leben ins Exil gegangen.

«Cambridge hat mich zum Außenseiter gemacht, einem merkwürdigen Abtrünnigen.»

«Du – ein Abtrünniger?» Ben schaut ihn verschmitzt an.

Don lässt die Blicke über die Zimmerdecke wandern. «Als ich noch Student war, gab es sozialistische Unruhen in Cambridge. Die Garden-House-Krawalle. Im Hotel neben Peterhouse wohnte eine Delegation griechischer Politiker, und ein Trupp Studenten stürmte das Haus. Es war ein Protest gegen das griechische Militärregime. Der Rädelsführer war ein Student aus meinem Jahrgang, einer dieser Privatschul-Typen, der zum Marxismus übergetreten war. Ich habe seinen Namen vergessen, aber er klopfte mitten in der Nacht an meine Tür und sagte, ich solle mich dem Kampf anschließen. Sie waren in das Hotel eingedrungen und hauten alles zusammen. Nur eine andere Art von Tyrannei. Ich rührte mich nicht – tat so, als würde ich schlafen. Ich dachte an die Angestellten des Hotels, die Männer und Frauen, die am nächsten Tag saubermachen mussten – ich nehme an, das hing damit zusammen, dass mein Vater früher in einem

Hotel gearbeitet hatte. Ich fühlte mich ihnen stärker verbunden als den Revolutionären. Anständigkeit war mir nie so einleuchtend vorgekommen – so richtig.»

«Herrje, Don.»

«Ich sage nur, wie ich es empfunden habe.» Er beugt sich vor und fixiert Ben. «Vielleicht war ich immer ein Außenseiter. Ich war ein komisches Kind. Ich habe nur in Büchern gelebt – hier drin.» Er tippt mit einem Finger an seinen Kopf.

«Ja, kann ich mir gut vorstellen.»

Don begegnet Bens Humor mit traurigem Ernst. «Das Bedürfnis, etwas zu erreichen, ist immer dagewesen. Deshalb kommt mir deine Lebensweise so komisch vor.»

«Meine Lebensweise?» Ben versucht, nicht zu lachen. Er beugt sich zum Couchtisch vor und füllt ihre Gläser.

«Deine Herumtreiberei, dein Vergnügen am Nichtstun. Die langen Trinkgelage. Für einen wie mich wäre das die reine Folter. Ich habe mir in deinem Alter nie eine Auszeit genommen.»

«Aber sieh dich jetzt an. Du bist betrunkener als ich.»

Don will gerade widersprechen, als die Asche vom Ende seiner Zigarette auf seinen Ärmel fällt.

«Ich glaube dir ohnehin nicht. Dass du nie eine Auszeit genommen hast.» Ben steht auf und geht zum Kamin. Unter den vielen dort aufgestellten Bildern – Vals tote Verwandte, klassische Statuen, die zerbombte Dresdner Frauenkirche – greift er nach einem kleinen Foto in silbernem Rahmen. «Hast du das hier nicht gesehen?» Er hält es Don direkt unter die Nase.

Das Foto ist in Schwarz-Weiß und schwer zu erkennen – ein rechteckiges Mosaik aus Licht und Schatten. Dann sieht er es: eine Gruppe von Männern in Blazern an der Schwelle zum Erwachsensein. Sie befinden sich auf einem Kahn. Im Heck des Bootes, abgesondert von den anderen, sitzt ein älterer Mann von vielleicht Ende dreißig. Er ist schlank und attraktiv; sein volles schwarzes Haar ist aus der Stirn nach hinten gekämmt. Der seitliche Blick und das matte Lächeln sind unverkennbar.

«Das ist Val», murmelt Don.

«Ja. Und wer noch?»

Dons Finger senkt sich auf die glänzende Oberfläche. Unter den vier Gestalten im vorderen Teil des Boots befindet sich eine junge Version seiner selbst, Don Lamb – ein zarter, dunkeläugiger Junge, der traurig in Gedanken verloren hinab ins Wasser blickt … Er zuckt erschrocken zusammen, als er sich selbst erkennt, und sieht, dass er einmal so ausgesehen hat. Das Bild muss von einem anderen Boot oder vom Ufer des Flusses aus gemacht worden sein – aber wann? Die anderen Gestalten sind abgewandt oder in Schatten getaucht. Nur die Gesichter von Val und Don stechen hervor – der ältere Mann beobachtet den jüngeren, und der jüngere ist in Gedanken versunken.

«Wir sehen so jung aus.» Don hält sich das Foto nah vor die Augen.

«Aber du bist es. Selbst ich konnte das sehen. Es ist mir in der ersten Nacht aufgefallen, die ich hier verbracht habe.»

Das Foto gibt, wie Schwarz-Weiß-Fotografien von sonnigen Tagen es tun, die Wirklichkeit geschärft wieder, ein unbedeutendes Vorkommnis veredelt durch den Glanz eines Standfotos. Das Spiel von Licht von Schatten … Er fragt sich, was er gesehen hat, dort neben dem Boot – sein eigenes Spiegelbild im Wasser? Oder wollte er ganz einfach der Kamera ausweichen?

Während er das Bild anstarrt, spürt er Bens amüsierte Verachtung für alles, was es repräsentiert – unbeschwerte

Privilegiertheit, enger Erfahrungshorizont und Elitismus ohne Schuldbewusstsein.

«Ich weiß nicht», sagt er schließlich und blickt auf, «ich habe kaum etwas mit dem da gemein. Welche Anteile sind noch dieselben? Die Zellen meines Gehirns haben sich seitdem erneuert, und zwar jede einzelne. Ich kann mich nicht erinnern, wann das war.»

Sie schauen zusammen auf das Bild. Dann sagt Ben: «Ich glaube, er war in dich verliebt. So, wie er dich anguckt ...»

«Val? Unmöglich.» Dons Lachen verwandelt sich in ein röchelndes Husten. Er greift nach seinem Glas.

«Wirklich?»

Don versucht, im Geist in jene Zeit zurückzukehren, als Val sein Doktorvater war, aber die Erinnerung, die sich einstellt – ihn überrumpelt –, ist frisch. Val im Fellows' Garden, erst vor acht Monaten, wie er ihm dieses groteske Geständnis macht: «Ich liebe dich.»

Zum ersten Mal, wie eine Droge, die zu wirken beginnt, nimmt die Möglichkeit in seinem Geist Gestalt an – bevor Zweifel herbeieilen, um sie zu vertreiben. Er legt das Foto aufs Sofa.

«Manchmal liest man mehr in ein Bild hinein, als tatsächlich darin enthalten ist. Der Zwang zur Deutung ...»

«Und manchmal ist es unmöglich, die wahre Bedeutung zu verkennen», unterbricht ihn Ben. «Manchmal hat diese Bedeutung etwas damit zu tun, wer sich das Bild angeschaut und was er dabei empfunden hat. Ich meine – was hat das Foto auf Val Blacks Kaminsims zu suchen? Und wenn man es sich recht überlegt: Was hast du in diesem Haus zu suchen?»

«Das weißt du sehr gut. Es ist zurzeit mein Zuhause.»

«Du bist in seinem Haus, schläfst in seinem Bett, machst den Job, den er dir gegeben hat.» Ben ist plötzlich erschöpft.

«Seine Sachen», er schaut sich mit vernichtendem Blick im Raum um, «umgeben dich überall. Es ist, als wäre er hier – als *wäre* er dieses Haus.»

«Das ist doch lächerlich. Ich sehe Val seltener als in all den Jahren in Cambridge.»

«Aber wie häufig redest du mit ihm? Wie oft ruft er an?»

Don antwortet nicht.

«Ich würde sagen», beharrt Ben, «er ist dir so nah wie nur möglich. Auch aus einer gewissen Entfernung sitzt er da und beobachtet dich. Vielleicht liebt er dich nicht mehr wie früher, aber er ist noch immer – was weiß ich – besessen.»

Don steht auf und bringt das Foto zum Kamin zurück. Dabei fällt ihm ein anderes Bild ins Auge. Ein Mann und eine Frau – wahrscheinlich Vals Eltern – sitzen an einem Sandstrand. Dunkelhaarig, attraktiv, wunderschön, im Urlaub. Die Gebäude hinter ihnen sind Betonklötze aus den 1950ern. Es sieht nicht nach England aus.

«Schon verrückt», sagt er.

«Was ist verrückt?»

«Niemand hat je mit mir über mein Leben gesprochen. Nicht auf diese Art.»

«Macht es dir etwas aus?»

«Nein, ich glaube nicht.» Dons Worte strömen hervor wie Seifenblasen. «Und es ist verrückt, dass ich dieses Foto nicht gesehen habe. Oder vielleicht habe ich es gesehen, aber ohne genau genug hinzuschauen, ohne es zu erkennen.»

Sein ganzer Körper fühlt sich flüssig und flüchtig an. Könnte der Anblick des Fotos dieses Schwindelgefühl ausgelöst haben? Er schaut Ben an, der zurückschaut, und ihm wird klar, dass Ben im selben Alter ist wie er damals.

«Ich glaube», sagt er langsam, «ich habe etwas zu viel getrunken.»

Am nächsten Morgen ist ein Zeitungsausschnitt in der Post, ein Ausschnitt aus dem *Cambridge Echo*, in einem Umschlag ohne Begleitbrief.

Am letzten Samstag wurde Peterhouse College die ungewöhnliche Szenerie eines performativen Kunstwerks. Eine plastische Installation im Innenhof des Colleges wurde vorsätzlich angezündet, was eine Reihe kleinerer Explosionen auslöste. Angela Cannon, die Künstlerin hinter diesem Spektakel, bezeichnete es als «Metamorphose».

Don trägt den Papierschnipsel ins Wohnzimmer.

Es ist genau das, was Val in Peterhouse zu tun pflegte – kleine Zeitungsausschnitte in Dons Fach am Eingang zu legen. Lustige oder mäßig interessante Vorkommnisse. Aber über diesen Witz will er nicht lachen. Er beschließt, den Ausschnitt zurückzugeben, ihn in einem von Vals Büchern zu verstecken.

Er geht die Bücherregale im Wohnzimmer entlang, die in verschiedene Kategorien gegliedert sind – französische und deutsche Literatur, metaphysische Lyrik, Ästhetik. Bei dieser letzten Abteilung bleibt er stehen und zieht einen schmalen gelben Band heraus. *Die neoklassische Pose* – Vals erstes Buch. Der Rücken bricht, als er es aufschlägt; die Seiten haben einen dunklen Ockerton angenommen. Die Typografie – Sans Serif, Mitte des Jahrhunderts – ist beinahe wunderlich in ihrer Einfachheit. Er liest ein paar Seiten und ist wieder einmal vom Stil des Buches ergriffen. Luzid, profund, aber auch radikal schnörkellos, ohne Kommata und Adjektive. Alles ist von einer nüchternen, surrealen Unverblümtheit, trotz der geistreich vorgetragenen Argumente.

Er stellt Vals Buch an seinen Platz zurück, den Zeitungsausschnitt noch immer in der Hand, und geht zum Regal mit antiker Literatur hinüber. Dort steht bestimmt ein Exemplar der *Metamorphosen* von Ovid.

Tatsächlich entdeckt er bald eine Ausgabe von John Drydens Übersetzung des lateinischen Texts. Der Buchrücken ist mit Goldbuchstaben verziert. Die Sekunde, die er braucht, um die Schrift auf dem Rücken zu lesen, scheint sich endlos auszudehnen. Es ist *sein* Buch, sein Exemplar, das Buch, das er meinte verloren oder weggeworfen zu haben. Das Buch, in das er seinen Brief an Anders Andersson gelegt hat, vor Jahrzehnten, nachdem der Brief als stummes Symbol der Ablehnung zu ihm zurückgekommen war.

Er zieht es aus dem Regal und schlägt es auf. Sein eigener Name steht mit Bleistift geschrieben auf dem Innentitel, in seiner eigenen Handschrift. Wie ist es in Vals Regal gekommen? Er durchforscht seinen Geist und durchdenkt jede logische Möglichkeit, versucht, einen Anhaltspunkt zu finden. Doch nur ein Gedanke hält der Überprüfung stand – der, dass er selbst Val das Buch gegeben oder geliehen hat. Sie tauschten damals oft Bücher aus.

Er steht da mit dem Buch in der Hand, so still wie eine Figur in einem Gemälde. Hatte er den Brief vorher herausgenommen? Er hatte ihn zwischen den Seiten versteckt, wie eine Reliquie in ihrem Schrein, die niemals wieder entnommen werden soll. Etwas sagt ihm, dass er das Buch nicht weggegeben hätte, wenn er an den Brief gedacht hätte. Die Möglichkeit, dass er Val das Buch ohne viel nachzudenken gegeben hat – und der Brief noch darin verborgen war –, verfestigt sich tief in seinen Gedanken.

Er blättert es durch, um zu sehen, ob der Brief sich noch darin befindet, obwohl er weiß, dass das nicht der Fall sein wird. Er schüttelt die Seiten.

Und überhaupt – könnte Val geglaubt haben, der Brief

wäre an ihn gerichtet? Mit unbehaglichem Zucken fragt sich Don, ob er Anders' Namen in der Anrede genannt hat. Es ist gut vorstellbar, dass der Brief eine unpersönliche Erklärung war, an niemand bestimmtes gerichtet, nach der Art der klassischen Apostrophe. Das Liebeslied eines verrückten Jungen.

Er klappt das Buch zu, steckt es sich in die Tasche und geht im Raum umher. Nein, unmöglich: Val war zu klug, zu zynisch, um zu glauben, dass er für ihn war. Er erkannte stets die Wahrheit der Dinge. Don hat ihn jetzt vor Augen – den jungen Professor Black, schon in den späten 1960ern ein akademischer Star, wie er die Augenbrauen über das handschriftliche Bekenntnis seines Studenten runzelt und es dann weglegt.

* * *

Er liest die Samstagsausgabe der *Times*. Klatsch über das Ende der Ehe von Charles und Diana drängt alle wirklichen Nachrichten an den Rand.

«Heute Abend wird die Ausstellung eröffnet.»

«Welche Ausstellung?»

Ben ist aufgewacht, nachdem er den halben Nachmittag auf dem Samtsofa geschlafen hat.

«Die Ausstellung, von der ich dir erzählt habe. Kommst du mit?»

Während er sich auf einem Ellbogen aufstützt, erklärt Ben, die Ausstellung sei in einem alten Wettbüro in der Nähe des Cricketstadions The Oval. Er und ein paar Freunde stellen ihre Arbeit aus. Er schlägt vor, dass sie zu Fuß hingehen.

Don faltet die Zeitung zusammen. Es ist ein schwüler Nachmittag. Er trägt ein Leinenjackett über einem Hemd ohne Krawatte, seine typische Sommerkleidung, aber er fühlt sich erhitzt und eingeengt. Er fummelt am Hemd herum und knöpft es weiter auf. An den Fingerknöcheln spürt er das leichte Kratzen von Bartstoppeln am Hals. Die Vorstellung einer Pilgerfahrt durch Südlondon überkommt ihn mit der Macht eines großen Unterfangens.

Um vier Uhr brechen sie auf und gehen nach Herne Hill hinunter, vorbei am Haus der Rosses in der Craxton Road, dann entlang der Grenze zum Brockwell Park in Richtung Denmark Hill. Die Hitze treibt die Leute auf die Straße. Auf einem Grashügel am Fuß eines Hochhauses biegen sich zwei Mädchen in Crop-Tops vor Lachen. Sie sind etwas älter als zehn. Eine der beiden setzt sich ins Gras und rollt sich auf die Seite. Das Haar fällt ihr in Locken vor das Auge. Mit dem anderen Auge mustert sie Don, als Ben und er vorbeigehen.

Sie kommen zum King's College Hospital – eine Ansammlung von Gebäuden verschiedener Epochen, modernistische Wucherungen um einen viktorianischen Nukleus. Auf dem Bürgersteig davor werden die Türen eines wartenden Krankenwagens aufgerissen. Ein Leichnam ist unter den Laken auf eine Trage geschnallt, am Ende der kahle rosa Kopf wie eine Bockwurst. Sanitäter tragen das Bündel schnell zu einem Rollwagen.

Die Straße weitet sich zu einer Kreuzung. Eine junge Frau kreuzt ihren Weg, sie schiebt einen Kinderwagen. Die Plastikgriffe sind rosa wie Kaugummi.

«Es ist eine Erleichterung, die Arbeit liegen zu lassen», sagt Don, nachdem sie einige Minuten geschwiegen haben.

«Aber du kommst nie wirklich von ihr los, oder?», erwidert Ben. «Sie geht dir durch den Kopf, wo du auch bist.»

Dons Augen irren im Durcheinander der Straßenkreuzung umher, dieser chaotischen Schnittstelle von Plakatwänden, Ampeln, Geländern und Verkehrsschildern.

«Das mag so sein. Wenn ich diese verkommene Straße entlangschaue, sehe ich die idealisierten Strukturen von Piero della Francescas makelloser Stadt. Findest du das lächerlich?»

«Ja, ein bisschen schon.»

Don ist unbeirrt. «Schau nach vorn, die Verbindung der Bürgersteige, das zylindrische Gebäude an der Kreuzung. Du könntest die Szene einrahmen und sie würde einem italienischen Renaissance-Gemälde ähneln, zumindest strukturell: eine Welt ferner Fluchtpunkte. Du könntest Linien über das Bild zeichnen, um das Zurückweichen des Raums zu kartografieren.» Er legt den Kopf in den Nacken und blinzelt. «Und dann – stell dir nur vor, dieses System von Linien auch vertikal anzuwenden.»

«Ist es das, was du mit Tiepolos Gemälden machst?»

«Ganz genau. Ihr unbegrenzter blauer Raum kann unterteilt, trianguliert werden. Grenzenlosigkeit ist nur eine Illusion.»

«Aber worauf läuft das hinaus?»

«Das ist nicht so leicht zu erklären. Das Buch ist in ein sehr schwieriges Stadium eingetreten.»

Ben dreht sich um und grinst ironisch. Vielleicht weiß er, dass das Buch seit Wochen nicht mehr vorankommt. «Als du jetzt stehen geblieben bist und in den Himmel geschaut hast, hast du ihn nicht vermessen. Du hast nicht an klassische Proportionen gedacht. Du hast etwas empfunden.»

Sie kommen am Camberwell Green vorbei. Ben sagt, er kenne einen Pub am Burgess Park, der an seiner grün gekachelten Fassade zu erkennen sei. Sie machen eine Pause und trinken ein kleines Lager. Der dunkle Innenraum – der an diesem sonnigen Nachmittag noch dunkler wirkt – ist angefüllt mit Rauch und Stille.

Danach gehen sie an einer lockeren Ansammlung von

Läden entlang. An den Eingängen lungern Teenager herum. Vor einem Lebensmittelladen aufgestapelte Kunststoffkästen verströmen einen süß-bitteren Geruch nach Obst und Gemüse. Im nächsten Schaufenster steht ein Glassarg voller rohem Fleisch – Bratenstücke, Hack, Fleischwürfel, durchzogen von cremigem Fett und mit grünen Karten gespickt, auf die mit Kugelschreiber Preise und Gewichte gekritzelt sind. Die Farben dieser Objekte, kleine Einzelheiten, dringen in Dons Wahrnehmung wie neuartige Phänomene, Dinge, die er noch nie gesehen hat.

«Um ehrlich zu sein», sagt Don, als sie in die John-Ruskin-Straße einbiegen, «ich habe in all den Jahren nur wenig Zeit in London verbracht. Wenn ich hierhergekommen bin, dann für gewöhnlich nach Bloomsbury, das akademische Stadtviertel. Cambridge war meine Welt.»

«Du hast nie daran gedacht, fortzugehen?»

«Nicht bis letztes Jahr. Vor diesem ...» Er denkt kurz nach. «Ich konnte mir nicht vorstellen, warum man sich wünschen könnte, anderswo zu leben.»

Ben schaut geradeaus. «Du konntest nicht über Cambridge hinausblicken. Aber ich denke, da ist noch mehr. Du scheinst ganze Abschnitte deines Lebens vergessen zu haben. Dinge, die mit dir zu tun haben. In deinem Fall sollte man das Wort Akademie durch Amnesie ersetzen.»

Don nickt. Er denkt an das Leben in Peterhouse, wie sehr jedes Jahr dem vorigen glich, wie die Leute nie gingen oder sich änderten – wie das Leben eine immer wiederkehrende Gegenwart war. Doch das ist jetzt Vergangenheit.

«Vielleicht ist die Dimension der Zeit in mein Leben getreten», sagt er.

«Wollen wir's hoffen.» Ben lacht. «Wir werden ja sehen.»

Dons Blicke wandern an den Schaufenstern entlang –

Wettbüros, Baumschulen, Spirituosen, Goldankauf – und er fällt in eine Art Trance. Alles ist wahrnehmbares Geräusch und lebendige Empfindung. Ein leerstehender Laden ist mit Plakaten zugeklebt, auf denen der Name Jah Shaka steht. Ein Stück weiter sieht er zwei Polizisten. Die Metallkappen ihrer Helme blinken unregelmäßig. Ein Lastwagen ist mitten auf der Straße stehen geblieben, was wütende Rufe und Hupkonzerte auslöst. Sein Heck ist durch ein glattes Brett verschlossen, das waagerecht eingesetzt wurde. Sie kommen zu einem Geschäft für Secondhandmöbel, das ungefähr die Hälfte seiner Waren auf den Bürgersteig herausgestellt hat. Gepolsterte Lehnstühle und ramponierte Tische, Schlafsofas, Heizlüfter und eine Resopalkommode mit demolierten Schubläden, Treibgut aus zwei Jahrzehnten. Eine junge Frau sitzt in einem der Lehnstühle und schaut zu, wie das Leben an ihr vorbeizieht. Sie ist mager, hat strähnige Haare und trägt eine schwarze Lederjacke, Jeans und Lederstiefel. Don fragt sich, weshalb sie hier eine Pause macht und wohin sie anschließend gehen wird. Als er näherkommt, schließt sie die Augen gegen die Sonne.

Er ist sich nicht sofort bewusst, dass sie am Ziel sind. Sie stehen in einer Menschenmenge auf einem Stück Fußweg unter dem Außenskelett eines Gasometers. Das Publikum ist anders als alles, was er schon einmal gesehen hat. Männer und Frauen in grober, uneleganter Kleidung oder überhaupt nur spärlich bekleidet (er sieht nackte, nur mit Tattoos bekleidete Arme und Beine), Gestalten, die ihm geschlechtslos vorkommen oder beiden Geschlechtern zugleich angehören, Gesichter unterschiedlicher Hautfarben … Er lächelt bei dem Gedanken an die Eröffnung der Caravaggio-Ausstellung im Brockwell, und dann an das Stifter-Bankett. Er fühlt sich verwegen und unkonventionell.

Ben nickt und grinst einem nach dem anderen zu. Don folgt ihm wie hypnotisiert und ist sich der Blicke in seine Richtung bewusst. Diese Menschen, die ihm so ausgesprochen fremd sind, sind einander natürlich ausgesprochen vertraut. *Er* ist der Alien – der Eindringling.

«Ein Gast, der dessen hier nicht würdig ist», murmelt er laut, George Herbert gegen den Strich zitierend.

«Der was?», fragt eine Frau, die neben ihm steht. Sie lächelt und entblößt eine Lücke zwischen den Vorderzähnen. Die fiebrige Stimmung der Menge hat ihren Ursprung hinter einer kleinen Tür und wird auf einem Jetstream aus Zigarettenrauch und Bierdunst herausgetragen. Über die Tür sind in Druckbuchstaben die Worte *CITY RACING* gemalt – weiße Buchstaben auf Rennbahn-Grün, wobei die Spore des «G» sich zu einem Unterstrich verlängert.

Eine alte Frau kommt auf Don zu. Sie ist klein und abgelebt und hat ein verhärmtes, aber spitzbübisches Gesicht.

«War früher ein Wettbüro», sagt sie mit einem Zwinkern.

Ihr Akzent ist reines Cockney, fast schon eine Cockney-Parodie. Ihr Atem riecht nach Alkohol. Ben kommt dazu, nimmt sie ihn den Arm und sagt «Sandra Schätzchen» zu ihr.

«Das ist mein Freund Don», sagt er.

Sandra wendet sich wieder Don zu. «Ah, ja, wir wissen alles über dich.»

Mein Freund Don. Er verwahrt die Worte in seinem Gedächtnis, während die Menge ihn mehr und mehr in sich aufnimmt.

Direkt vor dem Schaufenster stehen zwei Männer, die hier fehl am Platz wirken – aufrecht und ernst, bereits in ihren Fünfzigern und in identischen gelbbraunen Tuchanzügen. Auch ihre Seidenkrawatten sind gleich – babyblau. Sie stehen mit leichtem Abstand zueinander und beobachten die Menge wie Wachtposten.

Don wittert verwandte Seelen, nähert sich ihnen und streckt die Hand aus.

«Professor Don Lamb», sagt er mit dem Selbstbewusstsein, das er bei gesellschaftlichen Anlässen gewöhnlich in seine Worte legt, doch er spürt im selben Moment, wie absurd das unter diesen Menschen, an diesem Ort wirken muss.

Der größere der beiden Männer ergreift seine Hand. Hinter dicken Brillengläsern hat er große, forschende Augen. Sein Haar ist schütter, aber gepflegt. Er sieht wie ein Lehrer aus.

Sofort ist Ben zur Stelle und greift ein. «George, das ist Don.»

«Erfreut, Sie kennenzulernen», sagt George in geziertem Ton. «Wo sind Sie Professor?»

«Ich bin – war – am Peterhouse in Cambridge.»

George lächelt weise. «Das Land der Stenze und Schwänze, wie wir es nennen.»

Der andere Mann, sein Gehilfe oder kleineres Double, kichert mit belustigter Geringschätzung. Dons Selbstbewusstsein fällt im Schneideraum seines Gehirns zerschnippelt zu Boden. Er grinst wie ein Trottel.

«Hier entlang, Don.» Ben führt ihn über die Schwelle.

Die Galerie, wie Ben sie nennt, ist leerer als der Bürgersteig. Sie besteht aus zwei korrespondierenden Räumen. Die Wände sind weiß getüncht, und der geriffelte Betonboden ist mit einer glatten Schicht grauer Farbe überzogen. Die Luft riecht nach Farbe und Zigarettenrauch. Jemand hat ein Fahrrad kopfüber im Raum stehen lassen.

Offene Bierflaschen stehen auf einem Tisch. Don nimmt sich eine und trinkt.

«Wo ist die Ausstellung? Wo ist die Kunst?»

«Schau dich einfach um», sagt Ben leise.

Er und Ben gehen in verschiedene Richtungen. Jetzt merkt er, dass auf dem umgedrehten Fahrrad ein Holzbrett montiert ist (eigentlich unter ihm – es liegt auf den Reifen) und dass eine Reihe von Fotos auf dieser Holzleiste angeordnet sind: Fotos vom nackten Schritt eines Mannes, auf denen immer wieder zwei blasse, gespreizte Schenkel und ein bescheidener Bauch zu sehen sind. Die Genitalien des Mannes sind von Gegenständen verdeckt – Äpfeln, einer Banane, einem Strauß roter Rosen.

Auf der anderen Seite des Raums sieht er auf einem kleinen Fernsehbildschirm das Video einer Gestalt im Gorillakostüm, die auf und ab springt, bis das Kostüm an ihr hinuntergleitet und den dünnen nackten Mann darin entblößt.

Beim Zuschauen knöpft Don sein Jackett mit einer Hand zu und gleich wieder auf. Ben tritt von hinten an ihn heran, legt den Arm um ihn – eine lockere, sorglose Geste, genau berechnet – und führt ihn weiter.

Sie gehen in den nächsten Raum. Er ist kleiner und bis auf ein einziges Bild in der Ecke leer. Es ist ein großes, gerahmtes Werk. Es scheint vollkommen blau zu sein: eine hellblaue Tafel, womöglich ein abstraktes Gemälde. Aber als Don näher kommt, sieht er, dass es ein Mosaik ist – tausende Papierschnipsel, alle ein wenig anders gefärbt, zu einer enormen Komposition zusammengefügt. Einige der Schnipsel enthalten Spuren anderer Farben – rosa, grau oder hellgelb. An manchen Stellen laufen dünne Bleistiftlinien durch das Blau.

Erschrocken erkennt er in den penibel ausgeschnittenen Papierschnipseln die Silhouetten bekannter Gestalten. Seine Augen folgen dem Profil des fliegenden Pegasus und den

Konturen der Venus, die plump auf einer Wolke sitzt. Die Figuren sind als Umrisse – Geister – in dem Meer blauer Fetzen vorhanden.

Nur den Himmeln – den auf Dons Schreibtisch und Fußboden fehlenden Himmeln – wurde Zutritt zu diesem Bild gewährt.

Er starrt es verblüfft an. «Was hast du getan? Meine Tiepolo-Himmel ...»

«Ich habe sie beschlagnahmt», sagt Ben.

Don kommt sich vor, als würde er in der Komposition verschwinden – so penibel, pervers und sinnlos. Er versucht, eine angemessene Reaktion hervorzubringen, die Empfindung von Wut.

«Ich wollte es *Auslöschung aller Dinge, die sich in blauem Dunst ereignen* nennen», sagt Ben. «Aber ich fand das zu lang – und zu klug.»

Don fühlt sich eigenartig belebt. Der Raum um ihn herum – die Geräusche und die Menschen, die kommen und gehen – tritt ins Nichts zurück. Ben verschwindet.

Es gibt keine Perspektive – keinen festen Punkt. Nur zermahlenen Raum, der sich in alle Richtungen ausdehnt. Sein Blick schwimmt über die changierende Farbe und sein ganzer Körper wird von einer Art Schwindel erfasst. Sein Verstand versucht behutsam, Grenzen zu etablieren, aber es ist, als ergösse sich das Bild über seine Ränder hinweg – als wären diese Ränder nur eine Illusion, geschaffen, um seinen Intellekt zu beschwichtigen. Urteilsvermögen, Unterscheidungskraft, die Lineale und Messgeräte der genauen Analyse sind verschwunden, genau wie die dem Skalpell zum Opfer gefallenen Details der Gemälde, und zurückgeblieben ist – was? Er hält die Luft an und stößt sie dann heftig aus. Ein rohes, unbezähmbares Gefühl.

«Was glaubst du, wonach er da sucht?», sagt jemand hinter ihm und ruft damit unterdrücktes Gelächter hervor. «Vielleicht hat er seinen Mantel da drin verloren.»

Der Klang ist nah, aber entfernt, wie Stimmen in einem Traum.

Schließlich reißt er sich vom Bild los und lenkt die Schritte zurück zum Eingang.

Draußen beginnt der Himmel über dem Außenskelett des Gasometers abzukühlen. Er sieht aus wie Bens Collage, eine Million gebrochener Facetten. Ben steht ein paar Schritte entfernt bei einer Gruppe von Freunden. Er kommt herüber und drückt ihm ein neues Bier in die Hand. Die Flasche ist kalt und glitschig, und das Etikett rutscht auf dem Glas hin und her. Bens Freunde drehen sich um und betrachten Don mit einem Ausdruck von freundlichem Interesse.

«Und wie hast du es genannt, das Bild?», fragt Don in einem Versuch, den Lärm zu übertönen.

Ben beugt sich zu ihm – Don kann seinen Atem an seinem Ohr spüren. «Wie *du* es genannt hast. *Tiepolo-Blau.*»

Don nickt und trinkt den bitteren Inhalt der Flasche. Die ausgelassene Tonlage der Gruppe füllt seinen Kopf. Dann gibt ihm Ben mit einer einladenden Berührung am Arm zu verstehen, dass es Zeit ist zu gehen.

«Komm mit», sagt er. «Wir gehen nach Soho.»

Sie gehen an der Mauer um das Cricketstadion entlang. Eine Reihe von Flutlichtern leuchtet über ihnen, auf das unsichtbare Feld gerichtet. Sie kommen an Wohnblocks vorbei, mit tristen Verzierungen auf braunem Backstein – nur die Wäscheleinen auf den Balkonen verraten das Leben im Innern. Dann biegen sie in eine schmalere, dunklere Straße, die von Bürogebäuden mit Glasfassaden gesäumt ist.

Die Straße endet am Ufer der Themse. Der Verkehr rast vorbei. Dahinter liegt der Fluss, ein metallischer Streifen unter dem rosa Himmel.

Sie überqueren die Straße und bleiben an der Brüstung stehen. Es ist Flut, unter ihnen brandet Wasser gegen die Mauer. Don wird von einer Gefühlswelle überwältigt. Ben steht neben ihm – ihre Arme berühren sich –, und sie starren über den Fluss auf das schmucklose Rechteck des Millbank Towers und die Verzierungen des Westminster Palace. Über die ganze City verteilt stehen Kräne, mechanische Flamingos, die auf ihren dünnen Beinen eingeschlafen sind, lakritzschwarz vor dem Sonnenuntergang.

Er hat es schon früher empfunden, wenn er mit Ben allein war, aber noch nie so stark wie jetzt – das Aufeinanderprallen von Fröhlichkeit und Schmerz, die Empfindung endloser Zeit, die – jedes Mal – verschwindet, bevor er sie zu fassen bekommt.

Sie überqueren die Vauxhall Bridge, von wo Ben auf ein neues Gebäude am Ufer deutet. Es ist ein riesiger babylonischer Haufen aus Naturstein und grünem Glas. Don nennt es Ägyptomanie à la Thatcher. Ben lacht darüber und steckt zwei Zigaretten zugleich an, eine steckt er Don in den Mund. Ihre Blicke treffen sich und Don zittert, obwohl die Luft noch warm ist. Dann atmet er tief ein und spürt, wie sein Körper mit abendlicher Ruhe geflutet wird.

Sie durchqueren Westminster und Whitehall bis zum Trafalgar Square. Tauben zanken sich und flattern davon, als ein Straßenmusiker zu spielen beginnt. Die National Gallery lauert auf der anderen Seite des Platzes. Don denkt an Dirk Coltman, seinen alten Bekannten in der Gallery, und stellt fest, dass er nicht mehr weiß, wie er aussieht.

Schließlich kommen sie nach Soho. Hier kennt sich Ben

mit schlafwandlerischer Sicherheit aus. Sie schlüpfen in einen Pub namens French House, ein intimes, schäbiges Loch, das sich wie eine unterirdische Zelle anfühlt, ein Widerstandsnest. Eine blonde Frau singt *Smoke Get's in Your Eyes*, begleitet von einem blinden Mann am Klavier. Ihr alterndes Gesicht ist leuchtend rot und ihr Lederrock endet ein ganzes Stück über den Knien. Sie raucht beim Singen – *When a lovely flame dies…* – und öffnet den Mund so weit, dass man ihr in den schwarzen Rachen blickt. Ihre Stimme klingt wie pulverisierter Terrazzo.

Hinterher wandern sie durch die engen Straßen von Soho, an Frauen vorbei, die in Hauseingängen posieren, und an kleinen Läden, neonhell hinter offenen Türen, die überquellen vor Masken, Tangas, Peitschen und Dildos in verschiedenen Farben und Formen, allesamt in hübschen Regalen der Aufmerksamkeit empfohlen. Don fühlt sich an die Gewölbe der Händler von Venedig erinnert. Aus einer Seitengasse weht der Gestank von Abfall und Zigarettenrauch. Sex liegt in der Luft – er durchdringt alles.

Ben führt ihn im Zickzackkurs durch Gassen, schwarz von Schmutz, und unter einer Seufzerbrücke hindurch. Über einem abgelegenen Eingang, gerahmt von Mülleimern, sieht Don einen blinkenden Neonschriftzug: CALYPSO.

«Das ist das römische Bad», sagt Ben. «Dahin gehen die Homos zum Ficken.»

«*Griechisch* würde besser passen.»

Sie lachen beide, und Don fragt sich – wie schon so oft –, ob Ben sich selbst als einen von *denen* betrachtet, von diesen Männern, den Homos. Ben würde es ihm vermutlich nicht sagen, selbst wenn er fragen würde. Ben ist wie ein fröhliches Gespenst, ein Sylphe, der sich nicht fangen lässt.

Vor einem Pub bleiben sie stehen und schauen zu, wie die

Leute aus dem Prince Edward Theatre herausströmen. Es wird eine neue Musical-Fassung von *Antigone* gegeben.

Ben redet auf ihn ein, während sie dort stehen, doch er ist zu betrunken, es zu verstehen. Er spricht über Liebe und Rache, und – so verrückt das auch scheint – über Valentine Black.

Ben berührt Dons Handgelenk und spricht mit heimlichtuerischer, eindringlicher Stimme. Die Nacht hat den Chromglanz von Träumen angenommen. Don fragt sich, an die Wand des Pubs gelehnt, ob Bens Worte eine Warnung sein sollen. Liegt ein warnender Schimmer in den Lichtern Sohos, der Bernsteinfarbe der Drinks?

«Er will mich vom Haus und von dir fernhalten», sagt Ben, während er sich eine neue Zigarette am Stummel der alten ansteckt.

Das Leben sickert in einem warmen, unsauberen Strom vorbei – eine lärmende Kakofonie von Rufen, Lachen, Hupen und ferner Musik. Sie überlappt sich mit Bens Stimme wie eine Wasserströmung mit einer anderen.

Don greift mit der Hand nach Bens Arm – dem fällt die Zigarette aus dem Mund – und versucht zu sagen, was Ben vor ein paar Wochen zu ihm gesagt hat – diesen beiläufigen Vorwurf, bei dem ihm das Herz stehenblieb: «Liebster, du hättest mitkommen sollen.»

Aber die Worte wollen keine Form annehmen, sie stürzen ab und verpuffen.

Irgendwann ist der Punkt erreicht, an dem selbst das Gedächtnis ausblutet, hinab in die stinkenden Gossen der Old Crompton Street.

* * *

Er wacht früh auf. Vereinzelte Lichtstrahlen dringen in den Raum. Als er die Augen öffnet, stellt er fest, dass ein Mann neben ihm liegt. Eine eklatante, nackte Präsenz in seinem Bett, von ihm abgewandt – nicht zugedeckt, die Beine übereinander, die Arme unter dem Kopfkissen.

Eine Sekunde lang oder zwei, bevor er die Situation versteht, betrachtet er die entspannten Muskeln auf Bens Rücken. Die Haut spiegelt beinahe. Ihre zarte Topografie und die winzigen Poren sind das Einzige, was Sinn ergibt – was real ist.

Dann begreift er. Sie müssen spät nach Hause gekommen sein – ein Taxi von Soho nach Dulwich, Don hat gezahlt – und sind nach oben getorkelt. Ben ist zufällig oder nicht zufällig in den falschen Raum geraten und ins falsche Bett gefallen. Don blickt hinab auf seinen Arsch und die Schenkel, vier Rundungen (eine davon mit einem Muttermal), von engen Spalten unterteilt, die die Form eines schrägen Kreuzes bilden. Er erlaubt seinem Blick zu verweilen, doch innerlich läuten die Alarmglocken.

Er selbst trägt immerhin Unterwäsche. Sicher, dann ist also … aber er kann sich nicht erinnern. Alles, was nach diesem Pub in Soho geschah, ist eine beige Leerstelle.

Als er Bens Schulterblätter und die leiche Vertiefung mustert, die in der Mitte seines Rückens verläuft, denkt er darüber nach, wie nah Zärtlichkeit grober Brutalität kommen kann. Sein Verlangen zu schauen ist zugleich ein Verlangen zu spüren, zu halten und zu besitzen.

Er rückt näher. Er führt seine Lippen an den schlafenden Körper heran, bis sie beinahe Bens Haut berühren. Als sein Mund den Kontakt herstellt, ist er überrascht von der Hitze, die ihm entgegenstrahlt. Bens Körper verströmt einen dezenten, subkutan verlockenden Geruch. Er löst den Mund und gleitet im Bett nach unten. Er berührt die verschiedenen Abschnitte der Linie, die von Bens Nacken zum Ansatz seines Hinterns führt – so leicht, dass nur die pulsierende Wärme in seinen Lippen verrät, dass ein Kontakt besteht.

Neben seinen Pobacken mit den zwei kleinen Grübchen ist Bens Haut von ultrafeinen Haaren überzogen, die nur aus nächster Nähe zu sehen sind. Don hält ein und spürt, wie sie ihn kitzeln.

Er gleitet zurück. Stück für Stück stemmt er sich auf einem Arm in die Höhe. Er beugt sich – langsam und vorsichtig – vor, um über den Horizont von Bens Hüfte zu schauen.

Ben schnarcht explosionsartig. Aus seinem Körper steigt der Geruch von abgestandenem Alkohol auf. Don zieht sich zurück.

In Zeitlupentempo, damit das Bettgestell nicht knarrt, gleitet Don vom Bett, sammelt seine Sachen zusammen und schleicht auf Zehenspitzen aus dem Raum.

Don ist an diesem Morgen nicht verkatert. Seine Sinne sind elektrisiert. Kurz vor der Mitarbeiterbesprechung, als er im Korridor an Henri Rousseaus Gemälde der Tigerjagd vorbeigeht, kehrt der verschüttete letzte Teil seiner Nacht in London mit einem hellen, klaren Ruck zurück.

Es war spät in der Nacht. Sie hatten den Pub in Soho verlassen und waren an einem unterirdischen Ort gelandet, einem lärmenden Labyrinth von Treppen und Kammern. Auf einer der Treppen trafen sie einen Mann, einen Schauspieler, den Ben kannte, setzten sich mit ihm in ein Kellergewölbe und tranken Red-Stripe-Bier. Der Mann musste um die fünfzig sein, aber er hatte ein jungenhaftes, begeisterungsfähiges Gesicht – er wirkte viel jünger. Don erinnert sich an ihr mäanderndes Gespräch – dass sie über den heiligen Sebastian, Jerusalem, Rittersporn und den Krieg auf dem Balkan redeten.

Der Schauspieler saß stundenlang zwischen ihm und Ben. Während sie plauderten, zog er einen Stapel Fotos aus der Tasche und sagte, es seien Stills aus einem Film, in dem er mitgespielt habe – dem Film eines Künstlers, der vor einem Jahr gestorben sei. Die Fotos zeigten hervorragende Rekonstruktionen von Caravaggio-Gemälden mit Schauspielern und theatralischer Ausleuchtung. Nah am Original, aber mit genialen Abweichungen. Unmissverständliche Fälschungen. Grinsend zeigte der Schauspieler auf ein Foto von sich selbst in der Rolle des gegeißelten Christus.

Im Sommer-Refektorium hat die Besprechung bereits begonnen. Michael Ross scheint den Vorsitz zu führen: Er hat seinen Stuhl etwas vom Tisch zurückgeschoben, die Beine übereinandergeschlagen und sich die Tagesordnung aufs Knie gelegt; zwischen den Fingern lässt er einen Stift rotieren. Don umrundet den Tisch und nimmt seinen Platz ein.

«Ich möchte die Arbeiten eines Künstlers ausstellen, der vor kurzem verstorben ist», verkündet er, wobei er Maud Berenson ins Wort fällt, die von einer neuen Initiative berichtet, Schülergruppen ins Haus einzuladen. «Eines Filmemachers namens Derek Jarman.»

Im Raum herrscht Stille. Alle Augen sind auf ihn gerichtet.

«Steht das auf der Tagesordnung?», fragt Michael.

«Er hat einen Film gedreht, der auf dem Leben Caravaggios basiert», erzählt Don lebhaft. «Eine fiktionale Version der Biografie des Malers. Ein experimenteller Film. Er wäre eine sensationelle Ergänzung zu unserer Caravaggio-Ausstellung.»

Maud, die konzentriert in ihrem Notizbuch gelesen hat, hebt den Blick. «Danke, Professor Lamb, für diesen fantasievollen Vorschlag. Aber dies ist eine Gemäldegalerie und kein Kino. Wo könnte man denn einen Film zeigen?»

«Darüber habe ich schon nachgedacht. Wir werden das Oktogon verdunkeln – die Kuppel abdecken, die Türen verhängen und den Film auf eine Wand projizieren, oberhalb der Gemälde. Eine kinematografische Luftspiegelung über den gemalten Szenen.»

Stille. Bill Hoare kaut und schluckt etwas hinunter.

«Das müsste der Verwaltungsrat genehmigen», sagt Michael.

«Genau», sagt Maud. «Und außerdem müssen wir an unsere regelmäßigen Besucher denken. Wir haben eine loyale Gefolgschaft. Wen würden wir mit so etwas ansprechen?»

Don starrt sie an und erinnert sich an sein Erstaunen, als er die Bilder in der Dunkelheit des Gewölbes sah. Wenn es ihm nur gelingen würde, sich ihnen verständlich zu machen. Aber Michael ist schon zum nächsten Punkt der Tagesordnung übergegangen.

Er beschäftigt sich an diesem Vormittag mit den üblichen Dingen, aber am Nachmittag versinkt er in Trägheit. Es ist ein dumpfes, drückendes Gefühl, das seinen Fluchtinstinkt weckt. Sein Geist ruft den Anblick von Ben neben ihm im Bett hervor – eine Grenzüberschreitung, aber so unschuldig und still wie der marmorne *Schlafende Hermaphrodit* im kaiserlichen Rom, dieser wundervolle Irrtum der Natur, der bei den Diokletiansthermen ausgegraben wurde, von unbekannten Händen gemeißelt.

Er geht nach draußen und setzt sich im Garten bei den Rosenbeeten auf eine Bank. Das Wetter ist herrlich – eine strahlende Sonne, ein wolkenloser Himmel. Der Garten glitzert vor Farben. Dottergelbe Schlüsselblumen zieren den Rasen.

Es geschieht hier, durch das plötzliche Freiräumen einer neurologischen Verbindung, dass ihm ein anderer perfekter Sommernachmittag, der Jahrzehnte zurückliegt, ins Gedächtnis kommt. Er und Val und noch ein paar andere machten eine Kahnfahrt auf der Cam – was selten vorkam. Don fühlte sich betrunken, wahrscheinlich zum ersten Mal. Er erinnert sich, sich im Boot hingelegt zu haben, mit dem Kopf nah am Wasser. Die ruhige Oberfläche zeigte ein Faksimile des Himmels.

Anschließend, als sie das Boot verlassen hatten, waren er und Val allein – sie gingen zurück zum Peterhouse über den Coe Fen. Die Wiesen flirrten. Grasende Kühe standen herum. Val legte einen Arm um ihn, während sie über das holprige Gras gingen – schwankten, stolperten –, und sagte Don, wie sehr er ihn liebte. Dann versuchte Val, ihn zu küssen – die Erinnerung bringt sein Herz zum Klopfen. Don erinnert sich, sich mit einem Schwall gestotterter Verweigerungen entzogen und Val dort auf der Wiese zwischen den Kühen stehen gelassen zu haben.

Sie haben später nie mehr darüber gesprochen. Da ist er sich ganz sicher. Und doch ist alles um diese Erinnerung herum dunkel und unscharf. Wie konnte er das vergessen? Er denkt zurück an den Liebesbrief, den er in Ovids *Metamorphosen* versteckt hatte – dem Buch, das er Val gegeben hat –, und versucht, in das Herz seines Freundes einzutreten.

Was Ben gesagt hat, ist wahr. Das Foto auf Vals Kaminsims – das an diesem Tag aufgenommen worden sein muss – erzählt eine Geschichte. Die Liebe eines älteren Mannes, selbst noch jung, zu einem jüngeren Mann, der nicht wusste, wie er sie erwidern sollte. Vielleicht war die bloße Erinnerung an Anders Andersson bereits ein defensiver Reflex, der andere Möglichkeiten ausschloss. Vielleicht war das Buch, mit dem erfolglosen Brief, schon vor diesem schicksalhaften Tag am Fluss in Vals Hände gelangt.

Die Sonnenstrahlen setzen ihren sanften Angriff fort. Er spürt Schweiß auf seine Stirn treten.

Im Laufe der Jahre haben er und Val sich in einer bequemen Vertrautheit eingerichtet, das lockere Geplänkel von Freunden, die zusammen arbeiten, zusammen zu Abend essen, zusammen planen, jammern und in Erinnerungen schwelgen. Selten haben sie von dem gesprochen, was sie wirklich empfanden.

Hat ein Teil von Vals früher Leidenschaft überlebt? Er lässt den Blick über den Rasen schweifen; die Bäume sind wie vulkanische Wolken in sattestem Grün. In gewisser Weise hat er es immer gewusst, aber er ist dem Wissen aus dem Weg gegangen, hat es unterdrückt – zufrieden damit zu glauben, ihre Intimität wäre eine intellektuelle Angelegenheit und nicht mehr (genau wie Ben gesagt hat: sein akademisches Leben war von Amnesie geprägt). Für einen von ihnen war sie jedoch immer eine Herzensangelegenheit.

Das Haus ist leer, als er von der Arbeit zurückkehrt. Zu leer. Keine herumliegenden Kleidungsstücke, keine Kunstmaterialien. Alles ist verdächtig sauber.

Eine Stunde oder mehr wartet er im Wohnzimmer. Dann springt er auf, läuft nach oben – beide Stockwerke – und platzt ins Dienstbotenzimmer. Das Bett ist gemacht und leer. Nichts liegt auf dem Fußboden herum. Jede Spur von Ben wurde getilgt.

Don geht langsam wieder hinab. Er durchwandert das Haus auf der Suche nach irgendeiner herumliegenden Hinterlassenschaft, bis die Atmosphäre erdrückend wird und er ins Freie muss. Draußen scheint noch die Sonne. Er geht ins Village und findet sich gegenüber dem Crown and Greyhound wieder. Er beschließt, sich draußen hinzusetzen und die Zeit verstreichen zu lassen. Er bezieht Position am Ende des Tisches und verbrennt die leeren Stunden mit Wein und Zigaretten.

Die Ahnung, dass Ben gegangen ist – und nicht wiederkommen wird –, verfestigt sich zur Gewissheit. Ist es ihm peinlich, was letzte Nacht geschehen ist, als er in Dons Bett landete? Nein, daran liegt es nicht. Er kann nicht glauben, dass Ben das etwas ausmacht.

Zurück im Haus, stolpert er nach oben und bricht auf dem Bett zusammen. Er liegt voll bekleidet auf einer Seite der Matratze, der Position gegenüber, von der aus er am Morgen Ben betrachtet hat. Er sucht nach Zeichen – Abdrücken – im Laken, aber das Stück Leinen gleitet immer wieder aus seinem Blickfeld. Er zieht sein Hemd aus, Schuhe, Hose, Unterwäsche – schleudert Stück für Stück auf den Fußboden, bis er nackt ist.

Als er aufwacht, ist er noch immer allein. Es ist noch nicht Morgen, aber der größte Teil der Nacht ist vorüber. Er liegt in einem merkwürdigen Winkel auf der zerzausten Wildnis des Bettes. Die Decke ist zu Boden gefallen. Elektrische Signale zucken durch seinen Geist und vermengen Bilder von Ben mit der verschwommenen Wirklichkeit des Raums.

Er zieht die Knie an die Brust und versucht, seine aufgewühlten Gedanken zu beruhigen, indem er die Lightshow auf den Lidern seiner geschlossenen Augen verfolgt. Nach einer Weile wird er sich eines heftigen Hungergefühls bewusst. Er sammelt all seine verbliebenen Kräfte und geht nach unten, ohne sich darum zu kümmern, dass er nackt ist; mit beiden Händen klammert er sich an das Treppengeländer. Im Kühlschrank liegt eine Packung Cheddarkäse. Er reißt die Hülle ab und gräbt die Zähne in den kalten, harten Block. Währenddessen fragt er sich, ob er hinter der Milchglasscheibe zu Inas Anbau ein Licht flackern sieht – ein trübes, schwaches Licht, das ihn an den Hund erinnert, den er im Brockwell Park gesehen hat und erst auf den zweiten Blick als Hund erkannte.

Er geht zurück durch den Korridor, setzt sich auf die unterste Treppenstufe und betrachtet die Gasflasche, die er anfangs für eine minoische Amphore gehalten hat; er zuckt zusammen bei dem Gedanken daran, wie er an jenem Tag im Coe Fen vor Val zurückgeschreckt ist. Er wünscht sich, er könnte sich daran erinnern, was danach passiert ist. Aber er sieht nur den Moment der Zurückweisung und den Ausdruck von Schrecken auf Vals Gesicht, einen Ausdruck, der wahrscheinlich den seines eigenen Gesichts gespiegelt hat.

Er streicht mit der Hand über die staubige Oberfläche der Gasflasche und schaukelt sie sanft auf der teppichbelegten Stufe hin und her.

Selbst jetzt, ein Vierteljahrhundert später, kommt ihm das alles absurd vor. Valentine Black mit seinem Leben in London, seiner Galaxie von Verbindungen … warum sollte er sich auf diese Weise für Don interessieren? Don besinnt sich auf das, was Ben gesagt hat, als sie das Foto betrachteten – dass Val ihn aus der Ferne beobachtet, ihn herumschubst und kontrolliert, in einem solchen Ausmaß, dass er Don von Peterhouse fortschickt, aber ihn immer noch anruft und ihm den Weg weist. Ihm kommt der Gedanke, dass sie all die Jahre von dem auf Distanz gehalten wurden, was sie scheinbar miteinander verband – den ritualisierten Verhaltensweisen unter Freunden.

Als er das nächste Mal mit Val spricht, einige Tage später, nehmen sie diese Verhaltensweisen wieder auf. Sie reden über die Wahl eines Dekans von Peterhouse. Don versucht, seine Schlussfolgerungen wegzurationalisieren. Was auch immer geschehen ist, ist lange her. Sie sind nicht mehr dieselben Menschen wie auf dem Foto. Wie er schon zu Ben gesagt hat – jede einzelne Zelle seines Gehirns hat sich erneuert. Was ist Erinnerung schon anderes als ein Hologramm – eine Illusion?

15

Tagelang rechnet er damit, Ben wiederzusehen. Aber jeden Abend ist das Haus verlassen, und der einzige Mensch, dem er dort begegnet, ist Ina, die ihre Runden dreht.

Er steht vor dem rosa Samtsofa. In Gedanken verloren, merkt er nicht, dass Ina hereingekommen ist. Sie steht neben ihm und hält ihm eine Tasse schwarzen Kaffee hin.

Er schaut in ihre blauen Augen und nimmt die Tasse.

«Dann ist er also fort, für immer?», fragt sie.

«Ich weiß es nicht.»

Sie geht hinüber zum Kamin und putzt den Staub von der bronzenen Uhr.

«Wissen Sie, Don, vielleicht ist es besser so. Er muss sein eigenes Leben führen.»

«Natürlich muss er das. Er hat es immer getan.»

Sie schaut ihn an. «Und nicht nur er. Auch Sie haben Ihr eigenes Leben. Oft dauern diese Dinge so lange, wie man sie braucht, und dann …» Sie legt das Putztuch hin und geht zu einem von Vals Gemälden, das zum Schutz vor dem Sonnenlicht hinter einem kleinen Damastvorhang verborgen ist. Sie spielt mit der goldenen Kordel. «Und dann gibt man sich gegenseitig frei.»

Don schaut ihr schweigend zu. Er weiß nicht, was er sagen soll. Nicht zum ersten Mal fragt er sich, wer Ina ist – und wird sich mit frischem Bedauern bewusst, dass Ben ihm das hätte sagen können. Hat er ihre Rolle missverstanden – unterschätzt? Er stellt sich vor, wie sie zu dritt in der Küche singen oder Pasolini-Filme gucken.

«Außerdem mag Val es nicht, wenn Gäste zu lange bleiben», sagt Ina und lässt die Kordel los. «Außer bei Ihnen natürlich.»

Don nickt mit bitterer Resignation. «Sie haben es ihm also gesagt? Val wusste die ganze Zeit über Ben Bescheid?»

Ihre Blicke gleiten über ihn hin. «Nein, ich habe ihm nichts gesagt. Sie auch nicht? Wollen Sie sagen, er wusste es nicht?»

Bevor er antworten kann, lächelt sie – es ist das erste Mal, dass er sie wirklich lächeln sieht – und schließt eine Sekunde die Augen. Sie zuckt die Schultern und stapft aus dem Raum.

* * *

Eine Woche vergeht, dann eine weitere.

Er weiß, dass Ben nicht zurückkommt. Er kann es spüren. Wieder und wieder ruft er sich ins Gedächtnis, dass Ben niemals vorhatte zu bleiben. Es war ein vorübergehender Besuch, eine zeitweilige Vereinbarung.

Aber Bens Verschwinden ist wie ein Tod. Don kann seine physische Abwesenheit nicht begreifen. Jeden Tag geht er ins Wohnzimmer und hofft wie besessen, mit rasendem Herzen, Ben dort vorzufinden. Doch er sieht nur das leere rosa Sofa.

Er sucht Ablenkung, aber die mahlenden Routinen im Brockwell lassen seinem Geist genügend Raum zu schweifen. Sein Buch kommt ihm jetzt wie die Arbeit eines anderen Menschen vor, es ist ihm fremd. Und er bringt es nicht über sich, die kleinen ausgeschnittenen Figuren zu betrachten, die seinen Schlafzimmerteppich übersäen.

Wohin er auch geht, er denkt an Ben – lacht in Gedanken über Bens Bemerkungen, wiederholt Bens Beleidigungen mit trauriger Freude, und verflucht sich selbst für jede professorale Bemerkung, jede pingelige Stichelei, jede prüde Verweigerung. «Liebster, du hättest mitkommen sollen», hat Ben gesagt. Warum hat er es nicht getan? Hätte er sich anders verhalten können?

Am Abend geht er vom Museum zurück zum Haus und verlässt es fast sofort wieder, um hinaus in die länger werdenden Schatten zu treten. Er geht von Dulwich zum Oval, den Weg, den er zusammen mit Ben vor wenigen Wochen genommen hat. Er geht denselben Weg mehrere Male. Manchmal fühlt er sich schrecklich verlassen. Er geht wieder zu der Bar in Soho mit dem Klavier, hört einen jungen Mann mit blonder Perücke *I Can't Say No* singen. Der Mann lässt seinen Blick unter schweren Lidern durch den Raum wandern – er bleibt an Don hängen.

In den freien Morgenstunden vor der Arbeit fährt er mit Bussen überall in London herum und hält vom Oberdeck aus Ausschau nach Ben. In der Charing Cross Road sieht er einen Mann in Ledertrenchcoat und Rollkragenpullover – mit gefärbtem Haar, die Finger mit Farbe beschmiert – mit dem starren Blick eines Falken herumschlendern. Ein anderes Mal sieht er in der Nähe von Camberwell Green zwei Männer miteinander kämpfen, in der Nähe eine hinkende alte Frau mit Hund.

Aber niemals sieht er Ben. Von seinem Ausguck in der ersten Reihe des Busses sucht er vergebens.

Eines Tages, als wenig zu tun ist, verlässt er das Museum in der Mittagszeit und nimmt den Bus nach New Cross. Er fragt einen Fremden nach dem Weg zum Goldsmiths College. Als er die Vordertreppe emporsteigt, nimmt er seine professorale Haltung ein, die ihm nun künstlich vorkommt. Das viktorianische Gebäude ist von verfallener Größe, ein merkwürdiger Widerspruch zu seinem Ruf als Schmelztiegel moderner Kunst.

Er betritt eine widerhallende Lobby und wandert den ersten Korridor entlang, der sich vor ihm auftut. Er mustert die Gesichter der Menschen, an denen er vorbeigeht, lässt sich ein kühles Treppenhaus hinauf- und hinabtreiben. Es riecht entfernt nach Industrie, den Resten von Rauch. Eine Tür geht auf und Studenten drängeln sich lachend und rufend heraus. Ein Mädchen stößt mit ihm zusammen; er schaut auf sie hinab und sieht, dass ihr wuscheliges Haar von einer dicken Gipsschicht bedeckt ist; auch ihre Hände sind von einer Gipskruste überzogen. Es sieht wie ein gespenstisches Make-up aus. In wenigen Sekunden ist der Strom der Körper an ihm vorbeigerauscht und hat sich in andere Räume und Korridore verteilt.

Er biegt in einen breiten Flur ein, der mit riesigen Leinwänden gesäumt ist, die mit der Vorderseite gegen die Wände gelehnt sind. Eine Lücke zwischen den Leinwänden lässt eine Tür frei. Er tritt nah an die Tür heran; hinter ihr sind Stimmen zu hören. Er öffnet die Tür einige Zentimeter und lauscht.

«Ich möchte, dass ihr euch unter Malerei etwas anderes vorstellt als Pigmente auf einer Oberfläche. Was meinen wir, wenn wir von Malerei reden? Malen ist ein Prozess, aber es ist auch ein Diskurs.»

Don öffnet die Tür ein Stück weiter und schaut in den Raum. Studenten sitzen auf orangen Plastikstühlen in einem großen Kreis. Durch zwei große Fenster strömt Licht herein und bildet im Raum unförmige Rechtecke. Mit den Studenten sitzt auch ein älterer Mann im Kreis. Er ist es – grauhaarig, finster-attraktiv –, der mit behäbigem amerikanischen Akzent redet.

«Gemälde sind nicht nur physische Objekte. Sie bestehen

aus den Kräften, die das Objekt hervorgebracht haben – dem kreativen Akt, wenn Sie so wollen –, und den Reaktionen, die das Objekt hervorruft, seiner *Rezeption* in der Welt außerhalb des Ateliers, jenseits der Intentionen des Künstlers. Sie bestehen aus den Worten, die Menschen sagen, den Urteilen, die sie fällen. Was ich jetzt zu Ihnen sage, ist Teil der Summe dessen, *was Malerei ist.*»

Unbemerkt mustert Don den Kreis der Studenten. Ihre Gesichter sind ganz anders als die der jungen Leute, die er in Cambridge unterrichtet hat. Einige sind schwarz, einer trägt einen Bart wie ein junger Rasputin, und manche tragen Make-up aus kalkweißer Grundierung und Lidstrich.

«Die Malerei ist tot!», ruft ein Mädchen mit leuchtend rotem Haar. «Sie starb zusammen mit den Madonnen und Engeln.»

«Und was ist mit Bacon?», will ein junger Mann wissen.

«Er ist tot», schnappt sie zurück. «Weißt du das nicht?» Sie rollt mit den Augen und steckt sich eine Zigarette zwischen die rot bemalten Lippen.

Ihr Lehrer betrachtet sie ruhig. «Sie lebt genau in diesem Gespräch. Verstehen Sie? *Dies* ist eine Form – eine Erweiterung – von Malerei. Dieses Gespräch.»

Eine junge Frau hebt die Hand. «Macht das Reden über eine Sache diese Sache automatisch stärker, macht es sie real? Was, wenn es rein theoretisch ist?»

«In der Kunst», sagt der Mann, «ist alles theoretisch. Und alles ist möglich. In der Kunst ist alles, was wahrnehmbar ist, real.»

Ohne es zu wollen, hat Don die Tür weiter geöffnet. Sie drehen sich um – alle – und schauen ihn an.

«Kann ich Ihnen helfen?», fragt der ältere Mann.

Don mustert die Gesichter, die sich einhellig ihm zugewandt haben, und stellt fest, dass Ben nicht dabei ist. «Ich bin Kunsthistoriker», sagt er. «Ein Professor.»

Der Mann ist von seinem Stuhl aufgestanden und kommt um den Kreis herum auf ihn zu.

Mit freudigem Erschrecken erkennt Don eine der Studentinnen. Sie ist das Mädchen, das im Crown and Greyhound seinen Wein getrunken hat. Ihr Haar ist anders – kurz, abgeschnitten. Sie sieht erschöpft aus. Sie trägt eine zerrissene Jeans und ein durchlöchertes T-Shirt. (Er fragt sich, ob man durch eins der Löcher wirklich ihre Brustwarze sehen kann.) Sie starrt ihn ohne jedes Zeichen des Wiedererkennens an.

Don lächelt und will ihr zuwinken, aber der Dozent tritt in sein Blickfeld.

«Wer auch immer Sie sind, Sie stören meine Vorlesung. Gehen Sie bitte.»

Der Mann legt eine Hand auf Dons Arm und schiebt ihn zurück durch die Tür.

«Verschwinde, du Arschgesicht!», ruft das Mädchen, und dann, an den Dozenten gewandt: «Mach ihn fertig, Malco.» Sie lacht böse.

Die Tür schlägt zu und Don ist allein auf dem Flur. Mit beiden Händen schlägt er gegen die Tür.

«Weiß einer von euch, wo Ben ist?», ruft er.

Er versucht, die Tür zu öffnen, rüttelt an der Klinke und wirft sich mit seinem ganzen Gewicht dagegen, aber sie ist von innen verschlossen. Der Dozent stößt Drohungen aus. Don lehnt den Kopf gegen die Tür und wiederholt in Gedanken seine Frage: *Weiß es einer von euch?*

Er wandert durch die Arterien des Goldsmiths College zurück. Teilnahmslos registriert er die Aushänge, die die Wände bedecken. Er versucht eine andere Türklinke und kommt in ein leeres Atelier – einen großen Raum mit denselben gewaltigen Fenstern. Eins der Fenster muss einen Spalt geöffnet sein – er kann einen leichten Wind spüren. Eine gelbe Matratze voller Flecken, die wie Kontinente aussehen, lehnt an der Wand wie ein kollabierter Betrunkener. Daneben steht ein hölzerner Tisch, der von Geißblatt überwuchert wird. Die Pflanze scheint aus der Mitte des Tisches herauszuwachsen und umrankt seine Beine. Ein Hauch ihres süßen, schwer fassbaren Dufts weht zu ihm herüber.

Es ist ein Trost, dass Ben, solange er unauffindbar bleibt, sich in Dons Fantasie nicht verändert. Seine Augen, sein Haar, sein Lächeln – nichts davon wird altern oder sich wandeln. Schönheit ist eine kurzlebige Tyrannei, außer im Geist, wo sie für immer regiert. Don steht allein im leeren Atelier und starrt auf die merkwürdigen Dinge dort.

Auf der Rückfahrt schläft er ein und träumt von wucherndem Geißblatt und mythischen Charakteren – fluiden, nicht erinnerlichen Wesen.

Er wacht auf, als der Bus in East Dulwich ankommt. Im Moment, als er aussteigt, schert ein Wagen aus, um den haltenden Bus zu überholen. Er hört Hupen und quietschende Reifen – fast ein Zusammenstoß. Aus der Gegenrichtung muss ein anderer Wagen gekommen sein. Und wirklich, eine Sekunde später taucht ein schwarzer Mercedes hinter dem Bus auf und fährt schnell davon.

Die Straße ist wieder frei. Don ist sich kalt bewusst, als er sie überquert, dass der Fahrer des Mercedes wie Val aussah. Er ist sich außerdem sicher, dass ein zweiter Mann vorn im Wagen saß, ein Beifahrer. Aber als Erstes war ihm die Kleidung der beiden aufgefallen – die gleichen schwarzen Anzüge und Krawatten. Beerdigungsgarderobe. Er hatte keine Gelegenheit, ihre Gesichter genau zu sehen.

Die kranke Idee, dass Val und Michael Ross Ben gekidnappt, im Heck des Wagens verstaut haben, kommt ihm in den Sinn. Später vermutet er prosaischer, dass Val auf dem Weg zu einer Beerdigung war.

Doch sein Verstand füllt sich mit Zweifeln. Sicherlich war es nur der Wagen, den er erkannt hat – und Val ist nicht der Einzige, der einen solchen Mercedes fährt. Außerdem ist er sich sicher, dass der Fahrer (obwohl er ihn nur kurz sehen konnte) zu verschlossen war – zu steif und leblos im Gesicht –, um Val gewesen zu sein, der immer gern auf eine gute Beerdigung geht.

Die Briefe, Texte und Ausleihgesuche, die sich auf seinem Tisch häufen, bedeuten ihm weniger denn je. Neben ihnen sitzt der neue Computer wie ein Inkubus und konfrontiert ihn mit seinem gefühllosen Starren.

Er öffnet eine Schublade und nimmt das rote Buch mit den Goldbuchstaben heraus – er hat es jetzt immer in seiner Nähe. Er durchblättert die Seiten, als wollte er es dem Zufall überlassen, bei welcher Geschichte er landet, doch er weiß, nach welcher er sucht.

Der Zyklop Polyphem verliebte sich in Galatea. Sein Verlangen trieb ihn in den Wahnsinn. Er suchte nach seiner Geliebten, um sie schließlich in den Armen des schönen Acis zu finden. Vor Schreck und Qual warf er einen Stein nach Acis und tötete ihn. Als er den Mythos liest, denkt Don an eine Tuschzeichnung, die Polyphem zeigt, wie er durch eine Spalte zwischen den Felsen schaut – ein mörderischer Lauscher –, als Acis das nackte Mädchen gerade ins Bett trägt. Er fragt sich, ob Ben jetzt irgendwo liegt und an der Seite eines neuen Liebhabers vor sich hindöst.

Er schließt das Buch und streichelt das Cover.

Es klopft und Mauds Kopf erscheint im Türspalt.

«Professor Lamb, kommen Sie bitte. Wir haben einen Notfall.»

Er folgt ihr durch den Korridor und die Ausstellungssäle in den Nicolaides-Saal. Eine Gruppe von Menschen hat sich wie eine Trauergemeinde um ein großes Gemälde versammelt. Bill ist unter ihnen, ebenso Inigo Price, der Restaurierungsexperte, mit seinem braunen Anzug und dem tausendfüßlerschmalen Schnurrbart. Don sieht, dass es sich bei dem Gemälde um Poussins *Triumph Davids* handelt – zum Brockwell zurückgekehrt nach dem Intermezzo der Säuberung, jedoch grotesk verändert. Die Details der Szene – die Falten der Kleidung, die Riffel der Säulen, der Gesichtsausdruck der Frauen, die hockend den heldenhaften Jungen auf seinem Triumphzug durch Jerusalem anschauen – sind restlos getilgt. Schattige Nischen sind zu sandiger Öde verflacht.

«Ich habe Mr Price gebeten, es gründlich zu reinigen», trällert Bill, die Augen vor Angst geweitet. «Ich habe gesagt, er solle besonders gründlich sein.»

Mr Price senkt den Kopf. «Die Säuren in meiner Reinigungsflüssigkeit waren vielleicht zu wirkungsvoll. Ich kann mich nicht genug dafür entschuldigen.»

«Es wird Jahre dauern, das zu restaurieren», platzt Maud wütend heraus. Sie hat Tränen in den Augen.

Sie und der Rest der Menge richten die Augen auf Don in Erwartung seines Urteils.

Er betrachtet die Überreste des Gemäldes. Vor allem ist er verblüfft von der schimmernden Lieblichkeit der Szene in diesem aufgelösten Zustand. Es ist, als hätte sich eine dünne Gaze auf das Gemälde gesenkt. Die Gestalten in ihren fließenden Gewändern haben sich in unscharfe Impressionen verwandelt. Harte Formen sind zu Garben schwereloser, pulveriger Farbe geworden. Denn die Farben selbst haben überlebt, sind sogar kräftiger geworden. Das Ganze pulsiert in Blau, Orange und Umbra. Goliaths Kopf ist eine ockerfarbene Silhouette, so konturlos wie ein Gesicht vor einem lichtdurchfluteten Fenster.

«Es erinnert mich an das Werk dieses neueren französischen Künstlers, Puvis de Chavannes», murmelt Don. «Oder auch an Seurat.»

Maud starrt ihn an. «Ist das alles, was Ihnen dazu einfällt?»

Er schaut sie feierlich an. Was sollte er sagen? Er weiß, dass es seine Schuld ist: Er hatte pompös und drohend eine gründliche Reinigung gefordert. Er wendet sich zu Bill um und ist im Begriff, dem elenden Mann zu sagen, das alles sei *seine* Schuld, er habe ein Meisterwerk zerstört. Aber der alte Automatismus des Zensurenverteilens ist ausgetrocknet.

«Gehen Sie wieder an die Arbeit, Bill», sagt er sanft. «Alle anderen auch. Wir machen es nicht besser, wenn wir es anstarren.»

«Aber was sollen wir nur tun?», will Maud wissen, fast schon hysterisch. «Wenn doch nur Michael hier wäre.»

«Wenn doch nur», wiederholt Don nachdenklich, bevor seine Geisteskräfte zurückkehren. «Wo ist er denn?»

«Wissen Sie das nicht?» Einen Moment lang lässt ihre Verzweiflung nach und ein sarkastisches Funkeln tritt in ihre Augen. «Er ist diese Woche in Rom, sie drehen den ersten Teil seiner Dokumentarsendung.»

Don blickt wieder zum Poussin, der kein Poussin mehr ist. «Nun, ich würde sagen, Mr Price soll die Sache in Ordnung bringen.»

Maud schäumt wieder vor Wut. «Was, nachdem er das Gemälde selbst ruiniert hat? Wie können wir *diesen Mann* je wieder in seine Nähe lassen?»

«Tja, das lässt sich ganz schnell machen», sagt Inigo und hebt triumphierend die Fäuste. «Einen Monat – ach, weniger! Die Pigmente habe ich gerade da.»

* * *

Seine Arbeitsbelastung hat in letzter Zeit nachgelassen. Die Belegschaft belästigt ihn immer seltener mit ihren Anfragen. Jeden Freitag um elf macht er die Führung des Direktors, auch wenn die Teilnehmerzahl von Woche zu Woche abnimmt.

Eines Morgens Anfang August besteht das Publikum aus drei Personen – ein Paar ältlicher Frauen und ein hinfälliger Mann, für den ein Hocker gefunden werden muss. Don versucht, seine übliche Lebhaftigkeit beizubehalten, aber die betagten Besucher zwingen ihn zu einem behäbigeren Tempo.

Der Höhepunkt der Führung ist Peter Lelys *Junger Mann wie ein Hirte* – das Gemälde eines langhaarigen Jugendlichen, der ins Leere blickt, eine Flöte in der Hand.

«Historisch wurde dieses Gemälde *Ein Junge wie ein Hirte* genannt», erzählt ihnen Don. «Natürlich war der Junge, den Lely gemalt hat, nicht wirklich ein Hirte.» Er zeigt auf den Tagträumer auf dem Bild, feminin und aristokratisch im Zwielicht einer Parklandschaft. «Noch war er ein Junge, genau genommen. Lely hat ihn in einem Zwischenstadium porträtiert, zwischen Junge und Mann.»

Er macht eine Pause und schaut in die drei gealterten Gesichter. Nur eine seiner Zuhörerinnen scheint die Worte zu verdauen, eine Frau, deren scharfer Blick durch das Zwillingsbullauge ihrer Brille auf ihn gerichtet ist – und ihr scheinen Zweifel durch den Kopf zu gehen.

«Wo beginnt die ländliche Verkleidung und wo das wirkliche Leben des Modells?», fragt Don. «Sehen Sie, wie sein Finger den Stab berührt – er streichelt ihn. Er benutzt ihn nicht, spürt ihn nur. Sehen Sie, wie er die Flöte hält. Er spielt nur, ein Hirte zu sein. Und nehmen Sie sein Gesicht! An was hat er wirklich gedacht, als er in Lelys Atelier in diesem Kostüm Modell stand? Vielleicht an die lateinischen Epigramme, die er für seinen Tutor lernen sollte. Die Kunst, sehen Sie, will das *Leben* noch nicht verschleiern.»

«Ich weiß wirklich nicht, was Sie meinen», sagt die Frau. Ihr Blick ist stählern, feindselig.

«Und warum sagen Sie, er ist kein Junge?», säuselt ihre Freundin, eine kleine Lady mit schneeweißem Haar. Bis jetzt hatte sie taub gewirkt, doch nun spricht sie mit überraschender Schärfe. «Sie können mir kein X für ein U vormachen!»

Don holt tief Luft. «Der Jugendliche spielt eine Rolle, wer auch immer er ist. Seine Hände sind zu zart, um die eines Hirten zu sein. Was wissen wir denn wirklich über ihn?»

«Kein X für ein U, das sage ich Ihnen», wiederholt die Lady mit weißem Haar. «Sagen Sie das, weil er hübsches langes Haar hat – sagen Sie deshalb, er ist kein Junge?»

Don dreht sich nach dem Jungen auf dem Gemälde um – städtischer als ein Hirte und wissender als ein Junge. Er seufzt.

«Ja, zum Teil ist es das Haar. Er ist mehr als *eine* Person – ein Modell, eine Figur, beides zusammen. Ein Junge und ein Mann, beides und keins von beiden. Verstehen Sie das nicht?» Er fängt an zu stottern; in der Anstrengung, sich klar auszudrücken, stolpert er über die eigenen Worte.

«Ich verstehe nicht, was das damit zu tun hat, dass die Kunst das Leben verschleiert», sagt die erste Frau. «Warum soll er keine zarten Hände haben?» Ihr Tonfall hat eine ironische Wendung angenommen. «So wie Ihre!»

Don spürt den furchtbaren Drang, sie an den Handgelenken zu packen und aus ihrer Borniertheit zu schütteln. Er stellt sich vor, wie sich der Schrecken auf ihrem Gesicht ausbreitet und die Wächter herbeigelaufen kommen, um ihn zurückzuhalten. Sie starrt ihn an und wartet auf eine Antwort. Empfindet sie mit übersinnlicher Intuition, fragt er sich, woran er gerade gedacht hat? Er taucht in die Abgründe ihrer winzigen Pupillen.

Plötzlich gibt der alte Mann auf seinem Hocker, der die ganze Zeit geschwiegen hat, ein keuchendes Glucksen von sich.

Don schaut hinab auf die zerbrechliche Gestalt. Einen erschreckenden, rauschhaften Moment lang glaubt er, Maurice Forster vor sich zu haben. Doch im nächsten Augenblick ist die Ähnlichkeit verschwunden. Der Mann ist in ein Stadium jenseits jeder Erkennbarkeit verschrumpelt – die Zeit hat ihn zur Anonymität verwittert. Seine Augen sind geschlossen und zwischen seinen stöckerigen Beinen liegt ein knorriger Stock, um seinen zittrigen Händen Halt zu geben. Er könnte jeder sein.

Don versucht zu lächeln. Er weiß, dass er jämmerlich versagt hat.

«Vielen Dank, dass Sie an dieser Führung teilgenommen haben.» Seine Stimme ist schwach und zittrig.

Der alte Mann öffnet die Augen wie ein Wesen, das aus dem Winterschlaf erwacht, und wirft Don zahnlückig-grinsend einen spöttischen Blick zu – so spöttisch, wie es seinem greisen Gesicht nur möglich ist.

Später am Tag, als in den Sälen wenig los ist, kehrt er zu Lelys Gemälde zurück. Er wiederholt im Geiste die Worte, die auf taube Ohren trafen, denkt an die Künstlichkeit seiner eigenen Rolle, hier, an diesem Ort, und fragt sich, wer – oder was – *ihn* freischütteln könnte. Ohne es zu wollen, streckt er die Hand aus und berührt jede der Fingerspitzen des Jungen. Der Firnis des Gemäldes vibriert bei seiner Berührung. Er fühlt sich glatt an, trocken und unerwartet warm.

* * *

Am Samstagabend bummelt er im Haus herum. Die Stille ist bedrückend. Ina und ihre Mutter sind nach Brighton gefahren. Sie hat ihm einen Gemüseauflauf in den Kühlschrank gestellt.

Er schlendert in die Küche und schaut lustlos die türkisfarbenen Schränke und das Tischtuch mit rotem Raster auf weißem Grund an. Er versucht, die Tür zu Inas Anbau zu öffnen. Sie ist verschlossen. Er lehnt den Kopf an die Milchglasscheibe, kann aber nichts erkennen.

In einer Küchenschublade findet er einen Schlüssel mit der Beschriftung «Hintertür». Dieser stillgelegte Eingang zum Garten befindet sich hinter dem Sofa im Fernsehzimmer neben der Küche. Er durchquert den Raum und schiebt das Ledersofa beiseite. Die obere Hälfte der Tür ist verglast, aber der Blick nach draußen ist durch einen Busch verdeckt. Er schließt die Tür auf – der Schlüssel dreht sich überraschend leicht im Schloss – und drückt sie gegen die Wand aus Laub. Sie öffnet sich nur wenige Zentimeter mit dem Geräusch von bröckelndem Lehm. Er drückt wieder und wieder und zwingt die Tür hinein ins Dickicht. Das Gebüsch knackt und gibt nach, bis sich ein schmaler Pfad in den Garten öffnet.

Draußen ist es noch nicht ganz dunkel. Als er sich seinen Weg durch das Gestrüpp bahnt, stellt er fest, dass der Boden unter seinen Füßen hart ist – er ist gepflastert. Man sieht die Steine nur direkt entlang der Wand von Inas Anbau – dort sind die Büsche zurückgeschnitten worden und geben einen schmalen Weg frei. Sonst ist der Garten von einem dichten, wogenden Gewirr von Pflanzen bedeckt, das sich am Ende des Anbaus zu einer hohen Barriere erhebt. Als Don durch das Dickicht watet, durch hüfthohes Unkraut, stößt er mit einem Bein an etwas Hartes. Er schiebt das Grünzeug zur Seite und legt ein rostiges Eisengitter und ein beiges Armaturenbrett frei – einen alten Kühlschrank oder Ofen.

Er zerrt an den Ästen und sieht, dass die Schlingpflanzen noch weitere Gegenstände verbergen – alte Blechdosen, Stahlrohre, aufgestapelte Autoreifen, schmierige Glasflaschen. Asseln huschen fort, als er eine leere Flasche Courvoisier hochhebt. Er reißt weiter an den Zweigen. Unter wucherndem Efeu begraben liegt etwas, das wie ein Automotor aussieht, zusammengedrückte Röhren und Schläuche, und daneben ein Haufen alter Kleidung – Lederjacken, Jeans und ein Pelzmantel, aufeinandergestapelt wie geologische Schichten. Das Material ist beinah zu Kompost zerfallen, ist aber identifizierbar – gerade noch – als das, was es einmal war.

Don blickt entgeistert auf den Müll, den der Garten des Puppenhauses verbirgt. Es ist, als hätte ein Lumpensammler seinen Wagen Tag für Tag an dieser Stelle geleert. Wie konnte Val das erlauben?

Irgendetwas weiter hinten im Garten zieht seinen Blick an. Wo sich das Gebüsch um den Anbau herumschlingt und das dahinter liegende Gelände dem Blick entzieht, ist zwischen wild wucherndem Geißblatt eine Figur zu erkennen. Er kann eine Hand mit gebogenen Fingern ausmachen, und die Umrisse eines Arms und einer Schulter. Das Laub ist sauber beschnitten – ganz exakt –, um die Seite der Statue freizulegen.

Er stapft hinüber zum Anbau und versucht, Inas Gartentür

zu öffnen. Sie ist verschlossen. Er versucht, durch die Fenster hineinzuschauen, aber die Vorhänge sind zugezogen. Hinter einem Fenster kann man durch einen Spalt zwischen den Vorhängen den Teil eines dunklen Zimmers erkennen. Er sieht den Rand einer Scheibe oder eines Tellers, der mit Kerben und getrocknetem Ton verziert ist.

16

In Herne Hill gibt es ein Lokal namens The Sphinx, einen Pub an einer Straßenecke. Er ist unzählige Male auf seinen Spaziergängen dort vorbeigekommen und hat die verdunkelten Fenster und die liebevoll gepflegten Blumenampeln bemerkt. Eine Fahne mit Regenbogenstreifen hängt über der Tür. Am frühen Abend stehen Männer auf dem Bürgersteig davor Schlange.

Es ergibt sich, dass Don immer öfter an The Sphinx vorbeigeht. Von der gegenüberliegenden Straßenseite mustert er die wartenden Männer und bemerkt ihre einheitlich rasierten Schädel und den Glanz ihrer Lederjacken im letzten Sonnenlicht. Eines Abends geht er gedankenverloren hinüber. Er drängelt sich an der Schlange vorbei und lässt zu, dass sein Samtärmel die Lederellbogen streift.

Am nächsten Abend kehrt er zurück und fragt einen der Männer nach der Uhrzeit.

«Hast du's eilig, Kumpel?», sagt der Mann mit einem Zwinkern.

Don geht ein paar Schritte weiter, dann reiht er sich in die Schlange ein. Er steht dort zehn Minuten oder mehr und lauscht dem Geplänkel um ihn herum – obszön, gutmütig, boshaft. Der scharfe Witz – vieles davon zu schnell, um es zu verstehen – erinnert ihn an Ben. Er muss hier merkwürdig wirken, fehl am Platz. Er inhaliert den Zigarettenrauch, der über der Schlange schwebt. Sein Herz klopft heftig, als er hineingeht.

«Nen Fünfer!», ruft eine Frau, die hinter der Tür in einem Kassenhäuschen sitzt. Sie trägt schwarzen Lippenstift und kurzes schwarzes Haar, das mit Gel zu Zacken geformt ist. «Is dir klar, was für'n Laden das is, Kumpel?»

Don nickt und gibt ihr einen sauberen Geldschein.

Drinnen ist es voll, dunkel und erstaunlich laut. Er stellt sich an den Tresen und legt eine Hand auf das glitschige Geländer. Der Inhalt all der aufgereihten Flaschen funkelt ihm entgegen. Lärm brandet in einer endlosen Welle über ihn her, und er kann einzelne Gesprächsfetzen verstehen.

«Vauxhall ist auch nicht mehr, was es mal war, aber andererseits *war* es nie, was es *war*.»

«Sie landet jeden Abend 'nen Treffer, die da.»

«Ich bin keine von diesen geföhnten Tunten. Bleib mir mit deinem Make-up vom Leib, du alte Kuh.»

«Felipe is 'ne Fotze.»

Er dreht sich um und versucht, die Quellen dieser Bemerkungen zu lokalisieren. Köpfe und Körper, die sich drängeln, um den Tresen zu erreichen, versperren die Sicht. Männer schauen ihn gleichgültig, misstrauisch oder irgendwie komisch an – sie machen sich grinsend über ihn lustig.

Er dreht sich wieder zum Tresen. «Habt ihr Beaujolais?», fragt er durch den hämmernden Lärm. «Beaujolais Supérieur 1989?»

Der Barmann zuckt die Schultern; er versteht ihn nicht oder weiß nicht, was er will.

«Nimm einen Wodka mit Granatapfelsaft, Schätzchen.»

Der Vorschlag kommt von einer Stimme hinter ihm. Er dreht sich um und sieht einen schlanken Schwarzen um die zwanzig, der ihn amüsiert betrachtet. Seine Gesichtszüge sind fein gearbeitet, hübsch; er trägt ein hautenges T-Shirt in pastellfarbenem Blau, das die Arme bis zu den Schultern frei lässt.

«Danke», sagt Don und wendet sich wieder an den Barmann. «Einen Wodka mit Granatapfelsaft!»

«Ich heiße Herman», sagt der junge Mann und schiebt sich näher heran.

«Melville?», sagt Don lächelnd.

Herman erwidert das Lächeln mit dezent verächtlichem Beiklang. «Sag einfach Herman zu mir, Mann. Und das ist Sid.»

Er zeigt auf einen Mann an seiner Seite. Sid grinst und entblößt ein löchriges Gebiss. Er ist Hermans Antithese – klein, kräftig und blass. Er trägt ein rotes T-Shirt, das seinen Bauch und die behaarten Arme kaum bedeckt. Die Stoppel um seinen Mund und auf dem Kopf sind grau wie bei einem alten Hund. Sie sind mit einem dritten Mann da, Darryl, der zuhört und wenig sagt. Er hat einen dunklen Schnurrbart und gerötete Augen.

Don zahlt seinen Drink und bleibt am Tresen stehen, nippt an dem süßen Getränk. Er merkt, dass die drei Fremden ihn beobachten und mit Blicken und Lächeln ködern. Sid und Darryl sind wie schlampige Versionen von Bill Hoare und Inigo Price, denkt er. Herman redet von den LKW-Fahrern, die er schon abgeschleppt hat. Schnell und eloquent erzählt er von Nummern auf Rastplätzen, unter Autobahnbrücken und auf einem Acker unter Sternen. Immer wieder betont er die weiße Haut und die Stämmigkeit der Fahrer – wahrscheinlich wegen des Kontrasts zu sich selbst: dunkel, schlank und biegsam wie ein Balletttänzer. Aber *ein* Trucker trug rote Netzstrumpfhosen unter den Jeans.

Bei jeder grotesken Wendung der Geschichte bricht Sid in Gelächter aus. Tränen steigen ihm in die Augen und er streckt die Hand aus, um Dons Arm zu berühren. Darryl schaut unbeteiligt zu, schnaubt durch die Nase und murmelt ab und zu ein Schimpfwort in Erwiderung auf Hermans Enthüllungen.

«Mit der hab ich die ganze Nacht verbracht», sagt Herman. «In Wolverhampton hat sie mich abgesetzt.»

«Nutte», gibt Darryl von sich.

Dons Neugier wächst. Es gefällt ihm, wie sie das weibliche Pronomen statt des männlichen benutzen. Als Herman eine Pause macht, um sich eine Zigarette anzuzünden, versucht er, ihnen von den *Castrati* des 18. Jahrhunderts in Umbrien zu erzählen.

«Sie hat was in der Birne», sagt Darryl zu den anderen.

Sid biegt sich vor Lachen. Don lacht auch. Diese Männer, von denen er nichts weiß, sind zugleich fesselnd und gruselig. Die Welt, in der sie leben, ist eine prachtvolle Hölle. Die Stimmung stachelt ihn auf, er lacht wie verrückt. Als er ansetzt, ihnen von den sexuellen Jugendsünden des Kaisers Heliogabal zu erzählen, beugt sich Sid vor und gibt ihm einen kratzigen Kuss auf die Wange.

«Wann sagst du uns endlich, wer du bist?», fragt Herman.

Er sagt ihnen, sein Name sei Don (ohne Professor und Nachname) und dass er The Sphinx durch Zufall entdeckt habe.

«Keiner entdeckt diesen Laden durch Zufall», sagt Herman. Er mustert Don mit ernsten Augen, angefangen bei der Strickkrawatte und der Samtjacke, dann weiter über das Gesicht (Lippen, Zähne, Haar – inzwischen grauer als zu früheren Zeiten), um schließlich bei seinen Augen zu landen. Sein Blick ist durchdringend. Es ist, als wüsste er alles über Dons nächtliches Herumstreifen und die Gründe dafür.

Sid verkündet stolz, er komme seit 1971 in diesen Pub. «Damals haben wir für die sexuelle Emanzipation gekämpft», ruft er über den Lärmpegel der Musik, ohne jemand bestimmten anzuschauen. «Ein langer Kampf. Aber es gab Solidarität.» Sein rundes Gesicht kommt näher.

Dons Gedanken schwärmen aus und sammeln sich wieder wie Stare. «Für mich begann die sexuelle Befreiung im Brockwell Park», sagt er nachdenklich.

Sid berührt Don am Arm und sein Kiefer sackt nach unten. «Du bist bekloppt, weißt du das?» Er wendet sich an den Barmann und ruft: «Reg, gib diesem Bekloppten noch ein Glas.»

Herman hat diesen Wortwechsel still verfolgt. Er beugt sich vor und flüstert Don ins Ohr.

«Erzähl mir nichts von Befreiung. Ich hab gesehen, wie die Jungs tot umfallen wie die Fliegen, is nich lange her. Die Hälfte der Männer, die ich hier gekannt habe.»

Ben hat ihm von dieser modernen Pest erzählt, damals in dem Gewölbe, wo sie mit dem Schauspieler Red Stripe getrunken haben; in der Endphase ihrer gemeinsamen Nacht. Don schaut die Körper an, die den Pub füllen und im Licht der rotierenden Diskoscheinwerfer an der Decke lila oder zitronengelb leuchten. Zwei Männer in Lederjacken küssen sich – einer dürr, der andere fleischig mit Rettungsringen auf der Hüfte. Die Kraft, mit der sie sich ineinander vergraben, versetzt ihm einen prickelnden Schock.

«Hör mir zu, Mann», sagt Herman. «Es gibt keine Befreiung. Du glaubst, du bist frei, aber es ist nur ein weiteres Gefängnis. Ein Gefängnis, dann ein anderes Gefängnis, und dann noch eins.»

Don schaut in Hermans dunkle, lebhafte Augen, und dann wieder zu den Männern in ihrer heftigen Umarmung.

«Ich höre zu», sagt er.

In dem Moment kommt die Menschenmenge um sie herum in Bewegung. Don sieht ein Büschel blonder Haare und einen Pelzmantel. In dem Pelz steckt ein Junge, geschminkt und gertenschlank – er wirft Don durch Ringe von Mascara einen mysteriösen Blick zu. Sein Gesicht ist schlecht gelaunt, aber schön. Er wird von einem muskulösen Mann in weißem Unterhemd vorangeschoben. Die Leute scheinen vor dem Paar zurückzuweichen, um ihnen eine freie Bahn durch den Pub zu verschaffen.

Darryl hat Dons Neugier bemerkt.

«Das war Prinzessin Di», sagt er trocken.

Herman lacht schallend. «Di und Freddie!», ruft er aus. «So werden sie genannt. Prinzessin Diana ist vor Jahren mit Freddie Mercury in diesen Pub gekommen, als Junge verkleidet. Wir erinnern uns gern daran.»

Wie all die anderen Gäste beobachtet auch Don das Paar, das auf ein niedriges Podest gestiegen ist und anscheinend etwas singen will. Er schaut in schweigendem Staunen, bis er Sids Hand auf seinem Arm spürt.

«Don», sagt er liebevoll und öffnet die andere Hand. Eine goldene Kette liegt verschlungen wie eine schlafende Schlange auf seiner Handfläche. Daran hängt ein kleiner Klumpen poliertes Messing.

«Das hat mir mein erster Freund geschenkt. Er hieß auch Don. Ich möchte, dass du es bekommst.»

Sids Finger greifen in Dons Kragen und legen die Kette um seinen Hals. Don versucht, Worte des Dankes zu sagen, aber seine Stimme versagt.

* * *

Am Morgen nach dem Ausflug zu The Sphinx ist sein Kater in sein tiefstes Inneres gesickert.

Später am Vormittag liest er einen Brief von Agnes Penrose (wann, fragt sie, wird das Museum einen Saal ihr zu Ehren umbenennen?), als ihm plötzlich übel wird. Der Mageninhalt steigt ihm schon in die Kehle, als er durch den Flur eilt. Im kühlen, gekachelten Waschraum lässt die Übelkeit nach, um mit neuer Wucht zurückzukehren. Er schluckt mühsam und blickt starr zu Boden. Der Raum verdunkelt sich und färbt sich Avocadogrün.

Er spürt Kacheln an Wange und Schläfe. Seine Schulter schmerzt, wo sie auf den Boden aufgeschlagen ist. Als sein Bewusstsein zurückkehrt, sieht er die Türen der Toilettenkabinen wie einen Vorhang aus blauem Plastik, der ein Stück über dem Boden endet. Durch den Spalt dazwischen erkennt er zwei braune Lederschuhe auf dem Boden. Die Hose ist über sie gefallen wie ein durchlöcherter Ballon – schimmelgrüner Tweed.

Er bleibt still liegen und atmet verstohlen. Bill hat ihn eindeutig nicht fallen gehört – die Füße in der Kabine bewegen sich nicht.

Er kann den Blick nicht von dem flachen Tweed-Haufen abwenden. Ein elastisches Taillenband ist in den Hosenbund eingenäht und endet am offenen Hosenschlitz. Die Enden eines Ledergürtels hängen hinab. Auch abgesehen von ihrer Größe wirkt die Hose eigenartig. Die weißen Beutel der Hosentaschen sind am unteren Ende glatt abgeschnitten und haben eine Öffnung. Haarfeine Nylonfäden laufen entlang der Schnittkanten, Beweis für einen ordentlichen Scherenschnitt. Löcher in den Taschen. Notausgänge für die Hände. Im selben Moment sieht er, dass Bill keine Unterwäsche trägt.

Die Füße bewegen sich. Aus der Kabine ist Kleiderrascheln zu hören, als der Tweed hochgezogen wird. Don vermeidet jede Bewegung. Er rechnet sich aus, dass er aufstehen und entkommen kann, wenn die Spülung betätigt wird. Doch Bill hat offenbar nicht vor zu spülen – er entriegelt bereits das

Schloss. Die Tür öffnet sich quietschend, und Don hört erst ein Keuchen und dann ein pfeifendes Geräusch.

Er schließt die Augen. In einem Selbstschutzreflex stellt er sich vor, er wäre eine Leiche im Sarg. Einem mit Blei ausgekleideten Behälter auf einer Bestattungsgondel, die Venedigs Lagune bei nebelfeinem Regen durchquert.

Bill kniet sich über ihn und ruft seinen Namen.

«Aufwachen, Professor Lamb, aufwachen – Don! O Gott, Herr im Himmel, nein, bitte …»

Bill versucht, mit spitzem Finger Dons Puls zu fühlen. Er versetzt Dons Gesicht einen panischen Klaps, aber der Schlag kann die tödliche Apathie nicht durchbrechen. Bills Hand fühlt sich so weich an wie ein nasser Schwamm.

«O Don, liebe Güte, nein.»

Don bleibt totenstill und stellt sich vor, wie das Wasser gegen die alte Gondel klatscht. Er denkt an Anna Ross, wie sie in schwarzem Regenmantel und Sonnenbrille am Bug steht – und Ben, blass vor Trauer, dünn und ungesund, aber auch sehr schön im tristen Licht der Lagune.

Er hört, wie der Hahn aufgedreht wird. Wasser regnet auf sein Gesicht – ganze verzweifelte Hände voll. Es ist warm wie Pisse. Bill bereitet sich darauf vor, ihm den lebensspendenden Kuss zu verabreichen: Don hört, wie Lippen sich öffnen und schließen. Er öffnet die Augen und ringt sich ein verblüfftes Stöhnen ab.

«Wo bin ich? Was ist passiert?» Er schaut sich mit irrem Blick um und versucht den Schrecken des Lazarus vorzugaukeln, der wieder zum Leben erweckt wurde.

«Don, Don, o Don.» Bill kauert über ihm, eine enorme, verschreckte Präsenz mit bleichem, schweißbedecktem Gesicht. «Stehen Sie noch nicht auf.» Er versucht, Dons Krawatte zu lockern, drückt nutzlos am Knoten herum und drückt dabei gegen den goldenen Anhänger unter dem Kragen – Sids Geschenk.

Mit plötzlichem Schrecken befürchtet Don, Bill könne einen Herzanfall bekommen. Er hebt eine Hand und schiebt die große, zitternde Gestalt zur Seite.

«Alles in Ordnung. Mir geht's gut. Vorübergehende Bewusstlosigkeit. Niedriger Blutdruck. Das passiert mir seit meiner Kindheit.»

Bill bricht in Schluchzen aus und verbirgt den Kopf an Dons Brust. Der Klang ist fürchterlich – gedämpftes Keuchen und Kreischen verbunden mit dem Ringen nach Luft. Don spürt, wie Tränen sein Hemd durchnässen, ein großer Teich der Erleichterung.

«Alles in Ordnung», wiederholt er. «Stehen Sie auf.»

Bills Schluchzer sinken tiefer in seine Brust.

«Stehen Sie auf!» Don verliert die Geduld.

Bill zieht sich ein wenig zurück und Don kann unter ihm wegrutschen und sich aufrichten. Er sieht sich selbst im Spiegel. Ein dunkler Fleck hat sich auf seinem Hemd ausgebreitet.

«Ist mit Ihnen alles in Ordnung, Bill?» Dons Stimme scheint von weither zu kommen. «Kann ich etwas für Sie tun?»

Er hat noch nicht zu Ende gesprochen, als ein neuer Entschluss in ihm reift. Er greift Bill unter die Achseln und zieht ihn hoch, mit aller Kraft angesichts des enormen Gewichts. Wacklig und widerwillig kommt Bill auf die Füße. Don führt ihn aus dem Raum.

Als sie den Flur entlangschlurfen, Bills massiger Arm um Dons Schulter geschlungen, kommen Maud und Michael in angeregtem Gespräch aus dem Kollektivkontor. Sie verstummen sofort.

«Was ist passiert?», fragt Maud schmallippig. «Ist er krank?»

Michael betrachtet kühl das Paar, das sie abgeben, die jammervolle Gestalt von Bill und Dons durchnässtes Hemd.

«Nichts Ernstes», sagt Don. «Er braucht nur etwas frische Luft.»

Er stellt sich hinter Bill, umfasst beide Schultern und bugsiert ihn zwischen Maud und Michael hindurch wie eine Tweed-Schute.

«Kommen Sie nach draußen, Bill, in den Garten.»

In der Sonne und der frischen Luft geht es Bill schlagartig besser. Er hält sich aufrecht, lässt jedoch eine Hand an Dons Nacken liegen, eine überflüssige, merkwürdig intime Geste. Sie gehen einen der stilleren Wege am Rand des Gartens entlang, einen Kiesweg, der sich zwischen Eiben und üppigen Rhododendren hindurchschlängelt, vorbei an verwitterten Felsbrocken. Auf der einen Seite steht in einer Nische zwischen dunklem Lorbeer, etwas zurückversetzt, eine weiß gestrichene Bank aus verschnörkeltem Schmiedeeisen. Sie ist dem Museum zugewandt und bietet einen heimlichen Blick – eingerahmt von den Zweigen einer ausladenden Weide – auf den Rasen vor Dons Büro.

«Ich wusste nicht, dass es diesen Platz hier gibt», sagt Don.

«Wie draußen in der Natur – menschengemachter Natur», verkündet Bill, nimmt Platz und gibt Don ein Zeichen, sich zu ihm zu setzen. *«Solange der Fisch nach Flüssen verlangt, solange sich die Bienen an Thymian erlaben, an Tau die Zikaden, wird immer dir bleiben Ruhm und Namen und Ehre.»*

Die Verse sind ihm nicht vertraut. Es ist charmant, sie von Bills Stimme zu hören.

«Virgil, *Hirtengedichte*. Ich kenne sie noch aus der Schule. Man sagt, Virgil habe den Sommer erfunden, wenn Sie verstehen, was ich meine.» Bill kichert und schnaubt die restlichen

Tränen fort. «Das war, bevor er kaiserlicher Propagandist wurde und sich bei Augustus einschleimte.»

Don nickt und lässt Bills Worte in die Tiefen seiner Wahrnehmung einsinken. Zusammen blicken sie in den Garten. Paul kommt auf dem sonnigen Rasen in ihr Blickfeld geschlendert. Er trägt Gummistiefel und eine grüne Schürze; seine Ärmel sind aufgerollt und enthüllen bronzene Arme. In der einen Hand hält er eine entwurzelte Pflanze, irgendeine Farnart, deren lehmige Wurzeln beinahe bis zum Boden hinabhängen. In der Mitte des Rasens bleibt er stehen, dreht sich um und sieht sie hinter den Bäumen sitzen.

«Morgen, Don. Bill.» Er winkt mit wedelnden Fingern und lächelt. Seine Stimme wird vom Wind fortgetragen. «Ich wusste nicht, dass Sie hier draußen sind.» Er nickt in Richtung ihrer grünen Laube. «Wie gefällt Ihnen meine kleine pittoreske Erfindung?»

Don hebt einen Arm und lächelt zurück; er hält die Hand erhoben, bis Paul hinter den Zweigen der Weide verschwunden ist.

«Er nennt Sie Don», sagt Bill überrascht und belustigt.

«Wir sind Freunde», erwidert Don.

Mit forschendem, verständnisvollem Blick studiert Bill Dons Gesicht. Er scheint etwas sagen zu wollen, lehnt sich dann aber auf der Bank zurück und atmet aus.

Sanfte Brise, Vogelgezwitscher, das Summen von Insekten und fernem Straßenverkehr …

Nach einer Pause sagt Bill: «Ich komme mir wie ein Idiot vor, so überzureagieren wie eben. Ich hätte doch Ihnen helfen sollen.»

Don starrt auf die Stelle, an der eben noch Paul gestanden hat.

«Ich war nicht ohnmächtig.»

Bill dreht sich mit seinem ganzen Körper zu ihm um. «Nicht?»

«Ich meine, doch, schon, aber es lag nicht am niedrigen Blutdruck. Ich bin umgekippt, weil ich einen Kater habe. Es hat nur eine Sekunde gedauert. Ich habe so getan, als wäre ich immer noch bewusstlos, weil ...», Don hält sich an der Kante der Bank fest, «ich nicht wusste, was ich sonst tun sollte.»

Bills Lippen öffnen sich, er reißt die Augen auf und bricht dann in ein lautes, jungenhaftes Lachen aus.

«Es tut mir leid, Bill.»

«Ah, das ist schon in Ordnung.» Bills Lachen klingt aus.

«Nicht nur wegen heute. Ich meine – überhaupt.»

Bill nickt langsam und streicht sich die Hose glatt. Don will etwas sagen, aber Bill unterbricht ihn mit einer Handbewegung.

«Wissen Sie», sagt er und lehnt sich zurück; seine Hände finden die Westentaschen. «Das alles erinnert mich an etwas, das in den Sechzigern in Sussex passiert ist.»

Und er beginnt eine lange Geschichte über einen Säufer, der sich den ganzen Weg bis zur Leichenhalle tot gestellt hat. Don sitzt da und hört zu, und seine Konzentration schweift nur manchmal ab, wenn er schaut, ob Paul vielleicht wiederaufgetaucht ist.

«Der Suff», verkündet Bill plötzlich und streckt beide Beine aus, sodass die Füße vom Boden abheben und eine Amsel davonflattert. «Gesandt, um unsere Herzen zu erfreuen. Wenn er doch nichts anderes bewirken würde. Aber ich bin der Falsche, mich zu beklagen. Sie hätten mich damals erleben sollen. Ich habe getrunken wie ein Fisch. Mein Gott, es ist ein Wunder, dass es mich noch gibt. Bin ein paar Mal mit dem Motorrad gestürzt. Hier ...»

Er zieht einen Flachmann aus dem Jackett und hält ihn

Don hin. Der nimmt ihn und schraubt den Deckel ab, der Geruch von Kognak steigt auf. Er hält den Flachmann an die Nase und riecht das scharfe, süße Aroma, dann verschließt er ihn wieder und gibt Bill die Flasche zurück.

«Danke. Jetzt wohl besser nicht.»

Bill nimmt den Flachmann achselzuckend zurück und lässt ihn in einer seiner Tweed-Versenkungen verschwinden. Nach einer Sekunde setzt er sich gerade auf, erfreut über einen Gedanken.

«Wissen Sie, wie man mich genannt hat? *Bill der Fisch*. Ja, ganz genau. Bill der Fisch – weil ich getrunken habe wie ein Fisch.» Er lacht schallend.

«Sagen Sie die Zeilen von Virgil noch einmal», sagt Don. «Ging es da nicht auch um Fische im Wasser?»

Bill wiederholt das Fragment und beide nicken im Takt der Verse mit dem Kopf.

Als Bill gegangen ist, um den Firnis auf einem Canaletto zu inspizieren, bleibt Don noch eine Weile in der Nische sitzen, dann wandert er den Pfad entlang tiefer hinein in unbekannte Gebiete.

Der Weg wird schmaler und windet sich zwischen Wänden von Lorbeer. An die Stelle von Kies tritt kurzgeschnittenes Gras. Seitlich wachsen Gräser, Gänseblümchen und Löwenzahn, aber man hat sie mit Absicht dort stehen gelassen – durchsetzt mit Kieselsteinen und zu blühenden gelben Formationen zurechtgestutzt, die umso heller wirken, je mehr der Weg sich verdunkelt. Der Pfad ist eine Sackgasse; an seinem Ende steht, von Hecken eingefasst, eine kleine Blockhütte mit Flachdach. Ihre waagerechten Bohlen sind schwarz verwittert. Der Rahmen des einzigen Fensters ist gelb – frisch gestrichen.

Don lugt durch das Glas. Es ist eine Art Gartenschuppen, Pauls Schuppen. Das Innere ist ordentlich und karg, wie ein Zeughaus. Schwarze Gummistiefel – sauber, glänzend – stehen paarweise in Reih und Glied, der Höhe nach ansteigend bis zu hüfthohen Wattstiefeln. Ein Paar ist schmaler und schicker als die anderen, mehr wie Reitstiefel. Bambusstöcke mit Haken am einen Ende liegen seitlich in einem Regal. An der Rückwand sind Torfsäcke zu einer Couch gestapelt und mit einem Laken bedeckt. Darüber hängen an Haken in der Decke ein aufgerollter gelber Gartenschlauch, eine krallenartige Harke und ein komplizierter Harness – lauter Lederriemen und glänzende Schnallen. Sein Blick wandert über die kleinen Details. Paul ist irgendwo anders, in einem anderen Teil des Gartens, aber dies sind die Dinge, die ihn definieren – wie die Attribute eines Heiligen. Die Merkmale eines Martyriums.

* * *

Am Sonntagmorgen nach seinem Ausflug zu The Sphinx wacht er auf und erinnert sich an einen Traum, der realer war als der im Dämmerlicht liegende Raum um ihn her. Er hat von Ben geträumt. Sie waren Teenager, alle beide – jünger als Ben heute. Sie waren zusammen im Bett, in einem anderen Raum als dem, in dem er sich befindet. Ben hatte sich – durch eine dieser Abweichungen, die im Traum möglich sind – in einen gemeißelten, makellosen Körper verwandelt, unbefleckt wie polierter Stein. Don beugte sich vor und küsste ihn, nahm dann den harten Kolben von Bens Penis in die Hand … Sekunden später wurde ihm klar, dass das kein echter Penis war, sondern eine Gipsform, die von Klebeband zusammengehalten wurde.

Als der Traum verblasst, hat er noch immer dieses Phantomgefühl in seiner Hand – real und doch abrupt lächerlich. Er dreht sich im Bett herum, presst sein eigenes halbhartes Glied gegen die Matratze und spürt den Rest seiner Begierde.

Es gibt einen Ort, an dem er noch nicht gesucht hat – das Schwimmbad im Brockwell Park. Etwas hat ihn davon abgehalten, dorthin zu gehen, obwohl er weiß, dass es einer von Bens Lieblingsplätzen war. Er schaut aus dem Fenster und sieht über den Wipfeln der Rosskastanien und den Dachpfannen des gegenüberliegenden Hauses einen makellos blauen Himmel. Es wird ein heißer Tag werden.

Vielleicht liegt es an seinem Traum, dass er sich in diesem Moment entscheidet, schwimmen zu gehen – ein Verlangen, das substanzlose Bild von Ben wieder in ein lebendes Wesen zu verwandeln. Er zieht die rote Badehose zwischen seinen Sachen hervor und packt sie mit einem Badehandtuch in eine Einkaufstasche.

Das Handtuch über die Schulter geworfen, geht er zum Becken, und plötzlich liegt eine große rechteckige Wasserinsel vor ihm. Die Köpfe einiger frühmorgendlicher Schwimmer tanzen auf der türkisen Oberfläche. An drei Seiten ist das Becken von einstöckigen Gebäuden umgeben, Beispiele für vorstädtischen Modernismus, die ihn an Inas Anbau erinnern. Darüber spannt sich ein Himmel aus vibrierenden blauen Teilchen. Die Geräusche der Stadt – Autohupen, Verkehrslärm, das Hämmern und Bohren der Baustellen – schweben auf der Brise und werden abstrakt: eine schwache, zitternde Energie, wie Schallwellen, die im Traum gebrochen werden.

Er lässt das Handtuch auf dem Beton liegen und geht zum Beckenrand. Er fühlt sich wie der porzellanbleiche siebzehnjährige Junge, der er war, als er das letzte Mal im Freien geschwommen ist. Das war am Strand von Poole, im Sommer, bevor er nach Cambridge ging. Seine Eltern saßen im Sand hinter ihm; Iris jagte in großen Sprüngen am Meeressaum entlang. Und da ist er nun, fast vierundvierzig – mit derselben klebenden Badehose bekleidet, steigt er vorsichtig die Leiter hinunter ins Wasser.

Die Kälte ist erschreckend. Eine Sekunde lang friert sein Verstand ein. Dann ist er drin – er gleitet ins Wasser, steigt in die Tiefe, ohne zu wissen, wohin er sich bewegt. Sein Kopf durchbricht die Oberfläche und die Sonne scheint ihm in die Augen.

Nachher liegt er, auf einen Ellbogen gestützt, auf seinem Handtuch. Im Bad ist viel Betrieb. Schwimmer ziehen ihre Bahnen im Becken oder plantschen fröhlich herum. Die Flächen um das Becken sind stark bevölkert. Zwei Mädchen laufen an ihm vorbei und springen, eine nach der anderen, ins Wasser, wodurch Geysire hoch in die Luft steigen. Hinter seinen halb geschlossenen Lidern werden Luft und Wasser zu einer einzigen Substanz – reines Blau, dasselbe Blau wie auf Tiepolos Fresken, nur kräftiger, als hätten sich die Himmel der Gemälde zu einer strahlenden Essenz konzentriert.

Er verliert jedes Gefühl dafür, wie lange er dort liegt. Irgendwann merkt er, dass er geschlafen hat, oder so gut wie geschlafen. Er erinnert sich, dass er hierhergekommen ist, um Ben zu suchen. Er setzt sich auf und mustert die Gestalten um das Schwimmbecken, obwohl er weiß, dass er ihn hier nicht finden wird.

Später streckt er sich auf dem Sofa aus, das Bens Lieblingsplatz gewesen ist, und denkt nach. Er greift nach dem Glas am Boden und nimmt einen Schluck. Der Wein gerät ihm in die

Luftröhre. Um Atem ringend, spuckt er die Flüssigkeit in einer roten Sintflut auf seinen Oberkörper.

Er zieht das vom Wein durchnässte Hemd aus. Darunter trägt er ein Unterhemd, wie er es schon als Junge getragen hat – aus weißem Feinripp. Sids goldene Kette hängt auf seiner Brust. Ihm ist kalt. Er zieht das Samtjackett an und geht in den Flur, um sich dort im Queen-Anne-Spiegel zu betrachten. Durch die Kombination von Jackett und Unterhemd sieht er aus wie einer seiner Gegenspieler in Cambridge, ein modischer Ideologe an der englischen Fakultät. Aber er sieht auch jünger aus – eine veränderte Version seiner selbst.

Es ist noch nicht Mitternacht. Er verlässt das Haus und macht einen Spaziergang. Bei Starburger an der Norwood Road legt er eine Pause ein, um einen scharfen Burger zu essen. Der Plastiktisch, an dem er sitzt, ist am Fußboden festgeschraubt; er betrachtet beim Kauen die milchige, durchsichtige Tischplatte. Eine Horde Betrunkener kommt in den Laden und singt *Nessun Dorma*. Don geht weiter zur Sphinx.

Herman, Sid und Darryl sind da. Sie erkennen ihn sofort und nehmen ihn wie beim vorigen Mal in ihre Gruppe auf. In ihrer Gesellschaft fühlt er sich völlig unbefangen. Er hört ihren Gesprächen zu, beobachtet ihr Verhalten und wartet auf ein Zeichen.

Herman lächelt über Dons Unterhemd und fährt mit einem Finger forschend an dessen unterem Saum entlang, schiebt dann seine warme Handfläche darunter. Don steht da und lässt ihn gewähren. Er legt die Hand über dem Stoff auf Hermans Finger, gibt ihnen einen Klapps und schiebt sie auf seinem Bauch hin und her.

* * *

Als er das nächste Mal hingeht, trägt er wieder nur ein Unterhemd unter dem Jackett. Es ist eine heiße, schwüle Nacht – und ihm gefällt diese Aufmachung besser als seine Kleidung im Museum. Es gefällt ihm, draußen vor dem Pub herumzuhängen. Er stellt sich in die Schlange und wechselt ein paar Worte mit den Skinheads, die den Großteil des Publikums ausmachen.

Sid steht allein am selben Platz wie immer; er trinkt Ale und beobachtet die Tänzer, die im Diskolicht posieren und sich wiegen.

«Wo sind Herman und Darryl?», fragt er, nachdem Sid ihm einen kratzigen Kuss gegeben hat.

«Haben neue Leute kennengelernt und treffen sich mit denen.»

«Und dich haben sie hiergelassen?»

Sid legt die Hände auf den Tresen und starrt ins Leere. «Ach, sie gabeln mich auf und schieben mich beiseite. So läuft das nun mal. Wir sind alle gleich. Ich werde schon nicht versauern. Ich bin LKW-Fahrer, immer auf Achse.»

«War Herman deshalb mit dir zusammen?»

«Deshalb, und auch deswegen.» Er greift sich in den Schritt und kneift die Augen zusammen. «Hör zu.» Er wendet sich zu Don um, plötzlich wieder ernst. «Sie kommen und gehen. Ich vergeude keine Zeit damit, ihnen nachzutrauern. Jetzt bin ich hier – scheiß auf das, was war – das Hier und Jetzt zählt.»

Don denkt über die Worte nach. Das alte Bedürfnis zu streiten – herauszufinden, was Sid meint – schwillt an und ebbt ab. Ein Teil von ihm, ein Überbleibsel der alten Unbeweglichkeit, glaubt, dass Sid ein Dummkopf ist, ohne Verstand und Verantwortungsgefühl. Seine einzigen Vergnügen sind Alkohol und Zufallsbekanntschaften. Don denkt über seine eigene Selbstverleugnung nach, die Jahre des Studiums, die ihn geformt haben. Lange Zeit war das *sein* Vergnügen – sein Glück –, früher.

Ihm fällt nichts ein, was er erwidern könnte. *Sie kommen und gehen.* Tut er nicht selbst das Gleiche, in diesen langen Nächten des Umherirrens?

Sid berührt Don am Arm und erzählt ihm die Geschichte des anderen Don, des Freundes, der ihm die Kette geschenkt hat. Eine trostlose Geschichte – der Mann wurde in Tanger am Strand von seinem eigenen Wagen überrollt und getötet.

«Danach hab ich gewusst, dass einfach alles passieren kann, jederzeit», sagt Sid mit verschwommenem Lächeln. «Leben ist wie – was weiß ich – Wasser, das uns durch die Finger rinnt. Man versucht, es festzuhalten, aber …» Er seufzt und schlägt auf den Tresen. «Ich gehe, wohin die Nacht mich treibt. Da draußen ist alles zu haben, Ficken und Freiheit und – noch zwei Ale bitte, Schatz.»

Der Barmann zapft zwei schäumende Gläser. Sid schiebt eins zu Don hinüber. «Versuch, es festzuhalten», sagt er noch einmal, dieses Mal ernster.

Sie stehen schweigend am Tresen, trinken in großen Schlucken ihr Bier und schauen den Tänzern zu.

17

Am Nachmittag seines vierundvierzigsten Geburtstags geht er noch einmal den Weg zu City Racing, den er damals mit Ben gegangen ist. Die Galerie ist geschlossen, und in den Straßen der Umgegend hängt schwer eine leblose Sommerstimmung. Es sind nur wenige Menschen unterwegs. In einer Seitengasse in Kennington wandert eine Katze über den Bürgersteig – eine kleine gestreifte Katze wie ein Pygmäen-Tiger – und richtet sich auf, um ihre Vorderpfoten auf sein Knie zu legen, als ob sie sein Bein hinaufklettern wollte. Er erwidert ihren feuchten gelben Blick, bevor sie sich wieder zu Boden fallen lässt und davontrottet.

Durch die trostlose Black Prince Road kommt er zur Themse. Die Lichter der Stadt färben die Wolken beige. Er erinnert sich, wie es mit Ben gewesen ist – ein rosa Sonnenuntergang und das schwindelerregende Gefühl von Verheißung. Das Gefühl ist nicht verschwunden, aber jetzt ist es mit einem roheren Vergnügen vermischt – dem rauen, konzentrierten Geschmack der Freiheit.

Er wendet sich nach links und geht am Fluss entlang. Es kommt ihm so vor, als wäre Ben mit ihm einen unnötigen Umweg gegangen, vorbei an diesem Zikkurat aus grünem Glas und glänzendem Stein auf der Südseite des Flusses. In der Mitte der Vauxhall Bridge blickt er hinab in den brodelnden Strom. Ein Kahn fährt unter der Brücke hindurch, beladen mit Seilen und Ketten. Wäre es eine gute Idee, sich vom

Wasser verschlingen zu lassen? Er denkt an Lethe, den Fluss des Vergessens, und versucht, sich den Geschmack der Themse vorzustellen: eine salzige, ölige, saure Aufschlämmung. Es ist schwer zu glauben, dass sie Vergessen bringt.

Am nördlichen Ufer macht er am Morpeth Arms eine Pause und trinkt ein Brown Ale, danach noch eins, und geht – an der Tate Gallery vorbei – weiter nach Westminster.

Unterhalb des Millbank Towers liegt ein grauhaariger Körper in eine Decke gewickelt. Er nimmt ein paar Münzen aus der Tasche und wirft sie auf den gefühllosen Kopf. Der Mann schnaubt, als die Münzen von seiner bärtigen Wange hinuntergleiten, und krümmt die Finger wie ein schlafendes Baby.

Auf dem Rasen vor dem Palace of Westminster spricht eine Reporterin in eine Fernsehkamera. Don überquert hinter ihr das Grasdreieck. Er erinnert sich, vor Jahren schon einmal hier gewesen zu sein und eine Skulptur von Henry Moore gesehen zu haben – zwei riesige Knochenfragmente, verherrlicht als Bronzeblöcke. Doch jetzt – er bleibt wie angewurzelt stehen – ist die Moore-Skulptur verschwunden. An ihrer Stelle, auf derselben Granitplinthe, steht eine Gipsreplik der Venus von Milo.

Er schaut sich die Statue näher an, die ihm so vertraut ist. Schnell stellt er fest, dass es keine originalgetreue Kopie der antiken Gestalt ist, sondern ein Werk der Profanierung. Der Gips ist mit einer Substanz begossen, die an Taubenscheiße erinnert: kleine Rinnsale in Schwarz, Weiß und Leuchtendgrün überziehen den Körper von Kopf bis Fuß. Der mittlere Bereich der Venus – diese hübsche Sektion, wo sie sich unter dem drapierten Tuch leicht zur Seite dreht – ist herausgeschnitten und durch einen Fremdkörper ersetzt worden. Er durchsticht ihre Anatomie wie die Messer eines Zauberers seinen magischen Würfel. Es ist ein von Rost überzogenes Ölfass, das auf der Seite liegt und eine klaffende Öffnung präsentiert.

Um das durchgeknallte Totem herum wurde ein kniehoher Zaun errichtet. Hinter dem Draht steht ein Messingschild:

Mariam Schwarz (* 1910)
Meretrix
1984
Auftragsarbeit für die XXIII. Olympischen Spiele
in Los Angeles

Er liest die Aufschrift und in seinem Gehirn beginnt es zu surren, aber dann denkt er daran, was Sid zu ihm gesagt hat: Das Hier und Jetzt zählt. Scheiß auf die Vergangenheit.

Es wird schon dunkel, als er den St. James's Park erreicht. Das warme Wetter hat die Menschen herausgelockt – sie schlendern herum und liegen auf den grünen Inseln des Parks. Er bewegt sich durch sie hindurch und beobachtet die Pelikane. Jenseits des Sees, von Bäumen eingerahmt, steht der Buckingham-Palast. Früher hat er davon geträumt, Kurator der Gemälde der Königin zu werden. Aber heute Abend bedeuten ihm der Palast und seine Kunstschätze gar nichts. Eine riesige, nutzlose Gartenlaube – so kommt ihm das Gebäude jetzt vor.

Der Mond ist aufgegangen. Er zählt zwei Sterne – Nadelstiche im lila Himmel, die kalten Glanz ausstrahlen –, dann drei, vier … Ein fernes Flugzeug fügt einen fünften Punkt hinzu. Es treibt zur Seite, wie ein Stern, der aus seiner Verankerung gerissen wurde. Zänkische Emotionen – die rivalisierenden Kräfte von Optimismus und Melancholie – wetteifern in seinem Innern um die Vorherrschaft.

In Soho geht er in verschiedene Kneipen; er hat das Zeitgefühl verloren. Er lernt Leute kennen, trinkt mit ihnen und führt Gespräche, die von der Oberfläche seiner Erinnerung abtropfen. Stunden nach Mitternacht streift er durch die Seitenstraßen, bis er an einen Ort kommt, der ihm vertraut ist. Eine aufgerissene Matratze lehnt an einer Wand. Es riecht nach Abwasser und verstopften Gullys, aber die Luft ist kühl und erfrischend. Über der Tür bilden Neonbuchstaben ein einziges Wort: *CALYPSO*.

Ein Mann in einer langen Regenjacke treibt sich an der Tür herum. Sie wechseln ein paar gemurmelte Worte, und Don gibt ihm eine Zigarette. Als der Mann sich vorbeugt, um sich Feuer geben zu lassen, schlägt Don ein schwerer, bieriger Atem entgegen. Sein Gesicht ist zerfurcht. Eine oder zwei Minuten rauchen Don und er schweigend und sehen sich an. Wenn das rosa Licht der Schrift auf ihn fällt, wirkt der Mann jünger. Dann, wie auf einen telepathischen Wink, führt er Don unter den Neonbuchstaben durch die Tür.

Dahinter ist ein kleiner Raum, hell erleuchtet wie ein Labor. Ein junger Skinhead sitzt in einem Glaskasten. Seine Lederjacke ist offen und lässt eine nackte, knochige Brust sehen.

«Zwei Pfund», sagt er, fast noch bevor sie den Raum betreten haben.

Der Fremde zahlt und geht weiter, als würde er eine Zollschranke passieren. Don zieht einen zerknitterten Schein aus der Tasche und schiebt ihn durch einen Spalt im Glas. Der Junge gibt ihm zusammen mit dem Wechselgeld zwei zusammengefaltete Handtücher. Don stützt die Hände auf ihre warme, flusige Oberfläche.

«Wo ist Calypso?», fragt er.

Der Junge wirft ihm einen skeptischen Blick zu. «Bist du bescheuert?»

Don mustert ihn durch die Glasscheibe. Er ist kaum erwachsen, hat aber die Ausstrahlung bitterer Erfahrungen.

«Da lang», sagt der Junge schließlich und zeigt mit dem Kopf auf eine Tür.

Don geht hindurch und findet sich in einem feuchten Umkleideraum wieder. Alles – der Boden, die Wände, die Spindtüren – ist kastanienbraun. Ein schwerer Schweißgeruch hängt in der Luft. Der Mann, der ihn hereingebracht hat, zieht sich schon aus und stellt stolz seine Nacktheit zur Schau – einen schlanken Körper und einen großen, pendelnden Schwanz. Don zieht in aller Ruhe seine Sachen aus, als würde er sich für eine Zeremonie entkleiden, und verstaut sie in einem Spind, der sich nicht abschließen lässt. Als ihm bewusst wird, dass er keine Badehose dabeihat, behält er die Unterhose an.

Sein schweigender Partner lächelt und zieht am Gummizug.

«Die brauchst du nicht.» Seine Stimme ist rau – ausdruckslos. Er hält ihm ein Handtuch hin. «Nur das.»

Don schlüpft aus der Unterhose und schlingt sich das Handtuch um die Hüfte. Das Schamgefühl hat ihn verlassen.

Sie gehen durch einen dunklen Korridor. Der Boden ist mit geriffeltem Plastik belegt. Schummrige Neonstreifen an der Decke weisen den Weg, aber es ist zu dunkel, um zu sehen, wohin er führt. Die Luft ist gefüllt mit Dampf, Chlor und etwas anderem – einem ordinären Körpergeruch. Der Mann schlendert entspannt vor ihm her. Dann, ganz plötzlich, ist er durch einen Spalt in der Wand verschwunden.

Don geht allein weiter. Er biegt in einen anderen Korridor, der dem ersten gleicht, von dem jedoch an beiden Seiten dunklere Nebengänge abzweigen. An den Mündungen dieser Zuflüsse haben sich Grüppchen von Männern gebildet – sie stehen schweigend da, alle haben Handtücher um die Hüften geschlungen, wie Angehörige eines geheimen Kults.

Niemand sagt etwas, und doch scheint die Luft vor Atemgeräuschen, Gemurmel und schlurfenden Schritten zu summen.

Als er wie in Trance weitergeht, nimmt Don den Umriss eines Mannes vor sich wahr – ein nackter Rücken und breite Schultern. Als er näherkommt, bemerkt er, dass das Haar des Mannes weiß und schütter ist: Die Strähnen glänzen auf unheimliche Weise. Er sieht auch, dass der Mann jemand anderem folgt, einer jüngeren, schlankeren Gestalt, die in wechselndem Tempo vor ihnen beiden geht, manchmal beinahe stehen bleibt und dann wieder schnell ausschreitet. Wenn der Mann mit weißem Haar ihm nah genug kommt, streckt er die Hand nach dem jüngeren Mann aus – doch der Köder geht weiter und erlaubt ihm keinen Kontakt. Die Verweigerung scheint fast beabsichtigt.

Das langsame Katz-und-Maus-Spiel geht ungefähr eine Minute so weiter, bis der junge Mann plötzlich hinter einer der blauen Plastiktüren verschwindet, die den Flur auf beiden Seiten säumen. Der alte Mann wirbelt herum, als hätte er die Balance verloren, und lehnt sich schwer gegen die Tür. Er stößt einen qualvollen Seufzer aus.

Don geht an ihm vorbei und verirrt sich schnell im Labyrinth der verzweigten Durchgänge. Durch die geschlossenen Türen hört er Stimmengemurmel und das Geräusch sich bewegender Körper. Kondenswasser läuft in kleinen Bächen die Wände hinunter. Der Flur – das gesamte Labyrinth – scheint zu schwitzen.

Er geht um eine Ecke und sieht Licht. Am Ende des Ganges ist ein helles Areal. Er kommt in einen achteckigen Raum, der mit Efeu und schimmernden Grünpflanzen drapiert ist.

In der Mitte befindet sich ein etwas erhöhter Whirlpool, verkleidet mit einem Mosaik aus türkisen Kacheln und eingefasst in einen Steingarten. Über dem sprudelnden Wasser hängen künstliche Weintrauben von einem Plastik-Rebstock.

Der Whirlpool ist leer. Don steigt hinein und taucht im warmen Wasser unter. Er aalt sich im plätschernden Nass, atmet die Dampfwolken ein und denkt über all das nach, was er an diesem fantastischen Ort gesehen hat.

Eine Weile später steigt ein Mann in den Whirlpool. Im Augenwinkel – er macht sich nicht die Mühe, ihn direkt anzuschauen – sieht Don, dass er groß und hellhaarig ist, fast blond. Mit geübtem Schwung nimmt er das Handtuch ab und kommt ins Wasser. Sein Körper ist trainiert und braun, sein Schwanz so hübsch wie der einer Statue. In einer gleitenden Bewegung verschwindet sein Körper im Schaum; er lässt sich an der anderen Seite des Beckens nieder.

Don weiß, dass er gemustert wird – gründlich gemustert. Er widersteht der Versuchung zurückzuschauen. Aber die Neugier setzt ihm zu, bis er schließlich aufblickt.

Er kennt den Mann. Aber ihm fällt nicht ein, woher. Er schaut noch einmal hin. Der andere sieht ihn über das blubbernde Wasser hinweg mit ruhigem, amüsiertem, verschmitztem Gesicht direkt an.

«Wie gefallen Ihnen die Stockrosen jetzt?», fragt er. «Besser?»

Es ist Paul. Kein bisschen verlegen und allem Anschein nach froh, ihm zu begegnen. Don versucht zu sprechen, er will etwas erwidern, aber die richtigen Worte entziehen sich. Er stapft durch das Wasser zur Leiter und zieht sich aus dem Becken. Er nimmt das Handtuch vom Boden und eilt durch einen anderen Flur davon als den, durch den er gekommen ist, erschrocken wie noch nie in seinem Leben. Es ist, als wäre er in eine Unterwelt hinabgestiegen, in ein Reich treibender Schatten, nur um einer echten, lebendigen Person zu begegnen – unglaublich echt.

Auf seinem Rückzug weicht die Verlegenheit fast sofort dem Bedauern. Er verlangsamt den Schritt und bereut seine Flucht. Dabei weiß er, während er weitergeht, dass Paul ihm gefolgt ist. Er spürt eine Präsenz direkt hinter sich, so nah, dass seine Schultern kribbeln. Er will nicht zurückschauen, aus Angst, die Präsenz könnte zur Abwesenheit verblassen, wenn er sich umdreht. Er will, dass sie bleibt.

Langsam geht er an einer Reihe geschlossener Türen entlang und lehnt sich beim Gehen dagegen; spürt bei jeder von ihnen das vorgelegte Schloss klappern.

«Verpiss dich», ruft eine Stimme hinter einer Tür.

Er geht weiter. Noch eine verschlossene Tür – er lehnt den Kopf gegen das Plastik und sieht den Dunst seines Atems auf dem blauen Resopal. Doch dann weicht der Feuchtigkeitsfilm zurück und die Tür gibt seinem Gewicht nach. Er fällt in die Kabine und tritt auf eine harte blaue Matte. Die Tür schließt sich langsam hinter ihm.

Es ist stockfinster. Die Luft ist feucht. Er ertastet sich mit den Händen an den Wänden und der Decke den Weg in eine Ziegelstein-Kabine. Er sinkt auf die Knie und wartet, dass seine Augen sich anpassen.

Er spürt, dass er nicht allein ist. Der Mann hinter ihm ist hereingeschlüpft, als die Tür sich schloss. Dons Hand findet plötzlich Kontakt zu einem warmen Arm oder Unterschenkel. Kein Geräusch, keine Bewegung ist wahrzunehmen. Der Atem des Mannes ist heiß und regelmäßig. Ihre beiden Körper sind mit einer Macht ausgestattet, die zunimmt, während sie sich vollkommen ruhig verhalten. Die Dunkelheit gibt nach und er kann eine Haarsträhne erkennen, und dann sieht er Pauls Augen – wie Mondschein, der durch die Wolken bricht.

Er legt den Kopf zurück wie ein Sternengucker und spürt, wie ihre Köpfe zueinanderfinden, und obwohl er erwartet hat, was als Nächstes kommt, überwältigt ihn der Kuss, versetzt seinen Verstand in Schockstarre. Die Lust, den anderen Körper zu berühren, zu halten und in ihn einzudringen (all das bis jetzt nur Phantome in den Wassern seines geistigen Auges), ist in der Wirklichkeit angekommen. *Dies galt als unmöglich.* Er legt die Hände um Pauls Kopf und zieht ihn zu sich. *Küss mich noch einmal.*

Das feuchte Schmatzen ihrer Münder vermischt sich mit anderen Bewegungen. Pauls Hände arbeiten sich an der kompakten Form des eigenen erigierten Penis' hinauf und hinab. Don lässt die Hände unter Pauls gleiten (eine intuitive Bewegung, schneller als ein Gedanke) und reibt sie über die warme, glitschige Säule. Sie fühlt sich im Dunkeln merkwürdig abgetrennt – autonom – an. Er sieht hinab und erkennt, durch die dichte Finsternis, dass sie an der Spitze mit einem Goldstift gepierct ist.

Ihre beiden Körper wickeln sich umeinander. Die Unterscheidung zwischen seinen eigenen Gliedern und Pauls, zwischen ihren zwei Köpfen, ihren zwei Schwänzen, verwischt in seinem Bewusstsein. Er fühlt, wie er von Pauls großen Händen auf die Knie gedreht wird. Sein Körper wird leicht, weniger aus Angst als aus einer überbordenden Art von Schwäche – dem Kitzel der Machtlosigkeit. Aus der Dunkelheit klatscht etwas zwischen seine Arschbacken und über den Steiß; es trieft wie Bratfett an seinen Schenkeln hinunter. Die Hände schließen sich voll ruhiger Zielstrebigkeit um seine Hüften – warm und ein wenig grob. Der goldene Stift berührt ihn zwischen den Arschbacken, ein kalter Tropfen, der ihn erzittern lässt, und schiebt sich dann langsam in ihn hinein. Sein Kopf sinkt hinab. Ein zuckender, scharfer Schmerz wird von einem langsameren, dumpferen Gefühl des Eindringens abgelöst, das seinen ganzen Körper durchrieselt.

Die Bewegung beschleunigt sich. Als die Stöße härter und schneller werden, wird sein ganzer Körper von ihnen in Besitz genommen. Der goldene Stift tanzt tief in ihm herum. Das Gefühl von Druck und Fülle überflutet ihn in unerbittlichen Wellen. Er greift nach seinem eigenen Schwanz, berührt ihn und hält ihn in einem Zustand strammer Erwartung.

Mit einer weiteren schwerelosen Bewegung wird er auf den Rücken gedreht. Pauls Handflächen drücken gegen die Unterseite seiner Schenkel und heben sie sanft an, bis seine Knie an Pauls Ohren entlangstreifen. Der drückt sich an ihn – dringt in ihn ein – und führt seinen offenen Mund an Dons Mund heran. Mit einem Ton, der fast wie ein Schmerzensschrei klingt, bewegt sich Paul noch heftiger. Don spannt sich an. Er spürt einen warmen Strom im Unterleib. Die Welle der Energie intensiviert sich – und verebbt, als er sich abrupt ergießt.

Er sinkt nieder, in sich ein Gefühl der Leere, und spürt den anderen warmen Körper direkt hinter sich – genauso still wie er.

Als er aufwacht, liegt er ausgestreckt wie ein gestrandetes Meereswesen auf der Matte – allein.

Nachdem er wie eine Seele in der Vorhölle durch das Labyrinth geirrt ist, findet Don den Weg zurück zum Umkleideraum. Seine Sachen sind noch da, in einem offenen Spind verstaut. Als er sich anzieht, kommen andere Männer – mürrische Gestalten in Büroanzügen. Es ist sieben Uhr morgens. Der Kreislauf endet nie. Als er in seine Kleider steigt, lähmen ihn schwere Zweifel.

Seine Stimmung ist eine instabile Größe, als er durch die öden, hellen Straßen geht. Je weiter er sich von der anderen Welt entfernt, in der er die vorige Nacht verbracht hat, desto mehr versinkt seine Euphorie – dieser verwirrte, kritische Zustand – in einem umfassenden Katzenjammer.

Mit den paar schmutzigen Münzen, die er noch hat, kauft er an der Beak Street eine Schachtel Zigaretten. Er raucht eine, danach noch eine, während er zum Oxford Circus geht. Er steigt die Treppe zur U-Bahn hinab und bahnt sich den Weg in die schnell dahintreibende Menge der Pendler. Im Gedränge sieht er, zwischen einer Fotobox und einer Reihe von Telefonen unter bedampften Glaskuppeln einen Süßigkeitenautomat: zwei durchsichtige Plastikzylinder gefüllt mit farbigen Bällen. Die roten und blauen und gelben Süßigkeiten erinnern ihn an ein Gemälde, das er im Goldsmiths gesehen hat, an jenem Tag, als er das leere Atelier betreten hat.

Ein Aufzug bringt ihn tiefer in die Erde. Er fühlt sich durch die röhrenartigen, gekachelten Gänge getragen und auf einem Bahnsteig ausgespuckt.

Kreischend kommt ein Zug in Sicht und die Türen werden aufgerissen. Er ist stark überfüllt, es gibt keine freien Sitzplätze, nur eine blaue Stange zum Festhalten. Der Waggon taumelt durch die Erde und die Fenster werden schwarz wie interstellarer Weltraum. Die Gerüche von CALYPSO hüllen Dons Kopf ein, anhaltend wie die Erinnerung an den Ort steigen sie aus den Falten seiner Kleidung auf.

Ein schmerzhaftes Gefühl breitet sich in seinen Armen und Beinen aus. Er betet, dass jemand aussteigt und einen Platz freigibt. Aber bei jedem Halt fluten mehr Körper in den Wagen und drücken sich an ihn, umgeben von Düften der Respektabilität.

Die Stimme einer Frau findet seine Aufmerksamkeit.

«Hier ist ein Artikel über Francis Bacon, den Maler.»

Sein Magen hüpft und tanzt. Ben liebte Francis Bacon. Er baute Objekte aus Bacons Gemälden nach und nannte sie plastische Fiktionen.

«Wusstest du, dass er in Madrid gestorben ist?» Sie sitzt hinter einer aufgeschlagenen Zeitung und redet mit einer Freundin neben ihr.

«Oh ja. Ich glaube, ich wusste das. Bei seinen Gemälden war ich mir nie sicher.»

Don schließt die Augen und kämpft gegen den Brechreiz an. Nicht metabolisierter Alkohol durchdringt seinen Hirnstamm und vergiftet die rechte und linke Hirnhälfte. Er schwappt zwischen bewussten und unbewussten Gedanken hin und her wie Bilgenwasser im Bauch eines Schiffes.

«Hör dir das an: ‹Der leidenschaftliche Atheist Bacon starb in der Obhut von Schwester Mercedes, einer Nonne aus dem Orden der Mägde Mariens. Sie wurde in seinen letzten Tagen ein Engel der Gnade.›»

Er umklammert die Stange, härter, fester. Nicht mehr lange. Der Zug gräbt sich den Weg unter der Themse hindurch. Ein Mann ihm gegenüber gähnt. Don kann seine Backenzähne und ihre schwarzen Füllungen sehen.

Er zieht sich ins Zentrum seines Geistes zurück und verlässt seinen Körper – eine zerstörte Hülle, festgeklammert an einer vertikalen Stange. Mit geschlossenen Augen lauscht er der Abfolge der Haltestellen, die eine weibliche Computerstimme verkündet. Vauxhall, Stockwell, Brixton.

Als die Türen ein letztes Mal auseinandergleiten, öffnet er die Augen und registriert die Ausdrücke auf den Gesichtern, die an ihm vorbeiziehen – Gesichter voll gelangweilter Teilnahmslosigkeit oder stummer Missbilligung. Er folgt ihnen auf den Bahnsteig. Die Zugtür klemmt ihm einen Fuß ein und er zerrt ihn heraus.

Er sollte zu Bett gehen und schlafen – vielleicht ganz still unter der Bettdecke sterben, hinter geschlossenen Vorhängen. Aber ein machtvoller Impuls treibt ihn an, das Museum zu erreichen. Schritt für Schritt erkämpft er sich den Weg von Brixton nach Dulwich. Jede Sinneswahrnehmung – das Sonnenlicht, der Verkehrslärm, die Bewegungen der Passanten – schneidet wie ein Messer durch sein Gehirn. Christus auf dem Weg zum Kalvarienberg muss sich so ähnlich gefühlt haben. Ein Wagen hupt, als er in die Gosse stolpert.

Als er sich dem Tor nähert, ist ihm klar, dass etwas anderes als Stoizismus ihn antreibt. Es ist seine Begierde, Paul wiederzusehen und zu fragen: *War es real? Ist es passiert?*

Das Mädchen an der Rezeption, Georgia, lächelt süß, als er durch die Lobby eilt.

Eine Stunde oder länger sitzt er reglos an seinem Schreibtisch. Sein Geist und sein Körper fiebern. Doch trotz der zunehmenden Übelkeit erlebt er Schübe von Euphorie – von berauschendem, aufsässigem Stolz. Er will nach draußen gehen und Paul suchen, und er redet sich ein, die letzte Nacht könne – dürfe – nicht schon alles gewesen sein. Doch dann gewinnen Furcht und schleichende Sprachlosigkeit wieder die Oberhand: Was sollte er zu Paul sagen? Wie sollte er anfangen?

Mit aller Macht will er das, was in dem stockfinsteren Kabuff passiert ist, im Gedächtnis festhalten – er ringt darum, jedes Detail, jede einzelne Empfindung heraufzubeschwören. Doch als er daran denkt, beginnt sein Gehirn, die warme Dunkelheit mit anderen Bildern zu überlagern, vor allem mit einem: Ben, an jenem letzten Morgen, bevor er gegangen ist, bei ihm im Bett. Nackt und unerwartet. Das Bild ist wie eine Vision – gerade noch lebendig, im nächsten Moment zum Verzweifeln flüchtig und schwer zu fassen. Er jagt ihm nach, bis ihm die Details entgleiten. Winzige Fragmente überleben – die Kante von Bens Schulter und die Haare am Ende seines Rückens.

Sein Verstand sehnt sich nach stärkeren, klareren Bildern. Über den Schreibtisch hinweg glotzt ihn der neue Computer an. Er glotzt zurück und hat eine Idee, wie sie nur ein furchtbarer Kater hervorbringen kann.

Er schaltet die Maschine an und der Bildschirm leuchtet brummend auf. Textcodes werden angezeigt, dann sieht er eine hellblaue Scheibe, übersät mit Emblemen. Er versucht, sich an die Einweisung in die Handhabung des World Wide Web zu erinnern. «Es ist eine geniale Sache», hatte Maud gesagt. «Eine wundervolle neue Informationsquelle. Das Telefon wird unser heißer Draht in die Welt.»

Mit lebhaften Mausklicks hangelt er sich durch die Optionen – bestätigen, ablehnen, neu versuchen, öffnen, schließen. *Okay.*

Ein Wappen erscheint in der Mitte des Bildschirms. Es besteht aus einer Miniaturerdkugel neben den winzigen Piktogrammen eines Computers und eines Telefons. Ein Pfeifen ist zu hören, gefolgt von einer Reihe von Pieptönen vor einem Hintergrund von Radiorauschen. Das Rauschen und die Pieptöne dauern an und eine Reihe blauer Punkte leuchtet auf – einer nach dem anderen. Don starrt wie hypnotisiert.

Der Bildschirm verwandelt sich in ein Gitter von Tafeln, die den Gedenkplatten an einer Kirchenwand ähneln. Er bewegt den weißen Pfeil des Cursors zur Tafel mit der Aufschrift *Suche*. Ein weißes Feld mit einem blinkenden Cursor lädt ihn ein, etwas zu schreiben. Er erinnert sich, dass der

Techniker ihm gesagt hat, er müsse Pluszeichen zwischen den Wörtern einfügen.

Der + schlafende + Hermaphrodit

Der Bildschirm verwandelt sich in eine endlose blaue Textzeile. Es sieht wie Unsinn aus, aber als er den Blick über die verstümmelten Sätze gleiten lässt, fallen ihm einzelne Wörter ins Auge: *Villa Borghese, Louvre, Napoleon, Horace Walpole.* Perlen des Möglichen. Mit zitterndem Finger klickt er etwas an. Die Seite verändert sich wieder und er sieht ein verschwommenes grauweißes Feld.

Er fragt sich, ob der Computer kaputt ist. Das Bild – falls es denn ein Bild ist – liegt im Nebel verborgen. Aber dann wird am oberen Rand ein Streifen kräftigerer, dunklerer Farbe sichtbar, der sich schrittweise nach unten erweitert, wie eine Jalousie, die sich Lamelle um Lamelle absenkt und eine deutliche Fotografie enthüllt. Sein Herz zieht sich bei dem Anblick zusammen. Marmorschenkel, gekreuzte Beine, der leicht gedrehte Rücken und Berninis großartige Marmormatratze, in den 1620ern ergänzt, aber – wie er jetzt sieht – mit ihren Polsterwölbungen einer billigen Luftmatratze sehr ähnlich.

Und doch stimmt etwas nicht mit diesem Bild. Zu stilisiert, zu statuesk. Es entspricht nicht dem Bild in seinem Kopf. Er sucht weiter.

Schöner + männlicher + Körper

Ein neuer Schwall von blauem Text. Er wählt eine vielversprechende Zeile und wird durch einen einzelnen Klick auf eine Internetseite mit dem Titel *Die schöne männliche Gestalt* versetzt. Die Wörter leuchten in Mauve und Blau am oberen Rand des Bildschirms. Darunter befindet sich eine vertikale Parade verschwommener Bilder. In einigen davon kann er die Umrisse von Körpern erkennen. Nach ein paar Sekunden fangen auch diese an, sich auszukristallisieren. Sonnengebräunte junge Männer starren ihn über einen Abstand von hundert Jahren durch einen Sepiaschleier an. Sie tragen Lorbeer in den Haaren und Feigenblätter – eine Maskerade der Bescheidenheit.

Als er nach unten scrollt, nehmen die Bilder allmählich Farbe an. Ein fast nackter Jüngling zerrt einen Ziegenbock an den Hörnern, frei nach Caravaggios *Johannes der Täufer in der Wildnis.* In einem kalifornischen Idyll mit Palmen und strahlendem Himmel steht ein muskulöser Held am Ende eines Sprungbretts. Lindengrüne Bildunterschriften teilen ihm mit, dass diese Bilder Covermotive der Zeitschriften *Physique Pictorial* und *Epicene* sind.

Doch sein Geist sucht noch immer nach deutlicheren Bildern – die dem näherkommen, was gewesen ist. Er kehrt zur Suchmaske zurück und schreibt

Schöner + männlicher + Prostituierter

Das führt ihn zu einer anderen Website – florale Schrift und ein Hintergrund wie gemusterte Textiltapete – mit einem Exkurs über die Halbwelt viktorianischer Männerbordelle.

Aber es gibt zu viel Text, zu wenig Bilder. Die meisten Bilder sind Verbrecherfotos von Oscar Wilde.

Er versucht es noch einmal.

Schöne + männliche + Hure

Wieder haufenweise blaue Wahlmöglichkeiten, wieder eine Seite voller abstrakter Hülsen. Der Computer summt, und er erkennt blaue Himmel, Baumwipfel, lächelnde Gesichter, glänzende Schultern …

Er atmet laut hörbar ein. Dies sind Farbfotos moderner Männer, nackt und im Freien – nackte Körper, die sich an Sandstränden räkeln, im flachen Wasser eines Flusses liegen (das Wasser gleitet wie ein durchsichtiges Laken über bronzene Gliedmaßen) oder durch das scheckige Helldunkel eines

Waldes wandern. Einzelne Männer und Männergruppen, mit weißer und mit schwarzer Haut, wie Halbgötter in der Sonne, in jeder Hinsicht stolz und stramm.

Er bewegt die Maus – und die Seite springt nach unten. Die Szenen ändern sich. Die Landschaften sind durch Innenaufnahmen ersetzt – schwach beleuchtet, dürftig möbliert. Er sieht genau hin, wartet, während sich die Fragmente vervollständigen. Eine Figur hat sich im Ringkampf über eine andere geworfen: Ihre beiden Körper zucken und beben vor Anstrengung. Aus einem gläsernen Rechteck, das an einen Sturm von Turner erinnert, wird ein Mann, der mit dem Rücken auf einem Betonboden liegt, die Füße emporgereckt. Seine mit schwarzem Haar gepuderten Beine sind gespreizt und erlauben den Blick auf seine innersten Teile, ins Allerheiligste. Es ist obszön, aber Don kann den Blick nicht abwenden. Sein Mund ist trocken.

Sein Finger führt ihn an der Kette von Bildern entlang. Er sieht zwei eingeölte Liebhaber in einer künstlichen Grotte vor einem gemalten Sonnenuntergang – vielleicht Hadrian und Antinous in ihrem ägyptischen Versteck – und dann einen rosa gestrichenen Raum, in dem sich ein lächelnder Jüngling befindet. Seine nackte obere Hälfte tritt allmählich aus dem Nebel hervor. Er trägt kitschige rote Rosen im Haar. Als sich der Smog verzieht, sieht man, dass er mit dümmlichem Grinsen seinen geschwollenen Penis ins Bild reckt. Sein Blick ist verträumt und verschlagen.

Die Bilder zeigen jetzt alle dasselbe Model. Seine Pose ändert sich von Motiv zu Motiv – kniend, hockend, von vorn, von hinten, die Arme hinter dem Kopf verschränkt, um schwarzes Achselhaar zu zeigen. Auf einem Bild bedecken kniehohe Lederstiefel seine Unterschenkel; seine Oberschenkel wirken dadurch blasser – nackter. Auf dem nächsten trägt er eine enge Lederjacke und darunter einen Büstenhalter aus rosa Spitze und ein passendes Höschen, das seine Erektion nicht verbergen kann – sie platzt seitlich daraus hervor wie eine Gurke aus dem Einkaufsnetz.

Don scrollt bis zum Ende der Seite. Auf dem letzten Bild ist das Haar des Jungen mit einem Blütenkranz umwunden, seine Augen sind geschlossen und seine Lippen – die sich in verzücktem Vergessen kräuseln – sind geöffnet und enthüllen wie Zucker aufblitzende Zähne. Eine explodierte Perle, die die Form eines Lassos beschreibt.

Bekränzt mit Blumen ihn, will nur an ihm sich laben.

Ein Geräusch bringt Don wieder zur Besinnung. Hinter sich hört er Geraschel und Gelächter.

Er wirbelt in seinem Stuhl herum. Zuerst sieht er nur ein Muster von gestreiften Krawatten und roten Blazern vor dem Fenster. Dann erkennt er auch Gesichter – viele Gesichter –, die vor Aufregung glühen, große Augen und aufgerissene Münder. Eine Gruppe Schulmädchen – zwischen zwölf und dreizehn – hat sich vor seinem Fenster versammelt. Er schlägt gegen das Glas und wedelt ärgerlich mit der Hand, um sie zu verscheuchen. Sie zeigen weiter mit den Fingern auf ihn und rufen. Ein Mädchen presst ihr Gesicht an die Scheibe und drückt sich die Nase platt.

Don bringt seine Hose in Ordnung und dreht sich wieder zum Computer. Das Foto auf dem Bildschirm ist scheußlich, absurd – eine Pantomime. Er schlägt auf die Tasten, um es zu vertreiben. Aber das Bild weigert sich zu verschwinden und ruft immer lautere Freudenschreie des Publikums draußen hervor.

In Panik kniet er sich hin und zieht den Stecker aus der Dose. Mit einem schwachen Seufzer stirbt der Computer.

Weitere Mädchen kommen über den Rasen gelaufen, um zu sehen, was los ist. Sie kommen zu zweit oder zu dritt oder in größeren Gruppen, mit untergehakten Armen schwärmen sie um sein Fenster. Eine von ihnen schwingt eine lange, ausgerissene Stockrose und schlägt damit gegen die Fensterscheibe.

Don schreit sie an, vergeblich und unverständlich, dann zerrt er an den Vorhängen und zieht sie zu. Er bleibt stehen, den Stoff in den Händen, und hört mit klopfendem Herzen auf das anwachsende Gelächter im Garten. Viele Minuten steht er da. Schließlich lässt der Lärm nach und die Stille kehrt zurück. Unfähig, sich zu rühren, beobachtet er die Lichtpartikel, die den faltenlosen Stoff punktieren.

Als er schließlich den Griff lockert und hinausschaut, ist der Garten leer. Das Sonnenlicht sammelt sich in goldenen Flecken, die Blumen leuchten, das Laub der Bäume vibriert in einer kaum wahrnehmbaren Brise. Er möchte hinausgehen, doch er wagt es nicht.

Er fällt in seinen Sessel. Die letzte Nacht kommt ihm bereits wie ein anderes Leben vor. Verzweifelt versucht er, dorthin zurückzugelangen. Seine Erinnerung ist ein Stroboskop von Dunkelheit und lebhaften Blitzen.

Als er sich wieder dem Raum zuwendet, bemerkt er etwas am Rand der Schreibtischplatte, dem Computerbildschirm gegenüber. Es muss den ganzen Tag schon da gewesen sein, ohne dass er es bemerkt hat. Eine einzelne Stockrose, deren rosa Blüten sich aus Bündeln geschlossener Knospen emporstrecken – glatt abgeschnitten und in ein Glas Wasser gestellt.

* * *

«Für Sie ist ein Paket gekommen, Don.»

Ina steht über eins der Regency-Porträts im Flur gebeugt und trägt eine Art Kitt an einem Riss in dessen Goldrahmen auf. Sie sieht nicht auf, als er von draußen hereinkommt.

Ein großer Gegenstand, in braunes Papier gewickelt, lehnt an einer Wand im Flur. Auf dem Papier steht in schwarzen Großbuchstaben nur ein einzelnes Wort. *DON.*

Er weiß sofort, was es ist.

«Wann ist es gekommen?», fragt er und versucht, beiläufig zu klingen. «Wer hat es gebracht?»

«Das weiß ich nicht, tut mir leid. Es stand vor der Haustür, als ich um fünf zurückgekommen bin.» Sie glättet den gefüllten Teil des Rahmens mit einem Metallspachtel, tritt zurück, um ihre Arbeit zu betrachten, und zieht sich dann in die Küche zurück.

Mit einer schnellen Bewegung reißt er das Papier herunter und legt Bens Collage frei – hunderte von Scherben gemalter Himmel unter einer Glasscheibe. Er stellt das Bild aufrecht auf den Boden und schiebt die Streifen braunen Papiers mit dem Fuß zur Seite. Er sieht, dass auf der Rückseite ein Stück Papier auf das Sperrholz geklebt ist. Eine Nachricht:

Es tut mir leid, dass ich einfach abgehauen bin.

Ich gebe dir dein Tiepolo-Blau zurück.

Alles Liebe,

B.

Er lehnt den Kopf gegen den Rahmen und schließt die Augen, als hätte ihn die Erschöpfung übermannt.

Er öffnet die Augen, noch gegen das Bild gelehnt, und betrachtet die fast unsichtbaren Schnittkanten zwischen den Himmelsstücken. Tausende von Blauschattierungen. Was auch immer geschieht, dies wird ihm bleiben.

Ina hat ihm einen Teller mit Eiern und Schinken vor sein Zimmer gestellt. Das Eigelb wirkt auf dem Teller wie gelbe Augen, monströs geweitet. Zu sehr in Erinnerungen gefangen, um an Essen zu denken, erlaubt er seinem Blick, zwischen

Bens Bild – das nun gegen eine Wand seines Schlafzimmers gelehnt ist – und der vertrauten Aussicht aus dem Fenster hin und her zu wandern. Schließlich schneidet er die Dotter aus den Eiern und isst sie in entrücktem Schweigen.

Er verlässt sein Zimmer, um zur Toilette zu gehen. Auf dem Rückweg veranlasst ihn eine vage Neigung, das leere Zimmer auf der anderen Seite zu betreten, in dem sich Vals Sammlung architektonischer Stiche und außerdem, auf dem Cembalo, persönliche Fotografien befinden. Ohne Piranesis Zeichnungen oder die Blicke von Picasso und Somerset Maugham zu beachten, geht Don hinüber zum Fenster, von dem man den Garten überblickt. Draußen wird es dunkel.

Er ist überrascht, unten einen Menschen zu sehen. Eine alte Frau mit grauem Haar kniet am Rand des Gartens, direkt vor der Tür des Anbaus. Sie trägt ein verblasstes Sommerkleid und hat eine Heckenschere in der Hand. Sie schneidet das Geißblatt um die Statue herum zurück. Don schaut zu, wie sie das Laubwerk rodet, Blatt für Blatt (so kommt es ihm vor), um die Hüfte und den Unterschenkel der steinernen Figur zu enthüllen.

Darüber wird es dunkel, aber ein schwaches Licht – vermutlich aus dem Küchenfenster – scheint auf die alte Frau und ihre Arbeit.

Die Statue, jetzt kann Don es sehen, ist eine nackte Venus, aus Marmor gemeißelt, den antiken Statuen im Brockwell nicht unähnlich, aber größer und moderner – eine Schöpfung aus dem neunzehnten Jahrhundert mit glatter Oberfläche. Eine Seite der Statue bleibt in dichtem Geißblatt begraben, als würde der Körper seitlich aus grünem Wasser herausragen, aber jetzt kann er das feierliche Gesicht der Göttin sehen, ihr in Wellen zurückgebundenes Haar, ihre sittsame Brust und das leicht gekrümmte Bein. Der Marmor glänzt aprikosenfarben, was ihn vermuten lässt, dass er in der Vergangenheit schon einmal gefärbt wurde.

Noch faszinierender als die Göttin ist allerdings die kleine Frau, die mit der Schere arbeitet – geduldig, ausdauernd. Die verborgene Mutter. Sie existiert wirklich und ist offensichtlich durchaus nicht bettlägerig. Don stellt fest, dass ihr Teint dunkel ist – südeuropäisch oder nordafrikanisch. Ihr graues Haar hat noch vereinzelte schwarze Strähnen.

Durch jene eigenartige Telepathie, die Menschen alarmiert, wenn sie beobachtet werden, dreht sich die Frau um und blickt zum Fenster hinauf. Ihr Gesicht, wenn auch alt, ist attraktiv und schlau unter dunklen Brauen. Ihre Augen treffen sich.

18

Don liest die *Metamorphosen*, als das Telefon klingelt.

Es ist Maud – so förmlich wie selten. «Professor Lamb, können wir zu Ihnen kommen?»

«Wir?»

«Michael Ross und ich.»

«Kommen Sie gleich – ich habe heute Morgen wenig Zeit.» Der Hörer knallt wie eine Peitsche, als er ihn hinschmeißt. Das bedeutet nichts Gutes. Er schiebt das Buch unter einen Stapel Akten.

Maud und Michael betreten die Palladio-Bibliothek schweigend und stellen sich Seite an Seite vor seinen Schreibtisch – die Parodie eines Hochzeitsfotos. Es ist Maud, die schließlich das Wort ergreift.

«Professor – Don. Es ist meine Pflicht, Ihnen mitzuteilen, dass das Museum einen Brief erhalten hat – einen anonymen Brief –, der Ihr Verhalten betrifft.» Sie sieht unendlich ernst aus.

«Ach ja?», sagt Don und tut sein Bestes, um fröhlich zu wirken. «Kein Dankschreiben, nehme ich an?»

«Ich habe Michael Ross gebeten, Zeuge dieses Treffens zu sein.»

Sie entfaltet ein Blatt Papier und hält es mit zitternder Hand. Der Brief ist maschinengeschrieben, nicht unterzeichnet, adressiert an den Verwaltungsrat der Brockwell Collection. Er verlangt, dass das Verhalten von Donald Lamb dringend untersucht werden möge. Er brachte einen betrunkenen Vandalen ins Oktogon. Zeigt deutliches Desinteresse an Museumsangelegenheiten. Und ein ekelerregend unmoralischer Vorfall wurde durch das Fenster der Palladio-Bibliothek beobachtet.

Sie wissen es.

Maud hält ihm das Blatt gerade lange genug hin, damit er den Inhalt erfassen kann, dann tritt sie zurück und faltet es zusammen.

Don denkt daran, ein herzhaftes Lachen vorzutäuschen – ihr das Blatt aus der Hand zu nehmen und es zu Konfetti zu zerreißen: ritsch, ratsch. Er wird die Anschuldigungen als erfunden zurückweisen. Er wird harte Beweise fordern. Aber sein Verstand steckt fest. Er ist sich bewusst, dass er ein dummes Gesicht macht.

«Wir sind verpflichtet, diese Anschuldigungen sehr, *sehr* ernst zu nehmen», sagt Michael und richtet den Blick auf Don. «Der Verwaltungsrat hat uns gebeten, heute mit Ihnen zu reden ...»

«Schuldig im Sinne der Anklage? Sie entscheiden, meinen Namen aufgrund eines nicht unterschriebenen Briefs zu beschmutzen – eines Briefs, der, das möchte ich hinzufügen, in einer lächerlichen Sprache verfasst wurde und der nicht unterzeichnet ist – ich nehme an, weil er von Ihnen kommt.»

«Warum sollte sich jemand das alles ausdenken?», will Michael wissen. Sein Blick ist mehr denn je von Diensteifer erfüllt.

Nach einem längeren Schweigen greift Maud die Vorwürfe wieder auf.

«Gleichgültige Vernachlässigung des Museums, bei vielfältigen Anlässen, und ein höchst abstoßendes Verhalten, das durch das Fenster Ihres Büros beobachtet wurde – von

Kindern!» Sie scheint sich innerlich zusammenzureißen für das, was sie als Nächstes sagen muss. «Masturbation.»

Das Wort hängt wie Gift in der Luft.

«Kinder», echot Michael. Zum ersten Mal sieht Don Verachtung – reine, unverstellte Verachtung – sich wie einen schwarzen Schatten vor seine Ausstrahlung schieben. «Sie haben bei ihrem ersten Ausflug zum Museum im Rosengarten gespielt – ihrer ersten Begegnung mit bildender Kunst. Und was sehen sie, als sie durch das Fenster ins Arbeitszimmer des Direktors schauen …»

Seine Stimme ist immer lauter und schriller geworden, bis sie erstirbt. Er steht da, sprachlos vor Zorn.

Don hört zu; das alles ist wie ein Traum. Aber sein Ego, das, was noch davon übrig ist, reißt sich zusammen.

«Was die Anspielung auf – Masturbation betrifft», fängt er an, «das ist eine Lüge.» (Wäre es das doch nur *gewesen*, fällt ihm eine innere Renegatenstimme ins Wort. Wäre er doch nicht unterbrochen worden, als er …) «Und für unverdorbene Unschuldsengel sind sie in geradezu hysterisches Gelächter ausgebrochen. Was meinen Sie, wie alt …»

«Wir haben lange und gründlich darüber nachgedacht», fällt ihm Maud ins Wort, «ob wir uns in dieser Angelegenheit an die Polizei wenden sollen.»

Etwas in Don zerbricht, aber nach außen hin bleibt er gelassen. Er schlägt die Beine übereinander und denkt über die beiden nach.

«Dann informieren Sie die Polizei am besten auch gleich über den *Schlafenden Hermaphroditen* im Louvre. Schwere Unsittlichkeit in Marmor gemeißelt.»

Vor seinem geistigen Auge sieht er den Jungen auf dem Computerbildschirm, die Blumengirlande und den Strahl heiliger Flüssigkeit.

«Das Exekutivkomitee hat uns klare Anweisungen gegeben», sagt Michael, anscheinend zu einem vorab beschlossenen Verfahren zurückkehrend.

«Der Beschluss besagt, dass Sie die Brockwell Collection mit sofortiger Wirkung verlassen», sagt Maud mit derselben mechanischen Ruhe. «Eine umfassende Untersuchung wird folgen. Ich muss Sie, Professor Lamb, bitten, das Gelände bis Mittag zu verlassen.»

Die Mittagssonne strahlt, aber die Stimmung in den Korridoren des Brockwell ist düster. Schweigen hängt über dem Museum, nur von Flüstern durchbrochen. Am tiefsten ist das Schweigen in der Palladio-Bibliothek: Don ist bereits gegangen.

Noch während Michael und Maud vor seinem Schreibtisch standen ging er hinaus und ließ die beiden mit dem leeren Stuhl allein – nur das Namensschild und sein Exemplar der *Metamorphosen* nahm er mit. Er ging direkt in den Garten, wo die Sonne hoch am wolkenlosen Himmel stand.

In seinem Büro hatte er unter der Anklage von Michael und Maud Schrecken und Wut empfunden. Er sagte sich, dass er mit Val reden und die Entscheidung anfechten würde, um seinen guten Ruf wiederherzustellen. Aber draußen, unterwegs auf den Gartenwegen, ist es, als würde die Hitze die Wut aufzehren und nur einen Rest von Verachtung und, so merkwürdig es scheint, eine wachsende Euphorie zurücklassen.

Mit dem Namensschild in der Jacketttasche geht er einen langen, gewundenen Weg zum Ausgang des Museums. Er kommt nah am Fenster der Palladio-Bibliothek vorbei, dem Ort seines Untergangs. Rosen rahmen die Fensterscheibe in strahlendem Rot und Weiß. Sie wuchern an einem Spalier neben dem Fenster. Er stellt sich vor, dass sie bald das Fensterbrett erreichen und sich ins Innere des Gebäudes vortasten werden. Sie werden mit ihren Dornen und Blüten das ganze Museum, jede Wand, jedes Bild und jede Statue überwuchern. Auch andere Pflanzen werden sich auf den Weg ins Innere begeben; Geißblatt wird den Stuhl, den Tisch und den fatalen Computer des Direktors überwachsen und unter duftenden Ranken begraben.

Er schaut sich um, mit einem Mal elend und verlassen, und fragt sich, ob er Paul irgendwo sehen wird. Er folgt jedem Weg, setzt sich eine Zeitlang auf die Bank in der kleinen Laube, in der er mit Bill gesessen hat, und geht auch durch den geheimen, verschlungenen Tunnel zum Gartenschuppen. Aber der Schuppen ist verschlossen und der Garten leer. Paul muss einen freien Tag haben.

Und doch glaubt Don, der Garten sei voll von Paul: Er ist in jedem Grashalm, Blatt, Zweig und jeder Blüte anwesend. In der Nähe der kleinen Laube, Pauls pittoresker Schöpfung, pflanzt Don sein Namensschild in ein Blumenbeet – er steckt es in die weiche Erde wie einen Pflock.

Auf dem Weg ins Village bleibt er bei dem rosa Granitspringbrunnen stehen, der auf einer Insel verwitterter Pflastersteine in der Mitte eines kleinen Kreisverkehrs steht. Er setzt sich auf den Sockel des Brunnens zwischen zwei Steinkübel mit Mohnblumen. Der Platz ist wie ein Thron. Er streckt die Beine aus.

Von diesem Aussichtspunkt beobachtet er die Läden und Cafés von Dulwich – so schmuck und adrett – und sagt sich selbst noch einmal, dass nun alles vorbei ist. Es kann kein Zweifel bestehen, dass Val schon Bescheid weiß. Als Vorsitzender des Verwaltungsrats hat Val dies zugelassen. Und bald wird es jeder wissen.

Er weiß, dass er nicht zurückkehren wird. Die Brockwell Collection, wie Peterhouse zuvor, hat die Leinen losgeworfen, die ihn gehalten haben. Ben hat ihm geraten, sich zu befreien, und nun ist es geschehen. Er wünscht sich, dass Ben jetzt hier wäre, um die Absurdität und Jubelstimmung des Augenblicks mit ihm zu teilen.

Eine Frau mit dichtem roten Haar und einem Lederrock schlendert vorbei und mustert ihn mürrisch – einen Mann, der zusammengesackt am Boden sitzt und ein Samtjackett mit abgewetzten Ellbogen trägt. Er würde Scham empfinden – schreckliche, verzehrende Scham –, wenn er nicht überzeugt wäre, gerade eine mentale Neuorientierung durchzumachen, eine notwendige Rekalibrierung.

Stundenlang bleibt er auf seinem sonnigen Thron. Am späten Nachmittag sieht er Michael Ross in einiger Entfernung die Straße überqueren. Michael bemerkt ihn nicht. Er ist auf dem Weg nach Hause, mit dem Gang eines Mannes, der überzeugt ist, recht gehandelt zu haben.

Don spürt, wie seine Hand in den Pflanzkübel an seiner Seite sinkt, durch das Dickicht der Mohnblumen in die feuchte Erde. Er greift hinein, dann lockert er den Griff wieder.

Er denkt, Michael ist wie ein stolzer junger Gott – Apollo mit goldenem Haar, wie er vom Parnass hinabsteigt. Eine Gestalt im Zentrum ihres eigenen Universums. Was für eine Erleichterung, hier draußen am Rand zu sitzen, unter dem Brunnen. Als Michael außer Sicht ist, denkt Don an Tiepolos Allegorie der vier Kontinente. Mit elektrisierender Klarheit sieht er die Gestalten an den Rändern des Freskos, das emsige Rahmenprogramm, das er für gewöhnlich überging, wenn er seine ernsthaften Berechnungen anstellte: Männer aus allen Gegenden der Erde und ein Karneval der Tiere –

Vögel, Pferde, ein drapiertes Kamel und ein vorsintflutliches Krokodil. Er wittert ihren animalischen Gestank in seinen Nasenflügeln.

Er sieht auf. Der Himmel ist ein Baldachin in blassem Türkis. Weiter oben weicht er dem blendenden Auge der Sonne.

Das Geräusch des Telefons ist wie ein Platzregen winziger Klingen. «Ich finde das, was hier geschehen ist, einfach geschmacklos, abstoßend. Ich habe mit den Mitgliedern des Verwaltungsrats gesprochen, mit jedem einzelnen. Ich habe sie gebeten, noch einmal darüber nachzudenken. Diese Prüderie. Diese Unbesonnenheit. Bei einem Mann von deiner Reputation!»

Aus tiefem Schlaf erwachend, hält Don sich den Hörer ans Ohr. Es ist neun Uhr abends – er muss eingeschlafen sein, als er sich hingelegt hat, um etwas zu ruhen. Auf der Stirn spürt er den Sonnenbrand.

Val ist ein sanfter Sturzbach von Entschuldigungen und Aufforderungen.

«Es tut mir leid, dass ich dich nicht warnen konnte. Es war mir rechtlich nicht möglich. Du sollst wissen, dass du meine volle Unterstützung hast. Ich werde für deine Wiedereinstellung kämpfen. Ich rede mit Michael. Ich rede mit Maud. Ich bringe sie dazu, das zu verstehen, und zwar alle.»

«Es ist mir egal.» Dons Stimme ist trocken, träge vom Schlaf.

«Ich tue, was ich kann. Das weißt du doch, oder?»

«Weiß ich das?» Don dreht sich auf dem Bett um. Er sieht lange, traurige Gesichter in den Falten der Tagesdecke.

«Natürlich weißt du das, Don», sagt Val mit bekümmerter Ungeduld. «Ich bin immer für dich da gewesen, seit … seit …»

«Das spielt keine Rolle», unterbricht ihn Don. «Offenbar steckt Michael Ross dahinter.»

«Ach, Don, du darfst Michael gegenüber nicht so hart sein.»

Don setzt sich auf und blickt zu Bens Collage hinüber. «Das spielt keine Rolle», sagt er noch einmal.

«Hör zu. Du musst das verstehen. Michael hat Eheprobleme. Er hat die Craxton Road verlassen. Ich sage dir das in höchster Vertraulichkeit.»

«Das geht mich nichts an. Dich auch nicht.»

«Seine Frau», fährt Val fort, ohne ihn zu beachten, «ist eine schöne und begabte Frau.» Er spult seine Worte ab wie einen dünnen Faden. «Aber weißt du, Don, sie leidet unter *furchtbaren* depressiven Anfällen.»

«Ach?»

«Man würde es nicht glauben, wenn man sie sieht – oder mit ihr spricht. Diese Ausstrahlung! Aber Michael hat eine sehr schwere Last zu tragen. Sie waren so jung, als sie geheiratet haben. Zumindest Michael. Das ist alles passiert, nehme ich an, bevor er wusste, was er wollte.» Val kichert affektiert. «Ich fürchte, du und ich haben zu wenig Erfahrung in solchen Dingen.»

Don sieht Anna neben sich im Auto, in jener Nacht. Val hat sie kein einziges Mal beim Namen genannt. Depressive Anfälle, eine große Last – was daran ist wahr?

«Ich muss aufhören, Val.»

«Denk daran, Don, ich tue, was ich kann. Du bist in Nullkommanichts wieder im Brockwell!»

Er glaubt Val nicht und legt auf. Er sucht nach seinem Adressbuch und findet die Telefonnummer der Rosses. Michael ist ausgezogen, Val zufolge. Aber was Anna betrifft … Er wählt die Nummer und das Telefon klingelt: fünf, zehn, zwanzig Mal. Wo ist sie? Nach dem dreißigsten Klingeln gibt er auf. Vielleicht ist sie mit dem Auto unterwegs – ihr Fluchtmechanismus, der Traumersatz.

* * *

Er steht im Cembalo-Zimmer am Fenster und blickt hinab in den Garten – eine neue Gewohnheit am Abend. Das Geißblatt ist inzwischen so weit zurückgeschnitten, dass die ganze Statue enthüllt ist. Venus hält einen Apfel in der Hand. Er erkennt sie jetzt – eine Skulptur aus der Mitte des neunzehnten Jahrhunderts von John Gibson. Sein derangierter Verstand hat noch nicht alle Bezugspunkte verloren.

Nach einer Weile öffnet sich die Tür zum Anbau. Die zarte Gestalt von Inas Mutter hinkt in den Garten, mit einem Eimer in der Hand. Sie trägt dasselbe Kleid wie zuvor, und eine Schürze. Sie zieht einen großen Pinsel hervor und beginnt, mit aller Sorgfalt eine klare Flüssigkeit aus dem Eimer auf die Statue zu übertragen, wobei sie sich auf den Schritt konzentriert.

Gebannt beobachtet Don, wie die alte Frau als Nächstes Ranken von Geißblatt von einem ordentlichen Haufen am Boden nimmt und sie mit größter Genauigkeit im Delta zwischen den Beinen der Statue arrangiert. Nach einiger Zeit hat sie die Region mit einem dicken grünen Gebüsch verziert, als wollte sie der entsexualisierten Göttin ihre biologische Ausstattung zurückgeben – ein Dreieck von üppigem, laubigem Haar.

Dann säubert sie ihre Hände von Geißblatt und zieht zwei Hände voll von etwas aus der Schürzentasche, das wie Rosenblätter aussieht – dunkelrote Büschel. Sie legt sie der Statue auf die Brust und beginnt, den Marmorbusen mit langsamen, kreisförmigen Bewegungen beider Hände zu massieren.

Nach einigen Minuten, scheinbar erschöpft von der Anstrengung, lässt sie die zerdrückten Blätter fallen und enthüllt frisch gefärbte Nippel.

* * *

Der lange Spaziergang nach London ist keine Suche nach Ben mehr. Der Weg selbst mit seinen zahllosen kleinen Aussichten ist eine immer neue Entdeckungsreise. Er wacht früh mit einem perversen Optimismus auf – und hält diese Stimmung auf seinem Weg durch die Straßen Südlondons aufrecht, bis zum Fluss und hinüber nach Soho.

An einem bewölkten Nachmittag geht er am King's College Hospital vorbei, wo eine neue Backsteinmauer zum Bürgersteig errichtet wurde. Eine Reihe Raucher – Patienten und Personal des Krankenhauses – steht davor. Manche sitzen in Rollstühlen. Ein drahtiger alter Mann, dessen Beine amputiert wurden, sitzt auf der Mauer, eine Zigarette zwischen den Lippen. Seine Schenkel sind fest mit Bandagen umwickelt, die sich bereits nikotingelb verfärben.

Als Don auf dem Bürgersteig an der Rauchergalerie entlanggeht, wird er von den bandagierten Stümpfen abgelenkt – und stößt heftig mit jemandem zusammen, der aus dem Krankenhaus kommt: einem Mann im schäbigen Bademantel, der eine Metallstange auf Rollen hinter sich herzieht. Der Mann stolpert und fällt hin, ein strampelndes Durcheinander von schlaksigen Armen und einem blassen nackten Rücken, überzogen von Muttermalen. Die Metallstange rollt weiter und fällt ebenfalls um. Ein weicher Plastikbeutel löst sich vom Ende der Stange und plumpst auf den Bürgersteig. An ihm hängt ein durchsichtiger Schlauch, der, wie Don jetzt sieht, direkt zum Arm des Mannes führt.

Leute eilen herbei, um zu helfen. Der Mann kreischt und starrt verschreckt in die Luft. Sein Kopf ist ausgemergelt – ein rohes Konglomerat von Pupillen, Nasenflügeln und Mund. Don tritt zurück und murmelt nutzlose Entschuldigungen; offenbar ist er für alle unsichtbar.

Für alle außer einen Mann, der ein Stück weiter hinten auf der Mauer sitzt, neben einigen anderen Rauchern, die nicht reagieren. Der Mann starrt ihn an. Er sieht Val sehr ähnlich, denkt Don und merkt, dass seine Schulter schmerzt, wo sie gegen den Mann gestoßen ist. In weniger als einer Sekunde weiß er, das *ist* Val – nur zwei Meter entfernt mit einer holzkohlefarbenen Zigarette zwischen den Fingern.

Val schaut Don ohne Überraschung oder Wärme an. Er ist merkwürdig gekleidet, in einen langen Regenmantel über einer Art kragenlosem Hemd im indischen Stil. Don starrt ihn an, der Tumult um den gefallenen Mann rückt an die Ränder seiner Wahrnehmung.

«Val.»

Val nickt bestätigend, und Don spürt, dass seine Schlaffheit eine Maske ist, die ein tiefes Unbehagen verbirgt.

«Hallo Don.» Er rückt ein wenig zur Seite, um Platz zu machen.

Don steckt die Hände in die Jacketttaschen und bleibt stehen. Er erinnert sich an den dumpfen Ärger, den er bei ihrem letzten Gespräch empfunden hat, und versucht, das Gefühl mit dem in Einklang zu bringen, was er jetzt sieht. Nicht nur eine Stimme am anderen Ende der Leitung, sondern Val selbst – auf unheimliche Art körperlich. Er ist derselbe wie immer und doch irgendwie verändert. Sein Gesicht ist glatt und braun, aber formloser – voller in den Wangen, schwammiger an den Schläfen. Don bemerkt voller Schreck, dass der Hals, der aus dem Hemd ragt, der Hals eines alten Mannes ist.

«Was machst du hier?», fragt Don und weist mit dem Kopf auf das Krankenhaus.

«Mamma geht's nicht gut.»

Einige verwirrende Sekunden lang glaubt Don, Val spräche von seiner eigenen Mutter. Aber die Art, wie er *Mamma* sagt – auf dieselbe Art wie Ina – aktiviert seine Erinnerung.

«Was ist passiert?»

«Sie hatte einen Herzanfall. Aber sie wird sich erholen – glauben sie.»

Er denkt an die alte Frau im Garten – wie angestrengt sie das letzte Mal wirkte.

«Wo ist Ina?»

«Drinnen. Ich warte auf sie.» Val rutscht ein Stück weiter. «Und was ist mit dir? Warum wanderst du durch die Straßen, wo du doch – *wir* – für deine Wiedereinstellung kämpfen sollten?» Er schaut den Bürgersteig entlang dorthin, wo dem Patienten aufgeholfen wird, dann wieder auf Don.

«Dazu ist es zu spät. Du weißt das.»

Val lässt die Zigarette zu Boden fallen. Ein weiteres Mal zuckt Don überrascht zusammen, als er sieht, dass er Ledersandalen an den nackten Füßen trägt – glatte, knochige Füße. Die Fußnägel sind sauber geschnitten und glänzen eigenartig.

«Warum tust du so, als würdest du mir helfen?», sagt Don. «Was soll das ganze Getue?»

Vals Augen weiten sich ein wenig und verraten die innere Unruhe. «Ich weiß nicht, was du von mir hören willst, Don.»

«Ich möchte, dass du die Wahrheit sagst.»

«In Ordnung. Prima. Es gab Zeiten, in denen ich dir nichts gesagt habe» – Val schaut auf einen Punkt irgendwo zwischen sich und Don und hebt beide Hände –, «aber nur, weil mir deine gute Meinung alles bedeutete. Mehr, als dir je bewusst war. Wenn ich dir manches nicht gesagt habe, dann nur im Bemühen, zu erhalten – zu beschützen …»

«Was dir wichtig war?»

Val starrt ihn an. «Etwas Größeres. Dein Vertrauen in mich.»

In Vals Gesicht liegt eine raue Ernsthaftigkeit – aber trotzdem, sagt sich Don, ist Val mehr als nur der Mann, der da auf der Mauer sitzt. *Dies* ist nur die eine Version. Im letzten Jahr ist sein Freund eine körperlose Macht geworden, deren Wesen und Absichten sich dem Verständnis entziehen. Ist es möglich, dass eine solche Macht freundlich, sarkastisch, loyal, boshaft sein kann – alles zur gleichen Zeit?

Der Amputierte wird von einem kräftigen Pfleger in einen Rollstuhl gehoben. Der Bürgersteig ist jetzt beinahe leer – die meisten anderen Raucher haben sich ins Krankenhaus zurückgezogen. Die Sonne ist zum Vorschein gekommen. Val legt ein Bein über sein Knie und die Hand um die Fußspitze. Die Steine in seinen Ringen fangen das Licht ein, als er einen langen, anhaltenden Seufzer ausstößt. Er scheint mehr zu sagen zu haben.

«Ich wollte dich anrufen, Don. Es war nicht anzunehmen, dass wir uns hier treffen würden – ich wollte es dir nicht auf diesem Weg sagen.»

«Mir was sagen?»

«Ich muss dich leider bitten, mein Haus zu verlassen.»

Am anderen Ende der Mauer sitzt eine einsame ältere Frau in gedankenverlorenem Schweigen. Plötzlich lächelt sie – wie über einen eigenen Gedanken – und entblößt einen breiten Streifen Zahnfleisch.

«Darf ich fragen, warum?» Don ist überrascht vom stählernen Klang seiner Stimme.

«Soweit ich weiß, hast du einen Obdachlosen ins Haus gebracht, um dort zu wohnen.»

«Obdachlos?» Don lacht, trotz seiner zunehmenden Bitterkeit. «Es war ein Künstler. Aber das ist schon Wochen her, Monate.»

«Was hast du dir dabei gedacht?» Vals Stimme klingt erregt. «Das Haus ist heilig. Gott weiß, was er gestohlen hat.»

«Nichts. Er hasste das Haus, jede Kleinigkeit.» Dons Stimme wird leiser. «Wie auch immer, er ist fort, lange fort.»

«Und du musst auch gehen. Ich möchte, dass du am Ende der Woche fort bist.»

Aus der Ferne ist die Alarmanlage eines Autos zu hören. Val blickt ihn unverwandt an.

Don fragt sich, ob Ina ihn am Ende doch informiert hat. Aber ein Instinkt sagt ihm, dass Val von Anfang an über Ben Bescheid wusste. Vielleicht hat er doch gehört, worüber sie bei der Eröffnung der Caravaggio-Ausstellung geredet haben; aber er hat bis jetzt gewartet – seine Karten verdeckt gehalten.

«Ich habe einen neuen Mieter», sagt Val.

«Einen Mieter?»

«Es ist Michael Ross, wenn du es wissen willst. Er hat sich von seiner Frau getrennt und ich habe ihn eingeladen, in der Montcalm Road zu wohnen, bis sich seine Lage geklärt hat.»

Don möchte schon wieder lachen – um Val zu zeigen, dass es ihm nichts ausmacht. Aber er ist blockiert von einer Wut, die sich ihm wie ein Würgegriff um die Kehle legt.

«Michael Ross … ich hätte es wissen können. Du wirfst ihn wie einen Stein in mein Leben, der ganze Unsinn über einen tüchtigen Assistenten, und jetzt vertreibt er mich aus dem Haus. Was spielst du für ein Spiel, Val?»

Don lässt die Stille anwachsen, wohl wissend, dass er keine Antwort erhalten wird – jedenfalls keine, die Klarheit schafft.

Vals Augen weiten sich wieder, Erregung oder Wut macht sie lebendig. «Du glaubst, es ist Zeit, unter der Oberfläche zu bohren? Hinab in die Wirklichkeit der Dinge? Nun» – in seiner Stimme ist ein satirischer Anklang zu hören –, «du wolltest ja immer schon die Tiefen vermessen.» Seine Augen mustern plötzlich den Bürgersteig und die Straße daneben mit hämischer Verzweiflung. «Ist dir schon mal in den Sinn gekommen, Don, dass die Oberfläche womöglich ein besserer Aufenthaltsort sein könnte – die Ebene der Formen, Töne, Wörter? Ein sicherer Ort? Auch dort existieren nämlich Gefühle, weißt du.»

«Und was ist mit dem barocken Innenleben? Waren das nicht einmal deine Worte?»

«Ich bin furchtbar aufgebracht, Don.» Vals Stimme klingt verändert. «Ich wollte, dass mein Haus dein Zuhause ist. Unser wunderschönes Haus … Ich wollte es so sehr. Du weißt das.» Er hat eine Hand erhoben und streckt sie – mit gespreizten Fingern – Don entgegen. Einen Moment schwebt sie dort, dann lässt er sie sinken.

Don weiß es und hat es immer gewusst. Mit einem Frösteln erkennt er, dass all das *Was-wäre-wenn*, mit dem er gespielt hat, diese vagen Ideen über ein anderes Leben in diesem Puppenhaus, ein Spiegelbild in Vals Fantasien hat. Der Gegenstand – das Epizentrum – all dieser Fantasien war er. Als er in Dulwich wohnte, hat er Val eine Ahnung dessen vermittelt, was hätte sein können – eine Vorstellung des Lebens, das sie hätten führen können. Er denkt wieder an den Brief, den er geschrieben und zwischen den Seiten eines Buches versteckt hat; vielleicht hat Val ihn noch irgendwo. Einen Moment lang will umfassender Kummer, getragen von einer Flut der Bestürzung, in ihm durchbrechen.

Val schaut die Straße hinunter und atmet gleichmäßig.

Das Mitleid von vorhin hat sich in kritischeren Überlegungen aufgelöst. Der Mann, der auf der Mauer sitzt, ist nun jemand anderer – jemand anderer als der Freund, den Don im Geist heraufbeschwören will. Dazu ist es viel zu spät.

«Ich gehe schon heute», sagt er. «Ich finde ein Zimmer unten am Park.»

Vals Aufmerksamkeit kehrt zurück, als hätte man ihr einen Batzen bösen Tratsch zugeworfen. «Welcher Park? Doch nicht Brockwell Park? Da sind lauter Betrunkene. Ziemlich heftig.»

«Ja, genau da.»

Don lässt Val auf der Mauer sitzen. Er sieht sich nicht um. Ein Stück die Straße hinunter parkt Vals Wagen. Die Alarmanlage piept, aber der Wagen scheint unbeschädigt. Die Kühlerhaube ist wie geschwärztes Glas, das mit einer dämmrigen Variante des Himmels bedruckt ist.

Das Typoskript von *Die Himmel Tiepolos* ist so dick wie ein Telefonbuch. Er klemmt es sich unter den Arm und füllt eine Einkaufstasche mit Kleidungsstücken. Ina und ihre Mutter, so nimmt er an, sind noch im Krankenhaus. Vielleicht ist es am besten so. Er wird verschwinden, wie Ben verschwunden ist, und an diesem schönen, statischen Ort wird das Leben weitergehen wie zuvor.

Er geht den vertrauten Weg nach Herne Hill; die Tasche baumelt an seinem Finger. An der Half Moon Lane hält er Ausschau nach einem Schild, das er bei seinen nächtlichen Spaziergängen an einer unscheinbaren Tür zwischen zwei Geschäften gesehen hat: *ZIMMER ZU VERMIETEN*.

Er läutet. Die Tür wird von einer Frau mit blauen Strähnen im Haar geöffnet. Falten um den Mund lassen sie niedergeschlagen wirken.

«Das Zimmer macht hundert Mäuse», sagt sie ihm auf der engen, dunklen Treppe, ohne sich umzudrehen. «Ich meine hundert im Monat.»

Sie führt ihn in einen kleinen Raum im dritten Stock. Vor den Fenstern hängen Gardinen; der gelbe Putz bröckelt von den Wänden und enthüllt verschorfte Ziegel, die Korkfliesen in der Küchenzeile lösen sich und schimmeln. Von der Decke hängt eine Glühbirne mit einem Schirm aus Alufolie. Auf dem Tisch steht ein uraltes Telefon, dessen Drähte sich auf dem Teppich kräuseln.

Das Badezimmer ist ein schmutziges gekacheltes Kabuff, das vom ganzen Haus benutzt wird. Es spielt keine Rolle: Er wird jeden Tag im Freibad duschen.

Er lässt seine Tasche in der Wohnung und geht noch einmal zurück durch Herne Hill, das Typoskript noch immer unterm Arm. Unter einem der Bögen der Bahnstrecke finden Bauarbeiten statt: Absperrkegel und Bauschranken liegen herum, und eine Betonmischmaschine dreht sich über einem Haufen grauem Matsch. Unter dem nächsten Bogen ist es dunkler: Hier scheint der Sommer keinen Zutritt zu haben. Drinnen hat sich eine Gruppe von Stadtstreichern um ein Feuer in einem Gitterkäfig versammelt. Bärte verbergen ihre Gesichter und lange Mäntel bedecken ihre Körper. Rauchwolken steigen langsam vom kokelnden Abfall im Gitterkäfig auf.

Don hält draußen vor dem Gewölbe an und beobachtet die Männer, die um den rauchenden Müllhaufen herumstehen; sie reden leise und reichen eine Plastikflasche herum. Von einer äußeren Macht getrieben, geht er hinein und stellt sich zu ihnen. Zwei Männer schlurfen zur Seite, um ihn in ihrem Kreis aufzunehmen.

Don atmet eine Zeitlang den Qualm ein und blickt in die Gesichter um ihn herum – erschöpft, ohne Freude, ausdruckslos. Dann zieht er einen Packen Blätter aus dem Typoskript und stopft ihn in den Gitterkäfig. Flammen züngeln entlang der Papierkanten und verzehren den trockenen Brennstoff.

Tränen der Erregtheit und Verzweiflung brennen in seinen Augen und machen ihn blind. Er stopft einen weiteren Stapel hinein. Die Flammen lodern auf und umschließen sein Werk.

Einer der Männer streckt die Hände aus, um sie zu wärmen.

«Was machst du da, verrückter Penner?», sagt ein anderer Mann zu Don.

«Ein autodestruktives Ende», erwidert Don und blickt in die Flammen.

«Na gut», sagt der Mann, der gerade einen tiefen Zug aus der Flasche genommen hat. «Trifft auf uns alle hier zu.» Er dreht sich mit trauriger, betrunkener Sympathie zu Don um. «Hier …» Er nimmt Don die letzten Seiten ab und wirft sie in einem Schwung ins Feuer.

Der Mann, der die Hände zu den Flammen ausstreckt, hat begonnen, ein Lied zu summen.

Don geht nach Dulwich zurück und lässt sich selbst ins Haus. Eine Sache muss noch geholt werden. Mit aller Kraft trägt er Bens Collage nach unten, die immer wieder gegen die teppichbespannten Stufen stößt, und manövriert sie durch die Haustür. Wie Atlas, der den Himmel trägt, balanciert er das Bild auf dem Kopf – er braucht beide Hände, um es festzuhalten – und trägt es die Auffahrt hinunter zur Straße. Der Rahmen wirft einen dunklen Rhombus auf den Bürgersteig.

Der Weg ist eine Kraftprobe. Schweiß läuft ihm über das Gesicht und sammelt sich unter seiner Kleidung, während er die Collage nach Herne Hill trägt. Auf der Treppe zu seinem Zimmerchen stößt der Rahmen gegen die Decke und das Glas bricht. Als er schließlich in seinem neuen Zimmer ankommt und das Bild gegen die Wand lehnt, sieht er, dass es sich in ein doppeltes Mosaik verwandelt hat – blaue Tesserae, überlagert von gesplittertem Glas. Die Risse durchziehen es wie die Adern eines Blattes.

Das Zimmer ist okay, denkt er, als er auf der nackten Matratze liegt, in der sich diverse Duftnoten vereinen. Es ist mehr als angemessen. Der Mann ist frei, dessen Leben einfach ist. Er hat das vor langer Zeit irgendwo gelesen. Endlich weiß er, dass es die Wahrheit ist. Er starrt Bens Bild an und lauscht dem Verkehr draußen.

* * *

Das Telefon klingelt fast eine Minute, aber dieses Mal nimmt Anna ab.

«Ich dachte, Sie wären ausgegangen.»

«Tut mir leid, Don», sagt sie. «Ich war am anderen Ende des Gartens.»

Sie klingt außer Atem, aber ganz wie sie selbst – und erfreut, ihn zu hören. Vielleicht fühlt sich das Haus in der Craxton Road anders an, seitdem sie allein ist.

«Ich habe gehört, Michael ist ausgezogen.»

«Ja», sagt sie, und die Pause, die folgt, legt nahe, dass dazu noch sehr viel – oder vielleicht gar nichts – zu sagen bleibt. «Können wir uns treffen, Don? Irgendwann heute?»

«Um zwei im Brockwell Park? Ich wohne jetzt direkt gegenüber.»

Ein paar Stunden später treffen sie sich an den Toren des Parks und gehen zusammen den Hügel hinauf, wo er sonst allein geht. Es ist ein weiterer strahlender Sommertag; die Wolken bilden anamorphe Formen am Himmel. Annas bedrucktes Kleid flattert im Wind. Ihre Arme glänzen hell im Sonnenlicht – unberührt vom Sommer.

«Ich liebe es hier», sagt Don schließlich. «Ich habe gelernt, es zu lieben. Ich schwimme jetzt fast jeden Tag, im Freibad. Wissen Sie …» Er verschränkt die Hände hinter dem Rücken und überlegt, wie er es ausdrücken soll. «Man hat mich auf die Weide hinausgeschickt.»

«Ich weiß, was passiert ist, Don. Wirklich alles. Ich möchte, dass Sie wissen, wenn ich irgendwas tun kann …»

«Machen Sie sich keine Sorgen um mich. Ich bin frei.»

Sie sieht ihn von der Seite an, mit freundlicher Skepsis.

«Und was ist mit Ihnen?» fragt er. «Geht es Ihnen gut?»

«Die Sache mit Michael war unvermeidlich», sagt sie in einem einzigen Atemzug. «Ich wusste schon seit langem, dass es enden würde – die Frage war nur, wann.» Sie gehen schweigend weiter, bis sie hinzufügt: «Ich gehe im Herbst zurück nach New York.»

«Das tut mir leid.»

Er fragt sich, ob er damit die Trennung oder Annas Abreise meint – oder ob ein tieferes Gefühl sich Luft verschafft hat.

Sie gehen an Brockwell Hall und der Wasserpumpe vorbei. Er erzählt ihr von dem Zufallstreffen mit Val vor dem Krankenhaus.

«Er sah so eigenartig aus. So deplatziert. Er trug einen Regenmantel und ein indisches Hemd ohne Kragen. Ich glaube, ich habe Val noch nie ohne Krawatte gesehen.»

«Vielleicht hat er dasselbe über Sie gedacht», sagt Anna mit flüchtigem Lächeln. Sie geht langsamer, als sie einen weiteren Abhang hinaufsteigen. «Könnte es nicht ein Krankenhaushemd gewesen sein, unter dem Mantel?»

«Durchaus möglich.» Er versucht, das Bild des Patienten aus seinem Gedächtnis zu vertreiben, den er zu Boden gestoßen hat: halbnackt, klapperdürr, ohne Halt im Leben. «Aber – nein, das kann nicht sein. Er hat gesagt, er wäre zu Besuch.»

Sie haben einen der höchsten Punkte des Parks erreicht,

den zweiten Gipfel nach Brockwell Hall, oberhalb einer ausgedehnten Senke, die Don für sich *das Tal* getauft hat.

«Val wird mehr Zeit in der Montcalm Road verbringen, glaube ich», sagt Anna. «Während der Behandlung.»

«Behandlung?»

Sie blickt hinaus über das abfallende – ansteigende – Gelände. «Val hat Leberkrebs.»

Er folgt ihrem Blick und nickt langsam. «Das wusste ich nicht.»

Für eine Weile sagt keiner von ihnen ein Wort. Er ruft sich ins Gedächtnis, wie Val vor dem Krankenhaus ausgesehen hat – die leichte Schwammigkeit. Plötzlich älter. Er fragt sich, ob das schlimm ist, und nimmt an, es ist schlimm.

«Das wusste ich nicht», sagt er noch einmal.

«Sie meinen, er hat es Ihnen nicht gesagt.» Sie wendet sich ihm zu. «Deshalb wollte ich Sie sehen, Don. Was wissen Sie eigentlich über Val, was wissen Sie wirklich?» Ihre Augen sind klar und forschend. «Wussten Sie, dass Valentine nicht sein wirklicher Name ist?»

«Wie meinen Sie das, Anna?» Er spürt, wie sich etwas in ihm zusammenzieht.

«Er heißt Eric James. Er wurde hier irgendwo geboren, in Brixton. Er kam aus dem Nichts. Als Teenager fing er an, sich Valentine zu nennen. Das Haus in der Montcalm Road gehörte einem deutschen Historiker, sein Name war Schwarz – Hubert Schwarz –, ein jüdischer Flüchtling.»

Schwarz – Don hat natürlich die Bücher des Mannes gelesen. Ein führender Gelehrter über neoklassische Skulpturen: klug, anspruchsvoll, deutsch. Aber er ist seit Jahrzehnten tot.

«Val lebte mit Schwarz und seiner Frau zusammen in Dulwich, seit er fünfzehn war», sagt Anna. «Er verließ seine eigenen Eltern und wurde wie ein Adoptivsohn der Schwarz'.»

Sie starrt ihn herausfordernd an. «Haben Sie irgendetwas davon gewusst?»

Don starrt sie ebenfalls an, während er die Informationen mit fasziniertem Schrecken verarbeitet. Anna erzählt ihm, dass Hubert Schwarz und seine Frau in den 1940ern ein Leben im Bloomsbury-Stil führten, Liebhaber teilten und tauschten und ihr Haus in Dulwich Künstlern und Schriftstellern öffneten, Leuten wie Auden und Britten, Peggy Guggenheim und Kenneth Clark – und auch einem frühreifen Teenager aus Brixton. Val verehrte das Paar: Er übernahm ihr Verhalten, ihren Geschmack, sogar ihren Akzent – diesen schwachen deutschen Anklang. Vals Haus – die Kunst, die Möbel – gehört gar nicht Val. Und Schwarz heißt auf Englisch natürlich Black. Ein adoptierter Sohn. Ein erfundenes Leben.

«Wussten Sie das nicht?», fragt Anna noch einmal.

Don schüttelt den Kopf. In all den Jahren ihrer Freundschaft hatte er sich damit begnügt zu glauben, dass Val aus der faden Larve der Jugend in vollendeter Gestalt hervorgetreten war. Zum ersten Mal sieht er Fragmente dieser Larve als Indizien herumliegen. Er denkt an Vals Buch, *Die neoklassische Pose*, veröffentlicht 1960 – vor dem Tod von Schwarz, vermutlich unter den Augen des großen Mannes geschrieben.

Sie gehen weiter, durch eine kleine Baumgruppe, und gelangen zu dem breiten Abhang, der hinab zum Freibad führt. Don sieht die Eiche, hinter der er sich vor Ben versteckt hat.

«Es tut mir leid, Don», sagt Anna.

Er berührt ihren Arm. «Aber nein.» Er schafft es zu lächeln. «Denken Sie daran, wir sind beide ausgebrochen. Und wir leben beide an derselben Ecke des Parks. Wir sollten uns wieder hier treffen.»

Sie trennen sich an der Eiche. Anna macht kehrt und geht nach Süden – zurück in Richtung Dulwich. Don geht weiter zum Freibad. Er ruft ihr Auf Wiedersehen zu, als sie geht, und sie dreht sich mit einem Gesichtsausdruck um, der viele Dinge auszudrücken scheint: Zärtlichkeit, Bedauern und leuchtende Melancholie.

Eine Hand auf der Schulter schüttelt ihn. Jemand spricht – ein unzusammenhängender, aber freundlicher Klang. Ihr Gesicht ist ihm bekannt – sie hat ihn schon bei anderen Gelegenheiten geweckt. Sie macht ein besorgtes Gesicht. Er setzt sich auf und versucht, sie zu beschwichtigen, aber alles, was aus seinem Mund kommt, ist ein rasselndes Keuchen.

«Mister», sagt das Mädchen. «Das Bad schließt. Sie müssen gehen.»

Don stößt sauer auf. Die leeren Flächen des Freibads sehen traurig aus. Die Sonne geht unter.

Er steht wacklig auf und zieht die Hose an. Das Goldklümpchen an der Kette um seinen Hals pendelt hin und her, als er am Hosenschlitz herumfummelt.

Sein Unterhemd ist verschwunden, wie er feststellt. Er zieht das Samtjackett direkt über den bloßen Oberkörper und knöpft es nicht zu. Die goldene Kette funkelt auf der gebräunten Brust.

Als er den Park verlässt, füllt sich sein Geist wie ein Vakuum, das geöffnet wird. Annas Enthüllungen über Val sind zu viel, um sich an alles zu erinnern; sie scheinen eher mehrere Leben zu schildern als nur eins. Bald schon vermischen sich die Fakten mit einer Litanei von Namen. Michael Ross, Maud Berenson, Michelangelo Merisi da Caravaggio, Angela Cannon, Erica Jay, Eric James, der verrückte Geck, der ins Brockwell eingedrungen ist (hatte er einen Namen?): Es kommt ihm vor, als würden sie ihn die ruhige Straße entlang jagen.

Er ist auf der South Circular Road weit vom Weg abgekommen. Er lässt sich treiben, bis er fast Dulwich Village erreicht hat.

Er überlegt, zur Brockwell Collection zu gehen. Er könnte einfach hineingehen und sich den Geistern stellen, die ihn verfolgt haben. Dann fällt ihm ein, dass dort geschlossen sein wird: Es ist schon spät. Aber vielleicht geht er trotzdem. Er wird es an allen Türen versuchen – dem Vordereingang, den Notausgängen –, bis eine sich öffnen lässt, und er wird durch die Flure und Säle streifen. Er wird sich in die Palladio-Bibliothek setzen und in den Rosengarten schauen, der im pudrigen Dämmer liegt, und auf Paul warten.

Ein vielleicht siebzehnjähriger Junge, der auf gleicher Höhe auf der anderen Straßenseite geht, zieht seine Aufmerksamkeit auf sich. Er hält mit ihm Schritt und schaut die ganze Zeit herüber.

Es ist derselbe Junge wie der, den er vor Jahren als Spiegelbild in den Bleiverglasungen entlang der Flure von Peterhouse gesehen hat, kurz bevor er im Fellows' Garden zum ersten Mal Val begegnet ist. Sein eigenes jüngeres Ich – dunkelhaarig, gespenstisch blass, ein verschlossener Behälter voller Gedanken und Begierden. Er erinnert sich, dass Ben ihn gefragt hat, wie er als junger Mann gewesen ist. Die Antwort geht dort drüben.

Der Junge bummelt faul die Straße entlang. Er trägt einen Anzug und eine Schulkrawatte; ein dunkelroter Rucksack pendelt auf seinem Rücken. Er dreht sich um und schaut zu Don herüber – ein teilnahmsloser, flüchtiger Blick.

Das Gesicht ist identisch, glaubt Don. Nicht nur eine große Ähnlichkeit, sondern ein Doppelgänger. Er blickt zurück und sieht sich selbst, entfernt, aber gegenwärtig, als ob jede Straßenseite eine eigene Zeitzone wäre.

Sie sind in die Montcalm Road eingebogen. Don folgt

ihm in geringem Abstand, weiterhin auf der anderen Straßenseite. Er sieht, wie der Junge sich Vals Haus nähert, und glaubt plötzlich, dass *das* sein Ziel sei – dass er zur Haustür gehen und eintreten werde. Doch als sie Nummer elf erreichen, geht der Junge weiter, am Haus vorbei, und schaut sich noch einmal kurz um.

Don bleibt vor dem Haus stehen und stützt sich auf seine Knie. Sein Körper ist schwach. Nachdem er den Jungen aus dem Blick verloren hat, läuft er ziellos durchs Village und findet sich bald auf Straßen wieder, deren Namen er nicht kennt.

Vor einem Zeitungsgeschäft sieht er den Aufmacher des *Evening Standard* auf einem Werbeplakat hinter einem Drahtgitter.

NACHMITTAGSAUSGABE
DROHENDE KRISE

Der Junge mit dem rotbraunen Rucksack kommt aus dem Zeitungsgeschäft und ihre Blicke treffen sich erneut.

Don folgt ihm Straße um Straße. Er kümmert sich nicht mehr darum, Abstand zu halten. Das Schicksal treibt ihn an. Er hat sich verirrt, und nur dieser fremde junge Führer, ein Fremder, den er kennt, kann ihm den Weg weisen.

Plötzlich ändert der Junge seine Geschwindigkeit. Sein Schlendern beschleunigt sich zu einem forschen Schritt. Im nächsten Moment ist er in den Vorgarten eines der Doppelhäuser eingebogen, die die Straße auf beiden Seiten säumen, Spiegelbilder aus Backstein und Holz. Die Gartentür schlägt hinter ihm zu. Den Weg entlang, Schlüssel ins Schloss, öffnen, schließen, weg …

Don steht vor der kleinen hölzernen Pforte, die noch immer ein wenig im Rahmen wackelt, und starrt die Haustür mit ihrem gläsernen Bogenfeld an. Die Sonne am Himmel sinkt schnell. Am entfernten Horizont der Wohnstraße erhebt sich der Stahlrahmen des Crystal Palace Tower – kräftig, steil und nackt – vor der großartigen Architektur der Wolken, eine Säule phosphoreszierender Cumulonimbus.

Er hat sich umgewandt, um zu gehen, als die Tür des Hauses auffliegt. Er dreht sich um. Ein Mann kommt zum Vorschein. Er ist massig, kahl und wütend. Buchstaben, die keinen Sinn ergeben, sind auf sein Hemd gedruckt. Don geht weiter, aber der Mann hat den Bürgersteig erreicht und geht neben ihm her, unangenehm dicht – er stellt sich ihm in den Weg und hält ihn an.

«Warum läufst du meinem Sohn nach, Alter?»

Don schaut ihn finster an und will weitergehen.

«Na los, Alter, sag schon. Was soll das Ganze? Er sagt, du bist ihm 'ne Meile gefolgt.» *Alter* ist eine anbiedernde Anrede, die böse Absichten verrät. Don fühlt sich benommen. Er hält sich am Pfosten eines Gartenzauns fest und sieht dem Mann ins Gesicht. Es ist aufgedunsen, verdutzt und ein wenig ängstlich. Weshalb ist Don nun eigentlich diesem unbekannten Teenager durch die Straßen gefolgt?

«Ich habe das Recht zu gehen, wohin ich will. Ihr Sohn bedeutet mir gar nichts.»

«Warum verfolgst du ihn dann, Kumpel? Bist du 'n Perverser, ist es das?»

Don fängt an zu erklären – ein Fall von Verwechslung, eine trügerische Erinnerung. Er hatte denselben Weg, weil er in der Gegend arbeitet. Er ist, das sollte er hinzufügen, der Direktor der Brockwell Collection.

Der Mann starrt ihn an und versucht, sich einen Reim darauf zu machen.

«In meiner Fantasie bin ich frei», beginnt Don.

Der Mann kommt noch näher. «Verschwinde hier», brummt

er in einem beängstigenden Bariton. «Wenn ich dich noch einmal sehe, bring ich dich um.»

Axiome über Freiheit wirbeln Don durchs Gehirn, weigern sich jedoch, in Worte gefasst zu werden. In würdevoller Ruhe geht er davon.

«Hey, Kumpel, weißte, wie spät es is?»

Zwei Männer kommen ihm auf dem Bürgersteig entgegen; er versucht, ihnen aus dem Weg zu gehen.

«Hey, bleib doch und sag was.»

Einer von ihnen ergreift Dons Arm – fest – und will ihn zu sich ziehen.

«Fünf Mäuse, komm schon, Kumpel, sei nich so.»

Don reißt sich mit einem Ruck los und läuft weg. Sie laufen ihm nach und rufen laute Drohungen, aber das Adrenalin macht ihn schnell. Im Laufen hört er, wie ihre Rufe leiser werden, und er weiß, dass er ihnen entkommen ist.

Er ist zurück in vertrautes Gebiet gelaufen – auf einer Straße, die ins Herz von Dulwich führt. Es ist schon fast dunkel; die Nacht taucht die Straßen in Sepia. Alles wirkt unnatürlich ruhig. Die Häuser sind flach und farblos; ihre Dächer sind wie Dreiecke aus gefaltetem Papier.

Er hält am Crown and Greyhound an, wo es ruhiger ist als sonst. Heute Abend ist ihm nicht nach Beaujolais. Stattdessen bestellt er eine Flasche süßen Alchermes.

Er steht am Tresen und betrachtet die gerahmten Fotografien, die die Wände bedecken. Viele davon zeigen Leute in dieser Kneipe zu vergangenen Zeiten. Im Hintergrund der Bilder ist der Raum zu erkennen – der gebogene Tresen aus Mahagoni, die Milchglasscheiben, die senfgelbe Textiltapete. Seine Augen mustern lange Zeit die unbekannten Gesichter in der vertrauten Umgebung.

Er stößt auf ein Schwarz-Weiß-Foto von zwei Frauen an einem Tisch, die Tränen lachen. Eine der Frauen ist jung, in den Zwanzigern, und hat platinblondes Haar, weiß wie brennendes Magnesium, zu einem Sechzigerjahre-Bubikopf geschnitten. Sie hält – streichelt – den Arm einer viel älteren Frau mit dunklerer Hautfarbe und dunklen Haaren, schön trotz des fortgeschrittenen Alters, die mit geschlossenen Augen den Kopf zurückgeworfen hat. Die blonde Frau ist im Begriff, den Kopf auf die Brust ihrer Freundin sinken zu lassen.

Draußen trinkt er ein Glas, dann noch eins, bis die Nachtluft sich seidig anzufühlen beginnt. Der Beinahezusammenstoß mit den zwei Männern auf dem Bürgersteig hat eine wilde, nervöse Erregung ausgelöst, die sich nicht legen will. Er lässt die Flasche mit dem restlichen Inhalt zurück und schlendert durch das Village, ohne sich etwas dabei zu denken oder zu planen, und steht mit einem Mal wieder vor dem Haus – Vals Haus – an der Montcalm Road. Dunkel und bedeutungsvoll steht es da. Kein einziges Fenster ist beleuchtet.

Er hat noch den Schlüssel – ein Metallbündel tief unten in seiner Hosentasche. Er hat ihn nie zurückgegeben. Val hat nie danach gefragt. Er dreht ihn in der Hand hin und her.

Heimlich wie ein Einbrecher geht er zur Tür und schließt sie auf – automatisch, ohne nachzudenken. Der Schlüssel gleitet hinein und scheint sich selbst zu drehen. Don tritt ein und nimmt den vertrauten Geruch von Politur, Gemälden und Büchern wahr. Er schließt hinter sich die Tür.

Der Flur ist dunkel. Durch die Finsternis leuchtet schwach die vergoldete Statue von Herkules im Kampf mit dem Stier. Er kann den kräftigen Hintern der Kreatur ausmachen, der in die Luft emporragt, und das Einschussloch seines Anus. Auf Zehenspitzen geht er durch den Flur. Ihm fallen seine hier zurückgebliebenen Sachen ein, die im Schrank unter der Treppe verstaut sind.

Er versucht, die Tür zu öffnen, aber der Messingknauf dreht sich nicht – widerspenstig.

Die Tür zur Küche ist geschlossen. Ina und ihre Mutter schlafen, wenn sie zu Hause sind – falls die Mutter überhaupt noch lebt. Das Haus kommt ihm mehr denn je wie ein Mausoleum vor: Vals schöne Dinge sind die bestatteten Leichen. Die Möbel, so dekadent und übergroß, scheinen ihn vorsätzlich am Weiterkommen zu hindern – die massige Mahagonikommode, der halbrunde Tisch, dessen Beine so schmal sind wie die eines Windhunds, die Nussbaumkonsole, die ihm gegen das Schienbein stößt, als er vorbeigeht. Er beißt sich auf die Lippe, um den Schmerz zu unterdrücken.

Mit der Grazie einer Ballerina steigt er die Treppe empor, und dennoch grummelt das Haus seinen Protest. Das lackierte Schränkchen auf dem halben Treppenabsatz blickt finster mit tausend Flecken gedämpften Lichts zu ihm zurück.

Er hat den ersten Stock und den Eingang seines alten Zimmers erreicht. Dunkelheit schwebt vor der Tür wie eine Wolke. Als er den Messingknauf berührt, gibt er ein blechernes, kicherndes Knirschen von sich. Er dreht ihn und drückt. Die Dunkelheit ist vollkommen.

Er schaltet das Licht ein und blinzelt in der plötzlichen Helligkeit.

Das Zimmer ist anders. Es hat eine Form von Anstand und Sauberkeit angenommen, die ihm versichert, dass Michael Ross – auch wenn er nicht da ist – hier wohnt. Eine böse, erstickende Sittsamkeit. Das Bett ist gemacht wie ein Hotelbett. Es steht jetzt an einer anderen Wand als vorher. Der Schreibtisch ist leer, bis auf ein zugeschlagenes Notizbuch.

Sein Blick gleitet über die leeren Oberflächen, allesamt in

rosiges Licht getaucht – die Wände, der Teppich, die Vorhänge, das Bett mit seiner champagnerfarbenen Tagesdecke. Der Raum leuchtet und die Luft ist rosa, anders als zuvor. Sie scheint ionisiert worden zu sein, jedes Molekül ist verändert.

Es kommt jemand.

Don hört Schritte. Er bleibt stehen. Das Geräusch verstummt, dann beginnt es von neuem – ein rhythmisches, bürstendes Geräusch – und er erkennt, dass es der Puls in seinen Ohren ist.

Seine Aufmerksamkeit kehrt zu dem einen Gegenstand zurück, dem Notizbuch. Er geht hinüber und schlägt es auf. Michaels Handschrift bedeckt die Seiten in anmutigen Zeilen.

Wo genau finden wir die Bedeutung? Im Kunstwerk oder im Betrachter, oder zwischen den beiden – in der Welt?

Don blättert weiter. Seite um Seite voll wunderschöner Schrift. Ein größerer Gegenstand gleitet heraus. Es ist ein Umschlag, gelb und schwarz: ein Kodak-Etui. Er öffnet es und nimmt ein Päckchen Fotografien heraus, die mit einem Gummiband zusammengehalten werden.

Zuoberst liegt eine Ansicht von Rom an einem grauen Tag. Der Palatin, punktiert mit Ruinen und von einer Reihe Steineichen gekrönt. Er entfernt das Gummiband und spürt, wie die glatten Abzüge durcheinanderrutschen. Ein weiteres Bild zeigt die Ruinen des Forums. In der Ferne sieht man Michael, wie er in kurzärmligem Hemd und weißer Hose in den Steintrümmern herumwandert.

Es gibt noch viele weitere Fotografien. Das Kapitol, der Tiber, die Galleria Borghese, alle mit einem Michael, der nah oder fern herumstreicht – der ewige Stadtstreicher in der ewigen Stadt. Das Wetter ist immer grau und drückend. Ein Bild, das von einer Tiberbrücke aufgenommen wurde, zeigt

Michaels Kopf und Schultern, aus dem Fluss emporragend. Seine Zähne sind zusammengebissen vor Anstrengung, die Strömung zu besiegen. Die Sehnen an seinem Nacken treten hervor wie Seile.

Beim Durchblättern der Fotos findet Don eines, das weder Michael noch Rom zeigt. Eine Sekunde lang spürt er nichts. Dann ist es, als würden sein Kopf und seine Hände mit statischer Elektrizität beschossen.

19

Die Sphinx wogt. Er findet Sid und Herman am Tresen. Darryl ist nicht da.

«Sie arbeitet nachts», erklärt Sid.

Don bestellt Wodka mit Granatapfelsaft.

«Du bist spät dran», sagt Sid. «Schon nach Mitternacht.»

«Spät dran für was?»

«Einfach spät», echot Herman achselzuckend mit rollenden Augen.

Der Wodka mit Granatapfelsaft macht seinen Kopf klar. Er lehnt sich an den Tresen und hört sich eine von Hermans Geschichten an – eine erotische Eskapade so ähnlich wie die älteren. Zwei Gestalten, die vorbeigehen, lenken ihn von der Geschichte ab. Sie sehen vollkommen gleich aus. Er betrachtet die Pferdeschwänze an ihren zwei kahlen Köpfen.

«Sie sind von St. Martin's», sagt Herman, der seinem Blick gefolgt ist. Eine kryptische Bemerkung, denkt Don. Sibyllinisch.

Die identischen Männer kommen an den Tresen, und Don bemerkt, dass ihre Gesichter gar nicht identisch sind, auch wenn beide noch jung sind. Der eine ist jugendlich-fleischig, aber der andere ist kränklich, die Wangen hohl und vernarbt.

«Es passiert noch immer», sagt Herman. «Es könnte jedem passieren.»

Don starrt Herman an – dunkel, jung und wild. Ist er ein Gespenst?

«Bist du …» Er tritt näher an ihn heran und versucht, seine Frage in Worte zu zwingen. «Bist du ein Orakel?»

Herman starrt mit versiegelten Lippen zurück. «Wer zum Teufel bist du, Mann?», fragt er. «Und was machst du hier eigentlich?» Die Worte fliegen aus ihm heraus, hart und hell.

«Ich wollte euch sehen», sagt Don. «Diese Kneipe – dich und Sid.»

«Sag mir eins», sagt Herman. «Bist du nur ein rassistischer Professor, oder bist du auch noch irgendwas mehr als das? Bist du *du*, oder ziehst du hier nur die übliche alte Scheiße ab?»

Don beugt sich zu ihm vor. «Ich bin mir noch nie so echt vorgekommen wie jetzt. Ich wünschte, ich hätte euch alle schon vor langer Zeit getroffen.»

Hermans Gesichtsausdruck ist weicher und lustiger geworden. «Du bist wirklich eine dumme Fotze.»

«Für dich immer noch Professor Dummfotze!», sagt Sid mit einer doppelten Portion Camp.

Herman lacht, dann drückt er mit Daumen und Zeigefinger gegen einen seiner Zähne.

«Na dann komm her, Schätzchen», sagt er und nähert sich Dons Gesicht. Er streckt seine starke Zunge in Dons Mund und lässt dort ein kleines hartes Objekt mit bitterem Geschmack zurück.

Don hat die Pille geschluckt, bevor er sie ausspucken kann.

Herman zieht sich zurück und lacht fröhlich. Seine Pupillen sind geweitet. Auch Don lacht, als er zwischen Herman und Sid hin und her schaut.

«Selber Dummfotze», ruft er plötzlich ganz aufgeregt.

Er reißt sich von seinen Freunden los und bahnt sich den Weg durch die Menge.

Die Toiletten der Sphinx sind von einer einzelnen fluoreszierenden Röhre beleuchtet. Sie taucht den Raum in eine bläuliche Blässe und verleiht seinen Händen und seiner nackten Brust leuchtende Umrisse. Vom Tresen ist Musik zu hören, ein entferntes Hämmern.

Er findet eine Kabine mit intaktem Schoss und schließt sich ein. Dann zieht er die Fotos hervor und blättert in Michaels Rom-Bildern. Er kommt zu dem Bild, das er kurz im Haus gesehen hat. Es ist ein Foto von Ben.

Ben mit nacktem Oberkörper richtet eine Kamera auf einen Spiegel und grinst albern. Don empfindet beinahe einen körperlichen Schmerz, als er Ben auf diesem kleinen rechteckigen Stück Papier wiedersieht. Man sieht, dass das Foto in Vals Haus aufgenommen wurde – Ben ist von der schrägen Kante des Queen-Anne-Spiegels im Flur eingerahmt.

Aber wie kommt einer von Bens privaten Schnappschüssen unter Michaels Reisebilder? Hat Michael das Foto gefunden und beschlossen, es zu behalten?

Er lehnt sich einen Moment zurück und spürt ein schwindelerregendes, lächerliches Gefühl durch sein Gehirn rinnen. Wie eine Dusche mit neonfarbenem Wasser. Er beugt sich vor und breitet die Fotos in einem schiefen Bogen auf den schwarzen Kacheln des Fußbodens aus.

Es gibt noch andere Bilder. Ben in einem anderen Spiegel, alles außer seinem Gesicht und den Schultern vom Blitzlicht gelöscht. Bens Torso, abstrahiert durch Lichtflecke und Schatten, wie er auf dem Sofa liegt.

Jemand schlägt gegen die Kabinentür. «Alles okay mit dir da drin, Schätzchen?»

Don ignoriert die Stimme. Er fährt fort, den Fotostapel auszubreiten. Der Fußboden scheint feucht zu sein, wie ein Teich mit schwarzem Wasser. Die Fotos gleiten wie farbige

Blüten auf seiner Oberfläche. Wenn er die Abzüge herumschiebt, kommt es ihm vor, als würden seine Finger durch eine Flüssigkeit gleiten. Es sind Fotos von Ben, wie er im Halbdunkel eines Schlafzimmers mit zugezogenen Vorhängen steht, liegt oder herumkriecht – im leeren Dienstbotenzimmer im Obergeschoss. Immer ist sein Gesicht abgewandt oder halb im Dunkel, und sein unbekleideter Körper ist von Schatten zerstückelt. Don sucht nach Anspielungen auf Statuen und Gemälde, aber die Posen stimmen nie ganz überein.

Die Musik aus der Bar scheint lauter zu werden. Sie treibt ihren Beat in Dons Kopf hinein. Seine Augenlider ermatten von Zeit zu Zeit, aber die Motive bleiben kristallklar.

Die gruseligen Schattierungen der Bilder verändern sich, während Don sie vor sich ausfächert. Die Farbe changiert von einem dämmrigen Blau zu Lila. Die Belichtungszeit verlängert sich und bringt fließende, geisterhafte Ansichten hervor: Ben trinkt aus einer Glasflasche und taucht ab in einem trunkenen Nebel. Er steckt sich eine Zigarette an und verschmilzt mit der wässrigen Flamme.

Plötzlich bewegt sich Dons Gehirn wie ein zuckender Muskel. Am unteren Rand eines Fotos sind zwei Beine zu sehen. Sie stehen Ben gegenüber, der zwischen den Füßen kniet und finster über die eigene Schulter blickt.

Dons zitternde Finger wischen die Fotos über die Kacheln. Michael Ross wird von einer Randerscheinung (ein ausgestrecktes Bein, ein verwaschenes Leuchten nackter Haut) zum Protagonisten: verschleiert und unscharf, aber *da*, im Raum. Er liegt neben Ben auf der Matratze, abgewandt von der Kamera, um sein Gesicht zu verbergen, oder sitzt auf der Bettkante, von hinten aufgenommen. Seine Löwenmähne ist ein blass schimmernder Heiligenschein. Dann halten sie sich umschlungen. Ihre Gesichter sind in Schatten gehüllt oder unscharf, aber die Leerstellen sind leicht zu ergänzen. Michaels Zähne blitzen – entblößt aus Lust oder Schmerz – aus der verschatteten Masse ihrer beieinanderliegenden Köpfe hervor.

«*In flagranti*», murmelt Don, so leise, dass es vielleicht nur ein Gedanke war.

Der Toilettenfußboden ist unter einem Teppich aus Fotografien verschwunden – sie vermehren sich, schwärmen aus … Er sammelt die herumliegenden Abzüge auf und kehrt in die Bar zurück, zu Herman und Sid und ihrem beruhigenden Geplauder.

Es ist kurz vor vier, als er die Sphinx verlässt.

* * *

Er liegt in seinem Zimmerchen, ausgestreckt auf der Matratze. Sein Inneres, von der Kehle bis hinab zum Gedärm, ist bis zu umfassender Übelkeit aufgeschlitzt, gewürfelt und durch den Wolf gedreht. Der Schweiß, der sich auf seiner Stirn sammelt, scheint durch das Sieb seines Schädels aus seinem tiefsten Inneren hervorgepresst zu werden. Aber sein Verstand funkelt. Die Übelkeit wird unterbrochen von Phasen strahlender Klarheit.

Einen Moment lang schwelgt er in dem Wissen, dass er die Macht besitzt, Michael zu zerstören – ihn lächerlich und grotesk zu machen. Er spürt die Macht eines Mörders im Moment der Tat. Aber dann fällt ihm Anna ein, und die Macht entweicht. Er liegt mit dem Gesicht nach unten und vergiftet sich selbst mit dem chemischen Geruch, den sein Körper freisetzt.

Und was ist mit Ben? Er ist da, in jedem der Bilder – die Hauptfigur, der raffinierte Schöpfer. Michael bloßzustellen, würde bedeuten, Ben bloßzustellen. Don denkt zurück an seine erste Begegnung mit Michael, bei dem Tennisspiel an einem Frühlingsmorgen im Belair Park, und er fragt sich, ob Ben der andere Spieler war – ob sie sich die ganze Zeit schon gekannt haben.

Vielleicht kann er Michael privat herausfordern. Ihn wissen lassen, dass er im Besitz der Fotos ist, das Ganze auf eine heimliche Transaktion herunterfahren. Aber was könnte er schon verlangen? Ben, die Brockwell Collection, Vals Liebe und Verständnis – all das ist verwehtes Laub.

Er zwingt sich aus dem Bett. Schwankt dorthin, wo er den Inhalt seiner Jackentaschen ausgeleert hat, als er nach Hause kam, verstreut auf einer Tischplatte – Münzen, Schlüssel, die gestohlenen Bilder …

Aber der größte Teil der Fotos fehlt. Nur die Schnappschüsse von Michael in Rom sind da, und ganz unten im Stapel findet er das Porträt von Ben, der sich selbst im Queen-Anne-Spiegel angrinst. Aber der Rest der Bilder – einschließlich aller Aufnahmen von Ben und Michael zusammen – ist verschwunden. Er durchsucht seine Taschen. Nichts. Könnte er sie verloren haben? Hat er sie in der Sphinx vergessen?

Seine unsicheren Hände wühlen in den Zeitungen, Flaschen und Plastikbechern, die den Tisch bedecken, sie tasten sich durch den Abfall wie Mäuse. Kann er sicher sein, fragt er sich, dass er gesehen hat, was er zu sehen glaubte? Aber die Erinnerung ist so lebendig: Bild um Bild von Ben und Michael in kunstvollen Posen und erotischen Verbindungen. Er sieht die Bilder noch über den dunklen Boden gleiten, Nadelstiche der Klarheit im Dunst der Nacht.

Er gibt die Suche auf und legt sich hin. Als er schläft, hat er eine Vision von Ben und Michael vor einem Hintergrund aus türkisem Satin. Sie sehen wie Anziehpuppen aus, eingefroren in ausgefallenen Körperhaltungen. Das blaue Material ist über die Wand drapiert und über das Bett ausgebreitet, um ein blaues Boudoir zu erschaffen. Ihre Körper baden im Licht, in absurder Nacktheit, und der blaue Satin erweckt den Eindruck, sie würden schweben. Einer von ihnen ist der abstürzende Ikarus, der andere ein aufsteigender Apoll. Aber ihre Gesten sind antik und lächerlich – sie machen Saltos und laufen durch die leere Luft, die Beine gespreizt und die Penisse aufgebäumt wie ornamentale Tatzen. Ben bläst eine unsichtbare Trompete. Michael zeigt mit Daumen und gespreizten Fingern eine lange Nase.

Lange muss er im verstreuten Chaos seines Zimmerchens suchen, aber schließlich findet er die Nummer. Sie war die ganze Zeit in seiner Tasche. Die Durchwahl in Professor Blacks Arbeitszimmer in Peterhouse, auf ein abgerissenes Stückchen Papier gekritzelt und im Geheimfach seiner Brieftasche verstaut.

Val klingt überrascht und erbost darüber, angerufen zu werden.

«Bleib einen Moment dran, Don», sagt er. «Ich bin in meinem Arbeitszimmer, mit einem Studenten. Lass mich den Anruf nebenan entgegennehmen.» Die Leitung ist tot, und Don zählt die Sekunden. Vals Stimme kommt zurück, jetzt freundlicher:

«Das muss ich dir erzählen, im College ist von nichts anderem die Rede ...»

«Val, hör mir bitte zu.»

«Warte, das muss ich dir erzählen – erinnerst du dich an diesen jungen Dozenten, Ferdinand Fernandez? Diesen Senkrechtstarter, der alles über römische Plastiken weiß? Nun! Er ist als Plagiator exkommuniziert worden.» Val ist genau wie immer – vergnügt und meinungsfreudig. Als wäre nichts zwischen ihnen vorgefallen. «Es ist *das* Gesprächsthema der Fakultät – schon seit Tagen! Weißt du noch, wie sicher und selbstbewusst er war? Alles nur vorgetäuscht. Es hat sich herausgestellt, dass er große Teile seiner Veröffentlichungen bei einem Dozenten in Heidelberg geklaut hat.»

«Nur vorgetäuscht, meinst du? Ein Mann mit erfundener Vergangenheit?»

«Ganz genau, Don.»

«Eine wunderbare, intrikate Fiktion?»

«Du sagst es!»

Don bemerkt den deutschen Akzent in Vals Stimme – er ist in jeder halb verschluckten Silbe zu hören, stärker als früher.

«Hast du gewusst, dass Michael Ross homosexuell ist?», fragt er.

«Ich kann dich nicht hören – die Verbindung reißt ab.»

«Hast du gewusst, dass Michael Ross homosexuell ist?»

«Was ist denn das für eine Frage! Ich habe doch gerade von etwas viel Wichtigerem gesprochen. Also wirklich, Don, was wolltest du überhaupt sagen?»

«Du hast es gewusst, stimmt's? Natürlich hast du's gewusst. Wie auch immer, ich habe Fotos – Beweise. Erdrückende Beweise.»

«Ich weiß nicht, wovon du redest», sagt Val kurz angebunden. «Beweise wofür?»

«Du leugnest es also nicht. Er ist schwul, Val; der Mann ist so schwul wie du selbst.»

«Ach, Don, um Himmels willen. Du weißt, dass ich den Ausdruck nicht verwende. Ich bin nur eine alte Tunte. Und was den jungen Michael angeht …»

«Er ist schwul, verdammt nochmal. Ich habe Fotos …»

«Michael geht dich nichts mehr an», unterbricht ihn Val.

«Aber dich geht er was an, oder nicht? Und zwar schon seit einiger Zeit.»

Vals Stimme wird scharf. «Das passt nicht zu dir – dieser neue Wissensdurst. Wann hat das begonnen? Wann hast du beschlossen, die Augen zu öffnen?» Dann ändert sich die Stimme wieder, kehrt zum üblichen Ton zurück, als würde er eine Maske zurechtrücken, die nicht hätte verrutschen dürfen. «Ich wollte dir nur sagen, dass Ferdinand Fernandez ein Plagiator ist. Wenn dich Geschichten aus Cambridge so wenig interessieren, dann wird es dich nicht verletzen zu erfahren, dass *ich* der neue Dekan von Peterhouse werde. Die Versammlung hat mich gestern Abend gewählt, einstimmig. Es gab wirklich keinen anderen passenden Kandidaten. Wenn man daran denkt, dass du früher selbst als Anwärter auf diesen Posten gehandelt wurdest …»

Don merkt, dass er zu lachen begonnen hat. Ein stummes, freudloses Lachen. «Du hast gewusst, dass all das passieren würde», sagt er.

«Also wirklich, Don», sagt Val mit vernünftiger Stimme. «Du traust mir mehr Einfluss zu, als ich habe.»

«Nicht nur die Wahl des Dekans. Ich meine alles.»

Alles bedeutet das Ende seines Lebens in Cambridge, den Umzug nach Dulwich, die Spirale von Peinlichkeiten und Krisen. Es bedeutet *LOTTERBETT*, diese merkwürdige Hervorbringung einer gespaltenen Persönlichkeit, deren böse Macht noch immer vom Innenhof von Peterhouse ausstrahlt – selbst als verkohlte Ruine. Don hat seine Rolle gespielt, aber Val hat zugeschaut und orchestriert. Auch sie beide waren wie die zwei Hälften einer gespaltenen Persönlichkeit.

Das alles hat an einem Sommernachmittag in Cambridge

begonnen – eine lange, geduldige, entschlossene Weigerung zu vergeben.

Don spürt Triumph aufflackern beim Gedanken an seinen merkwürdigen, ereignisreichen Sommer – an den perfiden Ben (hat wenigstens ein Teil von ihm je Don gehört?) und an Paul. Er erinnert sich, dass Liebende niemals zusammenbleiben, zumindest nicht im Mythos. Sie verwandeln sich in andere Dinge, zum Beispiel Blumen. Narziss wurde eine Narzisse. Das Blut des Adonis gebar die Anemone. Paul wurde eine Stockrose, und Ben … er schaut zur anderen Seite des Raums auf *Tiepolo-Blau*. Das ist ihm geblieben.

«Wirklich, Don», sagt Val schließlich. «Es macht mich traurig, dich in dieser Verfassung zu erleben. Ich würde dir so gern helfen, wenn ich könnte – wie auch immer. Wirklich, das würde ich so gern.»

«Das würdest du gern», wiederholt Don. «Warum hast du mir nicht gesagt, dass du krank bist, Val?»

«Krank?» Val macht eine Pause, als wollte er den dramatischen Effekt verstärken, und lacht dann trocken. «Eine kleine Unpässlichkeit. *Es bleibt so viel, das nicht zu überwält'gen ist.*»

Vals alte Durchhalteparole. Allerdings ist seine Stimme am Ende des Satzes schwach und näselnd.

Don lehnt sich mit dem Hörer am Ohr zurück und vergisst für ein paar Sekunden, dass Val in der Leitung ist. Durch das Fenster hört er, wie draußen auf der Straße eine Wagentür zugeworfen wird. Dann fragt er sich, ob er am anderen Ende der Leitung die Glocke der Kapelle von Peterhouse hören kann, wie sie Viertel vor schlägt.

Am Ende spricht Val mit einer Stimme, deren Ton aus einer weiten Vergangenheit kommt.

«O Don. Was für eine schreckliche Sache.»

Die Verbindung bricht ab.

Am Mittag macht er einen Abstecher zum Crown and Greyhound. Er fühlt sich noch immer eigenartig – als ob sein ganzer Körper aus unvereinbaren Bestandteilen zusammengesetzt wäre: ein Chiaroscuro-Kompositum.

Der Pub ist leer, groß und hell. Als er am Tresen steht und sich fragt, was er bestellen soll, kehrt sein Blick zu den gerahmten Fotos zurück, die die Wände bedecken. Am Schwarz-Weiß-Foto der beiden lachenden Frauen bleibt er hängen. Blond und dunkel, jünger und älter. Er tritt näher heran. Etwas wurde mit Bleistift auf das Foto geschrieben: *Ina Stables und Mariam Schwarz, die Schönen aus dem Puppenhaus.*

Ina und Mariam – *Mamma*, gesprochen wie *Hammer*. Dons Geist durchzuckt eine Reihe von Schlussfolgerungen. Sie sind Liebhaberinnen, nicht Mutter und Tochter. Mamma ist Mariam Schwarz, die Inspiration für Angela Cannons *LOTTERBETT* – eine Pionierin der *objets trouvés*. Wie konnte er das übersehen? Er denkt an die schrittweise Enthüllung der Venus im Garten: Es war ein kreativer Vorgang, ein Beispiel für ihren späten Stil. Einst war sie die Ehefrau des Kunsthistorikers Hubert Schwarz – ein Paar, um das sich die Gesellschaft scharte, bekannte Bohemiens … und Vals Adoptiveltern. Ihnen gehört das Puppenhaus.

Er starrt auf das Bild, geht mit den Augen nahe heran. Die Beziehung mit Ina muss erst später aufgeblüht sein, nach dem Tod des großen Gelehrten. Vielleicht waren die beiden Frauen früher einmal Stammkundinnen in diesem Lokal. Heute leben sie zurückgezogen als Exilantinnen in einem kleinen, hässlichen Auswuchs von Mariams Haus – ohne Zweifel von Val so arrangiert –, aber vor einem Vierteljahrhundert waren sie die lachenden Schönheiten auf dem Foto.

Er wendet sich vom Tresen ab. Der Pub – und dahinter

Dulwich Village – fühlen sich so bedrückend leer an, so müde und still, dass er nur noch hinauswill. Er hat genügend Bilder gesehen.

Im Brockwell Park wird das Laub an den Rändern bereits braun, die Blätter bekommen knusprige Kanten wie Spiegeleier, die zu lang in der Pfanne waren. Aber alles andere – vom Himmel, der mit Wolken durchzogen ist, bis hinab zu den im Wind schwankenden Grashalmen – ist hell und in Farbe getaucht, eine beharrliche Erinnerung, dass der Sommer noch nicht gestorben ist.

Er geht am Ententeich vorbei. Das Wasser ist ruhig. Ein gelber Schleier von Mücken schwebt darüber. Er kommt an den Schienen der Miniatur-Eisenbahn vorbei, und der Zug kommt ihm entgegen, eine lange Bricolage aus Dampflok und Waggons und – ganz hinten – einem mürrischen Kind.

Seit seinem letzten Aufenthalt in der Sphinx hat er ein wiederkehrendes, eigenartiges Gefühl, das vollkommen anders ist als ein Kater. Es tritt in kraftvollen Schüben auf – überflutet die Wahrnehmung, wodurch Farbe und Ton auf unglaubliche Weise verstärkt werden. Das Gefühl lässt sich nicht von der Erinnerung an die auf dem Toilettenfußboden verstreuten Fotos trennen.

Er stolpert in Richtung Freibad über den Rasen. Grün wird zu einer unverdaulichen Farbe. Ein Pigment, das einstmals so natürlich und lieblich war, scheint nun wie Ölfarbe die Oberfläche der Dinge zu bedecken – dick auf den Rasen und das Laub der Bäume geschmiert: übertriebenes, grelles Grün, das ausgekippt und einmassiert wurde. Die Rasenflächen sind davon durchtränkt. Die Bäume sind dicke Klumpen Impasto. Wenn die Sonne scheint, ist der Effekt absurd.

Er erreicht das Freibad. Es ist niemand da. Das Drehkreuz

am Eingang lässt sich nicht bewegen. Er ignoriert die gedruckten Hinweise mit ihren Entschuldigungen und Erklärungen und rüttelt daran, bis er merkt, dass der Mitarbeitereingang offensteht. Er geht hindurch.

Das Freibad ist verlassen und blendend hell, die Ränder des Schwimmbeckens eine Betonwüste. Mit zusammengekniffenen Augen sieht er, dass kein Wasser im Becken ist – ein großer, leerer Sarg – und dass sich die Farbe an den türkisfarbenen Seiten und am Boden ablöst. Ein Plastikstuhl liegt auf dem trockenen Boden der Sprunggrube. Alles ist vollkommen ruhig und still.

Aber nicht vollkommen lautlos. Ein sanftes Murmeln – zuerst hält er es für ein Flugzeug hoch über ihm – ist vom anderen Ende des Freibads zu hören. Er geht an der Kante des blauen Beckens entlang. Es ist das Geräusch eines leise laufenden Radios mit ungenau eingestelltem Sender – und es scheint aus einem Fenster an der entlegenen Ecke der Anlage zu kommen, aus einem Gebäude, das nicht öffentlich zugänglich ist.

Neben dem Fenster steht eine Tür halb offen. Er geht hin und schaut hinein. Als sich seine Augen an das Dämmerlicht gewöhnt haben, erkennt er einen Lagerraum, in dem viel Müll herumliegt – Gläser, Flaschen, zerdrückte Bierdosen, ein hoher Stapel von Pizzaschachteln, ein aufgerollter Teppich, ein herumgedrehter Kühlschrank, der das Gitter an seiner Rückseite zeigt. Eine farbbekleckerte Stereoanlage flüstert verstümmelte Übertragungen. Die Luft ist abgestanden und heiß.

Mitten im Raum befinden sich zwei Körper – ein Mann und eine Frau, blass, ausgemergelt und halb in einen fleckigen Schlafsack gehüllt, der jedoch die Genitalien des Mannes nicht bedeckt – einen schlaffen Schwanz und glasige Eier, durchscheinend und marmoriert von Blutgefäßen. Sie sehen tot aus, alle beide, wie sie da mitten im Abfall liegen, aber Don sieht, dass ihre Körper sich beim Atmen im Gleichtakt leicht anheben. Das Haar der Frau, blond und verwuschelt, klebt an Schultern und Nacken.

Die Reglosigkeit der Szenerie endet abrupt. Die Frau setzt sich kerzengerade auf – ihr Körper verlagert sich um neunzig Grad. Sie sieht Don sofort durch den Spalt der offenen Tür und starrt ihn an. Fast im selben Moment, in dem sie aufwacht, fängt sie an, Beleidigungen zu rufen. Die Worte strömen hervor wie Zaubersprüche.

«Homo! Fistfucker! Hinterlader!»

Ihre Beleidigungen kommen immer schneller, und vor Anstrengung, sie hervorzustoßen, stolpert sie über ihre Worte. Dabei hebt sie sich auf die Knie.

«Teekanne!» Sie kommt auf die Füße und bewegt sich unsicher auf ihn zu. Ihr dürrer Körper glänzt gelblich.

Der Mann dreht sich um und schnarcht fürchterlich.

Teekanne. Er fragt sich, ob er richtig gehört hat. Er macht einen Schritt zurück ins Licht des Freibads. Sie scheint ihm nach draußen folgen zu wollen, aber dann schlägt sie ihm die Tür vor der Nase zu. Er hört sie drinnen weiter fluchen und spürt eine merkwürdige Leere – das Fehlen von Angst –, nur durchbrochen von vager Neugier auf die Energie, die aus diesem kranken, verwahrlosten Körper hervorbrach, und die thematische Ausrichtung ihrer Beleidigungen.

Er macht sich auf den Weg nach Tulse Hill, in Richtung Bahnhof. Um Viertel nach drei kommt er an – noch sieben Minuten bis zum nächsten Zug nach London. Er sieht sich um. Auf diesem Bahnhof ist er noch nie gewesen. Ein Schienenpaar verläuft zwischen zwei langen Bahnsteigen, beide verlassen.

Langsam geht er den Bahnsteig entlang und setzt sich auf eine Bank. Er lässt die Hand über die gewellte Oberfläche des rot gestrichenen, durchlöcherten Stahls gleiten. Sie ist heiß und klebrig in der Nachmittagshitze. Er verspürt ein überwältigendes Bedürfnis zu dösen.

Er schreckt auf. Auf dem gegenüberliegenden Bahnsteig sind zwei Männer. Sie sind aus dem Nichts aufgetaucht. Er hört sie, bevor er sie sehen kann. Drohungen, wütende Schreie. Dann sieht er zwei Körper miteinander ringen, wirbelnde Stöße und Tritte, ein Jackett wird heruntergerissen, ein Kopf gegen eine Säule geschleudert. Eine Sekunde lang kann er ein Gesicht erkennen.

«Ben!»

Der Ruf erstirbt ihm in der Kehle. Bewegungslos schaut er zu. Für einen flüchtigen Moment ist Ben glasklar zu sehen, hypnotisierend klar, bevor er wieder mit seinem Gegner aneinandergerät, in den Schwitzkasten genommen wird und herumstolpert, als der andere Mann ihn im Kreis herumwirbelt und ihm auf den Kopf schlägt.

Der Anblick macht ihn krank. Don sinkt auf die Knie und kriecht zur Bahnsteigkante, beobachtet, wie sie herumwirbeln, ein Dynamo von Tritten und Schlägen auf dem gegenüberliegenden Bahnsteig, auf der anderen Seite der Schienen.

Sein Kopf und sein Herz sind von quälender Schwere, aber seine Glieder sind leicht – sie scheinen verschwunden zu sein. Nur ein zuckender Schmerz in einer Schulter und die Hitze, die aus den Betonplatten unter ihm emporsteigt, in seine Hände, erinnern ihn daran, dass er existiert – ein Körper, ein Mensch. Er versucht, die beiden Männer auf der anderen Seite im Blick zu behalten. Irgendwo weint ein Kind. Er sieht sich nach etwas um, womit er werfen könnte.

«Sehen Sie nur den Mann da», hört er eine Frau sagen.

Die Hitze ist überwältigend. Er lässt den Kopf hängen. Seine Augenlider werden immer schwerer. Rote Vorhänge behindern seine Sicht.

Er kniet an der Bahnsteigkante und blickt benommen nach unten. Die Schienen sind hell wie Kristalle: Sie versengen seine Augäpfel, schicken eine Reihe weißer Stäbe durch die rote Leere seiner inneren Visionen, hinauf auf das Dach seines Hirns – gleißende Streifen wie neonfarbene Knüppel. Als er sich an dem Betonvorsprung festklammert, weiß er, dass er genau wie Caravaggios *Narziss* aussehen muss, der im Oktogon an der Wand hängt – ja, genau wie er, der vom Ufer des Teichs auf sein eigenes Spiegelbild blickt, so weit vorgebeugt wie nur möglich.

Aber wo ist Ben? Er versucht den Kopf zu heben.

«Bitte treten Sie von der Bahnsteigkante zurück. Der nächste Zug hält nicht in diesem Bahnhof.»

Die Stimme ist wohlklingend und förmlich, wie der Ansager einer Pathé-Wochenschau.

Don strengt sich an, mit blinzelnden Augen etwas zu erkennen, aber sein Sehvermögen spielt ihm Streiche. Die kämpfenden Männer sind Körper, die durch den Weltraum purzeln. Sie blitzen in seinem Blickfeld auf und verschwinden wieder, zwischenzeitlich von seidenen Wolken verdeckt. Der andere Bahnsteig schaukelt wie ein krängendes Schiff auf der Suche nach neuer Balance. Unten bei den Schienen liegen leere Bierflaschen zwischen den Schwellen. Die Schienen funkeln und die Flaschen blitzen. *LOTTERBETT.*

Jemand schreit wie von Sinnen.

Er öffnet die Augen und sieht – gerahmt wie ein Foto im Fenster des Zugfahrers – einen dicken Mann neben einer Frau mit dichtem roten Haar, barbusig im Sonnenlicht. Dann die schwarze Scheibe eines Puffers, einen Streifen gelber

Farbe, und eine leuchtende Corona. Er hört ein langgezogenes Kreischen – genau das Geräusch, nimmt er an, das eine Furie machen würde. Er schließt die Augen, und das Geräusch füllt seinen Kopf. Er fühlt, wie sein Herz mit einem einzigen Schlag unter dem Samtrevers seines Jacketts aussetzt.

Die Männer auf der anderen Seite der Schienen haben den Unfall nicht bemerkt. Als der Zug aufprallte, gingen sie bereits den Weg vom Bahnsteig zur Hauptstraße entlang (einen gewundenen, von Bäumen überwachsenen Fußweg) und lachten über irgendetwas. Über ihren Köpfen und um ihre Füße hat das erste Herbstlaub zu fallen begonnen.

DANKSAGUNG

Ich danke Samuel Hodder, meinem Agenten, für seine Freundschaft und dafür, dass er an diesen Roman geglaubt hat. Und ich danke Juliet Brooke bei Sceptre dafür, dieses Buch in die Wirklichkeit geholt zu haben, gleichermaßen Inspiration wie Anleitung beisteuernd.

Dank gebührt ebenfalls Louise Court, Helen Flood und allen anderen bei Sceptre, die sich für das Buch eingesetzt haben. Besonders dankbar bin ich Richard Shone, der eine frühe Fassung gelesen und geistreich und weise kommentiert hat – wie auch Jonathan Cox, der sich verschiedene Stegreiflesungen einzelner Episoden anhörte. Amber Burlinson hat den Text virtuos gründlich geprüft und Erinnerungen an Dulwich und Peterhouse beigesteuert. Für kontinuierliche Unterstützung danke ich Matt Mavridoglou. Für ihr Verständnis und ihre Ermutigung danke ich Donato Esposito, Matt Ingleby, Maggi Hambling, Hugh Monk, Lee Pearce und Iain Ross. Bei der Betreuerin meiner Doktorarbeit, Caroline Vout, und dem Tutor meiner Studentenjahre, Robert Douglas-Fairhurst, stehe ich in einer Dankesschuld, die sich auf alles erstreckt, das ich schreibe.

Vor allem danke ich meinem Ehemann Alexander, meiner Mutter Frances, meinen Brüdern Tom und Patrick und *in memoriam* meinem Vater Joe.

DER HIRTENSTERN

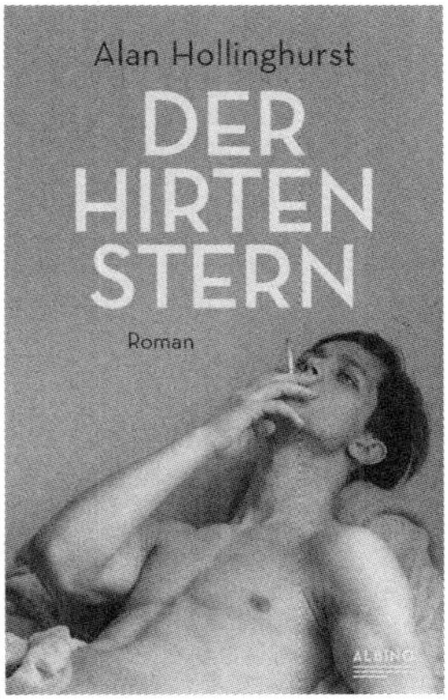

Alan Hollinghurst
DER HIRTENSTERN

Aus dem Englischen
von Joachim Bartholomae

624 Seiten, gebunden mit
Schutzumschlag und Lesebändchen

ISBN 978-3-86300-331-9
€ 28,00

Mit Anfang dreißig entflieht der verhinderte Schriftsteller Edward Manners der Orientierungslosigkeit seines Daseins in der südostenglischen Provinz, um im belgischen Brügge als Privatlehrer zu arbeiten. Bereitwillig lässt er sich vom modrigen Charme der altehrwürdigen Handelsstadt in den Bann ziehen, erkundet ihre engen Gassen, zwielichtigen Kneipen und versteckten Parks, in denen schwule Männer sich zum Sex treffen. Nebenbei findet er Gefallen an den Gemälden des belgischen Symbolisten Edgard Orst. Und er verliebt sich in seinen Schüler Luc. Seine rückhaltlose Bewunderung nimmt bald schon obsessive Züge an. Als Edwards Gefühlsleben endgültig zum Abbild der hysterischen Entrücktheit der Orst-Gemälde zu werden droht, erzwingt ein Todesfall seine Rückkehr nach England.

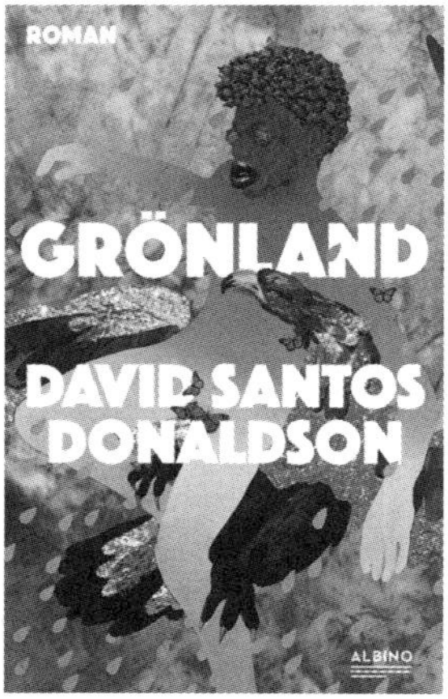

David Santos Donaldson
GRÖNLAND

Aus dem Englischen von
Joachim Bartholomae

416 Seiten, gebunden mit
Schutzumschlag und Lesebändchen

ISBN 978-3-86300-353-1
€ 28,00

Der junge Autor Kip Starling hat sich mit einer Pistole und einem Langzeitvorrat Mineralwasser im Keller seines Hauses in Brooklyn verbarrikadiert, um ungestört zu arbeiten. In nur drei Wochen soll Kip seinen ersten Roman abliefern – ein ambitioniertes Werk über das Schicksal des jungen Ägypters Mohammed el Adl, der von 1917 bis 1922 der Liebhaber der britischen Schriftstellerlegende E. M. Forster war. Mohammed erscheint Kip gleichzeitig rätselhaft und seltsam vertraut. Sie sind beide schwarz und queer, sie führen beide prägende Beziehungen zu weißen Männern, sie sind jeder auf seine Weise mit Vorurteilen, Rassismus und Homophobie konfrontiert. Während Kip sich wie im Rausch in die Arbeit stürzt, beginnen die Grenzen zwischen Fiktion und Wirklichkeit, Literatur und Leben, Gestern und Heute zu verschwimmen.

ADAM IM PARADIES

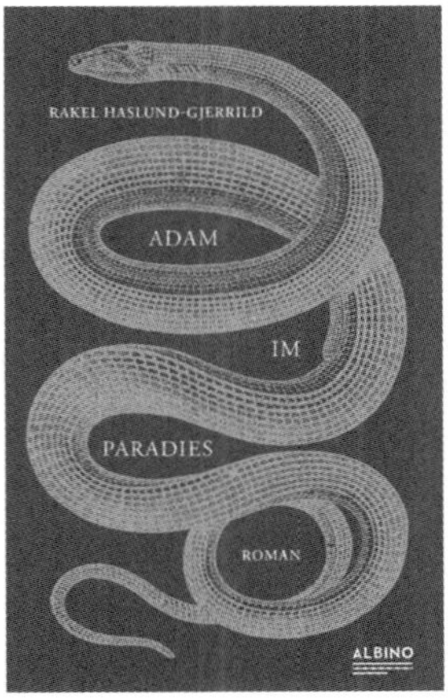

Rakel Haslund-Gjerrild
ADAM IM PARADIES

Aus dem Dänischen
von Andreas Donat

328 Seiten, gebunden mit
Schutzumschlag und Lesebändchen

ISBN 978-3-86300-341-8
€ 26,00

Frederiksberg, 1913: Auf dem Höhepunkt seines Ruhms bereitet sich der 70-jährige Maler Kristian Zahrtmann darauf vor, sein Meisterwerk zu schaffen: Adam im Paradies. Ein sinnliches Glanzstück soll das Gemälde werden, überquellend vor Motiven, Farben und Symbolen, im Zentrum ein schöner nackter Mann. Während Zahrtmann das Atelier seiner Villa mithilfe exotischer Pflanzen in den Garten Eden verwandelt und den jungen Soldaten empfängt, der ihm als Aktmodell dient, gleiten seine Gedanken zurück in die Vergangenheit – zu rauschenden Zusammenkünften der Kopenhagener Décadence; nach Italien, wo er in Civita d'Antino eine Künstlerkolonie gründete; und nicht zuletzt zu seinem ehemaligen Schüler und Modell Hjalmar Sørensen, an dessen Anmut er sich durch den jungen «Adam» erinnert fühlt …

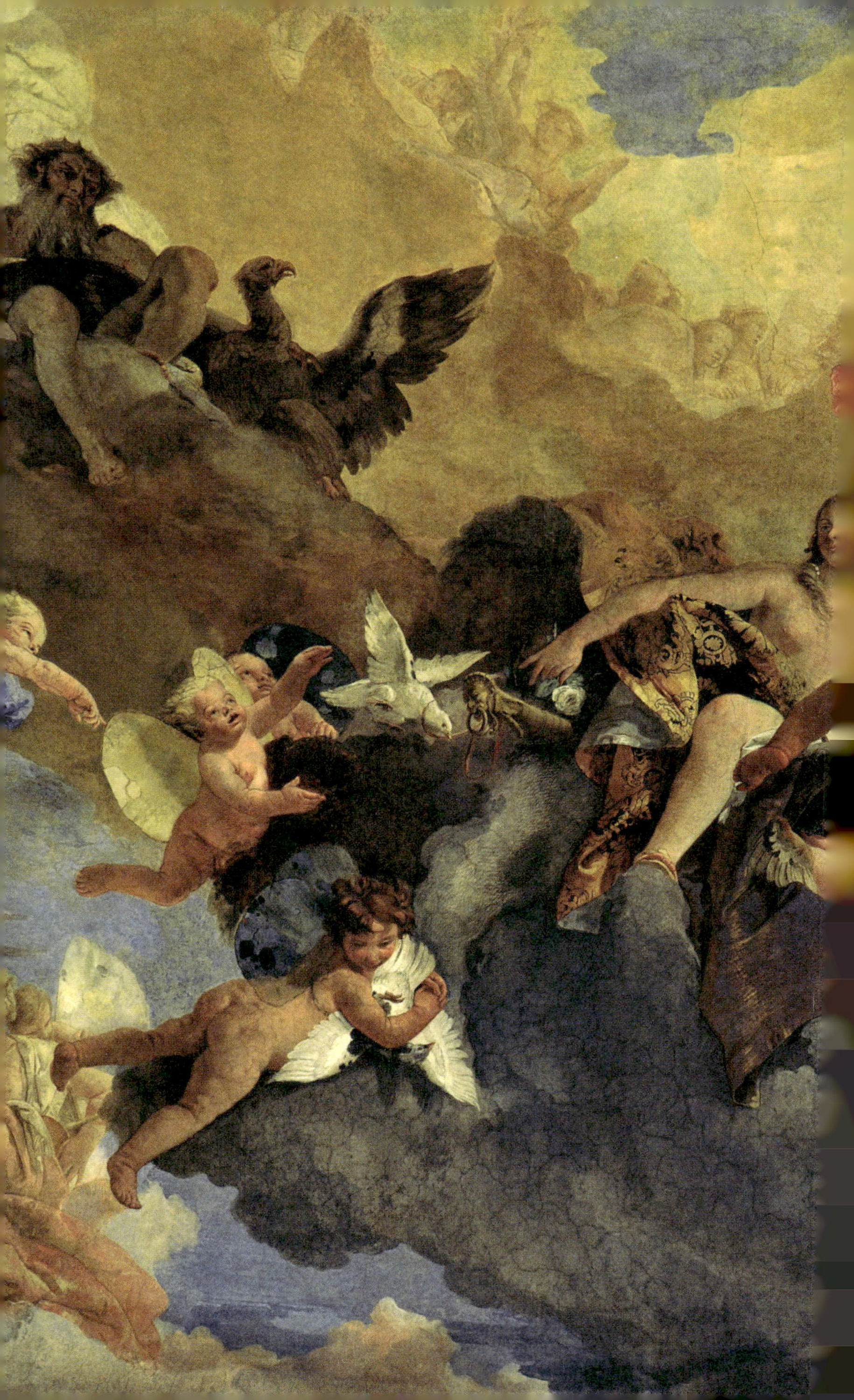